星汉灿烂，幸甚至哉

完结篇

关心则乱 著

江苏凤凰文艺出版社
JIANGSU PHOENIX LITERATURE AND ART PUBLISHING

图书在版编目（CIP）数据

星汉灿烂，幸甚至哉．完结篇 / 关心则乱著．-- 南京 ：江苏凤凰文艺出版社，2022.7（2022.10 重印）
ISBN 978-7-5594-6755-3

Ⅰ．①星… Ⅱ．①关… Ⅲ．①长篇小说－中国－当代 Ⅳ．① I247.5

中国版本图书馆 CIP 数据核字（2022）第 057285 号

星汉灿烂，幸甚至哉．完结篇

关心则乱 著

责任编辑	张　倩
特约编辑	文　茵　曹　岩　杨雨娴
封面设计	商块三
出版发行	江苏凤凰文艺出版社
	南京市中央路 165 号，邮编：210009
网　址	http://www.jswenyi.com
印　刷	三河市冀华印务有限公司
开　本	700mm × 980mm　1/16
印　张	22.25
字　数	356 千字
版　次	2022 年 7 月第 1 版
印　次	2022 年 10 月第 3 次印刷
书　号	ISBN 978-7-5594-6755-3
定　价	52.00 元

目录

卷四

•

生年不满百，常怀千岁忧

目录

星汉灿烂 幸甚至哉

卷五

•

愿为双鸿鹄，奋翅起高飞

番外

•

他告诉她，他们也会像她叔父叔母那样恩爱无间的。

女孩怔忡流泪，清澈的大眼睛中流露出隐隐伤痛。她说，她从小孑然一身，周遭多是恶意，但以后她有他了，再也不必害怕一个人了，是吗？

他说，是的，他们会一生一世，永不分离。

关心则乱
作品

卷四

生年不满百，
常怀千岁忧

人心易变，人心也难变，只要我心不肯变，
管它沧海桑田，云梦变迁，又能拿我怎样？！

第四十一回 一别两宽

殿外的铜漏流出缓缓的水滴，轻轻地敲打在镏金银兽纹的水缸中，殿内众人各怀心思，一时俱无人说话。

皇帝心潮起伏，一时念及霍翀的音容笑貌，一时思索对霍不疑的后续处置。他是一国之君，心中再悲痛也不能做妇人形状，对朝臣自然得有个说得过去的交代，但是霍不疑的前程也必须得安排得金光闪闪，才不负义兄英灵。

皇帝正在心中筹谋时，性急的三皇子再度进言："儿臣知道父皇仁慈，可是凌氏兄弟着实可恶，儿臣以为非族诛不足以告慰英烈！杀他一个也不剩，看谁以后还敢通敌叛国！"他不说话还好，一张嘴正好提醒了皇帝另一件事。

皇帝坐直身体，瞪眼道："姓凌的自然不能轻饶，可你也逃不了！昨夜子晟私调军队为的不是他自己吧，你们两个小畜生，这些年来装得倒像，不是不来往，就是见面没好话，原来早有勾结！说，是不是你指使子晟的？！"边说这话，他边几不可察地瞥了锦帘一眼。

三皇子犹如被人捏着喉咙塞了个烂桃子，期期艾艾道："那什么，父皇，其实我和子晟私底下也是吵来吵去的，并不都是作伪……"

霍不疑苦笑道："陛下，臣与三皇子的确早有来往，但臣敢指天发誓，前夜之事三皇子断断不知——因为臣早一步用东宫的印信调虎离山，让殿下去红柳营审一桩盗用军辎的案子了。几位大人参臣矫诏，实是一点也没错。"

皇帝强忍着不去看锦帘，怒吼道："你，你这样对得起皇后与太子吗？！"

霍不疑垂睫低声道："自然是对不起的。"——他不只对不住皇后与太子，还有一人，他如今连想都不敢想。

三皇子直着脖子道："父皇，您别责骂子晟了，他今早被抬上山崖时不但伤痕累累，身上还烧得滚烫，这会儿能坐起来就不容易了，您要骂就骂儿臣吧！"

“朕当然要骂你！太子有什么地方对不住你，你竟对他这么不满！你以前和老二打架，太子为了护着你差点被老二砸破头！还有皇后，你幼时还是养在她跟前的，你个忘恩负义、鬼迷心窍的孽障，这都忘了吗！”皇帝吼得中气十足，果然还是骂自己儿子比较神清气爽。

“儿臣自然没忘。”三皇子面不改色，“但是儿臣敢以命起誓，这些年来从不曾施加太子一指！其实有几回子晟在外征战，东宫出事还是儿臣暗中摆平的呢，父皇不信可以去查！”

“别说楼经和王淳出事，你没有暗中窃喜！”

“一个伪君子，一个真小人，以前是没由头，只能看着太子信任重用他们，好容易能赶走了，父皇还要将他们留在东宫过上巳节吗！”

“上巳已经过了！”皇帝怒吼。

饶是少商心中郁结，此时也想笑两声。她从帘缝处看去，那对皇家父子对吼得震天价响，额头上青筋暴起的位置都差不多。

除去夭折的那个，皇后与越妃给皇老伯一共生了十个儿子，虽说皇老伯性情温和，可毕竟是九五之尊，掌有生杀大权，沉下脸来哪个皇子公主都会心惊肉跳，低眉顺眼。即便是混不吝的二皇子，也不敢在皇帝跟前顶嘴——这种场面少商还是头一回见。

皇帝顺了两口气后，沉声道：“别推脱得这么干净！虽说前夜子晟调兵之事你不知情，可这些年来你暗中谋划些什么，心中存着什么念头，现在也不用遮着掩着了。你有胆子做，就该有胆子认，说说吧！”

果然姜还是老的辣，这话一语中的。三皇子面色转了几遍，咬牙道：“没错，我以为太子不堪为储君，他担不起这座江山！”

这话也太狷直了，霍不疑在旁轻叹了口气。

皇帝勃然大怒，用力按地起身，摘下悬挂在墙上的宝剑，连剑鞘一起重重打在三皇子的身上，大骂道：“逆子狂言！他担不起江山，你担得起吗？！太子再不好，至少他比你仁厚！”

没打几下，霍不疑连忙起身拦住皇帝。

三皇子硬挨了两下，下颌咬得紧绷出面颊，深深吸了口气，道：“君主无所谓仁厚与刻薄，只需依情理行事。奖赏与惩罚，原本就是君王手中的两柄利器，上能驾驭群臣，下能治理百姓。而太子的仁厚，恰恰是放弃了这两件利器。从太子妃到东宫诸臣，皇兄该奖的不奖，该罚的不罚，弄得身边处处隐忧。父皇以为这种仁厚是好事吗？”

“你自己性情褊急就来非议仁厚的兄长，好好好，我平日倒没看出你来！朕也喜爱仁厚，朕也赞赏太子的仁厚，你待如何？！”皇帝右手紧紧捏着剑柄，作势欲拔。

三皇子仿佛豁出去了，索性一口气说完：“元帝也仁厚得很，是以宣帝再不喜他柔懦好儒，最终还是没废了他！可是前朝乱政正是始于元帝一朝！宣帝还有两个儿子，淮阳王明察好法，楚王聪达有才，他们二人治理自己的封国数十年，几无纤芥之过。若当时宣帝随便立了他们哪一个，朝政如何会败乱至不可收拾的境地？！”

“你这孽障！”皇帝气得浑身发抖，“唰”地抽出一截剑刃。

霍不疑强撑着伤痛的身体，用力推了三皇子一把：“小杖受，大杖走，殿下还不快走！”

三皇子说痛快了这才醒过神来，看见亲爹被自己气得不行，赶紧撩起衣袍闷头跑出内殿，一溜烟不见了。

皇帝也没喊人捉拿，只是恨恨地丢下宝剑，然后瞪视养子：“你们俩做的好事！还不快坐下，去那里靠着！”

霍不疑笑笑，按着身上的伤处，慢慢坐下靠在扶手上。

皇帝用力平复呼吸，转头道：“你也和子端一样，觉得太子非废不可？”

霍不疑低头不语。

皇帝心疼养子十几年来的坎坷伤痛，舍不得打骂，只能苦口婆心道：“你傻了吗，太子老实仁厚，又信重于你，等他继位，你这辈子就不用愁了！换作老三，哼哼，哪天你俩吵架了，他一发脾气，将你贬到深山老林，朕看你到哪儿哭去！太子登基，对其余的皇子公主都好，对皇后越妃也好！”

霍不疑忽道：“为何是对皇子公主好，对皇后越妃好？为何不是对天下百姓好，对江山社稷好？”

皇帝一窒，骂道：“你也来气朕？！”

“臣不敢。”霍不疑神色黯然，“臣与三殿下来往十几年，可是动了易储念头，不过四五年。从那时起，臣就知道，自己将来难逃不忠不义、忘恩负主之名。可是，陛下……”

他缓缓抬头，凝视养父：“臣在太子身边才短短数年，就能总领东宫所有能辖制的军队、官吏、税收、密报，一应令符印信俱在臣手。等将来太子登基，臣立刻就能专国秉政，大权独揽！陛下，您愿意看到这样吗？”

皇帝手下“咔啦”一声，稳固牢靠的漆木扶手竟被他捏裂了一道缝。他沉着脸道：“那你又为何不专国秉政，大权独揽？”

霍不疑道：“臣年幼时，曾听阿父对阿母说，当年群雄并起逐鹿天下，他比陛下年长，比陛下家财丰盈，至于名望才干也不见得比陛下差了，可他还是愿意辅佐陛下。因为他在陛下身上看到一种光彩，像无边无际的土地一样沉静踏实，像奔腾不息的河流一样汹涌壮阔，强而不欺，柔能克刚——阿父认定您就是能安定天下善待百姓的真命天子。”

皇帝今夜第一次露出笑意，板着面孔道：“你那会儿才几岁，怎么记得这么清楚，不是瞎编的吧？”

霍不疑微笑道：“臣自小记性就好。”

皇帝一点头：“这点像你阿母。记得他们成婚后，你父亲时常夸耀新妇博学善记。”

霍不疑心口一痛，泪光莹然，依旧笑道：“阿母记性的确好，兄姊们不论多久前犯的过错，她随口就能说得清清楚楚。”

皇帝知道触及养子痛处了，只能岔开话头：“那你也不能私自调兵啊，如今这个门槛怎么过，你可有想过？”

霍不疑道：“臣是没有办法了，这事已不止一人对陛下说过。虞侯曾在酒席上暗示陛下，陛下装作没听懂；吴大将军嚷过太子不懂军事，再去军营也无用，陛下就让臣去东宫帮忙；还有严神仙，那年太子大婚他就说过太子不适为储……陛下连严神仙的话都不听，臣还有什么办法，非得让陛下亲眼看看东宫大权旁落的结果！即便不是臣，只要工于心计善于钻营，谋得太子的信任一点也不是难事。”

“说得好！”一旁的锦帘内忽然伸出一只玉手，皇后微微掀起帘幕走了出来。

皇帝暗叹一声，霍不疑满脸愧色。

皇后站在霍不疑跟前，静静道：“子晟说得句句在理，不过你也该知道，自古废黜的太子，没几个有好下场的。”

霍不疑难受地闭了闭眼，直视皇后：“那年博士来长秋宫讲史，说到高皇帝故事，娘娘言道，高皇帝虽然仁义不足，分吃生父之肉，丢弃一双儿女，可他到底是个好皇帝。他再喜欢戚姬与如意，可有碍朝堂，他就不敢强行易储，即便他知道吕后不会放过他们。”

皇后手指发抖，定定地看着霍不疑。

霍不疑继续道："在高皇帝心中，江山社稷远重于爱妾幼子，而宣皇帝明知太子不妥，还是听之任之。在他心中，与原配皇后的情意更重。于是，自高皇帝始，前朝一气出了六位明君，气吞山河，雄霸宇内，而自宣皇帝后，朝局渐乱……"

"好一番绝情舍爱的豪言壮语！"皇后冷着脸，"高皇帝明知爱子难逃一死，为了江山社稷也忍下了，是以你也要舍弃所有情意吗？"

霍不疑跪在皇后面前，一字一句道："臣自知对不住娘娘和太子，愿一死以谢恩义。"顿了顿，又道，"本来，臣也没指望活着回来。"

皇帝撑着扶手半起身，有心替养子说两句话又顾忌皇后，只能悬在那里。

"你弄错了，予说的不是自己与太子。"皇后道，"你进宫时已经八岁了，懂事伶俐，好学谦和，又健壮少病，我并未为你操心多少。真要谈养育之恩，教诲之责，你该感谢的是陛下。反倒是后来你为太子前后周旋，善后奔走，功劳极大。若不是你，太子的名声早坏了——虽然，我知道你其实是为了陛下，不愿他为此忧虑心烦。"

话虽这么说，但多年夫妻，皇帝还是看得出皇后心中有气，于是更加不敢插嘴。

"予说的是少商。"皇后冷冷道，"整件事中，陛下立储不当，太子庸碌无能，老三有宏图大志，你有血海深仇，而我则是慈母多败儿……只有少商，这事与她毫不相干，却被你无辜地拖了进来！"

霍不疑脸上少许的血色也褪得干干净净，嘴唇微颤，无法言语。

"你刚才说得头头是道，舍小情，就大爱，泽被天下。好，现在我来问你，从你奔赴凌家别院，私自调兵开始，你是不是就决意舍弃少商了？！"皇后重重地问道。

霍不疑痛苦地按住伤处，过了半晌才艰难道："……不错。"

皇后冷笑一声："说得好！"说着，她走到皇帝的书案旁，上面有一个半尺高的精致漆木架，上头悬有一面弯月形扁方铜磬。皇后抽出架子上的小铜锤，急急地敲打起来。

皇帝说机密时是不许任何宫婢宦官在侧的，他们都远远地随侍在外一圈的宫室内，要召唤他们就得敲响这面铜磬。

霍不疑犹自不解，皇帝已经抚额叹息了。

皇后再走到帘旁，从栏柱后摸到一根绳索用力一拉。

繁丽绵密的锦帘如水瀑般从两边拉开，内室里跪坐着一名纤弱少女，长发覆背，微侧雪腮。她跪坐得一动不动，背向霍不疑。

霍不疑看见她，顿时气血翻涌。

他听见自己粗重的喘气声，心在胸膛中剧烈地跳动着，他觉得自己又回到屠城灭族那晚，难以言喻的惊惧痛楚如同潮水般涌进身体，他却无能为力。

重伤坠崖后，他躺在山洞里等死，浑身冰冷，孤独绝望，可是只要想起她，心口就是热的。他以前不知道什么叫心痛如绞，便是濒死时也不觉得多痛，如今终于明白了，就是用细细的铁丝一圈圈地绕在你的心脏上，然后慢慢收紧，看着血一滴滴落下。

“少商！”他像垂死的野兽般低吼一声，想要扑过去抱住女孩。

这时岑安知领着两排宦官鱼贯进殿，皇后厉声高喊一声：“按住他！”

皇后在位数十年，再仁厚也有积威，当先四名身强力壮的宦官立刻上前将霍不疑的手脚按住，岑安知迟疑了下，皇后冷冷道：“岑安知，我的话已经不管用了吗？”岑安知大惊失色，连忙叫身后的四名宦官也上去。

若是换作以前，别说八个宦官，就是十八个，霍不疑也能暴起掀翻了他们，可如今他伤重未愈加上病弱无力，便被牢牢地按在原地。

“少商，少商，你回过头来！”他嘶哑的嗓子叫着。

然而那个女孩依旧跪坐着一动不动。

“陛下，臣妾今日要拜请陛下恩准一件事。”皇后朝皇帝一稽首。

皇帝何等聪明，踌躇道：“这个……”看见皇后的目光扫来，连忙道，“好好，你说。”

皇后道：“子晟与少商从定亲那日起就吵吵闹闹，也没几天太平日子，如今又闹到这样，我看再让他们做夫妻也没什么意思了……”

“娘娘！”霍不疑长泪盈目，哀求地看向皇后。

皇帝讪讪道：“这，这还是叫他们自己做主的好……”

“少商，”皇后呼唤，“你来说说。”

那个垮着单薄双肩的女孩终于转回头来，美丽的雪白小脸上露出一种饱受折磨后的安静——霍不疑一阵眩晕般的痛苦袭来。

他想起女孩以前的样子，无论多少冷言碎语，长辈训诫，她都那么生气勃勃，满身朝露，就像赤脚在青石板上奔跑的孩童一样天真无畏，哪怕碎石子硌伤了脚丫，大哭一阵就过去了。

可现在，她就像刚从石磨上被卸下来的骡子，疲惫而憔悴。

少商朝帝后恭恭敬敬地磕了个头："妾出身寒微，才学浅薄，性情桀骜，实不堪为霍大人佳配，请陛下和娘娘为妾做主，退了这门亲事吧。"

"少商！你听我说……"霍不疑用力挣扎，奈何被按得动弹不得，便沉下气越发使力，他身架高大，更显得雪白的中衣空空荡荡。

"不！"少商忽然提高声音，"这回请你听我说。"

她吸了口气，强自按捺颤抖的声音："我跟你说过，我自小就运气不好，别说天降好事了，就是与我一般的小女娘该得的我都没有。不过不要紧，世上还有许多比我更不容易的人，我自己也能走下来。可是，我遇到了你……"

她眼中浮起泪水："你让我喜欢你，我喜欢你了。你让我依靠你，我依靠你了。你让我信你，我信了——然后你将我重重丢下，头也不回地去了！"

不知谁说过，爱上一个人就意味着将自己置于不安全的境地中，不过没关系，现在她学乖了——自此以后，她再也不会让自己的心处于危险之中了。

"如果你还念着往日情分，就请放过我吧！"少商泪珠滑下面庞，但是骄傲与自尊不允许她在帝后面前痛哭失声，只能失礼地奔出殿去。

霍不疑一句话也说不出，只能眼睁睁地看着女孩朝帝后磕了个头，然后飞奔离去。他低吼一声，像负伤的野兽一般使尽最后的力气，头上的伤口迸裂，血珠顺着白皙的额头淌下。

皇帝两大步跨过去，一个手刀将养子劈晕，令岑安知将霍不疑抬出去让侍医重新裹伤后，他屏退其他人，看向皇后。

皇后回视。

片刻后，皇帝苦笑："你又何必如此？"

皇后铮然道："从一开始少商就不愿和子晟定亲，可是碍于陛下的滔天权势，她只能硬着头皮受着，如今闹到这步田地，可见，姻缘还是水到渠成的好，强扭的瓜不甜，勉强终究成不了夫妻——就如我和陛下。"

皇帝不敢看她的眼睛，顾左右而言他："如今出了这件事，他二人心中终究是有了裂痕，此时硬要他们在一处只有雪上加霜。分开，也好。"

皇后走到皇帝面前，直视道："除了少商和子晟的婚事，妾之前与陛下说的那件事呢？"

少商在黑暗的宫巷中奔跑，沿途有许多宫婢宦官向她行礼，她头都不敢回，只是径直疯狂地奔跑。她觉得身上的伤处疼得火烧火燎，头痛欲裂，连气都喘不过来。可她知道自己不能停，一旦停下就会被海水般的心碎淹没。

不知奔了多久，好像经过了镜湖和园林，远远地看见前方高高的塔楼，忽然有一只柔软有力的手一把拉住她，她停不住差点跌倒。

“少商，少商！你怎么？！你醒醒神，你怎么了？！”一个熟悉的男子声音在呼喊。

少商聚焦眼神，看见袁慎斯文俊秀的面庞，他正焦急地问着：“我前阵子去了扶风郡，今早才听说凌……霍不疑的事，我听说你满身是血地被抬走了……你受伤了吗，伤在哪里？”

他紧张得满头是汗，两手抓着少商肩头却又不敢用力：“你没事吧，你倒是说说话啊……”

少商定定神，缓缓地将袁慎的手拂开，毫无兴致地回答：“我既然站在这里，自然是没事的，多谢袁公子关怀了。”

“不是……这……”袁慎难以措辞，来时觉得有一肚子的话要问女孩，眼下却不知从何说起，搜刮了半天，最后只能道，“你不用担心霍不疑，陛下必然是要保他的。不过私调军队，都城震动的罪名实在不小，说不得要受些罚……”

“你不用说了，以后他的事与我无关。”少商冷冷道。

袁慎一怔，声线莫名地提高了几分：“难道你和他……”

不等他问出口，前方呼啦啦涌过来一大群人，当前正是二皇子。只见他暴跳如雷地往前冲，四周的宦官宫婢纷纷阻拦他。

“你们这群奴婢敢拦孤！快走开，孤要进宫见母后……”

“殿下万万不可啊，娘娘特意吩咐过，这几日所有皇子公主一概不见的！”

“放屁！我是母后亲生的，为何不能见！你们都给我闪开，不然我一个个活剐了你们！”

“殿下三思啊！”

“快拦住殿下，你们都是死的吗！”

“若是叫娘娘和陛下知道，殿下这是擅闯宫闱之罪啊……”

——正在拉拉扯扯之际，二皇子看见了前方的袁、程二人，大声道：“好啊，你们拦着皇子公主，却让这两个外臣在宫里旁若无人，你们也欺人太甚了，快快滚开！”

袁慎恢复冷静，镇定自若地拂袖负手："二殿下，皇家非寻常人家。能不能进宫，不是看血脉远近，而是看合不合规矩。臣与少商君都有宫禁门令，自然可以进宫，殿下有吗？"

听了这话，二皇子越发暴怒："姓袁的，你是看着母后要被废了，就不把孤放在眼里了？！"

少商大惊失色："什么，皇后娘娘要被废了？这是谁说的？是陛下吗？"

袁慎柔声道："你一直在宫里，没听说也寻常。不是陛下要废后，是昨日朝中几个不长眼的奏请废后，陛下已经驳斥回去了！"

少商怔忡无言。

二皇子急声道："难道不是父皇要废了母后……"

"二殿下慎言！"袁慎厉声喝止，然后朝四周的宦官宫婢们道："你们都散开去吧，走远些，二殿下这里有我呢。"

这几日宫中风声鹤唳，宦官宫婢们心知听得越多脑袋越不安全，当下都跑得远远的。

袁慎这才看向二皇子，淡淡道："前日夜里，霍不疑血洗凌家别院，私调东宫下辖的六营军队，当时太子殿下急得无所适从，身边又无人可商量，曾派人去找二殿下。可是二殿下睿智得很，称病避而不见，如今倒十万火急了，二殿下不觉得迟了吗？"

二皇子面色赤红，期期艾艾道："这，这是……孤的确病了……不然……不然一定……"心想这人不在都城，怎么什么都清楚。

"明人面前不说暗话。"袁慎道，"此刻并无旁人，二殿下不必装模作样了。臣知道，二殿下乍闻霍不疑的举动，立刻猜到太子有难，这便想着太子倒了，就该轮到殿下您了吧！谁知，一朝后位不稳，您才惊觉大事不妙，急急忙忙地进宫来了……"

二皇子脸庞涨成个紫茄子，吼叫道："袁善见，你口出大不敬之言，孤，孤要去参你！"

袁慎压根没理这茬，继续道："臣与三殿下从无往来，可臣也要说一句，生变那日，三殿下不是不能择出去的，可他不躲不避，硬要替尚且身份不明的霍不疑撑腰，哪怕被陛下以镇石相掷，他也不皱一下眉头！二殿下以为，我等臣工心里如何想的——王道坦坦，王道平平，三皇子纵有图谋，也是堂堂正正自己出头，二殿下倒好，平日诸多不满，紧要关头却缩在后头。二殿下，你之前闭门不出，如今也不用再出来了！”

二皇子无言以对，深吸几口气后开始人身攻击，冷笑道：“好好好！一直听说你袁善见伶牙俐齿，今日算领教了！你少年得志，却蛰伏多年，不受越氏一族的拉拢，不参与朝臣对诸皇子的品评，父皇数次召你入尚书台理政，你始终不肯。除了替父皇拟过几道诏书，平日一副醉心学问的模样，如今倒满口大道理了？哼哼，你这是不见兔子不撒鹰啊！”

这点程度的攻击对袁慎而言就跟掸灰一般，只听他气定神闲道：“殿下有殿下的本分，臣有臣的本分。臣好好当着差事，就不负陛下所托了。可是殿下与太子一母同胞，太子有难时你没有半分维护之心，明知皇后忧心如焚你没有一点心疼之意。呵呵，殿下还是回去吧，这时陛下见了你，定然会如臣适才所想，越发觉得二殿下无情无义，不忠不孝……殿下如若不信，不如回去问问二皇妃。”

说这番话时，他眉目间隐隐带有风雷之气，他日权臣之相已见端倪。

二皇子素来畏惧皇帝，犹豫半天后，不情不愿地咬牙离去了。

袁慎目送他走远，才转身面向女孩，道：“少商，你……”

“我真是天底下头号蠢货。”少商仿佛从来不认识他一般，怔怔地看着他，“我说怎么每回在宫里见你，不是在整理典籍，就是纵论经学。袁公子，你可真是观棋不语真君子啊，你是不是早就料到有这一日了？”

袁慎沉默许久，才道：“袁家不是景阶功臣，亦非后族或东宫附庸，不便参与此事。”

少商觉得脸上冰冷，伸手一抹才发觉自己又落下了泪水。

她喃喃地自嘲：“又是一个藏而不露的，又是一个真面目不得而知的。我自诩聪明，却原来只是自作聪明。你们一个个好本事啊，只有我是蠢材。”

“少商！”袁慎上前一步，焦急道，“我知道你与皇后情分甚笃，但废后之事不是你能插手的，你不要……”

少商摆手制止他继续说，眼前浮现皇后适才与平素迥异的举止，她终于明白了。

她轻声道：“你弄错了，不是陛下要废后，恐怕是娘娘自己不想继续待在长秋宫了。后位与储位，就如两把刀在头顶上悬了几十年，她也是累了。”

袁慎一愣：“你说什么？”

“我要回家了，我也累了，你别跟着我……”少商自顾自地往前走去。

袁慎呆呆地看着女孩渐渐走远，忽然醒过神来，拔足追去。

皇帝寝宫的内室中帝后还在对峙。皇帝坐倒，叹道："你这是何苦？"

皇后慢慢走开几步："我这一辈子都是被人推着走的，有许多事我明知不妥，依旧随波逐流。当初我知道你已娶妻了，可舅父叫我嫁，我就嫁了。后来你要立我为后，我看着布满朝堂的景阱功臣，我就知道这后位上长满了荆棘，可我还是受封了。"

皇帝烦躁道："这都不是你的错！你一个孤苦无依的女子，哪里由得你做主！"

皇后幽幽地继续说下去："后来陛下立子昆为太子，我不能说没有暗暗高兴过。陛下的那些同乡功臣再不愿看我坐在后位上，可将来还得奉我的儿子为君主！我只要忍下去，终究能云开雾散。可是后来子昆慢慢长大，我看着他一日日越来越像我的父亲，我就知道云雾永远散不了了……"

皇帝长叹一声。

皇后转过身子，道："我早知许多股肱重臣不喜我们母子，可是如果子昆能像陛下一样英明睿智，或像三皇子一样果敢刚强，我相信他的储位是能稳当的……可偏偏，他像我的父亲！"

她眼前浮现了早逝的宣太公那慈爱洒脱的容颜，一时心中悲戚。

"我真的，真的，从来没有嫌弃过子昆，他只是坐错了位置。"皇后继续道，"他应该像我的父亲一样，在山间筑屋开园，每日煮酒看书，与妻儿宁馨和乐，闲来游历访友，写诗唱赋，著书立说——若是如此，他也能像我父亲一样德名远扬，人人夸赞。可他偏偏做了储君，就如坐于刀剑锋刃之上，每日寝食难安……"

皇帝又是一声长叹。

"我父亲当初让出万贯家财，纯是发自真心；我想子昆心中，亦想让出储位。"皇后叹道，"可是废黜了子昆，接下来岂不是老二？老二还不如子昆呢，至少子昆仁厚心善。是以，陛下，您还是废了我吧，然后立越姮为后，那么子端就能顺理成章地进东宫了。"

"神谙！"皇帝喊道，眉宇间满是矛盾挣扎，"你，你不要这么说……"

皇后自嘲一笑："我是个无能的母亲，没把孩儿们教好。其余几个主意大得很，用不着我关照，只有子昆——陛下若要废储，必要安上罪名，我实在不忍心。还是废了我吧，过上一两年，让子昆以礼法不合的名义自辞储位，便皆大欢喜了。”

皇帝用力拍着案儿：“什么皆大欢喜！朕看老三暴躁心狠，将来若是对你们母子不善，该如何是好？”

皇后笑笑：“三皇子虽不是妾生的，但妾比陛下更了解他——他从不因亲宽纵，亦不会无故生怨。所以陛下不必担心越家势大，将来外戚为祸，因为在子端那儿，什么戚都没用。陛下也不用担心子端刻薄寡恩，其实他骨子里像陛下一样淳厚，必会善待我们母子的。”

“可是这几十年来你并无过错，怎能废后！”皇帝痛苦地叫出来。

皇后笑笑：“就说我心怀怨怼，有吕霍之风吧。”

“神谙！”皇帝倏然立起。

“这话其实也不算作假，这几十年来，我每每看见陛下与越姮在一处，都犹如虫蚁啃食心口。真等我做了太后，一切也难说得很。”

皇后直视皇帝，道：“只有废了我，太子才能无过脱身，老二和三位小皇子才能对皇位死心。死了心，就能活顺当了。”

她伏倒叩首，一字一句道：“请陛下成全一个母亲的心愿吧。”

晨曦初露时分，少商满身疲惫地回到家中，隐去废后相关，对着父母手足将来龙去脉一次性说了个明白。程家五口人震惊得久久不能言语，尤其是程萧夫妇，饶他们见多识广，然霍不疑的身世之惨烈曲折，凌益之丧心病狂歹毒缜密，还是远超他们的想象。

少商完全没有询问家人意见的兴趣，只是叮嘱道：“不久陛下就会将这事告示天下，届时朝廷也会对凌家与霍不疑发下处置。双亲大人和三位兄长心里有数就好，不要过早张扬。尤其是霍不疑夤夜调兵之事，只能说是为了加派人手围攻凌氏的，与三皇子毫不相干，外面若有人非要扯到三殿下身上，父兄与阿母当场翻脸便是。”

程颂有些疑惑，问道：“这是陛下的意思？”

少商道：“我们做臣子的，若是凡事都要陛下张嘴才知道，那也混不久了。”

程始干脆地赞赏道：“说得好。”又斥责次子：“你将来要支撑你万伯父家的门户，也该学着更沉稳些了，凡事想一想再张嘴。”

程颂抓抓头，道：“嫋嫋原就比我聪明嘛！”

少商淡淡道："谈不上聪明，在宫里待久了，不想沉稳都不成。"

程始看着女儿憔悴淡漠的样子，心头一痛。

程咏连忙扯开话题："怪不得万伯父要带阿颂到徐郡任上去，二弟也该历练历练了。欸，少宫，你怎么不说话？"

素来多嘴的程少宫居然沉默至今，此时才道："嫋嫋，我陪你回去歇息吧。"

少商虚弱地笑了笑，道："多谢三兄，我自己回去就成。"起身离去前，她回头道："我与霍不疑退婚了，万望父兄阿母原宥我的狂妄任性。"

程老爹一呆，程颂立刻就要张嘴追问，萧夫人一手将他们全部按下，抢先道："好，我们知道了，你回去歇息吧。今日晌午你三叔母就到了，到时你们好好说说话。"

少商自嘲地笑了笑。

说起来，今日原本是她的婚期——三叔父程止在任上不能擅自离开，三叔母却是特意赶来参加婚礼的，待到桑氏来了后知道一切，也不知何等神情。

她不再言语，恭敬地稽首行礼，随后告退。

女孩这一套动作行云流水，目光平视时客气而疏淡，目光下垂时恭敬却不卑下，转身离去时裙摆旋起一层优美的涟漪，腰身弯折得恰到好处，柔美却不显一丝媚态——这是在深宫中养成的严苛习性。

程家众人忽然意识到，眼前这个礼仪无可挑剔的美貌少女已经不是以前那个咄咄逼人活蹦乱跳的程氏嫋嫋了。

三兄弟彼此相顾，各自心头都浮起一阵莫名的失落。程始也怅然许久，回头看妻子时，发现萧夫人身形竟然微微发颤。

少商这一躺下，被压制了数日的病痛与疲惫立刻汹涌磅礴地卷土重来，起初只是身乏力衰，咽喉肿痛，而后不等桑氏抵达就烧了起来。

这回受病不比前夜，仿佛连呼痛的力气都没了，无论是创口绽裂还是骨肉酸痛。她就如同刚出生的小小羔羊，除了稚弱柔软地咩咩两声，只能任人宰割了。

在迷蒙中，少商听见了程老爹的号叫，萧夫人的哭声（她怀疑是不是听错了），还有桑夫人的呼唤——她很思念三叔母，这一年来她攒了满肚子的话要跟三叔母说，可事到如今，她觉得又无话可说了。

就连素来看自己不顺眼的程母也来过两回，第一回不知说了什么，第二回仿佛说“该准备后事”了，惹得程老爹勃然大怒，母子俩吵了一架后被萧夫人都赶了出去。

她高烧数日不退，程家上下急得不可开交。虽说此时是寒冷的初春，但发烧导致的流汗一旦感染伤口，便容易转为炎症，轻则溃烂，重则送命。程始和萧夫人都是在军营中打滚数十年的，深知此中厉害，便越发忧心。

没日没夜地熬了几轮，少商终于退下些热度，程始见大伙儿都累得憔悴蜡黄，便不许一大家子都围在这里，该干什么干什么去。

除了萧夫人和桑氏，守在少商屋里最久的居然是程少宫——他的理由很充分，自己既不用像长兄程咏一样马上就要授官了，也不像次兄程颂一般有几箩筐的万氏族人要见。

看着在病榻上孱弱不堪的胞妹，程少宫生平头一回生出歉疚之意，仔细想想十年前还不如自己被留下呢，自己也不怕碰上糟心男人，而妹妹说不定能像万萋萋一样，在阿父的同僚子弟中觅得如意郎君呢。

对于三子少宫不声不响就向学堂告了假，萧夫人很难得地默许了，其中缘由程家上下都心知肚明——袁慎来了。

少商是天不亮回家的，当天下午袁慎就上门了，起初还说了一番“拜见桑夫人”的鬼扯淡，得知少商病得人事不省后便连借口都不找了，一天往程家跑四趟，比饭点还多一顿。

有时带上袁家驻养的医者，有时带着大包小包的药材，有时刚从论经堂出来，袁慎两手空空也要来看少商一眼——若是不让他看上这一眼，他能在九骓堂坐两个时辰，然后赶上宵禁，就只能夜宿程家了。

对此，程少宫表示：“这厮终于知道摆架子是没用的，如今不但不摆架子了，连脸都不要了。”

程家众人劝阻无效，又不能将人关在门外，只好让程少宫陪在一旁——对于连脸皮都不要的人又能如何呢？好在此时朝野内外的注意力都在霍、凌两家上，也没几个人发觉袁慎的风骚走位。

少商醒来的那日，朝廷的敕令终于颁下了，凌氏一族受到了前所未有的严厉处罚。

先将凌氏兄弟通敌叛国的行径刻石立柱，再将三人鞭尸悬骨，以警世人。此外，五岁以上所有凌家儿女尽皆赐死——包括出嫁女（以防万一凌家女儿敬爱父兄暗中教导子孙伺机复仇），凌氏妇人以及五岁以下幼儿均流放漠北，凌氏祖坟掘毁，宗族改姓。不但如此，所有与凌家往来亲密的姻亲故交一应受到贬斥。

这一番狠辣卓绝牵连甚广的举措，明眼人一看即知是为了永绝后患。

淳于氏母子是必死的，他们当着裕昌郡主的面被灌下毒酒，裕昌郡主当场晕厥。

而汝阳老王爷的好日子终于来了，皇帝也不叫老叔父绝婚了，他觉得休书与软禁更适合前叔母大人。汝阳王世子本想替亲妈辩驳两句，皇帝很和蔼地表示“朕知道堂弟你很孝顺，你完全可以到都城外奉养老王妃嘛，不过这样一来，世子的重任就无法承担了啊”。

获悉内情，世子妃二话不说拉上一堆儿女要死给丈夫看，世子就闭嘴了。

一想到凌益通敌叛国的罪证就在那尊女娲像中，十六年来日夜被老王妃带在身边，汝阳王府上下就都被吓出一身冷汗。虽说他们自己知道老王妃没那个城府，明知凌益的所作所为还能若无其事，可外面人会作如何猜测，他们就不敢想了。

于是，皇帝顺手给裕昌郡主找了个郎婿，并勒令三个月内完婚，汝阳王府无人异议。

在这场雷霆暴雨般地处置中，只有两桩例外。

一个是凌老二前妻之女，当年破城之时已有十岁了，依稀知道外大父一家和生母死得有些不明不白，虽不曾联想许多，但此后一直敌视生父。后来凌老二续弦了实权将领的寡妹，生儿育女，日子滋润，对这个长女越发不喜，没几年就将她嫁了个老迈暴戾的高门鳏夫。

好在这位凌氏运气不错，嫁去不久就守了寡，夫家一位老伯母怜悯她年幼失母，生父与继母又刻薄无情，便安排她再嫁了一户中等官宦人家，之后夫妻和睦，儿女成群。

凌益的罪行被揭发后，本来凌氏也得自尽，她的郎婿冒死上奏，请求宽免妻子的死罪。

还有一个是凌老三的庶女，乃凌老三酒后与婢女所生。生母早早被凌三夫人发卖，自己也在年幼时“被”摔瘸了一腿。凌老三本就姬妾众多，见这女儿已经难以攀到好亲事了，便随意将她嫁了一户贫寒人家。

那户人家无钱无势，只能跪到廷尉府门口，恳求纪遵代为求情，表示凌氏新妇自归入家门后再未与凌家来往，并且一直孝敬尊长，友爱手足，是乡野中人人夸赞的贤妇。

纪老头是个面冷心热之人，便一五一十地上奏了皇帝。

——皇帝仔细听了禀告后，两件都应允了，众臣都松了口气，皆赞皇帝英明。

解决了凌家，就轮到霍不疑了。

杀死凌氏兄弟可算是为父报仇，此乃大义之所在，并且因为情况特殊，就不追究霍不疑私自寻仇的罪责了，但是私调军队，六营震动，却是铁板钉钉的大罪。

面对朝堂上炯炯有神的几十双眼睛，皇帝也很爽快，表示：“朕一定不会徇私——虽然子弄父兵从前朝起就不算罪过，虽然朕的养子只是为了报仇更有把握些才多调了几个大头兵，虽然朕一点也没往心里去，虽然……但是，朕还是会依法办事的！”

众臣无语。

最后，霍不疑被褫夺所有官位，贬斥至西北边城，守备胡族来犯——而与程始之女退亲，也属于惩罚之一。

皇帝的处罚颁下不到半个时辰，崔祐的奏疏就越级呈了上来：先扯了一段胡族犯边百姓苦难的疑似从书上抄来的句子，然后自告奋勇，要求领军去镇守边城。

皇帝气不打一处来，独自在殿内痛骂：“好你个崔阿猿，自从君华过世后你就哭哭啼啼要死要活，三天两头告病，朕让你干点什么你就推推托托，逼急了还哭着要致仕，活像个死了男人的婆娘！这会儿倒生龙活虎地要为国尽忠为民请命啦！”

骂归骂，但皇帝也知道将养子交给崔侯是再妥当不过的了，只能翻着白眼在任命书上签字盖玺。

崔祐貌不惊人，也不喜冲锋陷阵，但办起事来那是数一数二地灵光，既细致又利落，短短五天就安排好了沿途所需衣食住行的一应辎重。

调料要炙、烤、蒸、煮四味俱全，床帐要春、夏、秋、冬四季更替，医者要擅长外伤内伤调理各数名，连熏蚊虫的香料都配齐了五种香味的——其实是皇帝开了内库任他搬。

到了出城的那日，崔侯领着浩浩荡荡的辎重人马，头上彩旗飘扬，胯下骏马嘶鸣，不知道的还以为他们这是去郊游。

霍不疑和衣躺在马车中，身上盖着厚厚的皮毛，眼睛一直望向窗外——行至城外十里亭，他便吩咐停车休整。过了好半晌，梁邱飞拍马过来，高声道："少主公，崔侯问咱们是不是该起程了？"

霍不疑道："再等一等。"

梁邱起看着他苍白的面庞，不忍道："少主公，别看了，她不会来了。"

霍不疑垂下长睫，道："此去边城艰难，她不去才好……"

正在这时，前方崔大、崔二拖着一名少年过来，梁邱飞眼睛一亮，道："欸，这不是程家三公子吗！定是小女君有话托他来说！"

霍不疑幽深的眸子瞬时升起希冀的光彩。

程少宫用力甩开崔大、崔二的胳膊："你们这俩孩儿，怎么见面就牵走了我的马，真是好生无礼！"

崔大、崔二嬉皮笑脸地赔罪。

霍不疑颤声道："少宫，她，她是不是有话……"

程少宫闷声不响，从怀中掏出一个小小的锦囊丢给梁邱起。

梁邱起感觉锦囊中似乎是个四四方方的小小硬物，然后双手递入车中。

霍不疑抓过锦囊抖开一看，竟是当初他赠予少商的那枚私印，一时面色灰白。

梁邱飞愤愤地对程少宫道："公子之妹也太无情了，我家少主公如今都这样了……"

"那日从宫中出来，少商就高烧不止足有三日，之后忽好忽坏的又是六七日，到今天还不能下地。其间有两回医者都让家里准备后事了，好在总算熬过来了。"

程少宫看着霍不疑，一字一句道："阿父和阿母偷偷议论，担忧妹妹受了这般大病，不知将来会不会折损寿数。我听说你身受重伤，丢了半条命，如今少商也丢了半条命，她算对得起你了。"

霍不疑捏紧私印，用力到指节发白，连私印上那尖尖的四角戳进指腹都不知疼痛。

梁邱兄弟和崔氏兄弟面面相觑。

程少宫继续道："令尊忠勇可敬，世所罕见，程家上下都感慨非常。可是一事归一事，你们没缘分就是没缘分，请霍大人莫再强求了。”

霍不疑慢慢地一呼一吸，努力平复气息：“你的意思我知道了，她什么话都没有吗？”

程少宫沉默了片刻：“有。她说——后会无期。”

霍不疑立刻一手按住车壁，避免自己倒下去。

那夜的情形历历在目，风寒露冷，四周草木的呼啸声如刀刃刺骨，他骑在奔腾如飞的马上，把心爱的女孩紧紧搂在怀中。割舍她，比割去自己的肢体都疼，但他还是将她丢下了。

他当时说，后会无期。

她就是这样的人，睚眦必报，万难原宥。

霍不疑向后靠在隐囊上，闭了闭眼，说：“我明白了，程三公子你回去吧。阿飞，请崔叔父起程。”

霍不疑赴边后的第五日，废后事宜提上日程。

朝堂上呈现出一种诡异的宁静，所有重臣都对此事闭口不言，只有论经台中的几位经师替皇后说了两句“贤淑温厚，并无过错”。不过反对宣氏母子的家系中也不乏会读书的子弟，那些经师往往会招来一顿冷笑，外加更加激烈的反驳理由。

有回程咏来看病榻上的幼妹，少商忍不住问：“难道就没有为皇后奋死谏言的臣子吗？”

程咏道：“我等先是陛下的臣子，其次是皇后的。若是为了皇后而违逆陛下，岂是为臣之道？”

“无故废后，于理不合啊。”

“有理由啊，诏书上说了皇后善妒嘛。”

看幼妹黯然的样子，程咏轻声道：“为了布军，为了税收，为了任何一项朝政，群臣都有可能一争，可是为了一位没见过几回的娘娘，他们不会的。嫋嫋，为兄告诉你，除非是像吕后一般同甘共苦过的，或是如霍成君一样根系一处的，臣子们为废不废后而与君王争执，多是项庄舞剑意在沛公——总之，绝不会是为了皇后本人。”

少商不再言语。

养病的日子平静而无趣，桑氏并不与少商谈论前尘往事，只是拉她下棋品曲，时不时说说程止任上的趣事。萧夫人想让桑氏多劝劝女儿，桑氏却说：“嫋嫋心里什么都明白，可是人心匪石，哪能说转就转。姒妇别急，让嫋嫋缓一缓，过上两年就什么都看开了。”

不过在起程回去的前一夜，桑氏特意将少商扶到廊下，道：“你比我好多了，我少年时天下大乱，兵祸四起。昨日笑谈饮酒的小姊妹，几日后就听闻满门遭了匪贼；上个月还相约赏花的手帕交，这个月就奔逃不知去向……我知道你心中有怨气，可你走出去看看，看看这星空，这天地，人世间有那么多不容易的事，你我已是有幸之人了。”

少商撑在廊柱上，看着满庭芬芳的郁郁葱葱，呼吸着生机盎然的春日气息，心中已有了决断，此后每日进益锻炼。

因为废后之事朝廷里一通忙乱，袁慎再没工夫一天来四回了，不过来还是每日来的；不知为何，袁慎这回格外沉默，常是隔着屏风与少商对坐半晌，然后安静地回去了。

桑氏离去的第三日，废后诏书与立新后的诏书前后日颁下，毫不出少商意料的，皇帝禁止群臣庆贺迎立新后，同时对废后的安置异常荣宠。

首先，加封其余皇子皆为王爵，其中二皇子为淮安王，然后改立废后为淮安王太后，迁居北宫东北方的永安宫居住，继续享皇后封邑，并且为了叫淮安王太后用度宽舒，还给二皇子的封地多划了一个郡，以奉养太后。

与此同时，皇帝大肆封赏宣氏一族。宣太后的弟弟宣侯本无军功，但皇帝顶着众臣的反对将他从关内侯破格提拔为列侯，加大封国；宣太后的从兄与从弟俱奉爵位，拔擢至一等官秩；甚至连宣太后的那位叔父，因为儿子早死，皇帝特意将他的女婿恩泽封侯。

一时之间，宣氏满门烈火烹油。

少商能行动自如的第二日就派人去三皇子府送了封信函，还未雨绸缪地给信使装了一口袋钱预备塞门房的，谁知三皇子御下甚严，信使将钱袋满满当当地带了回来。

少商叹口气，头一回觉得换个太子也不错。

本来她以为至少要次日出发的，谁知一个时辰后三皇子的马车就出现在了程府门口，险些把老管事吓出一个趔趄。他暗想，自家女公子的追求者岂止应接不暇，简直此起彼伏、波浪滚滚啊，他老人家有些吃不大消。

萧夫人闻讯赶来，发急地追问："三殿下来做什么？你要去哪里？你还没好全呢！"

"阿母的脸色怎么还这么难看，别是我好了，阿母倒病了。"

少商惊异地望着萧夫人，哪怕在粗粝军营中都莹润丰健的中年美妇此时竟然蜡黄憔悴，道："青姨母，您多给阿母补补，药补不如食补，什么牛骨粥、猪蹄汤，还有乳鸽、黑鱼……"

青苁扶着萧夫人低头苦笑，萧夫人跺脚道："你好好回话！"

少商一面让阿苎为自己整理衣裳，一面微笑道："阿母别着急，我要进宫一趟。可是娘娘被废了，我的那些令牌就都不管用了，是以请三殿下领我去见娘娘。"

萧夫人焦急道："我听说永安宫宫门紧闭，淮安王太后谁也不见，你怎么进去啊？再说了，你为何不找太子领你进宫？"

"太子？"少商笑道，"他能进得去哪里啊？"她在妆台上一通摸索，还是安静地跪坐在一旁的程姎将耳坠递到她手中。

少商将两只白玉耳坠戴好，冲铜镜晃了晃，道："那回我和霍不疑吵架，躲进一间宫室里发脾气，太子本来想做和事佬，可是听我在里面砸了一个花瓶，就驻足不敢进去了——哼哼，想进永安宫，还就得三皇子。"

整顿停当，少商向萧夫人躬身拜别，临踏下门廊那刻，她忽然顿足，转回身体后缓缓道："阿母不用担心我，我到哪里都能活得下去。可您若不把身体养好了，阿父一定饶不了我。"

然后她的视线定在萧夫人后方的程姎身上，好声好气道："青姨母要照看阿母，家里这一大摊子琐碎，都要烦劳你了。"

程姎呆呆地应了一声。

春日的旭阳总是令人眼花缭乱的，柔暖光线下的女孩有种不真实感，仿佛脆弱的樱草，风一吹就不见了。看着她穿好翘头履，正要走出庭院，萧夫人忽然颤颤地喊出口："嫋嫋！"

少商回头笑了下："我去去就来。"

"去去就来"？！萧夫人一阵眩晕，这是她第三次听见这句话了。

恍惚间，她仿佛看见十年前奔赴前线的那一日，稚弱幼小的女童被傅母抱在怀中，哭得小脸通红，一声声撕心裂肺地哭喊着"阿母别走，阿父别走"……程始心有不忍，频频回头，甚至想冲回去将女儿一把抱走算了，反正程母葛氏也追不上——可是自己冷静地制止了丈夫，大军开拔在即，不可旁生枝节。

萧夫人忽然挣扎起来，失态地大声叫喊：“别让她走，来人哪，不许叫她走……拦住她，快来人拦住她啊！”她觉得自己要失去女儿了，要永远地失去她了。不过，也许她十年前就已经失去她了，只是如今才发觉而已。

十年前她为何要那么冷静理智，为何要坚定地维持自己的好名声？她应该像凶悍的母狮子一样，狠狠撕咬开那些抢走她孩子之人的咽喉；或者应该像村口的泼妇一般，拖着葛氏的头发绕府走一圈，谁敢说个“不”字她就打得那人不剩一颗牙齿！

——她不是没有办法带走女儿，只是顾忌太多，而此时，说什么都迟了。

萧夫人剧烈喘息，气血翻涌间，忽觉喉头一甜，嘴边溢出一股腥热，然后倒了下去。

少商戴着厚厚的帷帽坐在轺车中，三皇子骑行在旁，他忽开口道：“你家管事为何看我的目光那般惊奇？”

少商将帘幕拉紧些，以免让街上人认出自己，道：“乡野人家没见过世面，殿下不必介怀。”

三皇子冷笑一声，道：“以前子晟去你家也这样吗……”

话一出口，他就知道自己失言了，其实他心中觉得很奇怪——大难过后，这两人难道不应该是苦尽甘来相守相伴吗？何以闹到这个地步。

少商一手扶着车栏，静静道：“霍大人虽位高权重，但一直待人温文有礼，哪怕是对奴仆都和善周到，与三殿下的形容大不相同……对了，淮安王太后是不是病了？”

三皇子嘴角一歪，道：“接了废后诏书后，她什么也没收拾，只带几个宫婢就进了永安宫，饮食渐少，病了也不肯见侍医。于是我母后非但不敢办封后庆典，连长秋宫都不敢住进去。”

少商点点头，道：“我猜也是这样。”

三皇子不无嘲弄，道：“母后闷闷不乐，父皇就一个劲地封赏宣氏一族。淮安王太后再这样病下去，说不得父皇要把整座国库搬都给姓宣的了。哼哼，父皇也太仁厚了，真像高祖皇帝或武皇帝一般翻脸无情，谁又敢多说半句——这世道，总是苛责厚道人的！”

少商翻了三皇子一眼，道："这当口，殿下就别火上浇油了。每个人都有自己的秉性，宣太后说过，她做不成越皇后，越皇后也做不成她。陛下亦然。"

三皇子默然片刻，又道："你真能劝好淮安王太后？听说那日她对父皇把什么道理都讲明白了，怎么如今又过不去了？"

少商笑笑，道："陛下也好，皇子公主们也罢，都不明白宣太后的心事——其实吧，她是要人哄的。偏偏自宣太公过世后，就再没什么人哄她，反而要她屡屡去哄人，寡居的母亲、年幼的弟弟，唉……"

三皇子眼前浮现出宣太后端庄持重的模样，满脸怀疑。

"宣娘娘从小到大，其实没真正吃过苦。外面兵荒马乱，她头顶上始终有人庇护，是以漫长的岁月从未消磨掉她的真性情——在宣娘娘内心深处，她始终还是那个父慈母爱、娇养呵护的宣氏嫡长女公子。

"可情势比人强，在乾安王府，她得忍让一众外姊妹，嫁了陛下，她又对越娘娘有愧，还得接着忍让。还因为娘家孤弱，她更需要做出一副母仪天下、深明大义的圣贤模样来。不论什么事，她心里再不痛快也要装得若无其事，还要抢在陛下解释之前'理解'陛下的举措——如今总算不用装了，她自要使些脾气了。"

"我以为你很敬爱皇后的。"三皇子皱眉。

少商道："是很敬爱的，但实话也要实说嘛。"

三皇子叹口气："也是没办法了，淮安王太后不许任何人进永安宫去，尤其是宣家的人和几位皇子，你去劝劝也好。"

"大公主和五公主呢？"

"五妹还关着呢，大公主……"三皇子脸上发冷，"长姊先在父皇跟前哭了一顿，随后就'谅解'了父皇的苦心，如今正和大驸马轮流劝说父皇不要熬坏了身体呢——难怪宣娘娘要生病，换我也得病了。"

少商摇摇头，大公主夫妇还真是操作标准。

说话间，两个人来到永安宫门前，果然宫门紧闭。

少商睃了一眼三皇子，意为"该你上了"，三皇子横了她一眼，深吸一口气，叫出一群身强力壮的侍卫，抬出两人合抱粗的攻城杵，然后在"一、二、三"的喝令声中，咚咚几下撞开了永安宫门，里头顶着门闩的宦官都被撞击力冲得坐倒在地。

在众人吃惊的目光中，少商提着裙子迅速踏了进去，三皇子让侍卫们替她隔开上前阻拦的宫婢，然后道：“在宫闱中用攻城杵也是千古奇闻了，孤的罪名算是落定了，你定要好好与宣娘娘说理！”

少商回头道：“谁说我要说理来着？”

三皇子罕见地大惊失色。

“别急别急！”少商赶忙笑道，“只消我说成了，三殿下在陛下跟前不但无罪反倒有功！”

三皇子一口气堵住嗓子眼儿，差点儿没升天。

永安宫其实刚修造好不到两年，比长秋宫略小，但论屋宇秀丽，窗壁明亮，犹胜一筹。可惜宣太后主仆数人都无心收拾，少商一路走进去发觉到处空荡凄冷。

宣太后如今住的宫室是随意整理出来的，除了正中一副床榻，只有屋角的一尊小小火炉，别无其余家什。翟媪守在炉旁发呆，看见少商来了连忙走过去传报。

分别不满一月，宣太后原本乌黑油亮的青丝竟然白了好几片，满身苍老颓败的气息。此时她侧躺在被褥中，背向少商，一言不发。

少商伸着脖子看了几眼，然后跪到榻边，翟媪哭泣道：“你还是回去吧，我什么都劝过了，娘娘什么也听不进去。”

少商冲翟媪笑笑，不缓不急道：“娘娘，有件趣事，我说给娘娘听听。”

翟媪愣了下。

“今日三皇子领我进宫，他看了我的手书后，惊异地问我‘怎么和子晟字迹一般无二’？我这才发觉，原来这一年来我临摹的都是霍大人的字。呵呵，这人就是这样狡猾。”

宣太后微微动了一下。

“小的时候，总有人骂我是爹娘丢弃不要的孩儿，我那时就想，等我长大了，就再也不会有这种事了。”少商眼中慢慢浮起水汽。

“我若要什么，我自己会想办法——老天生人，给予其智谋和力气，只不过有些蠢货偷懒不肯用罢了。然后，我遇到了霍不疑，我的智谋与力气也渐渐束之高阁，变成了一个寻常的蠢货。再然后，在我最无防备之时，他弃我而去了。”

宣太后微微侧过面庞。

“我决意要忘记霍不疑，可是早晨睁眼时，我会想起他叮嘱我不能空腹，出门时，我会想起他驾车来接我的样子，衣食住行，嬉笑怒骂，无论何时我都能想起他来。于是我打算丢了他赠予的所有东西，谁知一抬笔就又是他的痕迹——这种情形，我恐怕也嫁不了人了。

“我不愿待在家中，承受父母手足那些怜悯忧虑的目光！娘娘，您帮帮我吧！”少商泪水落下，沾湿衣襟，翟媪也在旁垂泪。

女孩膝行到榻边，一双小手抓着被褥，哀声恳求着：“娘娘，我无处可去了，您救救我，请救救我吧！给我一个栖身之地，帮我过了这道坎，帮我忘记他！我不能每日睁眼是他闭眼还是他，我会死的，我真的会死的！娘娘，救救我……不然我如何活下去……”

翟媪也哭道：“娘娘！”

宣太后终于缓缓坐起身体，露出满是泪水的苍白面孔。

听到永安宫传唤侍医与饮食的消息，皇帝一下站了起来，喜出望外，越皇后也长长松了口气，帝后同时有种被赦免般的轻快，两人总算能坐到一处吃顿饭了。

得知三皇子撞破宫门时，皇帝本想揍儿子一顿，后来知道是他把少商送进永安宫后，长叹一声，改为赏赐一斛明珠了。吃饱喝足后，皇帝立刻吩咐岑安知去传话：“跟少商说，想要什么尽管开口，把淮安王太后服侍好了，朕记得她的功劳！”

皇帝心情好了，尚书台的诸位大人也都抹了把汗。

大越侯和虞侯一道出宫，两人边走边说。大越侯道：“谢天谢地，这几日我总是提心吊胆，唯恐淮安王太后有个万一，陛下和妹妹再不能好好一处了。”

虞侯道：“没到那个份上，妇人嘛，被废了正妻之位，总要闹一闹的，只是我没想到破这个局的会是那个程氏小女娘。唉，宣家也真是没什么大才了，也不知是使气，还是真没想到，这等关口居然眼睁睁看着陛下和越娘娘为难。宣太后说不许他们进宫，他们就真的一人都不进宫了！”

大越侯沉默片刻，道：“回头我去谢谢程校尉，谢他养出个好女儿。”

“是个好女儿，聪慧睿智，遇事果敢，所以我打算等这阵子风头过了，就去向程校尉提亲，我那十二子与程氏恰好年貌相当。”虞侯道。

大越侯猛地停住脚步，道：“你你，你当初还想把女儿嫁给子晟呢！”

“那又如何？”虞侯闲闲地笑了笑，“婚姻乃人之大伦，总不能耽误了，这里不成就试试那里，就算说不成程氏也无妨嘛。这话姑母没教过你吗？”

大越侯甩了一下袖子，道："阿母可不像你这样！唉，也不知子晟如今走到哪里了。"

虞侯抚须笑道："子晟也还罢了，他那样貌走去哪里都少不了女子爱慕，倒是崔祐……霍君华已经过世了，他总不能下半辈子无人照料吧。我有个守寡两年的从妹，年齿不足三十，想说给他，你以为如何？"

大越侯翻白眼："如何什么如何，我看你别在朝为官了，赶紧去做冰人吧！"

"做冰人有什么不好？前几年我将二驸马的妹妹说给了韩将军的小儿子，如今小夫妇俩和睦恩爱，逢年过节都要来拜见我。可比在朝为官净落人埋怨好多啦！"

大越侯慢慢踱步，犹豫道："欸，我听到一个消息，陛下身边的那个袁慎，袁善见，一天到晚往程家跑。你听说了吗？"

"听说了啊。"虞侯道。

"你这人！"大越侯顿足，"别说袁慎是去找程家父子谈论经文的，我可不信！"

"当然不是找程家父子的。这有什么，一家女百家求嘛。"

"可那袁慎不是同蔡允老儿的侄女定亲了吗？"

"外兄啊，从程氏小女娘身上，我明白了一个道理——煮熟的鸭子是会飞的，定下的亲事是能退的。"

萧夫人躺在榻上翘首企盼了整整一日，没等来女儿，只等来冷冰冰的一道诏书——召程氏女为永安宫宫令，享六百石官秩；外加一道加封丈夫与长子的恩旨，另许多金钱财帛。

上门贺喜的宾客们很快发现程氏夫妇异常沉默，被问到时只推说是春乏。

这一日，程姎料理完家务，屏退一众婢女，独自走到书庐，寻过几间屋子后，在后厢的一间书库中看见程承正在书架上寻书。

程承笑道："姎姎怎么来了，你下个月就要嫁人了，还不待在屋里歇息？"

程姎没有答话，坐到程承的案几对面，问："父亲，您上回跟我说想将母亲接回来？"

程承一愣，道："是呀。"又有些不好意思，"我在白鹿山读书时，你外大父一直让人送东西过来，你舅父还来拜访过几回。他们说，你母亲已经都改了。"

程姎道："父亲忘了母亲对您的羞辱谩骂吗？"

程承叹气，低头道：“唉，我不如你伯父叔父，白身一个，又年迈跛足，能续弦到什么好女子。你大伯父看得上的人家，看不上我；看得上我的，你大伯父又看不上。不然，就是贪慕程家权势，另有所图，还不如将你母亲接回来……”

“我不同意。”程姎道，“我不同意将母亲接回来。父亲若是续弦不顺，不若先寻一位温顺敦厚的姬妾来服侍您。”

程承张大了嘴，道：“你，你……”

“父亲知道大伯母病了吧。”

“自然知道！可是——”

程姎含泪道：“大伯父对外面说伯母是旧疾发作，可我知道伯母是为了嫋嫋伤心病倒的——她后悔了，后悔十年前丢下嫋嫋，后悔十年后苛责嫋嫋，后悔母女间不曾有过一日和睦欢乐就被宫门阻断了。”

程承难堪道：“都是我无能，当年没有制住你母亲。”

“阿父的秉性如此，别说母亲动不动搬出大母来，就是母亲一人，父亲也是说不过的。”程姎侧脸拭泪。

“可是阿父，这公平吗？我在舅父舅母怀中娇养，十几年来被爱若珍宝，而嫋嫋在阿母手中备受冷眼薄待，养得粗鄙无文。刚来都城时我还未有察觉，如今我才知道阿母的行径是多么可恶！”程姎捏紧拳头。

“十年中大伯母数次派人回来接嫋嫋，都被阿母使计挡了回去。我听少宫说，在外镇守的将领多是互相结亲的，若伯母能将嫋嫋带了去，她也能像万家的萋萋阿姊一样找到合心满意的郎婿，那就没姓楼的姓霍的什么事了！”素来端厚温顺的女孩一脸愤慨。

程承痛苦地抚上额头，道：“我明白你的意思。阿母虽有心为难娰妇，可阿母粗枝大叶，若无葛氏一直在旁出主意使坏，后来也不至如此。”

“我会向舅母写信说明原委的，无论阿母改了还是没改，都不能回程家来！”程姎坐得笔直，身上微微颤抖，“凭什么作恶的人老了能善终？那十年间阿母何曾对一个无辜的孩子心软过！只要我在程家一日，她就别想回来！”

程承听出了异样，道：“什么叫你在程家一日？”

程姎道：“我跟大伯父说，我不喜欢那个人，无论如何也不愿嫁过去。大伯父已经答应帮我退婚了。”

“你怎能这样？！”程承一下站了起来，气得满脸通红，“你大伯母为了这门婚事费了多少心血你难道不知？！那家门风淳厚，家世也好，你有什么不满意的，你你你……”

“因为我不能走。”程姎颤抖着哭了出来，“大伯母病得那么厉害，好像身上的精气神都被抽干了！青姨母要照看她，谁来管家——这时候我不能走！”

程承整日沉浸书中，不明所以。

“大从兄已经授了官，成婚后就要到青州赴任，新婚宴尔，难道让姁娥阿姊留下来伺候大伯母？！”程姎拼命用袖子擦泪，脸上糊得乱七八糟，“二从兄过继去了万家，等与萋萋的婚事之后，就要跟着万伯父去任上了——家里还能剩下谁？！”

程承愕然呆立。

程姎长长吸气，平复呼吸：“不但阿母不配回程家来，我也不配好好嫁人过日子！只要嫋嫋一日没有安定下来，我就留在程家。阿父什么也别说，您尽管回白鹿山继续读书，有我在家里呢，我会好好看家的！”

程承木木地坐了回去，看着女儿仿佛一夜之间长大了，既心酸又骄傲，同时自卑于自己的无能为力，唯有深深叹息。

待父女俩走后，最后一排书架“哗啦”一声，从后面钻出两名少年，正是程少宫与班嘉。

片刻之前，程少宫偷着领班嘉进来找书，听见程承进来连忙躲到后面，免得被爱书如命的二叔父啰唆，直到此时才能爬出来。

程少宫一面拍打自己身上的灰尘，一面喃喃道：“瞧瞧我这命格，总能听到不该听的，这下可好了，这事到底要不要告诉阿父阿母呢……欸，阿嘉，阿嘉，你怎么了……”

班嘉呆在原地，两眼愣愣地看向门口。

“怎么啦？你发什么呆啊，那是我二叔父和堂姊，你不是都见过吗？”程少宫在他眼前来回挥手。

班嘉直挺挺地站着，秀气的脸上浮现出犹在梦中一般的神情，道：“少宫，你有没有听见外面电闪雷鸣？”

啥？！

——程少宫看看窗外，晴空万里。

外面的确晴空万里，而且一连数日俱是好天气，少商赶紧干活——将手上的人马兵分两路，一路人数多的收拾长秋宫，一路人数少的收拾永安宫。

尤其是长秋宫，虽说要把宣太后用惯之物带走，但绝不能剩一片狼藉给越皇后，除非以后不想混了。于是少商要求宫婢和宦官们发扬“不留下一点杂物”的精神，在带走器物家私的同时，将长秋宫打扫整理得窗明几净，整齐而不呆板，简洁而不空旷，方便越皇后将自己的物件一一搬入。

少商深谙“废话一万不如铜钱一贯”的道理，直接拿了皇后的私房钱悬赏，于是因为废后而颓废不振的宫婢宦官们再度振作起精神来，短短六七日就将两座宫殿收拾妥当。

皇帝很是赞赏，于是让岑安知抬了一箱子钱赏给少商。

越皇后交着手臂在长秋宫巡了一圈，难得地表示满意：“以前只觉得她爱吃爱玩，口齿伶俐，倒没看出来办事这么利落。”于是也让人抬了一箱子钱过去。

翟媪还在嘟囔“显摆她越家有钱是怎么的”，少商已经毫无负担地收下钱箱。

永安宫只有主殿和内殿收拾妥当了，少商让宣太后先行安顿养病，同时向皇老伯要求在偏殿旁另设庖厨，独立采买，并拥有部分进出宫闱的权限。

少商环视四周，在未来的几年中，她要在这座宫中布置出图画室、手工室、纺织室、读书室……殿后开辟出一片植被来，春夏要有繁茂的花叶，月下饮茶，品评蔬果，秋冬要有丰厚的收获，熬汤炙肉，围炉夜话。

——这里绝不会成为一座凄怆的冷宫，她要这里散发着安静而愉悦的气息。

“将来我会立下规矩，有功当赏，有过则罚，若是另有高就之处，自可离去……现在，将正大门关上，以后出入必要有我同意。”

环佩叮当的宫装少女笔挺地立在正殿当中，目色沉静，声调缓淡，随着她一一发下旨令，周围宫婢宦官无不遵从。

看着眼前朱红色的大门缓缓合上，少商忽觉心口一阵剧痛，痛得她几乎站不住。

——那也是一个晴空万里的初春日子，高高的苍穹犹如一泓碧玉般美丽开阔，母亲板着脸在马车中絮叨，将将十四岁的女孩心不在焉地回答了一句“城门又关上了呀”。

其实女孩没说实话，在朱红色大门合拢前，在金灿灿的黄铜门钉之间，她看见那位俊美颀长的青年又策马奔回，远远地驻马在山坡上看向门内。

那样远的距离她根本看不清他的脸，可她知道他必是在对自己微笑，他的笑容就像春天流淌的溪水那样温柔清隽，足以让她铭记一生。

当时女孩已经定亲了，可在她心底最深的隐秘处，依旧莫名地欢喜。

往事这样猝不及防地袭来，杀得少商毫无还手之力。

这一时，这一刻，她清清楚楚地记得他。

他的睫毛很长，下颌弧度俊秀优美，笑起来嘴角微微翘起，左边唇畔会旋起一个极小的涡；他的眸子深沉又明澈，看你时又无比真诚坚定；他的胸膛火热，臂膀安稳有力——然而，她要把他彻底忘记。

一点一点地，慢慢地，她要把他忘得干干净净。她绝不会再让自己冒这样的险了，再不让自己的心那样疼痛了。

卷五

愿为双鸿鹄，奋翅起高飞

他此时有一种直觉——他俩的厄运到此为止了。以后，他们会否极泰来，一生平顺，相守到老。

第四十二回 逝水流年

少商也没想到，五年光阴这么快就过去了。

窗外的花树绽了花苞，盛放后又凋谢，周而复始；湖面上的冰结了又化，鱼儿越来越呆肥；不过有时看看菱花铜镜中自己依旧萌答答的模样，少商又觉得好像没过那么久。

她从小就是个不肯含糊的人，但凡下定决心要做一件事，总要全力以赴。

自接掌永安宫后，少商感觉自己像空降大企业的关系户，如何管理这百十来号人以及排布安宁有趣的宫廷生活，难度着实不小，一个弄不好就会鸡飞蛋打。少商不敢再我行我素，做每个举措之前必询问岑安知——有否触犯宫规，有否涉及忌讳，询问后还要预置试行点。

如此谨慎小心，这些年来她倒博了一个练达宽厚的贤名——这回不是皇老伯抬轿子，是真的好名声，许多起初听起来异想天开的规令收效居然也不错。

少商以往并没有这方面的工作经验，但她没吃过猪肉也看过猪跑——在一个偌大的封闭环境中，如果没有规律有序的生活节奏，很容易产生懈怠、厌倦、怨恨等情绪。于是她在落实责任安排工种之外，发布了两个新命令，一是但凡有妥善去处的宫婢，在年满二十二岁之后可酌情放出宫去；二是每年除了三祭五节，少商还会举办各色赛事，凡女红、烹饪、园艺，甚至栽培暖房植被……有出色者，都可获得重赏。

而皇后就是现成的各项举措的评委裁判，她的各种修养内涵终于有了用武之地——哪道菜更色香味俱全，她是一流的美食家；哪盆插花哪片园艺更有意境，她有最高级的审美情趣；哪幅绣样更精致出尘、高雅大气，她是顶尖的鉴赏者……

麻雀虽小，五脏俱全，一年两年下来，永安宫众人似乎也都习惯了这种劳作与休闲间隔有序的生活。

“少商君，少商君，”一个小宫婢含笑进门而来，“袁公子来了，正在灵露门门外等您。”

少商正聚精会神地读着一本药膳食谱，小心拟定下个月给宣太后的菜谱，闻言不悦：“不是叫他走偏门嘛，走正门给别人看见了怎么办！”

那小宫婢捂嘴笑道：“想来袁公子就是想光明正大地叫人看见呢。”

少商“啪”地将笔拍在案上，对镜拾掇一番仪容后板脸出去。

灵露门门外背身站立了一位二十六七岁的青年公子，依旧是风度翩翩，长身玉立，对着一众小黄门和宫婢也是笑容可掬。少商跟做贼似的，先是倚在门槛内东张西望一番，看没有永安宫以外的人后才一脚踏出去。

“袁公子，不知此来何事啊？”少商一脸矜持模样。

袁慎俊秀依旧，不过气质成熟了许多，前两年他原想蓄须，察觉到女孩嫌弃的目光，连夜将唇上的短须剃了个干净。如今的他，再不会因为女孩装模作样就出言讥讽，相反是和和气气地道：“陛下召见你，我刚好在旁，特地来跑个腿。”

周围的宫婢和宦官见他们二人要说话，十分识相地退了个干净。

少商皱眉道：“岑安知手下的人都死光了吗，传句话的事还要劳烦您袁郎官！肯定又是你在陛下面前有意着相——我不是说了吗，你我还是避忌些的好，蔡家……”

“蔡允大人打算收我做个散门弟子，平日有空去听他讲讲经学。”袁慎笑眯眯的。

少商“啊”了一声，心中油然生出一股敬佩：“虽说我知道你素有能耐，但居然能把蔡氏大族长都说转圜了也是大本事！说说看，你究竟怎么办到的——这几年蔡家人看见你不是喊打就是喊杀，他们怎么肯就这么算了？”

“边走边说吧。”袁慎看看日头，“明日起你不是要在家住几日吗，再晚就不好出宫了。”

少商应允。

袁慎走在女孩右侧，替她拂开沿途绵软的柳条：“前阵子有人参蔡司空因与上党太守有陈年旧怨，特意在考核时隐没其功，夸大其过——陛下大怒，立时就将蔡允大人下了大狱。”

“这是真的吗？”少商好奇道。

皇老伯用人很有一套，讲究一个内外兼济，亲疏有序。

对那些立下汗马功劳的从龙股肱之臣，往往官职不显，而是予以滔天富贵；在其中再挑几个真正的心腹之臣在尚书台决断政事；至于大司马、大司徒、大司空这样显赫的“三公”之位，反而任命那些海内著名的经学大儒。

授官时，皇老伯对这些饱学之士自然是十分尊敬，不过一旦发觉其错处，惩治起来也是异常严厉——与对待景阴功臣的心软宽容迥异。

袁慎道：“蔡允大人疯了吗，就算要报仇也不会这么明目张胆。我替他把事情查清了，并非蓄意报复，只是大意失察，轻信偏听，被有心人抓住了把柄发作而已——陛下免了他的大司空之职，训斥一番也就是了。”

少商笑吟吟地看了他一眼，没有说话。

袁慎被这目光看得很舒服，笑道：“你又在肚子里说我坏话。”

“那好吧，我不在肚里说，我在嘴里说。”少商笑道，“你给我老实道来，你等蔡家有难等多久了？”

袁慎哈哈一笑，道：“蔡氏约束子弟甚严，几位出仕的蔡家长辈也都小心谨慎——他们要是再不犯错，我都想自己动手了。”

少商忽对他起了歉意，叹道：“你又何必如此。”

袁慎向她恭恭敬敬地作了个揖，叹道：“小可今年已二十有七，再不成婚生子，怕有无后之忧了！”

少商望天，道：“其实婚姻真没什么好的，你看看五公主，嫁出去时比前四位公主都风光，称得上十里红妆，华盖满城。可自从完婚后，与小越侯之子三天两头吵闹斗殴，上个月险些将小越侯的府邸点着了……”

“这是恶人自有恶人磨。”袁慎道，“五公主与驸马，一个骄奢淫逸，一个跋扈凶残，我看这俩是天生的一对。你没见自从五公主嫁过去后，连小越侯都没精神挑事了？”

“有精神才怪了！”少商压低声音，“半年前有一回，我去长秋宫奏禀一事，正碰上越皇后召了五公主夫妇在训斥呢！你是没看见啊，五驸马脸上好长的三道血口子……”

“那公主呢？”袁慎也是一脸八卦。

“听说头发被薅掉了一大撮，头皮都见血了！”

袁慎啧啧两声，满脸幸灾乐祸，少商知道其中缘故——五公主婚后数月，某日进宫谢恩时撞见了袁慎，居然异想天开地要召他为入幕之宾，当时袁慎脸都绿了。

后来袁慎也不知使了什么手段，将五公主私养面首之事捅了出去，皇帝气得半死，当即将作为嫁妆添加给五公主的食邑又减去了一大半！

——就算要养面首，也不能新婚就开始啊！就算不看越皇后的面子，越家也是功勋卓著的外戚之家，这也太不给功臣面子了！

“本朝公主不如前朝的风光喽！”少商摇摇头。

前朝公主不但养面首，还屡屡能在历史关键时刻留下鲜明的印记。而本朝嘛，皇老伯看起来十分厌恶公主干政，所以公主们的逸事也只剩下桃色纠纷了。

“少商，”袁慎停住脚步，看向女孩的目光灼灼，“蔡、袁两家已和好了，与我定亲的蔡家女公子也早就嫁人生子了。等令尊的寿宴之后，我就请长辈上门提亲吧。”

少商不无烦恼：“你为什么非要娶我呢？”

五年前，她满身伤痕地自请入永安宫，这不长眼的袁某人就跌跌撞撞一路跟过去。她不开宫门，他就几个时辰几个时辰地长立门外，立到议论纷纷、少商不得已放他进去说话为止。

“我要娶你！你记住了，等我把蔡家的亲事退了就来娶你，你这回不要再匆忙答应给别人了！”——袁慎冲她这么喊着，脸上还带着被蔡家打出来的血痕。

“我脾气这么坏，别人不知道，你还不知道吗？”少商无奈道，“你何必自讨苦吃呢，找个贤惠和善、仰你如天的妻子不好吗？”茫然中，这句话她似乎对另一个人也说过。

袁慎站到女孩面前，玩笑地看她：“你明明是想嫁人的，莫非只是不想嫁给我？”

少商想起了一件尴尬事：“好好说话，别提有的没的。”

袁慎忍笑，扯了一枝湖边的杨柳枝，道：“家母在前夫过世后，立定了终身不嫁的念头，什么天皇老子都不嫁。你呢？”他回转目光到女孩身上，“你还是愿意嫁人的吧？”

少商不情愿地点点头：“……嫁还是要嫁一回的。”大不了过不下去绝婚就是，她绝不让过去之事影响她未来的人生。

袁慎笑了笑，眼看前方已是长秋宫，他赶紧说：“其实你仔细想想，我们成婚是最好不过的——你我都清楚彼此性情，谁也不用装模作样，有时吵吵闹闹也不乏趣意。少商，说实在的，我们是同一种人，你见过豹子与麋鹿一道栖息的吗？只有同一种人，在一处才过得长久。”

少商有些怔忡。

其实她明白袁慎说的都是实话，她和袁慎做夫妻最合适，甚至可能比嫁给楼垚都合适。他们都狡黠、警惕、防备性强，甚至天生带了三分凉薄；在漫长的岁月中他们将生儿育女，利益一致，彼此信任。

——袁慎绝不会半夜杀出去报仇，他会隐没在暗处慢慢收拾凌氏兄弟，而作为妻子的自己可能会在一旁出馊主意。

“已经五年了，有些事过去了，就让它过去吧。”袁慎没有往长秋宫方向去，而是斜开几步，“过几日又是元宵了，到时我带你去看灯吧。”

他忽然停步，转身过来，笑如春风：“——适才我说的娶你的缘由都是废话！我想娶你，只是因为我喜欢你。

“头一回在元宵灯会上遇见你，我就暗暗心悦于你，但你看起来犟头倔脑，实非佳妇人选。后来因为桑夫人之事你我又见了几回，我就想，你年纪还小，慢慢教导总能成为一位妥帖的宗妇——谁知道，这一犹豫，就晚了。”

袁慎站在少商侧前方十余步处，浅蓝色的锦袍上绣有山河鹤羽，比湖光山色更秀丽清雅。他面上的神情似悲似喜：“这些年来，我看你渐渐长大，学着稳妥周全，学着滴水不漏，我忽怀念起你在尹家一言不合就打人的样子。我又觉得，你永远不长大、永远满身尖刺的样子，也是不错。”

程氏少商是他见过最鲜妍明媚的女孩，无论何等逆境，她都会披着最清新的阳光雨露大步踏出去，哪怕在荆棘上踩出斑斑血痕，也终究会走出一条路来。

“少商，我喜欢与你待在一处，听你偷着说人坏话，看你自得其乐地我行我素，日月绵长，岁月悠远，你我最终会白头偕老，合葬一处。”

说完这番话，他再度斯文地行了一礼，微笑着离去，只留下少商愣愣地站在原处。

发了半天呆，少商挠了挠腮，然后缓缓走向长秋宫，看见上前来迎自己的宫婢宦官，她习惯性地摆起温煦可爱的笑容——熟悉的殿宇，不一样的摆设，少商这么多年还是不大适应，不过看见皇帝一家三口以倒“品”字形坐在内殿正中，左右不见宫婢与宦官，连岑安知都没在，她一下竖起了满身的汗毛，严阵以待。

皇老伯坐在正中，大马金刀，双手搭膝，左边耳垂有些奇怪地发红；越皇后坐在他右后方，斜倚着案几给自己补指甲上的蔻丹；三皇子，哦不对，是新任的太子殿下则坐在皇帝的左后方，手上翻着一卷竹简，也不知是奏章还是典籍。

少商行完礼，小心地看向上首这压迫感极强的三口子，最后目光落在越皇后身上——宣太后已如秋后落叶般衰老了，可是越皇后仍丰润如碧波春水，容色越发浓艳。

她有点不大舒服。

皇帝笑眯眯地朝她招招手："坐近点，朕有话要问你。"

少商觉得皇老伯笑得活像狼外公，越发心中警惕，只敢往前挪半尺。

皇帝问："这阵子淮安王太后身体如何啊？"

少商看了眼越皇后："回禀陛下，比正旦前好些了，但还是气衰体虚，食不下咽……这些妾昨日已对皇后娘娘说过了呀。"

皇老伯虽然很关心前妻，但人家毕竟有正经工作的，不能处处关心到，是以这几年来少商不可避免地要向越皇后报备宣太后的状况。

这话说下，越皇后"呵呵"两声，太子冷哼一声，皇帝摸摸胡须："宣太后是不是又说自己的身体像宣太公的话了？"

少商叹道："每回生病都说的，还说当初宣太公也是这些症疾——都是妾无用，没有照料好太后。"不能化验没有皮下检测，连病灶是什么都弄不清，古代人从生病到去世利落得很。

"这不怪你，两年前那回那么凶险，若不是你，她差点没熬过去。"皇帝摆摆手。

少商很标准地拜倒："妾谢过陛下体恤。"她越看越觉得皇老伯的左耳垂红得很奇怪——她有个大胆的猜测，然而她不敢问。

皇帝一脸英明睿智地微笑。

越皇后再度"呵呵"两声，太子跟上冷哼一声，皇帝不去理他们，忽然换言道："听说东海王自正旦后就没去永安宫看望太后了，这是怎么回事？"

少商貌似茫然状："有这么久了吗？对呀，东海王为何一个多月没来啊？"

皇帝吊着眼角："依你看来，莫非东海王心绪不佳……"

"不会呀，东海王自从成为东海王之后，妾看倒比以前自在了，去年跟二公主夫妇去山里消暑，与一群闲士谈诗论赋，回来时心宽体胖，娘娘给殿下做的衣裳还得再改。"少商的眼神很天真，继续拉扯。

越皇后不耐烦了："陛下，这蔻丹我自己涂不好，您和少商慢慢说，我先退下了。”

新太子和亲妈同款表情：“父皇，要是没什么事，儿臣先告退了，还有好多事……”

“别闹！”皇帝跟赶苍蝇似的朝身后的妻儿挥挥手，“谁也不许走，都给朕老实听着！”

回过头来，皇帝虎着脸，对着少商拍腿道：“小丫头还想糊弄朕！说，一个多月前你跟东海王说了什么，吓得他从永安宫的阶陛上滚了下去，还摔破了脑门！”

太子感兴趣了，端着一碗酪浆看向女孩：“长兄头上的伤原来是你的缘故？”

“你推子昆了？”越皇后惊异道。

“不不不，妾哪敢啊！”少商吓得连连摆手，“借妾一百个胆子，妾也不能跟东海王殿下动手啊！”

“你是没动手，你动嘴了！”皇帝又拍了一下腿，“你还不说实话！”

少商无可奈何，只能扭捏着说出实情：“其实妾也没说什么，只是跟殿下说，说‘您现在也没王妃了，不若娶了妾吧’……”她现在还记得东海王当时脸上的表情，便是遇见妖魔鬼怪也不过如此了——真丢人！

话还没说完，越皇后已经“咯”的一声笑了出来，新太子险些喷了嘴里的酪浆。

越皇后笑得前仰后合，指着少商道：“是不是宣太后说自己身体不好了，想在走之前看你成婚嫁人？”

少商尴尬地点点头。

太子抹掉嘴角的酪浆，气急败坏：“你一个小小女子怎能说这种话！前脚宣太后叫你嫁人，后脚你就去向兄长提亲！你好啊你，真是果敢善断，一点也不迟疑！”

皇帝继续朝背后挥手：“你们俩都别说话，朕还没问完呢……少商，你说那话之后，子昆怎么说？”

少商的脸色好像刚吃剩的青蕉皮：“东海王殿下没来得及说话，当时就从阶陛上摔了下去，然后捂着额头跑了，都没和娘娘拜别，说是要回去裹伤。”

皇帝忍笑：“那你觉得子昆愿不愿意娶你啊？”

“看来，似乎，是不大愿意的。”少商难堪地承认，“……可这是为何啊？

东海王殿下柔仁寡断，妾刚好给他拿主意。等成婚后，妾既能接着照料永安宫，又能叫王太后对殿下放心。妾以为这门亲事很合适啊！”

“合适什么合适！长兄若娶了你，还不被你欺压得连头也抬不起来！”新太子差点喷口水，“这门亲事孤不同意！”

“妾不会欺压东海王的！妾是心地很好的人，永安宫上下都这么说！”少商很愤慨。

“你比孙氏更不像话，到时长兄还能剩下几根骨头？”

“东海王每根骨头都会好好的！”

越皇后笑得趴倒在案几上。

“你们都给朕住嘴！”皇帝大喝一声——他终于明白了为何自打有了程少商，前妻的嗓门儿越来越大。

深深吸气后，皇帝正色道：“少商，这事袁善见知道了吗？”

“知道的。”少商嗫嚅，“他听说东海王跌伤了额头，就来问我，我照实说了。”

“他倒不生气？善见什么都跟朕说了。”皇帝饶有兴味，“还说过几日要去你家提亲。”

“妾还没生气呢，他生什么气啊。”少商在心里翻了个白眼，“当年妾打算悄没声息地在永安宫过几年，待风平浪静再做打算。谁知袁善见敲锣打鼓地一通闹腾，满都城都知道他要退婚。他虽没明着说娶我，可他一天四趟地往我家跑，蔡家难道会不知道？！害得家父家母这几年看见姓蔡的就要绕着走。唉，可怜他们一生与人为善，却因为我差点与名门蔡氏结仇——这种情形下，我要是敢嫁他，就是明火执仗地抢了蔡家的婚事！”

总不能她自己快快活活地嫁进高门，让娘家结个大仇家吧。

皇帝笑道：“朕也曾责怪善见一天到晚往永安宫跑，然而善见说，是怕你不等他了结前事，就又要嫁别人了。”

少商辩解道：“如今袁公子是与蔡家冰释前嫌了，可一个多月前他们还势同水火呢，妾，妾自然要另寻出路……”

“看来袁善见倒没忧虑错。”新太子见缝插针地嘲讽。

越皇后继续趴在案几上闷笑。

“妾真觉得这门亲事挺好的。”少商犹自挣扎，“东海王殿下也太伤人了！”

皇帝莞尔一笑：“少商啊，朕来告诉你。子昆头一个喜欢的是深明大义、委曲求全的曲泠君，后一个是孙氏，你以为自己和她们哪个像了？”

“曲夫人也就罢了，妾比孙氏还是强一点的吧……”少商嘟囔。

“你错了！”皇帝道，“十年间，孙氏的所作所为哪能一点不露？子昆能容忍她十年，会没有一点情分在里头？”

少商第一次听到这种言论，张大了嘴：“不会吧，孙氏她人品……”她说不下去了。

皇帝道：“不错。在世人看来，孙氏人品低劣，浅薄无知，可难保子昆对她没有怜惜之情啊。”

少商惊讶得久久无语，但细想想，仿佛也有道理。

“好了，言归正传……阿姮，你别笑了，朕要说正事了！”皇帝不满地瞪了后面一眼，“少商，有件事得让你知道，子晟在边塞立下大功了……”

他有些难以措辞，新太子立刻接上：“这几年中，子晟在西北灭盗匪，拓商路，招降边塞数族，平定羁縻之乱，转战千里，不但为朝廷省下许多粮草兵马，更在上个月收复蜀地之战中从陇西出奇兵，辅佐诸将合围僭王，可谓功勋卓著！”

少商低头听着，一言不发。

“你若真的应了袁家的亲事，朕就立即将此事传至西北。”皇帝道，“子晟这些年累进军功，早就抵过前罪，朕必然要大大地封赏他。而且他年纪也不小了，霍家只剩他一人……届时，朕会严令子晟择妇成婚，开枝散叶。你可想清楚了！”

少商抬起头，微笑道：“原来蜀地已平，这消息还没传开呢，妾先恭贺陛下天下一统。”

她恭敬地磕了个头，再道：“霍大人是天上的雄鹰，只要挣脱了旧日恩怨，必能展翅高飞，将来位极人臣，子孙繁茂，也不在话下。也不知霍大人的婚仪在哪里办，若是在都城，说不得妾还会偕郎婿一同赴宴呢。”

皇帝正正地看着女孩：“你真想清楚了？”

“陛下，妾五年前就想清楚了。”少商再度叩首。

“行，你这就退下吧。你这些年服侍淮安王太后十分用心，后日你父亲的寿宴，朕会赐下美酒与金帛。”皇帝发话。

少商恭身道谢，随后垂首告退。

越皇后总算止住了笑，望着女孩离去的门槛：“以前宣太后总说她看着狡黠凉薄，实则一片赤子之心，当时我还不明所以，如今才懂了。”

新太子赞同道：“母后说的是，自长兄辞去储位后，朝臣世族颇有忌惮，儿臣本想为长兄再说一门好亲事，谁知都在那儿推托支吾，真正可恨！”

越皇后翻了儿子一个白眼：“那你适才还讥讽少商。”

太子难得叹了口气：“她为人纯挚不假，可行事实在离谱。袁善见那样一个生有七窍玲珑心之人，怎么会看上她的，也是奇了！”

“这话你五年前也说过，陈词滥调！”越皇后吐槽，随后又叹，“唉，真是个执拗的傻孩子，放着鲜花着锦的金光大道不走，非要另寻出路，真是……”她是过来人，怎么会想不通其中缘由。

太子嗤笑一声，哗啦啦地整理竹简卷筒，一脸通透的聪明样：“母后说得没错，程氏就是个不开窍的！子晟那样才貌双全的人才，西北诸城的高门女子趋之若鹜，都哭着喊着要为他牵马捧鞍！前年子晟主持边城的上巳节祓禊大礼，小女娘们差点把崔侯父子挤下河去。只要子晟点个头，要什么样美貌温柔贤惠的名门闺秀没有！”

“那子晟为何不找几个美貌温柔贤惠的呢？”皇帝冷不丁来了一句。

太子立刻泄气了，无奈地叹口气：“……因为子晟也是个不开窍的。”

帝后含笑对视一眼。

随即，不屈不挠的太子殿下又兴然起来：“不过这下好了，今天我就军马传报西北，让子晟死了心，赶紧娶妻生子！真是的，这么多年还没折腾够吗……父皇，您说子晟会挑哪家的女公子啊？”

皇帝语中带笑：“这些年你与崔侯信函来往，提及最多的不是那位骆氏吗，就是以前给五公主做伴读的，叫什么来着？”

“叫骆济通，前长水校尉骆宾之女。”太子叹道，“要说呢，骆家也是名门世族，可惜这几年族中子弟平庸，至今我没听说一个出众的，霍家单薄，将来叫子晟如何仰赖妻族呢？好在那骆济通是出了名的大德贤妇，初嫁才一年就守了寡，却数年如一日地服侍重病卧床的舅姑，博得夫家一片赞誉。无论才干还是德行，俱是顶尖的——”

“总而言之，比少商贤惠百倍。”皇帝点点头，微笑地看着儿子，“这件事情，前前后后都是你的意思，你将来可不要后悔。”

太子想了想，坚定道：“程氏是个死心眼儿的，与其叫子晟一年年空耗下去，还不如一别两宽，各自欢喜。不论袁善见还是骆济通，都足以匹配程氏与子晟。有些事，就当快刀斩乱麻，越拖越坏事！”

“好！”皇帝微笑着一拍手，“就依你的意思，朕这就去信边塞，让崔祐给子晟赶紧定下亲事！当初朕给子晟定的处罚是戍边七年，待他回来时，朕要看见霍家的新妇与儿孙！”

太子喜道：“父皇英明！”

越皇后怜悯地看着儿子——她记得上一个皇帝这么对着笑的人，不出一年就被坑进坟头了。回头她得提醒下皇帝，到底是自己儿子，别坑得太狠。

太子正要告退，忽回头道：“父皇，儿臣这才发觉，您的左边耳朵怎么红了……”

皇帝摸着自己的耳垂，轻咳两声：“适才有些发痒，朕揉了几下。”

太子不疑有他，关怀道：“父皇还是传侍医来看看的好。”

待太子离开后，皇帝收敛笑容，摸着耳朵对越皇后瞪眼：“都是你，不知礼数，险些叫人看出来！”

越皇后婷婷袅袅地走到皇帝身旁半跪着，眉目含情地嗔怪道：“陛下现在倒爱讲礼数了，当年陛下二十三，我才十三，陛下怎么不知讲礼数啊？既然嫌弃我，不如也去找几个美貌温柔贤惠的名门女子？”

皇帝看着越皇后眼角眉梢的风情，心头一阵意动，将她拉进自己怀中，咬牙笑骂道：“朕就喜欢咬朕耳朵的！唉，子端这傻孩子，这辈子怕是遇不上会咬他耳朵的女子了！”

越皇后咯咯一笑，用力去推皇帝，皇帝山岳般高大的身躯就势往后倒下。

然后越皇后撩裙分腿跨坐其上，双手按住皇帝的胸膛，趾高气扬道：“某乃金角山女大王，今日巡山，不想碰见你这狂徒。虽说你胡须皱纹一大把，但还剩了几分姿色，待本大王试试你的身手，若是得力，就上山与本大王做个压寨郎婿吧！”

皇帝斜乜着眼：“大王想怎么试？”

越皇后娇媚一笑，嗷呜一口咬在皇帝的喉结上。

“三叔母，你别笑了。”少商满脸无奈，案几对面坐着花枝乱颤的桑夫人，“这事究竟哪里好笑了。”

桑夫人坐直身体：“五年前，你看见皇帝与淮安王太后亲近，酸溜溜地跟我说‘不知陛下与越娘娘是如何相处的’。这五年你果然看见了，结果还是酸溜溜的。你倒是说说，陛下总共两个女人，你究竟想要他如何？”

“唉，那不一样。”少商托着下巴，叹道，“五年前，陛下和太后在我们跟前最亲近的举止，也不过是头挨在一处看看风景——那时我就觉得哪里不对。这些年来，我才看见真正亲密无间的夫妻应当是什么样子。”

为什么当时女孩会觉得不对劲呢，自然是她对比自己和霍不疑相处的情形，发觉帝后之间总有疏离感——桑夫人没有戳破这点，而是说道：“你难得出宫，我也难得回都城，你要是还想絮叨淮安王太后的事，我可就走了啊。”说着作势欲走。

少商连忙挽留。说来也怪，她与桑夫人莫逆之交，举凡对世事的看法、爱好、习性，甚至吐槽别人的方式都不谋而合，唯独在宣太后一事上，两人居然背道而驰。

尤其当桑夫人得知少商成了永安宫令，反对得更是激烈。五年来，她无数次给少商出各种主意，病退、伤匿、相亲……总之是要求她赶紧出宫回家。

“叔母为何总是不喜欢太后呢？她是个好人哪。”少商百思不得其解。

桑夫人转过身体，讥诮道：“你二叔父也是好人，可我从来看不上他。不过自打他和青苁成婚后，算是顺眼多了。你在宫里待了五年，眼界越发狭隘，心胸越见浅薄，整日里想的都是针头线脑的蜉蝣小事——你拿镜子照照自己，还认得自己吗！”

少商反驳道：“陛下也在宫里，他还掌管天下呢，难道他的眼界心胸也小？”

“可你是待在淮安王太后身边，近墨者黑，近朱者赤！我怕你跟她久了，也学得像个怨妇！”桑夫人走过去将窗门合紧，一口气说个痛快，“虽说越皇后脾气不好，可我宁愿你在越娘娘宫里摔摔打打，也胜过在宣太后身边浑浑噩噩！”

“这不公平！当年风雨飘摇，陛下须得亲自上阵搏杀，可天有不测风云，刀枪无眼，于是他在出征前，急急将还未两岁的东海王立为储君以安天下——陛下不能这样，用得着的时候，封皇后立太子；用不上的时候，就左挑眉毛右挑眼，这皇后太子又不是娘娘和东海王自己要做的！”少商愤愤道，“说到底，都是乾安老王爷推娘娘入火坑！”

“宣娘娘的命够好的了！”桑夫人一点没触动，“当年我亲手给我的挚友收的尸，她的门第家世可一点不比宣家差！可惜她没个‘推她入火坑’的舅父庇护，一朝防卫不慎，家乡受了悍匪血洗，她们母女几人死得那是惨不堪言，你那位宣娘娘可受过这份罪？！”

“叔母这是大不敬！”少商皱眉。

“你去告我好了！”桑夫人直接开骂，“好吃好喝好日子过了几十年，整天委屈这委屈那，你还在一旁跟着起劲！早知如此，五年前我就该趁你昏迷不醒，把你抬上马车一道走，让你去外面看看黎民生计、百姓疾苦。哼，天底下所有吃饱喝足的怨妇毛病，饿上几顿都能解了！”

少商不服气地嚷嚷：“因为我服侍太后，阿父和兄长还升官了呢！”

桑夫人反口就是一句：“拿你换来的升官发财，你父兄心里比剜肉还痛呢！”

在叔母大人逼人的目光下，少商不得不闭嘴。

桑夫人瞪满意了，才继续道：“想那茹毛饮血的年代，人们凭本事击败了强大凶猛的巨兽，成为万物之灵。什么时候开始，人们将愚钝赞美为敦厚，将孱弱吹捧成文雅了呢，想来真真可笑！”

“叔母你扯远了。”少商想要侧过身体避坐，桑夫人拽着她的胳膊将她扯回来，道：“人生天地之间，各凭本事活命。宣氏为后，靠的是当年那一纸盟约和陛下对她的敬重，越氏靠的是陛下的情意，哪天陛下爱弛情淡，你看看越娘娘会不会愿赌服输！”

少商不情愿地承认：“越娘娘应该不会像太后那样的——有一回，我向她禀告太后病势沉重，她自言自语了一句，‘我是不会病的，什么时候陛下对我的情意不再，就是我的死期’。哎呀呀，三叔母，可吓死我了！”

桑夫人点点头：“嗯，听起来像是个性情中人。”

“越娘娘真是奇特。”少商抬头回忆，“她是真的不在乎位分尊荣之类的虚名——陛下没给她办封后大典，她没生气；陛下给太后的贡果比给她的新鲜，她也不生气；可陛下若是多问几句太后是否安康，她就眼睛不是眼睛，鼻子不是鼻子了。”

大约是长久生活在安全稳定的环境中，少商觉得自己的思想都有些闭塞了，此时经过桑夫人点拨，头一回站在局外人的角度看待帝后与淮安王太后三人的死局。

宣太后的性情的确有消极矫揉之处，若她身处越氏的位置，自己屈居妾位几十年，怕不早抑郁而终了，若再碰上典仪差了些尊重，供养怠慢了些心意，估计又要长吁短叹了。

越皇后为何能毫不在意这些呢？这是因为她笃定皇帝对自己的感情——与宣太后酸涩的少年时代不同，越姮生长在一个精神、物质双重富足的美好环境中，自幼貌美聪慧，被强大的家族视若珍宝。

当三人碰到一处时，拥有相同寄人篱下经历的两人没有产生共鸣，反而性情截然相反的皇帝与越氏始终情投意合。

少商曾亲眼见过，皇帝对宣皇后诉说自己父母早亡的心酸，宣太后感同身受地说了自己在乾安王府的种种委屈——看似很投契很美好，殿内的气氛却越发低落。

而越皇后呢，大约会干脆利落地说“把我的阿父阿母分你一半好了”！

皇帝有些直男的通病，自己的女人委屈一点无妨，对“旁人”却要客气些。越后明白这一点，而且用甜水浇灌出来的孩子往往不会很敏感，所以皇帝有些不足她睁眼闭眼就过去了，宣后也明白这一点，还心细如发，所以加倍痛苦。

这些年来少商冷眼旁观，发觉越皇后对皇老伯有种奇特的占有欲——在越皇后眼中，一把年纪的皇老伯从头顶到脚趾，哪怕一根白发一条皱纹说的梦话发的酒疯……都是属于她的，她人生中最大的痛苦，就是不得不将皇帝分出去一半。

所以宣氏被废后她喜上眉梢，不是因为自己可以做皇后了高兴，而是以后皇帝全须全尾都是她的了，自然就不会去计较什么封后大典。

桑夫人仔细觑着女孩的神情，知道她意动了，继续加把火：“再说了，陛下再喜欢越娘娘，也没有因此废后啊。宣太后被废，纯是因为朝局！”

少商叹道：“也是东海王忒老实了。”

“你身在都城，耳濡目染都是东海王动辄得咎的样子，便以为东海王一无是处，实则不然。”桑夫人道，“我也是前两年回了趟白鹿山才想明白的。”

少商紧张道：“怎么说？”

桑夫人道：“东海王少有贤名，在百姓中颇有名望，山野名士常比之为秦之扶苏，忠厚仁爱。可百姓和山野名士推崇又能如何？朝堂上那些重臣世族他镇不住啊，大事小情此起彼伏，没完没了的。

“少商，以前我教你读书，你该知道两点。第一，举凡新朝建立，最要紧的就是头两位君主，只要延续至第三代君主，就会人心思定，众臣服膺，国祚便能延续下去——如暴秦二世而亡，就是找错了胡亥。”

少商听得认真：“那第二点呢？”

“第二，君弱臣强，实非大幸。”桑夫人轻声道，“于是麻烦来了，第二任君主至关重要，偏偏东海王压制不了那些虎狼重臣。那该怎么办呢？其实陛下还有一个法子——少商，你还记得秦穆公令三贤殉葬的故事吗？”

“记得记得！”少商卖力点头，又轻声道，“当时叔母就说，秦穆公招贤纳能，聚集了一批前所未有的能人志士，可偏偏穆公之子康公平庸。说不得，殉葬是假，为康公扫除阴霾是真。可是……”她艰难道，“陛下仁厚，怎么舍得对那些亲如兄弟的臣子大开杀戒？”

“你终于明白了。”桑夫人满意地点头，压低声音道，“秦康公虽安稳继位，但秦国积累数十年的人才凋零殆尽，致使秦国再度羸弱；而高皇帝就聪明多了，除了几位异姓王，其余开国功臣几乎没动——”

“叔母，让我来说吧。”少商轻声道，双目灼灼如骄烈旭阳。

她凑到桑夫人耳边：“高皇帝不是废不了吕后母子，可他麾下那群打天下的老兄弟哪个是省油的灯，如戚姬这样只懂以色事人的深宫女子，如意又年幼柔弱，面对一干如狼似虎的悍将谋臣，直如羊入虎口，所以高皇帝只能浅尝辄止。可换了吕后就不一样了，韩、彭这样天下闻名的豪杰，她说杀也就杀了，群臣中哪个敢不服她。”

桑夫人微微一笑，觉得自己终于把火点着了。

“陛下虽与高皇帝性情迥异，但既然做了国君，就必须以大局为重！”少商抵着桑夫人的耳朵一字一句道，“其实东海王若是三世之后的储君，未尝不能为君。可偏偏国朝新立，人心不稳哪，既然陛下舍不得杀几个股肱之臣祭祭祖宗，就只能易储了。”

桑夫人咬牙切齿：“他们君臣几个都是老江湖，肚里什么不知道，只是没说破罢了！你原先多么犀利聪慧，这几年在永安宫里养傻了，居然会向东海王求亲，简直昏了头，真该狠狠打一顿——好在东海王没答应。我告诉你，当不了君王的储君，就算旁人不去算计他，他心里也永远不会安生，你要陪着个患得患失、忧心忡忡的男人一辈子不成？！”

“叔母，少商错了！”少商赶紧拜倒。

桑夫人点点头，满意道：“还算太后有心，知道该放你嫁人了——你若是还像以前一样心有鸿鹄，就该高飞四方。”

她用力一甩长袖：“本来这趟回来我给你找了门亲事，是我兄长的得意门生，因为守孝耽搁了婚期。人品相貌都不错，又兼家资富足，到时候他研修学问你鼓捣水车瓦窑什么的，有空就游历天下，岂不美哉？！”

“叔母！”少商苦笑。

桑夫人露出顽皮的笑意："也是我小看你了，白白操心一场，没想到你躲在永安宫中都有人天天踹门！我看姓袁的蛮好，比我兄长那门生强，算算他的资历也是时候放任外郡了，到时你就跟他去外面走走，嗯，这样挺好！"

少商被桑夫人的自说自话逗乐了，正要表示自己还要再想想，既然打算嫁人了，就要好好嫁，谁知这时青苁夫人来了。

青苁夫人手捧托盘进来，笑道："你们真是比亲母女还亲，躲在屋里这么久说什么呢，莫非要把五年的话一气说完？"

桑夫人笑道："我们正在说你呢，说你怎么不声不响就嫁了次兄。"

青苁夫人放下托盘，坐下后叹气："便是再让我投十回胎，我也想不到会嫁子容大人这样的郎婿。"

桑夫人兴味道："那你想嫁什么样的人？"

青苁夫人道："元漪阿姊那样的。"

——桑夫人扑哧笑出声，少商险些从桌上滑下去。

"不是说笑话，我十三岁起就觉得元漪阿姊是这世上最有胆识担当的人！"青苁夫人苦笑，"我自幼无父无母，寄居在远亲家中，平日只比奴仆好几分。那年舅母和元漪阿姊斗气，硬叫我给外兄做妾。外兄抵挡不过，只能拿我出气，反倒是元漪阿姊怜悯我关照我……后来萧家遭难，元漪阿姊和外兄绝婚，我就跟着元漪阿姊走了。"

夫妻离婚，小妾跟着前妻跑了，在当时也是一桩奇闻了。本来萧夫人的前婆母还说三道四，萧夫人威胁让青苁去告他们逼良为妾，夙货们就滚了。

"我原是不想嫁人的，反正程家也会给我养老。"青苁夫人很惆怅，"谁知道一场阴差阳错，弄到这般地步。"

这场婚事来得十分狗血——两年前，程承从白鹿山回家过正旦，途经萧夫人新购置的偏远庄园时，顺便将在庄园中清点账目的青苁夫人一道捎回家。

结果倒霉了一辈子的程承这回也不知是幸是祸，车队遇上山雪倾泻，与青苁夫人一起滚落山崖，三日三夜后才被人找回来。

为了渡过劫难，两人在崖底不得不互相扶持，于是出来时人人都看见他们肌肤相亲，衣衫不整——程始乐得眉开眼笑，以迅雷不及掩耳之势办妥了程承与葛氏的绝婚手续，再一通煽情兼吓唬，赶紧把倒霉弟弟和青苁夫人送入洞房，大功告成！

萧夫人本就不希望义妹孤独一生，便在不声不响中默许了。

青苁夫人将义姊的话奉若神明，既然答应了萧夫人要好好照料“难叫人放心的”可怜二弟程承，这两年就在白鹿山悉心服侍程承起居。

“当初没想过要嫁次兄这样的人，现在呢？”桑夫人调笑道。

“……还成吧。”青苁夫人再叹，“子容君也是可怜人。”

——这话少商同意，整个程家再没比程承更倒霉的了，在偏心粗暴的亲娘身边过了二十年，又在狭隘恶毒的葛氏身边过了十几年，大半辈子都不知道温柔细致的女人是什么滋味，当他娶了体贴柔善的青苁夫人后，结果可想而知。

三人没说几句，程承默默地摸了过来，站在门外踟蹰不前。

少商欢快地喊道：“二叔父，你怎么不进来啊？”

“进来做什么，你以为你二叔父想见的是你吗？”桑夫人配合得当。

两人挤眉弄眼地去看青苁夫人，只见她脸上浮起一抹少见的红晕。她冲门外低低地柔声道：“有什么事，回去再说。”

程承讪讪道：“没，没什么事，就是来看看你，若是无事就回屋吧。”

这真是少商听过的最没营养的话，比五皇子调戏宫婢还无趣。

青苁夫人既好气又好笑，走过去耐心地嘱咐，边说还边替丈夫整理衣襟：“我还要和嫋嫋去见阿姊，得说一阵呢。你先回去，将水盂搁在火炉上，把墨磨好，等着我回来……别离火太近了，上回你手掌被燎到了，伤还没好呢。”

程承重重地应声，欢喜得满脸放光。

屋里的桑夫人走到少商身旁，笑眯眯地看着她。

少商咂巴一下嘴，叹道：“我知道叔母的意思，好好嫁人，不要胡思乱想，对吧？不过叔母啊，将来我嫁人后要是天天打架该怎么办？”她觉得这种可能性比较大。

桑夫人板起脸：“那就打赢之后再绝婚，总之你给我先嫁一次！”

程始的生辰在正旦后的第六日，不过他这回并非整寿，之所以能将天南地北的程氏全族都聚集起来，是因为五日后就是程姎的婚仪。

五年前萧夫人一场大病，足足养了三年才渐渐回转，如今虽说身体康健，精气神却不如往昔旺盛了，具体表现为程少宫与筑讴小哥俩在这五年中都没挨过打。

曾经她也为少商的终身大事忧虑，但袁慎强行与蔡家退婚一事闹出来，她就明白了，自己女儿从来不存在嫁不出去的问题，只有嫁给谁的问题。

于是她就以此为理由，极力劝说程姎出嫁——侄女和少商不同，一旦错过花期，就难以寻到各方面都合意的初婚人家了。是以，当得知班小侯三天两头往家里跑并非为了找程少宫时，萧夫人很是吃了一惊。

程老爹总结："一定是嫋嫋的桃花太旺了，顺风飘了些花粉给姎姎。"

起初班老侯爷并不满意程姎，要知道如今班家主支羸弱，正需强有力的妻族扶持，程家显然还不够资格（程承更是白身一个）。

班小侯难以抗拒曾祖父的强势，被压着哭哭啼啼地定过两回亲，哪知他克父克母的命格太强大，三年中死了两位未婚妻，加上指腹为婚却早逝的那位，已是连中三元了。

班老侯爷只能退而求其次，请人向程老爹提亲，这下轮到程萧夫妇犹豫了，班家门第再好，也不能拿程姎的性命去冒险啊。

萧夫人觉得宁肯嫁的不如班家，也希望孩子长命百岁，就对程姎表示"此事作罢"。程姎素来乖顺听话，毫不犹豫地点头同意，却连着几夜在被中闷头哭泣。

当时青苁夫人刚与程承从白鹿山回城过正旦，正抓紧时间关怀继子女，很快就察觉了程姎的异样，随后转达给义姊。

萧夫人莫名地心软了，在空荡荡的女儿内寝中坐了一天，出来后就让丈夫满世界地去找有名的巫士为程姎和班嘉占算生辰八字与命格，得出的结论都是"天作之合"。

萧夫人这才点头——程少宫还补了一句"堂姊与阿嘉的子孙后代中会有名垂青史之人，不止一个哦"！

饶是如此，两家定亲后萧夫人还是足足观察了一年，看程姎一直身强力壮百病不侵，才敢开始筹办婚仪。

程姎婚仪当日，少商坐在一旁看青苁夫人领人给程姎上妆绾髻，打趣道："外面人都说我们程家是老姑子窝，一个两个都不嫁人，幸亏堂姊你做出表率，不然阿母都要急坏了。"

程姎低头道："当初我看班小侯爷老在这附近晃荡，还当他走错路了，就告诉他少宫的屋舍不在这里，结果次日又见到了他，我就又给他指了一回路。谁知他脸红了半天，结结巴巴地吟诵了《子衿》给我听……"

少商故意大声吸气，调侃道："然后堂姊立刻答应了？"

程姎羞涩道："起初我没理他，可他一天天地上门来，有时给我捎卷书，有时给我带些锦缎，还有一回，他不知从哪儿摘了一捧野果给我，说是他尝过最甜的果子——可我依旧没理他，因为……"

少商给她补上："因为你要照看程家，二叔父都告诉青叔母了。青叔母知道了，全家也都知道了。"

正给程姎上簪的青苁夫人听了，百忙中伸手出来轻敲了少商一个栗暴。

萧夫人那时才知道侄女不肯出嫁的真正缘由，破天荒地打了程姎一顿手板。

"阿母还成天说我犟头倔脑，其实你也不遑多让，不论阿母怎么打骂你吓唬你，你就是不回头！"少商摇摇头。

"那个时候我想好了，你不嫁人，我就不嫁人。所以后来听到阿嘉定亲，心里也没怎么样。"程姎道，"直到一年前他兴冲冲地跑来说，他曾祖父要来家里提亲了——我端酪浆给他时，他衣袖滑下，我看见他胳膊上的陈旧鞭伤……"

当时她忽地落下眼泪。

程少宫告诉过她，班嘉为了争取婚事被班老侯爷惩治得十分厉害。要知道，作为家中独苗，班嘉打出娘胎就没被碰过一指头。

直到此时程姎才明白，这个文秀胆怯的少年，在被逼着定亲前跑来自己窗前哭泣时，是真的无比伤心痛苦；而他为了能娶她，曾经做过多么大的努力。

所以萧夫人打算回绝亲事时，程姎一面告诉自己这样正好，不用费力当面拒绝班嘉；一面却不能自抑地躲着哭泣——她觉得自己很卑劣，堂妹还困在深宫中，她却动心思嫁人了。

"嫋嫋，你真的能出宫嫁人吗？"程姎犹自不放心。

少商满口保证："你放心，我要是想嫁人，随便吆喝一声，等着娶我的能从上西门排到平城门！你好好地嫁了，全家人就都放心了。"

在一旁坐着吃点心的桑夫人听了，故意响亮地"呵呵"一声，似笑非笑地看过来，少商知道她想起了什么，脸上有些尴尬。

少商这话虽夸张，却也有一定道理。若说以前的她只是寻常美貌，然而在天下最尊贵的地方高居数年之后，早已提纯出一种透彻无瑕的气质。

程姎侧头看去，见堂妹玉雪无瑕的面庞如花蕊上的露珠般清丽绝俗，黑白分明的大眼波光流转，配上与生俱来的几分楚楚柔荏，呈现出一种如蝶翼般脆弱的特殊美感。

“从上西门排到平城门”的人中，引为笑谈的就有虞侯的第十二子。

据说起初他并不满意老爹的打算，觉得自己做驸马都够格了，怎能屈居一个刚刚发迹人家的女儿，更别说程氏女之前还和霍不疑牵扯不清。

谁知某日他在宫门口碰见倚坐在轺车上的女孩，远远见到她蹙着眉头郁郁不快的模样，好像落在心坎上的一声轻轻叹息。虞十二郎顿觉利剑穿心，柔肠百转，立刻觉得老爹亲老爹好老爹眼光顶呱呱，更十分殷勤地去程家拜见长辈。

他满意了，袁慎不满意。

袁慎天天往永安宫跑，可不是为了看着心上人再和别人定亲的，心念既动，立刻冒出一肚子坏水，然后虞十二郎之前与大驸马的寡妇妹妹调情的信函就被抖了出来，闹得满城风雨，虞侯只能上大驸马家提亲去也。

虞侯还算想得开，大驸马的妹妹虽说年纪大了些，名声也风流了些，家世门第却远高于程家——反正他姻亲遍天下，东家不打打西家嘛。

倒是大驸马好几回用感激的目光看向袁慎，袁慎只作不知。

其实，与美貌齐名的还有程少商的坏脾气。

这五年中，她至少赶走了两回来说风凉话的徐美人，骂退了三回企图让宣太后给自己撑腰的五公主，清查了五起永安宫不法事件，甚至阴差阳错地抓出了蜀中僭王派来的一拨刺客……据不确切、无根据的消息称，有人曾见过程氏殴打恐吓五皇子。

少商严重怀疑这消息是袁慎散播的，意图吓跑她的仰慕者们。

婚仪过后几日就是元宵佳节，少商与袁慎说好了要进行一整天的约会，于是早早起身梳妆打扮，萧、桑二人激动得不行，恨不能给女孩挂上满身珠翠，少商赶紧谢绝，因为他们今日约会的第一站是一处陵墓。

袁慎坐在马车中，惊奇地看着女孩，道：“你居然能起这么早，我还当你要多睡一个时辰呢。上回你告假回家，连着四日睡到晌午，我忙完来看你时你才刚吃第一餐。”

“你以为我想起这么早啊！”少商哈欠连天，“这几天家里闹得沸反盈天！姁娥阿姊有一儿一女，萋萋则带着她和次兄的三个小兔崽子，一窝小混账见天地惹事打闹，一刻不得清净！”

一会儿是姁娥的小儿子被埋进雪推，一会儿是萋萋的次子被骗上树梢下不来，一会儿他们齐心协力拔了程母种在暖房的秧苗，再一会儿又将程始的兵械房弄得乱七八糟……总之是大闹天宫头晕眼花，连萧夫人的威严面孔都不大管用。

“前天下午，我越睡越觉得身体沉重，绵绵不绝地做噩梦，还当是鬼压床了呢，睁眼一看，两个兔崽子压在我身上打盹，害我险些断气！”少商大吐苦水，“阿母也就是对我们威风，看见孙辈就没辙了！”

袁慎哈哈大笑：“这下你家算是人丁兴旺了。”

“你想多了，萋萋阿姊的那三个姓万。”少商道，“不过没关系，还有少宫和阿筑他们呢，等他们娶妻生子，阿父再也不用担忧那么多空房子无人住了。”

已经改姓的万颂与萋萋终于扭转了万家百年毒咒，达成了三年抱俩五年捧仨的任务。去年万松柏特地跑来都城，痛哭流涕地感谢程始，满口都是容易产生歧义的“多谢义弟为我生下三个孙儿，义弟辛苦了”。

袁慎饱含深意地睇了女孩一眼：“其实我家也是人丁单薄……”

少商懒得理他，将毯子扯到自己身上：“你好好看着马车，别走错路了，我眯一会儿，等到了叫我。”

袁慎：……

一个时辰出城，一个时辰驰道，等到达冬柏陵园时，已是日居当中了。

爵封淮安王的二皇子早早到了，他站在空旷高大的祭堂中，怔怔地看着一尊灵位，听见后面有脚步声，转身时少商看见他面上尚有泪痕。

“二殿下，您又哭了，上回您不是已经答应娘娘不再伤怀的吗？”少商道。

二皇子拭泪，然后笑道：“你不去说，母后就不会知道。”

少商无奈道：“我自然不会告诉娘娘，不过殿下也要保重身体，不可过分伤怀了，二皇妃的孩儿们还指着您呢。”

二皇子连声答应，朝袁慎拱手：“善见，你也来了。”

袁慎回礼：“二殿下又消瘦了，我不是少商，我可不会瞒着陛下。”

“你们两个！”二皇子失笑，随后又对少商道，“听说你家近来又是寿宴又是婚仪的，你今年实在不必来看她。”

少商叹道：“我与二皇妃一场交情，除非不在都城，不然怎么也要来的。”

二皇子感激道：“这么多年了还记得她，我这里谢谢你们了。”说完，他又回头去看妻子的灵位。棺椁只是暂存此处，等他就藩后，要带着妻子一起走的。

少商拉着袁慎上前躬身作揖，又上香祝祷，回头发现二皇子凝视牌位的姿势一点没变，不由得又叹口气——若非亲眼所见，任谁也不能将眼前这个消瘦淡泊、微微伛偻的中年男子和五年前那个趾高气扬的二皇子联系在一处。

转折点就是那个充满血气与痛苦呻吟的夜晚——谁都没想到，爽朗健康又不乏手段心机的二皇妃会去得这么早。少商尤其想不明白，二皇妃都生育三胎了怎么还会难产。

二皇子看着牌位喃喃着："那回她本就怀相不好，还到处张罗奔走，替我善后。母后被废后我那么混账……都是我害死她的。"

都城众人公认一件事，二皇子虽不靠谱，二皇妃却是皇室中数一数二的靠谱人。

当她在家中听说废后的消息，立刻明白大势已去，当下果断地将死士与谋臣遣散至安全地方，销毁所有不稳妥的书函，再和大公主商量应当什么时候以何种方式"谅解"皇帝最合适，既不会显得对宣后凉薄，又能尽快获得安全。

而当时二皇子既消极又暴怒，心中愤懑无可言说，只能日日以醉酒行猎来发泄心中的不满，二皇妃临盆前两天还在派人寻找不知醉到哪里去的丈夫。

那夜天降大雨，宫门被二皇子的使者慌乱地拍响，只说二皇妃活不成了。宣太后当时身体还未养好，少商不敢惊动她，只能大着胆子去长秋宫叫醒皇帝，请了一道出宫的特旨，带着最擅长妇产病事的侍医去了二皇子府。

侍医的眼光很老到，直言"忧慎太过，折损精气，已耗尽了心力"，二皇子当时就要拔剑杀人，总算少商很机灵地带去了一队侍卫，大家七手八脚地将人架住。

最后孩子生下来了，是个孱弱的男孩，而二皇妃也油尽灯枯，血流不止。

临终，她求了丈夫三件事。第一，无论丈夫将来续弦了谁，请善待她的孩子们；第二，无论将来谁继位，请丈夫一定要保重自己，不可自怨自艾；第三，十年内不许给她忌日上香，就当她没死，就当她只是生气出了远门。

二皇子哭泣不能言语，只能一一应下。

整个过程二皇妃都很镇定，她强忍疼痛与虚弱，嘱咐心腹要则，提前挑选傅母，将自己的后事安排得井井有条，直到弥留时回光返照她才哭了出来，惊慌失措地抓着丈夫，盲目而悲伤地喊着："……我走了你怎么办？你这样莽撞冲动，人家算计你怎么办？我不能护着你了！若有人欺负你，我不在怎么办？！"

二皇子如遭雷击，抱着渐渐冷去的妻子，这才明白自己失去了什么。

二皇妃不仅仅是他儿女的母亲，他的王妃，还是他知心知肺的爱人与知己；父母还有别的子女，儿女会有自己的人生，这世上再不会有人如妻子一样爱他，着急他，舍不得他了……

消息传开后，大家都以为二皇子这下要颓了，不知要发几天酒疯，闹几回永安宫，谁知他只把自己关在屋里一日一夜，等再出来时就如同换了一个人。

当所有成年皇子一齐被封王封爵时，哪怕如四皇子这样低调也收了几个门客，可二皇子将所有宾客遣散，王府中不曾生育的姬妾，只要想走的就赠予重金送走。

他回忆着妻子处理日常事务的样子，努力克制自己的粗心大意，认真安排府邸的支出收入，挑选值得信任的心腹，约束奴婢，悉心照看孩儿。

此外，他每半月进一回永安宫，从不提自己的悲伤与孤寂，反而一直开解宣太后，嘱咐她好好调理身体；甚至他还开始关心兄长，不论东海王请辞储位之前还是之后，他都陪伴在兄长身旁，替他在父帝面前说话，为他反驳朝野的流言蜚语。

二皇子终于变成了一个好儿子、好弟弟、好父亲，就像世上所有的父母和妻子期望的那样——只是代价太大了。

二皇妃去世后的第一年，二皇子肉眼可见地消瘦了，脾气和缓得像个老人。他谨记妻子嘱托，不在忌日来看妻子，于是挑了妻子的生辰，来怀念那个元宵佳节出生的爱笑女子。

皇帝不无感慨道："老二长大了，可是……老天待他也太狠了。"

用过清汤寡水的午膳，离开冬柏陵园前，少商犹自叨叨着："二殿下，您别像上回那样，在陵园里一住就是一旬，最后冻病了倒把小皇孙们吓得直哭。您得多吃点鱼肉，别弄得跟出家修道一样……"

袁慎插嘴："其实修道之人也吃鱼肉的，我阿母就吃。"他也对午膳不满。

少商没好气地捶了他一下。

二皇子扑哧一声，道："你放心，我已经答应父皇续弦了，怎么也得好好活着。"

"真的？人选挑好了吗？"少商眼前一亮。

二皇子道："挑好了，这个善见知道。说起来，还是他劝的我。"

袁慎微笑地拱手，道："陛下一直担忧殿下，做臣子的少不了要为君主分忧。殿下放心，臣打听得清清楚楚，二皇妃的众位从妹中，就数这位夫人心地善良，怜幼悯弱，而且……自从她被前夫殴伤后流产，就再也不能生育了。"

少商又捶打了他一下："你的嘴脸怎么像三姑六婆！"然后又对二皇子道："听他的准没错，这家伙当年相亲，差不多相遍了整个都城，哪家女子贤惠和善他最清楚！"

二皇子以拳抵唇不住低笑——看着人偶娃娃般漂亮柔弱的女孩打人，其实蛮好玩的。

袁慎揉着胳膊在旁苦笑。

车队要起程时，二皇子忽然走到少商马车旁，看了眼袁慎，诚恳道："少商，人的一生其实很短，不要错过了眼前人，之后悔之莫及。"

少商眼睫微微垂了一下，然后抬头，笑嗔了袁慎一眼，玩笑道："看来袁公子给殿下做的好媒，这不，您都开始替他说话了。行，妾知道了。外面冷，您回去吧。"

第四十三回 袁家记事

按照袁慎原本的计划，少商睡到日上三竿，他在程家蹭一顿午膳，两人下午再去冬柏陵园，回城时早已天黑开灯市了。谁知少商今日偏早起了，于是多出两个时辰不知如何打发。

袁慎在肚里一寻，想着若先送女孩回程家，天晓得再出门时会不会后头跟来一长串老老小小。不妥，这样很不妥，于是他提议去袁家用晚膳。

少商欣然允诺——既然考虑嫁这家伙了，还是要多了解些袁家的好。

到达袁府时已是金乌将坠，壮丽斑斓的云霞将天际染成深秋时枫叶的颜色，天气晴朗而干燥，全不见前几日的湿寒。路上行人纷纷说这是天公作美，为今夜的灯市开恩呢。

袁慎已让家仆提前快马回去报信，是以当少商下车时，袁府家丁婢女已整齐地排列成两行在门口静候，如大雁般向后展开的两排羊皮灯，在朦胧的昏黄中显得分外华美。

少商难得心虚，这五年来袁慎上永安宫找自己，她要么是不给开门，要么逼急了也只给开偏门，对比袁府这样庄重正式的迎接，她觉得自己好像在占人便宜。

于是她低声道："其实你家开侧门就行了，不用这么隆重的。"

袁慎立刻理解到别处去了，不悦道："都到这个时候了，你还怕被人看见你我在一处？！"

少商叹道："你能不能不要老把人往坏处想，其实我只是不好意思。"

袁慎神色稍霁。

两人由众多奴婢簇拥着往里走去，少商落落大方地欣赏这座府邸的风貌，犹如翻开一本古旧的书卷，庭院疏阔，山石覆雪，数十株苍健挺拔的巨木经冬不凋，厚实的叶片坠落在积雪上发出沉沉的簌簌声，到处都散发着一种令人舒适的陈旧感。

据说一百多年前，袁家的祖先奉当时的皇帝之命来这座都城任官，一任就是数十年，于是把妻儿老小都接了过来，将小小的院落慢慢拓展成如今庞大的规模。

后来皇老伯定都这里，其他权贵之家要么另行购买家宅，要么由皇帝赐下原先逆臣的宅邸——不论何种情形，总要稍事翻修，只有袁家府邸还是原汁原味，所以这里有一种别家都无可比拟的古朴底蕴。

稍事梳洗，一名衣着不俗的和善老媪亲自服侍少商更换服饰。她并不多话，只是一直微笑地看少商，察觉到女孩好奇的目光，她才道："我是公子的傅母，姓王。"

袁州牧总共一个儿子，她口中的公子自然是袁慎了。

"王媪不用去服侍袁公子吗？"少商被看得不好意思。

王媪笑眯眯道："公子主意大得很，又爱挑剔，穿什么衣裳配什么玉饰，十岁起就不容别人给他做主了，老奴才不去找晦气。"

少商笑了，她喜欢这样有趣的老人家。

用膳的正堂已是灯火通明，袁慎装扮一新地站在门旁，银冠锦衣，人如美玉。

少商微微凝滞了一下，随后微笑着迈步进堂——刚才王媪虽那么说，但袁慎衣饰的细微处依然不难看出年长女性关怀的痕迹。比如袁慎虽爱青玉，但这种天气，他就会佩戴触手温润的羊脂玉。

不像霍不疑，虽然皇老伯恨不得将内库敞开了给养子装扮，但有些细节是无法顾及的。数九寒冬，他的里衣还是虽名贵却沁凉滑腻的纯丝衣料；七月流火，他会直接睡在万金难换的玉席上，却不知要先铺一层薄薄的宣麻来隔绝寒气。

少商几不可察地轻叹一声。

过不多时，袁慎的父母缓步而至，袁慎领少商给他们行礼问好。

梁夫人，少商五年前就已见过了，还是老样子，美貌却淡漠，哪怕值此元宵佳节，依旧是一袭白衣，只有腰侧那一块如血般鲜红的玉坠醒目异常。

她今夜大约是给儿子面子，频频冲少商微笑，还问候了程家众人的身体状况。对于亲妈这种超水平发挥，袁慎表示十分满意。

袁州牧的眉眼与儿子很相似，少商知道他只比梁州牧大两岁，却头发花白，神情疲倦——正旦过后，皇老伯照例又召了一批封疆大吏来都城述职，袁州牧正在此中之列。

少商叩拜后，他让人捧出一盘金玉作为见面礼，语气温和地让少商多吃些。

酒菜上席，袁家三口和少商举箸用膳，行动间，少商发现袁州牧袖下的手臂似乎缠了绷带，她轻声询问袁慎，袁慎撇了下嘴角，悄声回答："阿父在来路上遇刺，不妨事的。"

少商点点头，心头升起另一桩疑惑。

当初听袁慎说他是独生子时，她以为袁慎的意思是梁夫人只生了他一个，袁州牧在任上怎么可能不纳妾生子，哪怕梁州牧也有姬妾生的女儿。谁知后来袁慎明确表示，他父母都只有他一子，于是少商结合梁夫人挂念前夫的传闻，自行理解成"襄王有意，神女无情"。

可是从今夜袁氏夫妇的举止来看，简直是"相敬如宾"的标准化体现，看来非但神女没什么意思，襄王也是兴致缺缺——这是怎么回事呢？

酒肉撤下后，奴婢们端上甜点与果酿，四人正说说笑笑，忽闻外头一阵喧哗，侍卫们仿佛在喊"站住，快拦住他，张网张网"……

少商有点奇怪，遇上不长眼的盗贼闯空门，侍卫不是应该喊"放箭放箭"的吗？不等她回转思路，头顶的房梁上"哗啦啦"一声巨响，屋顶似乎被什么重物锤开一个大洞，然后一个手提巨大双锤的魁伟身形一跃而下。

袁慎几个箭步上前，一把将少商扯到自己身后，这时侍卫们已冲了进来，将袁氏夫妇和他俩团团围住。

细碎的瓦砾，积年的灰尘，食案上溅起的汤汁和果酿，稀里哗啦地落了少商一身，她连连咳嗽，同时还要"呸呸"吐出扑进嘴里的尘粒，觉得自己真是无妄之灾！

袁慎冷声道："第五成，你有完没完？刺杀朝臣本是重罪，阿父已经既往不咎，你还要变本加厉吗！来人啊，弓弩手何在？！"

袁州牧着急地连连摆手："阿慎，你先别说话，谁也别动……兄长，你别乱来，这里是天子脚下，都城重地，真把事情闹大了就不能善了啊！"

那满脸虬须的魁伟汉子冷笑连连："袁沛，你这负心薄幸、无耻忘义的小人，你当我怕死吗？有种将我一刀杀了，不然我定拿你的人头祭奠合仪妹妹的在天之灵！”

少商一只手扶着袁慎，一只手用力拍打自己灰扑扑的头脸和衣裳，没好气道：“这位壮士您谁啊？！您若是刺客呢，这会儿早就万箭穿心了，还容你废话？您若是侠客呢，就与州牧大人另约时间了结恩怨，莫牵扯别人啊；若你是走错路的食客，那……那就当我没说！”

袁慎原本绷着脸，闻言神情一松。原本置身事外的梁夫人笑了一下：“少商，这事让他们处置，你随我去更衣。”

言罢，她在侍卫的护送下，缓步过来拉少商往门外走去，临去前少商听见袁慎的声音：“父亲，还是先把他捉起来吧，不然就没完没了了！”

而袁州牧似乎从少商的话中得了灵感，高声道：“左右听了，我义兄今夜来赴宴，是走错路了，旁的谁也不许多嘴！好了，赶紧张网过来！”

第五成悲凉地大笑：“袁沛，你不用替我遮掩，我就是来取你狗命的！万箭穿心，哈哈哈，合仪就是死在你袁家的弓箭之下……”后面就听不见了。

来到梁夫人的居室，又是一番梳洗更衣，少商满身水汽、精疲力竭地被奴婢领到居室深处一间小小的祭堂中。

梁夫人跪在灵案前，不住地轻声祝祷，听到脚步声转过身来。

少商走到近前，发觉香案上的灵位竟写有“先夫袁公羽”等字眼，顿时一惊，心想，怎么也姓袁？

梁夫人察觉到女孩的疑惑，挥退奴婢后笑道：“有些事告诉你也无妨，我初婚所嫁之人正是州牧大人的堂兄。”

这是一个哀伤的老故事。

和曲家化仇为亲不同，袁、梁两家一直是通家之好，梁氏与袁羽自幼青梅竹马，互相爱慕，待年岁到了便在亲长的主持下成了婚。

袁慎的曾祖父有四子，每个儿子又生有四子，袁沛只是四房第三子。于是当袁沛表示自己既不爱读书，又无心仕途，只想去江湖上做个游侠儿时，袁家曾祖父十分开明地同意了。

袁沛出门闯荡江湖前，梁夫人还随未婚夫袁羽来喝过饯行酒，她清楚地记得，当时的袁家子嗣繁茂，兴盛无比，酒席间觥筹交错，血气方刚的少年子弟朗声大笑。

后来戾帝篡位，将原先的老臣勋贵杀过一遍，开始提拔位居中段的世族名士，在士林中颇有名气的袁家曾祖父只能受召入长安城。

起初几年戾帝对他们还算客气，屡屡授官赏赐，于是曾祖父渐渐放下戒心，带了一部分儿孙进长安，然而随着戾帝“新政”的弊端出现，天下祸乱频生，戾帝便凶相毕露了。

袁家曾祖父有一个毕生至交，他的儿子在外资助起义之士，事情被举发后戾帝就要杀人，曾祖父赶紧为至交作保，同时伺机逃脱。

然而戾帝早有提防，事情败露后，两家在长安的所有家人统统被杀，悬尸城门；戾帝还敕令胶东地区的官府通缉捕杀袁氏一族，当时躲藏不及的袁家宗亲被杀了五六十口，之后还焚尸县城。

袁羽既不在长安，也不在祖籍。当时他正带着新婚妻子游山玩水，得到亲友传讯后他原本可以逃之夭夭的，可家中的老弱妇孺正在遭到追捕屠戮，他怎能独善其身？于是安置好妻子后，他就领着府兵回原籍救人了。

这一去，袁家免于灭顶之灾，泰半的年幼子弟得救，可梁夫人的郎君再也没回来。

对于很多人来说，戾帝残暴，不过是史书中短短的几句话，对袁家而言，却是血海沉沦的往事，对于梁夫人来说，更是半生鸳鸯梦碎，一世生不如死。

袁沛的游侠儿也做不成了，因为比他年长的、同龄的亲兄弟、从兄弟全死光了，他是袁氏主支中仅剩的骁勇善战的子弟了，看着家中那些还未及冠的单薄少年，还有一群更加年幼的孩童，袁沛知道自己的江湖梦到此为止——尽管他已遇到了心心相印的女子，尽管他已与她发下誓言，要仗剑江湖，永不分离。

与此同时，曲氏也因为自家产业被戾帝侄儿垂涎而不断受到打压陷害，曲泠君的两位叔父被扣了个莫名其妙的罪名死在狱中，曲氏老家主吐血气死。

只有梁家看似暂时无恙，然而刚上任的家主梁州牧果敢睿智，他断言，若梁氏坐视袁、曲两家姻亲灭亡而无动于衷，那么很快也会轮到自家。

在某个风雨雷鸣的夜晚，袁、梁、曲三家家主相聚一处，歃血为盟，决意举义旗反戾帝——不过造反不是请客吃饭，光靠手指上几滴血还不够，需要加上春秋诸侯纷争以来最古老的一种保险，姻亲之盟。

当时梁州牧的妻子正是曲家女，可是梁夫人刚守了寡，正是心如死灰行尸走肉，于是梁家老父苦苦哀求女儿以大局为重，再嫁一回袁家子弟。

在尸山血海和死亡面前，什么悲伤难忍都显得矫情，袁沛不能眼睁睁看着家族覆灭，梁夫人也不能无视老父的哀求，于是他们都妥协了。

做好一切准备后，三家召集所有家族势力覆盖的人丁兵卒、亲友拥趸，拿出累积了数十甚至上百年的兵械粮帛，数日间杀光了戾帝在胶东地区的爪牙，驱逐了心向戾帝的官吏，占据两郡数县之地为堡垒。

——这仅仅是当时戾帝暴政下一个地区的缩影。

三家无心称雄，只想扛住戾帝的迫害，在乱世中找到合适的“主君”——数年后，他们遇到了意气风发的皇老伯。袁沛与梁州牧比较幸运，立下军功后得授高位，而相对势弱的曲家就倒霉了些，家族中最有才干的几名子弟不是死了就是残了，因而无法入仕。

“那女子，就是适才那位壮士的妹妹吗？”少商从年龄猜测。

梁夫人点头：“她叫第五合仪。他们兄妹俩自幼相依为命，情分甚笃。”

“第五姑娘是怎么死的？”少商追问。

梁夫人道：“那年，我生下阿慎后还未出月，某日第五合仪忽然来找阿慎的父亲，不知两人在书房里争执了些什么，第五合仪忽然拔剑相向，更一路闯入内寝，抓着襁褓中的孩子逼迫阿慎的父亲跟她走。”

“呃，这个……”少商不知该做如何表情。

“响动闹大了，惊动了重病中的君舅（袁沛的父亲），他一怒之下让人抬他出去，先哄骗第五合仪放下阿慎，然后喝令弓弩手数箭齐发……”

“啊！”少商惊呼一声。

梁夫人叹道：“第五合仪万箭穿心而死，阿慎的父亲原本不想活了，可是君舅当夜就自尽了，留下遗言‘为父给你的心上人抵命，你给我好好护着袁家’。”

少商惊骇无比：“袁公子的祖父，一开始就这么打算的吗？”

梁夫人没有正面回答，而是说：“袁家才刚从戾帝手下挣出一条命，城池要守，明君要寻，前头有千万难关要过，怎能让一个江湖女子带走年轻有才干的家主呢？”

三个家族都保全了，在之后的漫长岁月中缓慢疗伤，恢复元气。

然而袁沛与梁氏的心已经死了，他们的躯体还在为家族尽义务，可他们所有的爱恨与热情都留在了过去，留在最青春美好、两情相悦的逝去时光中了。

直到漫步在五彩斑斓的灯市中，少商才渐渐回过神来，她觑着身旁板着脸的袁慎，小声问道："伯父还是放走了那人吗？"

袁慎沉声道："父亲无论如何也下不去手，只能由得第五成一回又一回来刺杀了！"

少商看了会儿袁慎俊秀的侧脸，忽然有些理解他了——为什么他对皇甫夫子怀念桑夫人那么不耐烦，为什么他听到那些情深义重的传说故事不是冷言嘲讽就是吐槽取笑。

在他成长过程中，最重要的三个人，父亲、母亲、恩师，全都沉湎过去不能自拔。袁沛与梁夫人虽然并未疏忽对儿子的培养和照料——给他找了最温柔敦厚的傅母，指派最可靠可信的随从，拜了最好的老师，营造出少年睿智的声势……但以袁慎的聪慧，恐怕早就察觉父母心不在焉了吧。

少商现在明白，袁慎为什么讨厌"执着不悔"的情意了。她嘴上生痒，忍不住问道："若是你早死了，想来不反对我改嫁吧？"

袁慎憋了一晚上的闷气犹如被扎穿的气囊，"噗"的一声瘪了，他无力道："你能不能也不要老把事情往坏处想，说不准我活得比你长呢！"

"可我比你小七岁啊。"

"若我活到六十七，难道你六十岁还要改嫁？"

少商摸摸脑门，觉得这个时代六十岁改嫁的确惊悚了点，估计皇帝要找她谈话了。

袁慎忽然停住脚步，指着前方一处道："我们就是在那里遇见的。"

少商举目望去，宾客满席的酒楼下悬了长长一排圆形灯笼，映着路人的面庞缤纷各异。

"从那年元宵你我初识算起，如今已是第七年了。"袁慎叹道，"桑夫人等了老师七年，然后嫁了你叔父，你我也蹉跎了七年……少商，你不要学我阿父阿母，你要向前看。"

少商没有说话，而是继续往不远处的杂耍台子走去，袁慎默默跟上。

杂技台子后侧方十丈左右处，有一排安静暗沉的铺子，少商站到铺子旁，抬头看了看布满星辰的深蓝色夜空，然后抬手指向另一边灯火通明的商楼。

“你看，当年霍不疑就站在那楼檐下的走马灯旁。”她轻声道。

袁慎顺着她的手臂看去，忍不住发酸：“然后你一眼就看中他了？”

少商摇摇头：“我根本没看清他的脸。其实吧，你们俩的脸我都没看清。”

“什么？”袁慎奇道，“我站在你面前说了好些话，你怎会看不清我？”

少商笑道：“袁公子，你难道没察觉自己当时是背光站的吗？”

然后转过头，她看向那屋檐下的走马灯：“他倒没有背光站，不过他个子高，脸被灯挡住了。所以……”

“所以如何？”袁慎嘴角上翘。

“所以我回去就把你们俩忘了。”少商也很无奈。

袁慎轻笑，看着女孩眼中隐隐的泪意，忽道：“少商，你要过去看看那盏走马灯吗？”

少商往那盏走马灯走去，走了几步后停住，忽然蹲下身子，将脸埋入手臂中。

袁慎在后面静静地看她，没有去扶。

过了良久，女孩缓缓站起，回头时眼神干净，她微笑道：“再过一年多，霍不疑的责罚就期满了，陛下定会召他回都城，我们应当待之如老友，你们同殿为臣，总不好闹得太僵。”

袁慎缓缓笑起来：“这倒是。”

“以后我在家中宴请济通阿姊，总不能只许她一人来吧，到时你好好招待人家郎婿。”

袁慎听出这个“家”显然不是程家，而是袁家，于是眼中笑意越发浓了：“那是自然。”

少商走过袁慎身边，扯着他的袖子，坚定地往前走去：“善见，你去我家提亲吧。以后我们一起变老，最后葬在一处。”

袁慎安静顺从地由女孩扯着走，满心欢喜，犹如静谧沉闷的夜晚推窗见月，清风扑面。

他低低应了一声：“嗯。”

元宵宴的宿醉未醒，程老爹就捂着脑袋被萧夫人从床榻上揪起来，尽管从头至尾他并无点头摇头的权利，但仍必须正襟危坐地接待来提亲的袁家冰人，活像个头大无脑的吉祥物。

事后他忍不住撑妻子："这回你倒是一口应了，当初嫋嫋和霍子晟定亲时，你前前后后打听了多少霍、凌两家的旧事。"

萧夫人怅然道："善见和子晟不一样，他总要等到有十成把握才会出手，五年前，我本以为他和蔡家退亲后会立刻来提亲，谁知一待至今；而霍不疑……他是事不关心则已，一旦有所牵扯，必定是奋不顾身。"

提起前任准郎婿，程始也是一阵默然，撇开害女儿伤心伤身不算，那竖子倒算个性情中人。半晌后，他才道："算了，过去的人，过去的事，就不要再提了……呃，对了，我们还要办定亲宴吗？"

此言一出，夫妻俩面面相觑，脸上同时浮起难色——第三次将亲朋好友原样请来，原样招待，再原样热络地介绍新任郎婿，连程始的脸皮都有些顶不住。

于是他叹道："姎姎是落霜的白菘，摘下一涮就能吃，嫋嫋却是咬不动嚼不烂的牛蹄筋，炖了这么久也不知能否上案了。"

"别这么说。"萧夫人反斥道，"咱们应该这么想，喏，万家兄长那么多女儿，十二次定亲成婚咱们全赶上了，韩将军也有四五个女儿呢，咱们权当是多生了几个女儿，每个都要认郎婿嘛，也不算是贪了人家的礼金！"

程始喊冤："你以为是财帛的干系吗？是眼光，眼光！他们几个看我时都满眼怜悯，我就是吃了败仗都没这样过！"

萧夫人无语，其实她也被平日交好的亲眷贵妇们沉痛叹息过好几回，她觉得哪怕自己丧夫再次改嫁，也不过如此了。

少商在家中休息了七八日，其间去班家看了看程姎的工作环境和伙伴关系，宴请了袁慎的父母一回，然后送别了二叔父夫妇和三叔父夫妇，最后她驮着好几包袱干菜、肉脯、糖梅等零嘴回宫了。程少宫怏怏不乐地一直跟她到宫门口，最后啥也没说——又仿佛对她和袁慎的亲事有意见，反复问了几遍"你当真吗"，然后又说不出个三六九来。

在宫巷中少商不小心遇到了坐步辇的太子子端，他照例抬起下巴，开始说教："程氏，孤听说你与袁侍中已定下亲事，如此甚好。从戾帝大乱到如今天下一统，历经数十年兵祸，百姓中伤亡以及病饿而死之人不计其数，是以正当休养生息，安抚民生。婚姻乃人之大伦，关乎繁衍人丁之重……程氏，你在听孤说话吗？"

后半句他不满地提高声音，少商连忙摆正脑袋，恭敬道："听着，妾一字一句都听着呢……不过，妾怎么觉得这话有点耳熟啊。哦对了，前年四皇子成婚，殿下仿佛也说过这些话！"

太子子端不悦道："难道这话孤说得不对？"

——不成婚怎么繁衍人丁？不繁衍人丁怎么恢复生产？不恢复生产怎么国泰民安、普天同庆？真是不懂事的小丫头！话说现在的年轻人越来越不知所谓，尤其他那亲如兄弟的霍不疑，拖拖拉拉推推搡搡，耽搁至今尚无子息，霍家那么好的血脉筋骨，不生他十个八个怎么对得起人间正道？！

"对对对，殿下说得再对没有了！妾一定谨遵殿下旨意。"少商哪敢有异议，没封储君前她就不敢惹这位仁兄，何况现在人家已正位东宫了。

回到永安宫，少商还在疑惑太子适才的语气，不过她此时顾不得琢磨这些，快有半个月没看见宣太后，她有一肚子的话要说。在永安宫内，她受到了十分热烈的欢迎。虽然她的性格常常招惹事故，但有她在的地方永远不会冷清，哪怕抓个私下斗殴的都能把检讨会搞成联欢会。

宣太后坐卧在榻上，听少商讲述这些日子以来的趣闻——

三年前程萧夫妇要给程少宫说亲，谁知程少宫给自己一连卜了十几卦，都说自己红鸾星未动，此时成婚会遇恶妻，一天打三顿还不给饭吃，死活不肯答应相亲，是以耽搁至今。

万老伯春心萌动又想纳妾，被老母和妻妾全票否决，"反正用不着你生儿子了，还纳什么妾，省下钱帛给孩儿们娶妇吧"，老万无奈……不过这不稀奇，世上的父母多的是有了孙辈就忘了儿女的，老伯节哀。

尹姁娥头胎生了女儿，对比万萋萋一举得男，伤心得大哭一顿，程咏只得哄她"我们家就缺女儿，嫋嫋带旺父兄升官发财，哪家儿子比得过"，尹姁娥于是破涕为笑，不过数年后她才知道，丈夫当夜就对着月亮一气磕了几十个头，祝祷"嫋嫋太可怜了，宁可父兄不升官发财，宝贝女儿也要顺顺当当地嫁人生子啊"。

万萋萋是嫁回自家的，每天过得欢乐无比，谁知徐郡当地有位自幼爱武的豪族之女，仰慕阿颂哥的武艺人品，自愿为妾，万萋萋抄刀而出却打不过人家，最可恨的是自家爹娘不但不撑腰还挖墙脚——万老伯不用说了，觉得男人纳妾就像吃饭喝水一样天经地义，万夫人虽疼爱女儿，但感念程家恩情，也觉得不该过分约束儿子。万萋萋气得直哭，后知后觉的阿颂哥这才知道后院起火，立马就去找那姑娘比武，放言“你打赢了我就纳了你”，那姑娘自然打不过，捂着伤口泣问“难道万萋萋打得过你”？阿颂哥的回答很奇葩，“我喜欢萋萋，打不打得过都娶她，我不喜欢你，你打不过我干吗还要委屈自己”——嗯，逻辑没问题。

宣太后一直笑吟吟地听着，外面春光渐好，然而她连起身去廊下坐坐的力气都没了。少商看在眼里，努力不去想这件事，依旧嘻嘻哈哈地过着日子，有时永安宫的庖厨做了好吃的，便装一碗放食盒中遣人给袁慎送去，以示自己是个十分尽责的未婚妻。

每每看到这种情形，宣太后都会露出一种怅然的神情：“记得以前，你连外头下雨了，都不会惦记子晟有否带雨具。”或者是，“有几回我打发你去尚书台送东西，其实是想叫子晟能看见你。”

头几回少商忍下了，然而终有忍无可忍之时，她不满道：“娘娘，您干吗老提他？”

这不就是前任定律吗——当他幼稚冲动不懂关心时，我陪伴他，开解他，纠正他，当他终于成为一个成熟、包容、有责任心的优秀男人时，他身边的女孩已经不是我了。

现在她也可以无缝带入这条定律，霍不疑是那倒霉可怜付出良多的前男友，袁慎就是那下山摘桃子的。

“我一直在提子晟吗？”宣太后恍然，“哦，年纪大了，记性不大好了……可是，除非袁慎辞官归隐，或者你闭门不出，不然你与子晟以后总会碰面的啊。”

少商嘟着嘴，道：“娘娘放心，我早想好了，若是真碰上了，就好好地打招呼，不怨不怼，客客气气。何况，还早呢！”等霍不疑回来时，说不定她都抱一个怀一个了，见面时事过境迁，相顾怅然，撑死了算是皇甫老儿和桑夫人的翻版，还能怎样？

“你真能做到不怨不怼，客客气气？”宣太后坐直身体。

少商断然道：“自然！”

“也好。”宣太后又软软地靠了回去，“只是我没想到你这么快就定下了……”

少商道：“看娘娘说的，我生平最恨磨磨叽叽，既然想好了，何必拖延犹豫。”

“是呀……”宣太后慢慢合上眼睛。

宣太后的衰弱是肉眼可见的，侍医换过一轮又一轮，得出的结论都差不多，不过是数着日子过罢了，少商照实到长秋宫禀告这些，帝后沉默良久。

“……终究是到了这一天。”皇帝对前妻的身体状况早有心理准备，但事到临头依然难以接受。

少商道：“陛下莫要悲伤，娘娘说过，虽不能与寿星比，但自己也算不得短寿了。”

皇帝迟疑道：“神谙……是不是在怨恨朕？”

少商想了想，柔声道：“陛下，人这一生哪有一点埋怨都没的？妾跟了娘娘这许多年，算是知道娘娘心事的，说实话，娘娘心中埋怨的人可多了——她埋怨过宣太公为何那么早过世，留下他们孤儿寡母无人庇护；她埋怨过陛下为何与乾安老王爷是同宗，不然联姻哪会轮到她；她也埋怨自己，为何不能泼辣勇毅些，为何非要听话嫁人……陛下，在这许多人中，您是她埋怨最少的。娘娘常说，她幼时见过饥馁兵乱，见过万里白骨，她知道陛下若只为了自己，是无论如何也不肯别妻另娶的，然而千千万万条性命所系，一切都是没法子的。”

皇帝被女孩说得心头发酸，侧过头去：“你说得好。”片刻后，他又转回笑道：“阿姮，你还记得少商刚进宫那会儿吧，连行礼都行不端正，说话做事毫无章法，就是个野丫头。没想到，如今已经长成大人了。”

越皇后点点头，道：“少商，宣太后是否怨恨过我？”

少商笑了下：“皇后娘娘，宣娘娘心中埋怨过许多人，可是唯独没有怨过您。您，信吗？”

越皇后看了女孩的眼睛一会儿，缓缓笑了：“……我信。”

皇老伯吊起的心落下了，松口气道：“好好，少商，这些年来，你将淮安王太后照顾得无微不至，朕和皇后都看在眼里，下个月子晟回来，宣太后要在永安宫中设宴……”

少商两耳“嗡”的一声，后面都没听清了，良久才道：“陛下，霍大人下个月要回来了？”

皇帝惊异道：“你竟不知？朕虽未昭告众人，但宣太后是知道的。”

“可，可是，妾记得还有……一两年啊？”少商结巴了。

皇帝眼睛一瞪："子晟是镇守边城，又不是去坐监，有事当然能回来！"他是老大，拥有一切敕令的最终解释权。

越皇后推了他一下："少商，是宣太后说自己时日不多了，走前想见一见子晟。"

从长秋宫出来，少商一口气奔回永安宫质问上司，宣太后不慌不忙地回答："没错，正是我向陛下请求让子晟回来的。"

"这是为何啊？"少商哀叫。

"陛下难道没告诉你？我时日无多，临走前想见见子晟啊。"

少商觉得生命一直在跟自己开玩笑，每当什么好事只差临门一脚时总会旁生枝节。她坐到宣太后面前，好声好气："娘娘，咱们好好说话。几年前……呃，是三年前吧，我记得娘娘有一日半夜哭起来，还说'子晟这没心肝的竖子，予再也不愿见他了'。娘娘您都忘了吗？"

"因为东海王自辞储位后病了一场，那是我的迁怒之言，作不得数的。"

少商也是女子，但此时她真想吼一声"女人真善变啊"。

"娘娘是什么时候跟陛下求这件事的，我怎么一点不知？"她振作精神，从头问起。

宣太后道："就是你离宫回家那阵子，我闲来无事，想起了子晟，就跟陛下说了。"

"娘娘当初还说再也不见陛下呢！"少商感觉有点控制不住情绪了。

"所以说嘛，迁怒之言——尤其是女人的迁怒之言，作不得数的。"

少商无力地撑着地板，觉得生命何止在跟自己开玩笑，简直是明晃晃地调戏了。

宣太后挨着隐囊，朝女孩招招手，拉她坐到自己跟前："这些日子你不在我身边，我想了很多很多，想了我这一辈子，我做过的事，见过的人。小时候阿父常教导我要懂得感激，感激神明赐我们肢体健康、心智明朗，感激风调雨顺、吃用不愁，唉，这些年来我都忘了。人不能只记得自己失去的东西，还要多想想手里有什么。"

她笑了笑："这五年我虽幽居永安宫，但幸而有你陪伴，时时引着我玩耍嬉戏，仿佛叫我又回到了阿父健在的岁月，我还未向你道一声谢……"

"娘娘不是赐了我一座好大的庄园吗，抵得过我家两座加起来了。"少商咕哝。

宣太后逗弄她："袁氏一族的庄园更大更多，累世的积攒啊，延绵两三个县不止，你还看得上我给你的那些？嗯，不过……"

她越说越兴头："可惜你当初没嫁给子晟，不然你就会知道他有多少产业了……啧啧啧，丰县霍氏本就豪富，这也不提了，你不知道陛下这十几年中又赐了他多少吧，说出去朝臣该上谏书了。近来听说陛下正和大臣们商议着要度田，呵呵呵，到时你就知道了。"

"怎么好端端的又提起他了。"少商头痛——随着侍医的诊断结果越来越差，宣太后反倒越来越开心，时不时地拿自己快死了打趣耍赖，连翟媪也没招了。

"好，咱们说正事。"宣太后道，"少商，子晟那竖子虽可恶，可他用自己的命拼出了一个众人皆明的结论——东海王能将一切托付给子晟，任他作为，将来登基为帝，也能将一切托付给别人，到时江山易主，也未可知。"

少商疑虑道："是以，娘娘全不责怪霍不疑了？"

"不怪啦。"宣太后叹道，"和这亿万黎民相比，和这江山稳固相比，我们皆是蝼蚁。'人'会死，可'人们'不会死。我们会成齑粉，可日月星辰长存。人生短短数十年，我不再记恨子晟了，你也一样，放过他，也放过你自己。"

少商听出她话中的豁达之意，可想到这是将死之言，又高兴不起来，只能嘟囔道："我也看开了，是看开了才要嫁人啊。"

宣太后微笑了下："那就好。"

"不过娘娘……"少商忽想到一事，"这事您为何没告诉我啊？！"

"反正见面时你会客客气气，不怨不怼，说与不说有何分别？"

"故人回城，总该知道吧！"

"兴许是我忘了说吧，哎哟我头疼，翟媪，快端药来……"

少商不知道自己是怎么从永安宫出来的，她绕着宫前的小湖稀里糊涂地走了七八圈，终于等到袁慎从尚书台过来找自己。

袁慎听少商说完前因后果，脸色发沉。

少商忍不住埋怨道："我是被人有意瞒着，你天天在尚书台，怎么也不知道啊？"

"因为陛下召回霍不疑之事从未昭告众臣。"袁慎沉声道。

“为什么？啊……”少商明白了。

霍不疑到底还有一年多的“刑期”，皇帝若是早早昭告群臣，免不了有人啰唆，等到霍不疑人已在都城时再把宣太后的意思拎出来堵朝臣的嘴，就万无一失矣。

她片刻间就明白了皇帝的意思。

“现在你打算怎么办？”袁慎抬起头。

“怎么办？见面道声别来无恙，告辞说句好走不送，邀宴时说贵客多用，罢席时问问要不要助消食的陈皮酸梅汤，可要加糖？不然还能怎样……”

袁慎忍俊不禁，板脸道：“我还当你一听故人回返，立刻就想退亲呢。”

“你想退亲吗？”

“自然不想！”

“我也不想退啊，谁爱动不动退亲啊！”少商失笑，察觉袁慎扫过来的戏谑目光，她才讪讪道，“哦，我已经退过两回了。总之事不过三，老天不会让我这回还成不了婚吧！”

袁慎瞪了她半天，最后吐气道：“算了，我们平常以待吧。”

冬季残留的最后一抹寒风从高耸的城墙上掠过，田垄间的积雪彻底化尽，农人们弯腰攥了一把浓褐发亮的土在手里看着，想象健康饱满的种子在这样湿润的土壤中生根发芽，预示着充满累累硕果的丰收季，无不喜上眉梢。

一行肃整如行军的车队缓缓靠近都城的西侧大门，骑行在队伍最前方有一位浅褐色皮肤的俊朗青年，他神色惬意地深吸了一口气——这是梁邱飞最喜欢的季节，既不如凛冬时节需要披裹着不方便的厚重皮毛，又不会像春深时分暖得人骨头发懒。

勒马站在熟悉的城门口，梁邱飞不禁想起了西北边关那永远封着冰碴的粗粝城墙，能将人口牲畜一夜淹没的塞外大雪，凛冽的冰风涌入口鼻的瞬间就能带走腔子里的所有热气，巨大的岩石垒出来的壁堡中无论砌多大的火炉都免不了从缝隙中钻进来丝丝寒意——西北那些世家巨族倒有营造得舒适温暖的豪宅，可少主公既不愿住过去，又不愿自己建屋，只与将卒们混住一处；然而将卒们都能三年一换防，少主公却在那寒冰地狱中自苦了五载。

现在，他们终于回来了。

梁邱飞正在暗暗感慨，一名武婢骑马奔来，满脸堆笑道：“阿飞兄弟，我们女公子请您过去一趟。”

“成啊，我这就来。”梁邱飞望了眼前方的兄长梁邱起，然后策马往车队中前部奔去，随那武婢停在一辆端雅大气的辎车前。

车窗缓缓掀开，露出一张端庄秀丽的少妇面孔，梁邱飞笑着抱拳，道：“骆娘子有何吩咐？”

骆济通嗔了一下，笑道：“吩咐什么，我拿你当自家小兄弟，你倒来跟我客气！莫非是看着都城到了，要跟我生分？！”

梁邱飞赶紧喊冤：“怎么会？！这些年来多亏骆娘子照顾我们兄弟，阿飞心中感激，绝不会忘的！”

骆济通神色黯了下，道：“可惜你兄长不是这么想的。”

“骆娘子别理我兄长，他向来是那么一副讨人厌的面孔，对谁都一样。”梁邱飞眼珠一转，哈哈笑道，“不过话说回来，若非我兄长冷面无情，从少主公十四岁立府起，挨过来的小女娘早将家门挤破了！”

他这话原是为了宽慰骆济通，可言者无意听者有心，骆济通的笑容一僵，轻叹道：“说不得，在令兄眼中，我与那些小女娘也没什么分别吧。”

梁邱飞一噎，讪讪道：“那哪能啊！骆娘子想多了……想多了……”他不敢去触碰骆济通的眼神，因为他想起了另一个女子。

依梁邱飞看来，这位出身世族的骆娘子不但对自家少主公和他们这些部曲嘘寒问暖、体贴备至，还深明大义、和善可亲，比“那女子”强多了，可惜，两女的待遇也差多了。

三年前，少主公高烧病倒，骆济通衣不解带地来照料，等少主公痊愈时，他凑兴叫了声“未来女君”，少主公当面没说什么，转头就贬他去养马，足足三个月才得以回返。起初他稀里糊涂，被自家老兄点明后，梁邱飞再也不敢自作主张乱起哄了。

可是当年，他兄长梁邱起也是自作主张叫“那女子”为小女君的啊，少主公一样脸上正经无比，转头就赏了兄长两匹价值千金的大宛混种良驹——同父同母的亲兄弟，差距怎么这么大？梁邱飞不禁陷入了沉思。

看骆济通神色黯然，梁邱飞岔开话题：“也不知怎么了，越是临近都城，少主公越是闷闷不乐，前几日还和崔侯聊两句，如今连和崔侯都不怎么说话了。”

骆济通叹道："将军这是近乡情怯，当初凭着一腔激愤犯下滔天大错，什么都不顾了，如今要重新面对故人，自然神伤情怯了。"

梁邱飞很是叹服，道："骆娘子说得好，卑职也猜是这个道理。"

正说着，一名侍卫急急忙忙骑马而来，在梁邱飞耳旁低语了几句，梁邱飞眼睛一亮，一面挥退那侍卫，一面朝车中道："骆娘子，我等虽然早到两日，但太子还是赶了来迎我家少主公，此刻已然到了。"

骆济通一震，满脸感激之情，道："早些年我们骆家依附宣、王两家，如今王淳被贬，宣娘娘和先太子被废，我家又与越娘娘、三皇子从无往来，家中父兄好生惊惶。幸亏你肯通风报信，叫我仗着霍将军的名头去拜见太子一番……如此恩德，真是不知该如何感激你才好。"

梁邱飞受宠若惊，道："太子驾临，那么多人都看见了，我不过是早一步告知娘子，哪里称得上恩德了，娘子快过去吧，卑职先行一步了！"他怕骆济通还要道谢，说完立刻拍马溜走。

不一刻，梁邱飞骑行到车队前方，只见城门大开，从前的三皇子如今的太子轻装简从地站在不远处，与自家少主公热泪抱臂，崔侯在一旁哈哈大笑。

梁邱飞赶紧下马，站到自家老哥身边，梁邱起看了胞弟一眼，没有说话。

旧友重逢，太子上上下下地打量霍不疑，心中百感交集，不知从何说起。

霍不疑的微笑还是那样俊美动人，身形依旧高挑颀长，太子却想起以前父皇老埋怨养子身上没有烟火气，淡漠得仿佛一抹游魂，如今的霍不疑终于有烟火气了，却是深秋寒风卷起的落叶，打在褪色窗纱上的凄怆冷雨，破旧走调的陶埙发出的暗哑之声。

这种烟火气，太子觉得还不如没有呢："你……你这些年过得好吗……"他说不出的心酸。

霍不疑微笑道："殿下每隔三两个月就要来信问这问那，臣搜索枯肠，日常饮食起居什么都说了，殿下还有什么不知道的。"

太子瞪了他一眼，道："以后再跟你算账！"又朝崔侯道："崔侯别来无恙，英武依旧，欸，两位公子呢？"

崔侯笑道："殿下以为我等怎会早到两日？就是因为一应辎重都丢在后面了啊，犬子押送着慢慢走，两三日后会到。"

太子道："这样也对，子晟提前回来，总不好带着如山财货进城。"

崔侯叫苦，道："哎哟，殿下啊，您以为咱们是去挖金山了啊，西北边塞哪儿来的如山财货，多是野物皮裘等笨重之物罢了。"

霍不疑轻笑一声，看了眼崔侯。

崔侯无奈道："呃，好吧，臣是商贾出身殿下是知道的，那些野物皮裘在臣手中，大约很快会变成如山财货的——子晟啊，你急着揭发作甚，那里面有一半是你的啊！"

太子一扫多日愁云，破天荒地朗声大笑。

正在说笑之际，骆济通已换过一身雅致的曲裾，携数名武婢款款上前拜倒："妾骆氏，拜见太子殿下。一别多年，望陛下与娘娘安康，长乐无极。"

太子数年前就在长秋宫见过骆济通，并常闻其端庄有礼，温柔周到，此时见她也在霍不疑车队中，不禁又惊又喜。他一面看霍不疑神色，一面难得和气地说话："骆氏，你也在啊，快快起来。孤不承想，你居然与子晟一路同行。"

骆济通优雅地站直身躯，率直地坦承道："家母身体有恙，父兄唤我回去尽孝，恰好霍将军也要回都城，便厚颜托庇于将军麾下了。"

"这怎能算是厚颜？"太子觉得离自己的预想越来越近了，便微笑道，"你幼时被选为五妹的伴读，和子晟相识有十余年了。同行照料，只是举手之便，子晟自不会推辞的……呃，对了，今日父皇在宣德殿设宴，为子晟与崔侯接风，骆氏，你也一道来吧。"

骆济通欣喜道："这于妾而言是天大的恩德，不过，妾怎好意思叨扰呢？"

"不算叨扰，以后说不定……"太子看了看身旁默不作声的霍不疑，轻咳一声，"听说这几年你对子晟多有照料，说不定父皇有话要问你。"

"恭敬不如从命。"骆济通落落大方地躬身行礼。

太子表示满意，暗觉这样端庄得体的女子才对嘛。

记得四年前皇帝设家宴，他正打算去永安宫拜见宣太后，越皇后就叫他顺嘴邀请程少商也过来，谁知那无礼的小女子顶上来就是一句"妾与霍大人已无婚约，以何等身份入席皇室家宴，给哪位皇子挑小妇吗"——气得他当时差点没动手！

看看人家骆氏，多么温顺听话，现在和霍不疑的关系还不明朗，可人家怎么就一叫就答应了呢。

看着眼前众人各自上车上马，梁邱飞正要跟上，却不妨被自家老哥一把拽住。

梁邱起压低声音道："骆娘子是你叫来的吧，我看你是又想去养马了！"

"哪有！"梁邱飞先抵赖，然后道，"何况就是说了又如何，我们随少主公这么多年，想来亲近的女子何止十个八个，若少主公真不乐意，早想法子将人赶走了，可这几年骆娘子进进出出我们居所，少主公也没说什么啊。"

梁邱起沉声道："可是崔侯与州牧大人旁敲侧击那么多次，少主公也并未点头。"

"这说明，少主公如今正在两可之间啊。只要再推一把，没准少主公的婚事就成了呢！"梁邱飞克制着激动，"少主公都二十七八了，该成婚生子了！"

"李思也这么说，叫我们多敲敲边鼓，别干站着看。"梁邱起道。

"对呀！"

"可老张叫我们别多事。"梁邱起补充，"他觉得不像。"

"什么不像？张家原先是烧陶的，张擅那厮无论遇上什么疑难，都只会翻来覆去地说'嗯，火候不够'！"

"他说，这回不是火候不够，而是根本烧错了炉膛。"

"啊？！"

"张擅说，叫我们见到另一个炉膛后再做打算不迟。"梁邱起一字一句道。

梁邱飞脑筋转了好几圈才明白过来，结巴道："可，可是……那个炉膛，不是已经凉了吗……几年前少主公就说过，盼着'她'另觅良人，一生无忧无愁；上个月我们听说'她'与姓袁的定了亲，少主公不是还让人预备贺礼吗？！"

"话是没错，不过为兄以为，我们还是该听张擅那厮的话。"

"为何？"

"因为李思还打着光棍，张擅却有一妻五妾，家宅安宁，外头更有相好无数，居然也是一般地风平浪静。"

梁邱飞：……

北宫，宣德殿内，皇帝伸长脖子等了许久，越皇后在旁凉凉地表示"陛下您再伸脖子，身子可要出壳了啊"，好在皇帝念子心切，没工夫跟她斗嘴。

坐在右侧上首的二皇子笑道："父皇，您先坐下吧，子晟自幼做事清楚，他说午时二刻能到，必不会迟了的。”

坐于左侧上首的大公主颇有几分酸溜溜地道：“今日儿臣原本要去涂高山泡汤的，谁知一个时辰前父皇急急地将我们都宣了来，原来是给子晟接风啊。在父皇心中，我们这些亲生的儿女，怕是都不如子晟吧。”

皇帝眉头一皱，大驸马反应极快，连忙打圆场：“陛下您看，大公主都是有儿有女做了母亲的人了，还跟您撒娇呢。看您多疼爱子晟一些，她就要耍赖。”

这话说得漂亮，皇帝果然松开眉头，对长女含笑低斥：“你呀，有子逊一半懂事就好了！子晟在西北吃了这么多年苦，我就是多心疼些又如何？你倒是给我去西北戍边五年，我也这么疼你！”

大驸马十分配合地补充：“妇道人家不知朝政，子晟这几年功勋着实不小，不说对漠北诸部又打又拉，安抚妥当，就说去年征蜀，父皇原本要另派一支军队，从陇地绕进蜀中以为策应，谁知子晟居然能在西北那种苦寒之地练出一支虎狼之师来，径直经陇西入蜀——这么一下子，父皇不但省却调集多少军卒，更不必劳师动众……”

“好啦好啦。”大公主故作嗔意，“父皇和子逊翁婿俩心在一处，只有我是不懂事的！”

皇帝忍不住笑了，道：“你知道就好！等子晟来了，你可不许胡扯！”

大公主娇声应了。

训完长女，皇帝转头看右边上首的次子，道：“那……东海王，真的不来吗？”

二皇子立刻回道：“父皇，兄长并非还在怨怪子晟，你知道他的，兄长只是不愿意多见人。过几日永安宫设宴，届时人少清净，他会与子晟好好说话的。”

皇帝点点头，道：“朕知道子昆的性情，这样也好。”长子的心性不够坚韧，自从易储之后便再也不曾出席家宴，永安宫有事都是二皇子代传的。

说话间，岑安知小步奔入殿内，传报太子一行人来了，众人齐齐看向殿门口。

浮光逆影，几个身影出现在殿门处，皇帝望着太子身后那个高大颀长的身形，一时间恍惚了，原先漫不经心的越皇后也缓缓坐直身体——他们二人仿佛看见二十多年前那个英武盖世的武将，那个永远沉稳忠实的众臣之首，朝他们缓缓走来。

皇帝扶着案几的手微微发颤，越皇后见他眼中隐现水光，心中暗叹一声。

皇帝慢慢走下座位，弯腰按着跪拜的养子厚实的肩背，“吧嗒”落下一滴泪，一时殿内寂静无声——他以为，有生之年，他再也看不见义兄的模样了。

第四十四回 与君再逢

五年未见，思意甚切，皇帝本想先板起脸训斥霍不疑两句“当初胡作非为如今可知错了”，谁知看见养子清癯消瘦的形容，竟是鼻头发酸，什么也训不出口了。他亲手将养子扶起，就像所有不孝儿远游回家的老父一样，只会喃喃着：“回来就好，回来了就好……”

太子看着父皇喜极而泣的样子，心中一块大石放了下来，随后环顾殿内席次，微微皱眉。

他的目光首先落到右侧首座的二皇子身上——太子以前有多看不起他这位二皇兄，如今就有多敬重他，一个人能改过不容易，脱胎换骨地改过重来尤其不易，是以这些年他一直与二皇子共坐右侧上席，反正他们哥俩一个丧妻一个未娶，正好凑一桌。

然后太子看向左侧首座的大公主夫妇，他心中有了计较，毫不犹豫地上前一步，道：“长姊，驸马，父皇多年不见子晟与崔侯，想来有许多话要说，二位不如移至次席，成全父皇与子晟、崔侯叙旧之情？”

这话虽然是问句，但现任太子与前任不同，面冷心硬，手段强势，这些年在他手中吃亏的朝臣不算少了。大驸马八面玲珑，何况最近他也有件不大妥当的事落在太子手里。

他当即起身，连声笑道：“太子说的是，我等时常与父皇团聚，子晟却是久别重逢，也是应该，应该！”

大公主愤愤不平，硬是被丈夫拉着下移了一个席位。等皇帝扭过头来，发现长女夫妇“主动”让出座席，还觉得十分欣慰呢。

原本宫婢要给骆济通在末尾加一席位，谁知孤家寡人的三公主朝她招招手，骆济通惊喜交加，恭敬地坐了过去。

“驸马没来？”骆济通有些奇怪。

三公主笑笑，道：“他今日身染小恙——放心，是真的病了。我们夫妻如今好得很，我们，终于知道如何做夫妻了。”

骆济通略一环顾，道：“五公主与驸马也没来？”

三公主道：“前几日他们夫妻又闹了一顿，双双抓破了头脸，这会儿还没好全吧。”

骆济通惊讶极了，她觉得这五六年间宫闱的变化实在太大了。

先不说易储易后这等大事，莽撞的二皇子成了个沉静安稳的鳏夫，四皇子娶了个好脾气的王妃，爱找碴的五皇子如今笑容可掬，尖刻锐利的三公主发福了足有一圈，却变得言行有度，反而是一向长袖善舞的大公主看来有些不大靠谱，这会儿正目光不善地东看西看，更别说那些年幼的皇子长得她都认不出了。

唯一没有变化的可能只有二公主夫妇吧，夫妻俩还是那么和善可亲，举止亲昵。

“……还没谢过三公主让妾与您共席。”骆济通举杯道谢。

三公主还敬，轻声道：“我这是在向你示好啊。”

看骆济通不解，她解释道：“母后与兄长都不怎么喜欢我，父皇在时还好，以后老三当家了呢，我也得顾着些将来啊。老三待霍不疑比亲兄弟还亲，前程必然不可限量。说不得，以后我还有事要托到你头上呢。”

骆济通手上一抖，脸颊蓦地红了一半，手中的酒水散落几滴。她自小进宫，一直以为三公主是个不会看人脸色的蠢货，连装都不会装，活该整天被父母厌恶训斥，没想到……

“以后会来向你示好的人还多着呢。”三公主有意无意地看了大公主夫妇一眼，“再怎么说，我母后兄长算是高升了，有些人，心中更不安吧。”

“殿下，妾，妾……”骆济通没料到这番变化，一时无从接话。

“不过也不用急。”三公主仿佛自言自语般，“你如今什么名分还都没有吧，霍不疑有允诺你什么吗？嗯，看来还没有。不着急，慢慢来，先把霍不疑拿下了，以后荣华富贵、滔天权势，那是享之不尽。若是事情不成……”

她看着骆济通笑了笑，道：“就当我适才的话都没说。”

骆济通气息急促，浑身僵硬。

三公主倾过身体，拍拍她的肩，道：“我们做公主的，生下来就定了一辈子，没什么可翻腾的。可你们不一样，凭着容貌手腕还能搏上一搏。前朝的霍光大将军，三朝辅臣，权倾天下，听说他的妻子霍显，原本是个连姓氏都没有的奴婢，可她有做女人的本事啊，啧啧，后来多少出身显赫的贵妇都得看她脸色。你读书比我多，当知我这话不假吧。所以济通啊，好好干，加把劲，好事就在眼前——这是我的真心话。”

骆济通宛如受蛊惑般地看向前方首座的霍不疑，皇帝在和他热络地说话，太子待他亲近无间，越皇后不断吩咐宫婢给他添加肉羹汤菜，连大公主夫妇都要给他让座……这一刻，她的心前所未有地热了起来。

然后，她慢慢放下酒卮，脸色恢复正常，依旧温文恭敬道：“公主殿下说笑了，不过，妾也不瞒您，妾自幼倾慕霍将军，五年前在西北遇到他，见他伤痕累累，病弱无力，就想着能好好照料他……”

“这话你不用跟我说。感动我有什么用，要感动霍不疑啊，最不济，也要感动父皇和老三，让他们都站在你这边。”三公主笑吟吟道，“当年，程少商随便哄两句，他霍子晟就心热得跟什么似的，恨不能把人揣在怀里贴肉疼着，你也学学人家。”

骆济通勉强一笑。

三公主自斟自饮地冷眼看她，满意地笑了。

上首席位处，皇帝越看养子越心酸，声气发堵，道：“你……你怎么头发也白了……”

霍不疑微笑道：“几根鬓发罢了，边关苦寒，这是常事。”

“常什么事。”一旁的崔侯忍不住插嘴，“我也在那儿，怎么头发一点没白啊？”

众人侧头看去，只见崔侯果然与五年前变化不大，二皇子正要问为何，霍不疑轻笑一声，道：“崔叔父，您是人逢喜事精神爽，五年来一直有喜事，自是一直精神爽了。”

崔祐低骂：“你这竖子，不饶上我心里不舒坦是吧！”

“这怎么说的？”太子笑问，他察觉出霍不疑不愿众人关注他，也帮着扯开话题。

崔祐笑呵呵地说了起来。

原来崔家父子三人这五年来过得异常精彩。除了头一年刚到西北，大家手忙脚乱无暇他顾，第二年起桃花运跟扑棱蛾子一样拼死都要撞进他崔家大门。

先是崔大郎某日遇上了一位当地豪族出身的小女娘，两人一见如故，比完弓箭比剑术，比完剑术比酒量……然后崔侯就有了第一位儿媳。结果到了迎娶那日，居然发生了“姊妹替嫁”的乌龙事件——原来是那小女娘的生母早逝，继母听说崔侯是皇帝心腹，崔家又是开国功臣，于是起了坏心思。

之后一通鸡飞狗跳乱七八糟，末了在西北众多世族的劝说下，崔大郎以长姊为妻继妹为妾，前提是亲家休了那不慈的继母。

皇帝用力拍腿，指着养子笑骂：“看人家多争气，那时崔大郎才十六吧，这妻妾都有了！”

席间众人哈哈大笑。

给长子办完婚事，崔祐刚松下一口气，谁知次子的桃花更凶猛。

西北边族众多，刚长出喉结的崔二郎靠着满嘴花里胡哨，前后脚地结识了两个胡族女孩，一个豪爽些，爱骑马打猎；一个浪漫些，爱听他讲中原的才子佳人故事。

相处一阵后，两个女孩春心萌动，同时要求崔二郎来提亲，崔侯也很开明，叫儿子问清那两女子的家世来历，择优录取就是。

崔二郎一问之后吓出一身冷汗，原来两女都是部族族长之女，要命的还是来自两个积年世仇的部族——说实话，本来那两位族长老爹也不愿女儿外嫁汉人，但一听仇家女儿也在竞聘崔家新妇的职位，小儿女之事立刻升级为“不能让对头比下去”的外交事宜。

照旧是一通鸡飞狗跳乱七八糟，若不是霍不疑预先提防，手段了得，边城险些闹出部族火并的惨事，最后凉州州牧亲自出马，一番安抚劝说外加和了十八桶稀泥，崔二郎同时有了两位不分主次的妻子。

二皇子被呛得连声咳嗽，太子忍笑去捶打他的背，四皇子喷了一案儿的酒，四皇妃赶紧帮他擦脸，皇帝笑得连话都说不出来——这事他早得过崔侯私报，只是不知道细节竟如此可乐，反正朝廷对西北诸部的羁縻策略是“拉拢小的制约大的”，联姻两个小部族也不坏。

正当众人都以为崔家二子将老爹缺了一辈子的桃花运都补足了，崔侯的人生也开始骚动了。某次崔祐巡边，路遇悍匪，偏偏带的人手不多，危难之时只能负伤逃入雪山，然后被一个贫苦的猎户寡妇救了。

后来崔祐得知，自从这家男人死后，这妇人带着老人孩童，日子过得十分艰难，但她无论如何都不肯撇下老小去改嫁。崔祐觉得这妇人坚韧可敬，便对她说自己心中妻子的位置早有人了，若她愿意，自己就纳她为妾，帮她照顾老人孩子——然后单身了大半辈子的老崔，终于房里有人了。

其实若只是寻常的救命之恩，给钱关照就是了，崔祐之所以会纳了那妇人，众人心知肚明，那些日子在山中必然发生了某些不可言说之事。

皇帝很是感慨："这样才好，朕看你一直孤零零的很不是滋味，可谁劝你也不听……这下好了，阿猿啊，有个女人贴身伺候你，朕也放心了。"

说完这话，他照例不忘瞪养子一眼，道："听见了没，连你崔叔父都有人了！"

霍不疑温和地笑着，道："臣听见了。"

大公主一直心怀怨怼，想着若非姓霍的捣乱，此时东宫之主说不定还是她那好说话的同胞兄弟，自己何至于受三皇子的气，于是忍不住酸道："说起来，子晟也是有人的，五年前都快要成婚了，可惜啊，一朝……"

"住嘴！"

"长姊说什么呢！"

越皇后与太子同时厉声呵斥，大公主悚然惊醒，大驸马连声告罪："公主是饮酒醉了，醉了，说话不经心的，子晟莫怪，陛下、太子殿下恕罪，千万恕罪……"

霍不疑垂首不言，众人看不清他的脸色。

皇帝久久注视长女，面无表情，殿内气氛凝重，无人敢开口。这时一名小黄门轻悄地走进殿来，在岑安知耳边说了两句，然后岑安知朝皇帝一拱手："陛下……"

皇帝点点头，然后朝长女道："你不会说话，回家好好自省后再说话，这一年，你就不必再进宫了。"

"父皇……"大公主哀求地看向皇帝，被禁止进宫一整年，属于很严重的惩罚了。

大驸马在旁懊恼不已。

皇帝没理他们，抬头又道："今日差不多了，太子、子晟、崔祐留下，其余人散了吧。哦，骆氏，你也留下。”

越皇后率先起身，从侧面离去，其余人等出席后齐声告退，然后鱼贯出殿。

走出殿外，几位小皇子先是一哄而散，大公主用力甩袖，泄愤般地大步快速离去，大驸马赶紧跟上。二皇子看四皇子面色潮红步履不稳，过去帮四皇妃托着四皇子走，四皇妃不知前情，只觉得这位二皇兄虽然看着有些落拓，但真是很好的人。

二公主让二驸马先走，自己拽住三公主的袖子，低声道：“你适才跟那骆氏说了什么！我虽听不见，可难道你不知道我会读唇语！”

三公主慢条斯理地抽回自己的袖子，道：“阿姊既然知道我说了什么，为何来兴师问罪？我又没说错话。”

二公主低叹道：“子晟也是可怜，难得身边有人了，你何必去挑拨。”

“我就是看不顺眼骆氏那副看似恭顺实则得意的嘴脸。”

“你怎么知道她是假恭顺呢？早些年骆氏在宣娘娘身边，颇有贤名啊。”

“真恭顺还是假恭顺，我不清楚，我也用不着清楚。”三公主一脸闲散，“我与驸马全家和好了，我与自己乱七八糟的前半辈子和解了，如今我也没什么别的乐子了。阿姊放心，我有分寸。”她脸上笑着，可笑容中分明是寂寥。

二公主不再教训，上前挽着妹妹的手离去。

不远处，袁慎跟着小黄门往宣德殿走去，正好与她们错开。

袁慎步入殿内，发觉偌大的宣德殿只剩下皇帝等数人，正要给皇帝和太子下跪行礼时，他猛然看见霍不疑在旁，顿时心神大乱。

霍不疑看见是他，也定定地望了他一眼。

皇帝正在问骆济通：“……这么说来，若不是你看着，子晟就要胡来了？”

骆济通笑道：“霍将军一忙起来废寝忘食，妾不过略加照料，不敢表功。”

“功劳还是有的。”太子道，“崔侯的信中说得巨细靡遗，你都能算是子晟半个管家了。若不是你晴天晒被冬日烧炭，谁知道子晟会把日子过成怎样！”

崔侯忍不住道：“也不至于这么不济吧……我与子晟住在一处，那宅邸虽不如当地豪族的舒适，但饱暖总是无忧的。”

——太子你想给骆氏夸功也不必这样啊！

“臣的长媳第二年就进门了，那小女娘自幼在继母手中过得不容易，进门后对臣百般孝顺，对子晟敬如兄长，一屋子大男人的衣食住行，她也竭尽全力周全了……”当然，不如骆氏调理得那么精致就是了。

太子当作没听见崔祐的话，继续夸奖骆氏，骆氏一脸娇羞，霍不疑始终旁观。

皇帝看见袁慎来了，温和道：“善见，你来得正好，上近前来。”

袁慎依言行事，皇帝又道：“善见，你给朕拟旨。子晟今日回来了，他在外五年很是辛苦，还立下了大功。朕决意赐爵列侯，是为‘高雍侯’，官封骠骑将军，享万石官秩，依旧加侍中，加食邑……”

霍不疑忽然笑了下，道：“陛下，您之前已赏赐臣许多了，臣就孤身一人，要那铺天的产业作甚？再说朝廷就快度田了，树大招风，您真的还要赏吗？”

皇帝笑骂：“竖子狡狯！那些是赐给你的吗？是赐给你老子的！不论他在不在，虞侯他们有多少，朕也不能让他少了！也罢，这回征蜀之战中你有大功，回头我将僭王一系的财帛、田土、庄园分你些就是了。”

听完皇帝吩咐了一长串，太子和崔侯都满意地跪坐一旁。

袁慎一一应下，对皇帝要赏赐霍不疑什么他并无看法，不过为何要特意召他过来呢，回尚书台说不是一样吗？

皇帝向前俯身，按着养子的肩头，沉声道：“子晟，你知道少商与善见定亲了吧？”

话未落音，殿内众人俱是一震，骆济通尤其脸色发白。

霍不疑缓缓抬起头，道：“我知道。”

皇帝道：“你可有话要说？”

殿内寂静，袁慎发觉自己无意识地咽了下口涎。

霍不疑转头看了眼袁慎，缓缓地摇头，道：“袁侍中为人沉稳，行止有度，少……程娘子嫁予他，终身有靠了……”

袁慎和骆济通双双落下心头大石。

崔侯看了皇帝一眼，饱富深意地摇摇头，捻着胡须没有说话。

太子疑惑，一方面他很高兴兄弟这么果决地斩断前缘迈步未来；另一方面，他觉得，仿佛霍不疑刚才的语气……带了些颤意啊……

“好。”皇帝拍腿，看了眼骆氏，“你以后呢，有什么打算？”

霍不疑端坐的姿势仿佛凝固了一般，道：“五年前，我害了一个女子，她全心全意地相信我，我却在与她成婚前三日犯下滔天大罪。我后来常想，若非沉冤得雪，真相大白，她以后该怎么办？有一个犯下死罪的未婚夫婿，陛下是不是会疑心她知情不报，都城众人会不会对她指指点点，谩骂嘲笑？”

听出他话中的心酸之意，太子不忍道：“这也不见得……”

“如今她找到了如意郎婿，我只有替她高兴的，别的，再无二话。”霍不疑继续道，“往事已矣，人总要往前看的，陛下放心，待我重修霍氏坟茔与祠堂后，就会祭告祖先，娶妻生子，延续香火。”

“你能想得开就好。”皇帝点点头，“成了，我与崔祐还要叙叙旧，你们先退下吧。”

太子叹了口气，然后笑着领霍、袁二人告退，骆济通紧紧地跟在三个男子身后。

“这就对了嘛，过去的就过去了，以后成家立业，好好过日子就是了。”太子边走边说，“子晟，骆氏，对吧？”

霍不疑微笑道：“殿下说的是明光正道。”

骆氏爱慕地望着他，羞涩地低下头。

袁慎此刻浑身轻松，头一回觉得少商的话会成真，也许等他和霍不疑各自成婚后，两对夫妻还真能如老友般来往呢。

四人一路说说笑笑——其实是太子说，其余三人附和——倒也融洽。

霍不疑和骆济通都是远程赶路后直接进宫的，如今必得先回家整顿，太子一路送至宫门，袁慎也笑呵呵地相陪。这时，太子身后的一名小黄门忽叫道：“殿下您看，宫门口仿佛有事。”

四人一齐望去，只见上西门大开，宫门外吵吵嚷嚷，不知发生了何事。

太子神色一肃，沉声道：“过去看看。”

众人快走几步赶过去，只听宫门外一个粗豪愤怒的声音在高声大叫：“……你这小丫头，究竟想怎样？”

这声音众人皆不识，只袁慎心头猛烈一跳。

然后是众人皆熟悉的一个少女声音，那女孩仿佛在笑。

“我想怎样？第五壮士，您真说笑了，该我问你想怎样吧！前些日子难道是我去行刺？今日难道是我来掳人？你自己吃饱了撑的来找碴，就怪不得我早有防备了！来人哪，把那网兜拉紧了，放跑了这位壮士，我就把你们烤来吃了！”

不等太子反应，忽闻身边“咔嗒”一声，他赶紧扭头，只见霍不疑脚下踉跄，直接踏碎了一块青砖——他俊美的脸庞苍白异常，眼神却仿佛要放出光彩来。

太子一愣。

听见这声音，四人中倒有两个想扭头改道，太子也不希望把兄弟又和前未婚妻纠缠不清，但他自认为是真的勇士，敢于直面惨淡的人生和做媒。于是他气沉丹田，大步流星地往宫门口走去。袁慎苦笑着跟上，然后是身形微微发颤的霍不疑，最后才是脸色难看的骆济通。

上西门的宫门外有一块空阔巨大的平地，宫里要举办大型庆贺筵席时可供勋贵朝臣的家眷停放马车，太子本想先训斥一顿宫门守卫疏忽怠慢，谁知冲出宫门才发觉戍卫们倒还看守住了门口，就是一个个都拉长了脖子，笑呵呵地看好戏——和他们同样看戏神色的还有酒醉傻笑的四皇子，以及扶着他的四皇妃和二皇子。

前方不远处停着一辆靛蓝色顶盖的马车，马车上站了一个身着利落便装的美貌少女，马车下是一个眉清目秀的少年，双手各牵了一匹马，马车前六七丈处有十几名训练有素的家将齐力捉着一张结实的麻绳大网，网兜里头则罩了个魁梧的虬须汉子。

少商红光满面，得意扬扬，道："你还真当自己能与《刺客列传》里的好汉齐名了？告诉你，你能屡屡逃脱，那是袁州牧让着你！那天在袁家你横了我两眼，我就料到有这一天了！"

二皇子皱眉道："既然这人屡次作乱，为免万一，不如送交廷尉或击杀……"

"别别，二殿下。"少商赶忙道，"这人其实不坏的，我早问过了，这些年他本可以在人多杂乱的市井中刺杀袁州牧的，可他怕惊扰误伤百姓，往往都是找山路野外动手。这回也是，他原可以在我沿途经过处设伏，却挑了闲人不多的宫门口……第五成年少时也是仗义行善的著名豪侠，他如今这是轴了。"

第五成听了这话，停止了挣扎，高声道："好！就凭你程氏的这番话，以后我不再寻你麻烦……"

"我呸！还以后呢，你当我是袁州牧啊，捉几回放几回，你现在人在我手里，你以为自己有以后吗？"少商双手叉腰，气势如虹。

"那你待如何？"第五成气得脸色涨红。

"将你捉回去，晓之以理动之以情喽。"少商道，"为了免得你愈错愈大，为了匡扶人间正义，弘扬天地正气……"

第五成怒不可遏，道："你放屁！"

少商骂回去："我看你原来还像个人，如今越来越不像样了，再没人制止你，你离变成邪魔歪道之人也不远了！袁家与你的恩怨，你来捉我做什么！我姓袁吗？姓袁吗？就算将来姓了袁，你妹妹出事时我还没投胎呢，犯得着牵扯我吗？"

——太子忍不住去看袁慎，发觉他脸色委实精彩。

二皇子笑道："得了，你也别再逞口舌之快了，赶紧把人带走，这里到底是宫门口，闹大了你就保不住这人了。"

少商笑吟吟地抱拳，道："多谢二殿下担待！"

那第五成犹自怒骂不休，一名家将笑道："女公子，要堵住嘴吗？"

少商道："堵什么嘴啊，人家是一代大侠，堵嘴多没面子，还是打晕吧！"

家将们笑嘻嘻地依言行事，宫门守卫齐齐笑出声来。少商经常进出宫廷，大家也都熟了，有几人还起哄着喊"程娘子威武""程娘子女中豪杰"，二皇子和四皇妃也是忍俊不禁。

太子再去看霍不疑，发觉他那双深褐如琥珀的眼睛中流露着一种奇特的喜悦神气，贪婪又克制，深沉得有些瘆人。

程少宫牵着一黄一花两匹马过去，无奈地对幼妹道："闹够了吗？尽兴了吗？我们可以回家了吗？是骑马还是坐车啊？"

少商从马车上一跃而下，意气风发道："我这样的女中豪杰坐什么车啊，三兄，把阿牛牵给我。"阿牛就是她那匹心爱的奶牛斑小花马。

正在这时，醉醺醺的四皇子指着宫门口，大喊道："三皇兄，你来了啊……"

众人回头正看见太子一行数人，纷纷各按等级行礼。

少商心口怦怦跳，颤颤起身时，终于看见了太子身旁那个颀长高大的身影，她莫名地心慌忐忑——他不是后天才到吗，自己都打算告假回避了。

"你们在做什么？"太子绷脸高声喊道。

"我我，妾……"少商手足无措，她直觉若把事情一五一十说了，太子一定不肯放过这个第五成，但如果不说又该怎么解释这场面呢？

袁慎也想到了这点，不过他并不介意第五成的生死，于是上前一步，打算和盘托出袁家的陈年恩怨，谁知二皇子先开口了。

"太子殿下，"二皇子念着少商多年拜祭亡妻的情意，开口帮忙，"程娘子正打算回家。"

太子看出二皇子眼中的恳求之意，想想越拉扯越麻烦，就不打算追究那什么姓第五的无名小卒了，袁慎见状，也退回了脚步。

程少宫犹如抓到了根救命稻草，连声道："对对，对，我们要回家，少商还不快上马。"

少商也附和着："是呀是呀，我们这就回去……三兄，马呢？"

她感觉太子身旁那人的目光灼灼，正一瞬不瞬地注视着自己，便急急忙忙地接过同样慌里慌张的胞兄递过来的缰绳，手脚并用地爬上马背。谁知一上马鞍，她就暗叫不好，座鞍下是棕黄色的柔韧马鬃——她骑错马了！

这时程少宫也发现自己错把自己的马缰递了过去，兄妹俩面面相觑。

都说双胞胎心有灵犀，不过程家这对毫无意外地再次意见不一致：程少宫觉得还是换过来的好，少商却恨不能插翅离开此处，哪肯下马。

程少宫终于看懂了胞妹杀鸡抹脖子的眼神，想想身后那位前妹婿，他用眼神表示同意，开始去扯小花马的缰绳。

"慢着！"忽然一声清亮的男子声音响起，给这个已如沸水盈壶的场面添了把柴。

各存心思的众人齐齐望向发声之人，纷纷露出饱含深意的脸色，概括起来约有三种："有好戏看了！""莫非要旧情复炽？""太子和袁公子的眼珠快突出来啦！"

霍不疑定定地踏出一步，道："程……少商……请留步。"

场内陡然一震，众人皆惊，太子和袁慎汗毛直竖，骆济通失声轻呼"霍将军"。

霍不疑对诸人的心思俱不理会，继续往前走，每一步都如不周山震，重重地踏在人们心上，众人从看好戏渐渐露出担忧的神色，可他依旧毫不动摇地走去，向那个光彩炫目、明眸皓齿的女孩走去。

不过二十余步的距离，众人一个心神恍惚，霍不疑已站在少商马前。

少商整个人僵在马鞍上，不知为何，她觉得重心不稳周身晃悠，见人在跟前，不及她开口，霍不疑已伸出右掌托住她纤细的腰肢，往上轻轻一推。

少商这才发觉问题在哪儿，程少宫虽然一副文弱相，但毕竟是男子，腿比胞妹长出一截，于是她坐在他的马鞍上，两脚空荡荡的无法踩到马镫。

看见霍不疑的举动，场内众人齐齐发出一声轻呼。袁慎面罩寒霜，挺直的身体如冰柱；骆济通满身冷汗，犹豫着是否该走过去。

太子失态地往前踏出几步，然后停住，他也不知道该说什么，最后只能强行扯出温和的语调——“子晟，你还记得你刚才说的话吗？”

骆济通也满心希冀地望着他。

霍不疑并不答话，一旁的四皇子傻呵呵地问道：“三皇兄，子晟刚才说了什么啊？哦，我知道了，等我们离开，父皇又和你们说体己话了吧……”

“你闭嘴！”太子用力挥了下袖子。

霍不疑看着自己手掌下的柔软腰肢，依旧是盈盈一握，他伸开指掌即可围拢大半。

他仰头看去，深宫中地位尊贵的女子是停滞了时间的，五年未见，她依旧肤如凝脂，翠眉朱唇，韶光娇嫩，像个无忧无虑的小女孩，刚从温暖家巢中扑棱着柔软的翅膀溜出来，只为了见识外面的风光。

他还记得那个寒冷凄厉的杀戮之夜，野风呼啸，她毫无章法地痛哭着捶打自己，仿佛倾泻着她一生的委屈与愤恨……那一别，星河流光，已是匆匆五年了。

“我给你调一下镫带。”他轻轻道——此时天光大亮，他却仿佛在梦中。

少商也觉得此情此景如梦似幻。清醒时，她从不回忆往事，只在梦中，偶尔浮光掠影般地散落下往昔那一两个片段。

她记得当年他一身暗金绯袍如血色漫卷，风华无双，而此时他只身着一袭半旧的玄色长袍，无织无绣，面带风霜之色，两鬓银丝微闪，清冷俊美得让人心痛。

周遭至少聚了六十号人，现场一片安静，从震惊至圆睁双目的太子，到气得浑身发抖却不知是该开骂还是开打的袁慎，以及旁人，都愣愣地看着事情发展下去。

少商一阵气促胸闷，定定神，才道：“霍……霍大人，请不必如此……”

霍不疑已重新扣好了一边马镫，正合握着女孩的脚踝要放入马镫，闻言抬头，缓缓收紧手掌，捏紧那只细弱玲珑的脚。

“我现在，连给你调马镫都不配了吗？”他深深地看着她。

一旁的程少宫张大了嘴巴，在心中疯狂呐喊——话不是这么说的吧！谁家的前任未婚夫，一言不合上来就摸腰捏脚扣马镫的啊！

少商却瞥见他的手背，苍白肌肤上覆着几处斑驳狰狞的伤痕，她颤声：“你的手怎么了……”

霍不疑垂下浓睫，轻声道：“冻伤，后来烂了，如今结了疮疤，已经好了。”

少商狠狠地瞪那伤痕，死死地咬住嘴唇。

霍不疑怔怔地望她，道：“你不问我疼不疼吗？”

少商几乎把嘴咬出血来，倔强地用力摇头，最后道：“霍大人，我要回家了，请站开些。”

霍不疑拉住她的缰绳，道：“还有另一边马镫没调好。”

少商用力抽回缰绳，冷冷一笑，道：“我早就不是以前的我了，现在没有马镫，我也不会再害怕了！”说完这话，她高高扬起马鞭，娴熟地虚挥一记，黄鬃马立刻飞驰而去。

女孩的动作洒脱飒爽，不过在程少宫眼里，颇有几分落荒而逃的意味。霍不疑不自觉地上前一步，忽然身后一手搭住他的肩头，回头一看是袁慎。

袁慎冷冷道：“多谢霍将军关照吾妇，到此为止吧。”

他也不等对方回复，径直钻进程家马车，倚门道：“少宫，正好我今日无事了，和你一起回家吧。”然后当着霍不疑的面，重重地合上车门。

程少宫尴尬地朝霍不疑笑笑，有些狼狈地爬上那匹小花马，领着同样噤若寒蝉、灰头土脸的程府家将外加被打晕的第五成，一溜烟地跑了。

霍不疑看了远去的程家车马一会儿，一言不发地转身，简短地朝太子拱手告辞，挥退了赶上前的玄铁马车，夺过侍卫手里的缰绳，上马飞骑往另一方向去了。

骆济通见霍不疑临走前甚至都没想起自己来，只好强忍难堪，叩别太子后自行回家。

众宫卫见戏已散场，又怕冷面太子拿他们开涮，纷纷各归各位。

二皇子见太子依旧伫立不动，神情与其说是肃穆严酷，不如说是……呆滞？

“三弟，三弟？”二皇子推了推太子，“你怎么了？”

四皇子酒醒了一大半，也跟过来，道：“皇兄，三皇兄，你怎么了……”

太子陡然惊醒，然后一个急促地转身，奋力奔去，身后跟着一长串刚刚反应过来的宦官宫婢。

“三皇兄，你去哪儿啊？”四皇子扯着嗓子高喊起来。

“孤去找阿父！”太子回头大喊——亲爹啊，这怎么跟说好的不一样！

“哈哈哈哈哈……”

宣德殿前一棵冠盖漫天的古木上，雀儿扑棱着翅膀飞远了，值守在外的两个小黄门偷偷回头看了眼，旋即站好——

殿内，皇帝笑得连连捶击案几：“哈哈哈，朕就料到会有这么一出，就是没料到这么快，真是不是冤家不聚头啊！哈哈，哈哈哈……”

崔侯笑得鼻涕眼泪都下来了，道：“臣这酒瓮还没冷呢，他们就又闹起来了！”

太子端坐一旁，脸黑如锅底：“父皇、崔侯，请莫要笑了！还是想一想应对之策才是道理！”

皇帝抹了把眼泪，故意道：“什么应对之策，故人重逢，斗了两句嘴而已。”

太子气急败坏，道：“父皇，你是没看见，他们……他们……”他虽没吃过猪肉，但好歹亲爹娘恩爱缠绵了这么多年，他算是见过猪跑的，“子晟他，他……”

“子晟很欣喜，是吗？”皇帝安静地接上。

“……父皇说得不错。”太子泄了气，“自重逢后，我看子晟气定神闲，谈笑晏晏，毫无孤傲激愤之意，还当他已经将过去抛诸脑后了，谁知……谁知……”

“谁知，全不是那么回事。”皇帝语气温和。

太子叹了口气——把兄弟一见了那女子，眼睛也亮了，脾气也来了，整个人都活泛了，跟刚才相比，之前他的温和就像隔了层纱帘。

“父皇，你早知道会如此吗？”太子抬头看亲爹。

皇帝微笑着摇头，道：“朕不知，朕也不能断言子晟是否已前事尽忘了。不过，现在知道了。”

太子懊恼道：“早知如此，就不该叫程氏与袁家定亲，如今这叫什么事啊！父皇也是，怎么不早点让子晟回来啊！”

皇帝捻了捻胡须，不无苦笑，道：“说句实话，这五年来程氏一点想嫁人的意思都没有，袁慎屡屡去永安宫献殷勤，都被挡了回来。哪个能料到，她一动念头，第二个月就定下亲事，回了趟家，两边连文定之礼都过了，哼哼，宣太后也没想到，这也忒……忒不讲究了。”

“那是不如陛下讲究。”崔侯呵呵笑道，“陛下和皇后娘娘从互生情愫，到正式求娶，足足过了三年。”

“多嘴！”皇帝笑瞪了崔祐一眼，“终归比你强！”憋了一辈子都没好好表白过。

崔祐摸摸鼻子，岔开话题：“就是子晟，从对少商生出情意到请陛下提亲，也过了好几个月嘛！少商这孩儿，到底行事操切了些，是不是心急嫁人啊？”

太子忍无可忍，大声道：“父皇等了三年，一是因为父皇年长母后十岁，二是因为父皇当时无钱无势，犹豫不前！子晟那不叫等了几个月，彼时程氏还是楼家子的未婚妻，难道去抢亲吗？！”

皇帝继续捻胡须，崔祐补上：“而现在，少商是袁善见的未婚妻了。”

太子长叹：“子晟为何非要在一棵树上吊死，儿臣看那骆氏知书达理，体贴周到，也没什么不好啊！”他说这话时，忽瞥见亲爹不置可否地撇了下嘴，忙道，“父皇，你是不是早知道子晟并不喜爱骆氏？”

皇帝道：“骆氏进宫这么多年了，又不是第一天知书达理、体贴周到，若是投缘，子晟早就喜爱她了，哪会等到今天。”

“那现在怎么办？儿臣已经和母后说了，请她召见骆氏的母亲呢！”太子急道。

皇帝闲闲地道：“你是储君，子晟和骆氏也是你撮合的，你自己想法子。”

太子毫无办法，迁怒道：“崔侯，都是你的不是，在信中屡屡提起骆氏与子晟，叫孤误会了他们二人！”

“这可不能怪臣。”崔祐笑呵呵道，推脱得滴油不沾。

“殿下在信中一个劲儿地询问边城中有没有能匹配子晟的淑女。可是西北边地，民风彪悍，世情粗犷，论教养家世还有才学品行，骆氏的确是其中翘楚，臣也没说错啊。况且骆氏自幼在宣太后身边，清楚子晟习性喜好，每每插手子晟的衣食住行，无不妥帖，远胜那些初相识的愣头愣脑的女子——臣自然据实以告喽。”

太子气得说不出话来，崔祐还要补刀：“最最要紧的，殿下始终问的是哪个女子对子晟最好，方方面面最匹配子晟，却从未问过子晟心中如何想啊。”

太子大怒道：“崔侯，你就不能提醒孤吗？！”

“臣提醒了啊，臣说，最好顺其自然，按照子晟的意思来。可殿下说，子晟是长情之人，等他想明白不知要多少年，娶妻生子都耽误了。”崔侯见招拆招。

“崔侯你……你好刁滑……孤，孤看错你了！”太子气得鼻子都快歪了。

崔祐顽皮地耸耸肩。

皇帝乐不可支，呵呵直笑：“子端，看见了，这就是朝臣的嘴！别以为你做了储君，皇帝，就能一言定夺所有事。你若虑事不周，朝臣们有的是理由驳你。阿猿是自己人，你气得骂两句就骂了，将来遇上军国大事，因你独断专行而坏了事，可没人给你背骂名。”

——别以为臣子不会坑皇帝，除了真正贴心贴肺为你考虑的心腹，其实整个朝廷处处坑。因为做了皇帝，所以理所当然地认为所有臣子都会心向自己，这是一种狂妄！

“儿臣受教了。”太子难得气馁，“儿臣是看子晟太不容易了，当年被驱逐至漠北荒原，又伤又病地离开都城，程氏连看都没去看他一眼。儿臣就想，这回一定要给子晟找个可以对他嘘寒问暖百依百顺的女子。唉，谁知道啊……”

崔祐看太子面露困顿之色，心中不忍，道：“殿下，是臣的不是……”

太子抬起头看他。

崔祐道：“臣应该多啰唆几句的。以臣自己为例，凭良心说，说到嘘寒问暖百依百顺，臣去年纳的那个妾侍胜过君华不知多少。可是啊，有些人就是贱骨头！记得有一年酷暑，臣去霍家寻君华玩耍，她见臣满头大汗，稀里糊涂地端了碗凉水给臣，结果臣闹起肚子来，险些去了半条命。”

说起白月光的糊涂事，他微笑着连连摇头：“唉，可是午夜梦回，臣还是常常想起君华。若君华还在，臣哪怕再多喝几碗凉水也不怕。”

太子似懂非懂。

念及故去之人，皇帝低叹一声：“子端，这世上有许多不一样的人，有像阿猿这样一辈子心里只能放得下一人的，也有像虞侯那般妻妾成群左拥右抱的，有像你二皇兄这样过尽千帆皆不是的，也有像吴大将军那样丧妻续娶后，依旧和乐融融的。你以为，子晟是哪一种呢？”

太子烦躁，闷声道：“是子晟自己说，往事已矣，将来要重新来过的。”

“钝儿！”皇帝笑叹，“有时候，人嘴里说的话，未必是他心中所想。就说这几日朝堂上议的度田一事吧。子晟赞成，那是真的，反正他一人吃饱全家不饿，清查庄园田地人口于他又能如何？可虞越等勋贵之臣还有几位驸马都极力赞成，能是真的吗？这几家人丁众多姻亲遍地，更有许多附庸，就算当家人愿意，下头人能愿意吗，东拉西扯的干系太多了！”

说着，他看了崔祐一眼，笑道：“还有崔侯，他说赞成度田，大半也是真的，因为他是商贾出身，爱做买卖不爱置田地。朕只要不冲进崔家清查钱箱，他自是无所妨碍的。”

崔祐无奈道：“陛下扯我做什么。当初陛下天天劝我置田地，如今看来还不如做买卖呢。田地跑不了，谁都能查到，钱箱嘛，臣爱藏哪儿就藏哪儿。”

“蠢材！田地能有出息，钱串放在家中能生什么！”

“钱在臣手里也能有出息啊。”

“去读读抑商论吧！”

“臣只是自己偶尔经手些许小买卖，又没让全天下人都经商。再说了，桑弘羊也是商贾出身啊，武皇帝用了他一辈子，末了还让他做辅政大臣呢！”

“哦，你居然敢自比桑弘羊，看来家中金山银山积蓄不少了，不如朕着人去查查？”

“别别别，兄长饶命，阿猿知道错了！”

“桑弘羊精于心算，你只要上百之数就要动算筹了，也好意思自比桑弘羊？！朕看你也就是当个小商贾的料子！”皇帝嗤之以鼻。

崔侯无奈地抗辩道：“陛下自己擅长稼穑，同样的田亩，陛下能比旁人多出三成收成，自然觉得侍弄田土是天下至美之事。臣自比桑弘羊是托大了，可马武那厮绿林出身，还觉得自己天生是缉盗之才，太平盛世能当都尉呢！”

“那倒是，马武不做盗贼去官府自首就很好了。”

君臣俩咧着嘴，一齐大笑。

“——父皇，崔侯！”太子忍着气，“还是先说说子晟吧！”

那对君臣转过头来，崔祐搔搔头，无话可说，皇帝微笑道：“吾儿先说。”

太子道：“以前的事暂且不论，程氏终究已和袁慎定了亲，这，这……子晟该如何是好？”当初霍不疑没好意思抢夺楼垚的未婚妻，如今也不能抢夺袁慎的啊。

皇帝毫不心急道：“顺其自然就好。”

太子看了亲爹半天，疑心道：“父皇，您是不是有了计策？”

“吾儿可以猜一猜。”皇帝微微一笑，活脱脱一个慈爱又贴心的长辈，“以后天下都是你的了，朕不能一直告诉你该怎么做。”

太子深吸一口气，好吧，不说就不说。不过亲爹这么眼睁睁看着儿子跳进坑里，还在旁插着手笑，这事可不能轻易算了。

踏出宣德殿，随身宦官问道：“殿下，您要去何处？”

太子沉声道：“孤要去找母后！”

——次日朝会，众臣发现皇帝的两只耳朵都红了。

程少宫让家将快马奔驰，终于在去程府的路上将胞妹追回。少商骑了半天马，发丝凌乱，额头沁汗，她一言不发地把黄鬃马还给胞兄，然后钻进马车。

“我刚才想好了。”少商接过袁慎递来的汗巾，“以后我们和姓霍的还是少见为妙。毕竟前事尴尬，就像三叔母也不大搭理皇甫夫子一样。”

袁慎默不作声地倒了杯温水给她。

“不过我以为，适才我还是做到了言行镇定，不骄不躁，并没有惊慌失措，你说是吧？”女孩瞪着眼睛，就跟逼供似的看着袁慎。

“……你的确无有不妥。”袁慎道。

两人对坐沉默，过了半晌，少商苦笑一声，道：“好吧，其实我是慌了手脚，可是我一直以为他后天才回来。他冷不丁站在那里，我能不慌吗？”

袁慎长舒一口气，同样苦笑：“说句实话，早先在宣德殿看见他，我也心慌意乱，不知该说什么——比在朝堂上被人当面弹劾了还吓人！”

“是呀，我就罢了，你和他又没定过亲，你都慌了，何况我？”

袁慎瞪视道：“别拿定亲做借口！”

少商道：“还不都是你家的祸源，不然小女子哪会认识艺高人胆大的第五侠士！”

两人对瞪半天，然后同时“扑哧”出来。

袁慎放松地靠着车壁，笑问道：“你捉了第五成有什么打算？”

少商道：“交给双亲啊。我阿父最会套交情讲道理，声泪俱下地跟你说故事，我阿母则会引经据典，详论天下民生不易——水滴石穿，先关他个把月，看看情形喽。”

袁慎皱眉：“这样妥当吗？这些年来，父亲不是没有托相识之人前去劝说第五成。”

“那不一样。你父亲找去的人多是两人的旧交，第五成肯定以为他们都站在袁家一边，可我家跟二十几年前的事一点干系都没有啊！置身其外，反而能好好说话了。”

“会不会太麻烦令尊令堂了……”袁慎可不想未来岳父母对自己有看法。

少商理直气壮道：“现在不麻烦以后就会麻烦！将来等我生下孩儿，第五成也跟他妹妹似的闯进来，提着襁褓要挟你们父子，该怎么办？！再来一次万箭齐发？”

袁慎眸色一暗，没有说话。

少商挨过去，推了他一下，轻声道：“欸欸，你是不是打过主意，偷偷将第五成杀了，以绝后患啊？”

袁慎瞪她一眼，算是默认。

“果然如此！”少商得意道，“我还不知道你？你看着斯文，肚里却是墨黑墨黑的！放心吧，我看第五成还能救一把，有七八成把握能劝好！”

“要是说不通他呢？你又待如何？”

“这我也想过了。杀他干吗啊，人尽其用嘛。”少商促狭地一笑，“万伯父常抱怨徐郡因处四战之地，前些年征战连天，弄得郡内男丁匮乏，到处是寡妇。”

“这不是万大人想纳妾的托词吗？跟第五成有何干系？”

“你别插嘴！那第五成若是能劝好就罢了，若是劝不好，就捆他去徐郡，给他配上七八个久旱盼甘霖的婆娘，等来年春天……啧啧啧……也算为朝廷、为百姓做好事了。”

照少商看来，第五成整天找袁家的碴，也是因为孤身一人毫无牵挂，等他有儿有女了，看他还能蹦跶得起来？！

袁慎凝视了女孩半天，叹道：“你如今言行是端庄得体了，可脑子里还是与以前一般的乱七八糟，不过……这点子，我喜欢！”

“你也觉得这主意不错吧！袁州牧也不会来阻止了。”

“这主意馊是馊了点，不过胜在促狭有趣——现在我倒盼着第五成别被你父母劝服了！”

“英雄所见略同！”

两个外表温和可亲的黑心鬼一齐笑起来。

听见车内传出欢畅的笑声，骑着小花马的程少宫长叹一声，联想适才袁慎脸黑如锅底，心道胞妹哄人的本事还是一如既往的好，可见家学渊源，双亲遗传得好。

骆济通被扶着走下马车，骆府门口早有奴婢家丁齐聚迎接。

一名衣着不俗的老媪上前笑道："听到女公子要回来，女君早早将女公子的居所收拾出来，家主在外办事，不过适才着人回来传话，说会尽早赶回的——好些年了，家里终于可以团聚了！唉，这些年女君一直唉声叹气，说是当年不慎，给你定了个病弱短命的郎婿，让你青春守寡，家里对你有愧啊！"

骆济通柔声道："这是哪里的话，阿父阿母一直疼我爱我，我也盼着和双亲手足团聚，只是适才太子殿下邀宴，我不得不进宫面圣。"

那老媪扶着骆济通往里走去，低声道："家里已听说了，都夸女公子您才貌双全，世所罕见，早该匹配霍大人那样的盖世俊才了。还有，自从王家倒台后，家主一直心神不宁，还是听说太子殿下十分看重女公子，这才好了些。"

骆济通矜持一笑——这才刚开始呢，她绝不会束手认输。

数月前，在太子的亲自主持下，霍府已被修葺一新。庄严肃穆的玄色正门大开，早一步回府的梁邱兄弟率阖府家将奴婢，在门口列队迎接霍不疑。

霍不疑下马后将马缰一抛，沉默地大步往里走去，穿过正庭转过弯，忽在偏门旁的一棵花树下驻足。

梁邱起看了眼那花树，道："这还是五年前程娘子移过来的树苗，如今都长得这么好了。"

霍不疑仰头望去，当春时节，万物复苏，枝头的柔嫩花苞都挣扎着冒出尖来。

梁邱飞正想开口询问，被胞兄扯住衣袖制止。

梁邱起轻声道："少主公，您……是不是见到了程娘子？"

霍不疑静静地看着那些探头探脑的小小花苞，和煦的初春日光透过花叶散下来，在他白皙俊美的脸上落下斑驳光影。

"看见了。她还是韶华依旧，娇嫩纯稚……我却已经老了。"

少商见过霍不疑后不足十二个时辰，传言便如肋生双翼，自发自觉地飞满了整座都城。那日在场的只有三个女子，少商自己不会乱说，四皇妃腼腆矜持，甚少交际，骆济通虽不敢保证用心，但可以保证智商，骆家不会这样无缘由地乱传一气。

结论就是——那天在场的五六十号上西门守卫将士都是大嘴巴！

男人比女人嘴快，这在程家毫不稀奇。少商并没打算隐瞒，但是她连衣裳都没换好，胞兄就已将适才之事冲双亲喊了个遍，这是不是也太夸张了。

霍不疑回来了，这个消息的威力不亚于叛军兵临城下。程萧夫妇在九骓堂里蹲了好半天，最后毫无办法。萧夫人便表示先去解决那什么第五成，程始表示不着急慢慢来，“先将那浑人关几天磨磨锐气再说，若是过阵子我们郎婿换了人，也不用费那么大力气劝服那个第五成了”——险些被萧夫人暴打。

其实抱有这个念头的不止一人。消息刚传开时，韩将军还私下跟程始说“早知道霍不疑这么快就回来，你家上个月那顿定亲宴可以缓缓再办”，气得程始怒撑老友“哪怕郎婿真的又换了人，这回也不会再办定亲宴了，因为以前已经办过了，你放心”！

比程家更悲催的是骆家，太子有意撮合骆济通与霍不疑的消息才传开不到一天，碗里的准郎婿与他前任未婚妻有可能旧情复燃的消息又传遍了朝堂上下，连着好几天，长水校尉和其他骆氏子弟的脸都是黑的。

程始尴尬不已，但又不敢拍胸脯保证自己女儿一定不会和霍不疑有什么，于是继绕着蔡家人走之后，他又得绕着骆家人走了。

袁家也没好到哪里去，到处都有似笑非笑的神色，好在袁州牧给力，替儿子一一回敬那些或善意或恶意的打趣，袁慎才觉得好些。

尽管少商觉得错不在自己，但还是对程老爹和袁善见很抱歉，于是当永安宫叫她回去帮忙张罗筵席时，她立刻应命——她决定严肃地当众声明自己的态度。

忙忙碌碌三天后，永安宫迎来了开张至今最热闹的一日，除了两位皇子、两位公主，还有一堆依托各种名目进来的贵胄亲眷，如汝阳王世子妃及其两位新妇，常来看望宣太后的虞侯夫人及其闺友数位，宣侯夫人及其姊妹数人……

四公主是陪着君姑宣侯夫人来的，五公主是带着骆济通来的，她看见忙里忙外的少商，冷冷一笑，道：“哟，瞧你这忙的，里里外外都听你的，就差把宫廷当自己家了吧。”

少商立刻回撑：“公主殿下想把永安宫当家也成啊，反正我就快嫁人了，到时公主殿下就进宫来陪娘娘吧。”——只要你舍得外面的花花绿绿。

五公主脸色一变，甩袖而去。骆济通抱歉地朝少商笑了笑，道：“殿下就这脾气，你别介意。”

少商对骆济通的印象还是很好的，见她与五年前一般的笑容温和，举止端庄，当即上去挽她胳膊，笑道：“我给你和霍大人安排了上席，喏喏，就那儿，霍大人还在里头和娘娘还有东海王说话呢……你知道的，开筵前先把过往恩怨说清楚嘛，你先过去坐着好了。”

骆济通的眼睛一亮，赶紧谢过——适才她向太子行礼，不知为何，太子不复那日亲切，只淡淡“嗯”了一声就没下文了。正当她发愁如何坐到霍不疑身旁时，程少商来帮忙了。

她朝另一边瞟了下，笑道：“袁公子也来了，娘娘怎会请外臣来赴宴？是你假公济私吧。”

少商大方地朝独坐的袁慎眨了一眼，道：“那又如何？我请来的客人，娘娘不会说话的。”

骆济通看她与袁慎这样好，心中大定，自行去就座了。

此时，霍不疑的确在内室跟宣太后、东海王长谈，少商退出时正听见宣太后用力拍打着霍不疑的背部，泣泪而骂“不省心的竖子，怎么瘦成这样了，头发怎么白了”云云。

霍不疑变化的确不小，五年前他气质再清冷，也是金玉富贵乡里养出来的英武贵公子，如今却是意气尽敛，看人时不声不响，自有一派渊渟岳峙之意。

太子在内室门外不停地踱步，焦躁不安的模样活像在产房外等待的准爸爸。看见少商，他还问了几句牛头不对马嘴的傻话。

“程氏，你真要与袁慎成婚吗？”

“哎哟殿下，袁、程两家已经订婚了啊，不成婚干吗？”

“……你以前也订过两次婚。”言下之意订婚不等于成婚。

“事不过三，妾觉得这回能成了。”

太子神情复杂地看了少商半晌，最后什么也没说。

宣太后、东海王和霍不疑从内室出来时，三人都是眼睛发红，神色释怀，想来五年前的郁结不但说通了，还煽了一顿情。太子松了口气，上前一步去搭东海王的肩。

为表敬重，太子特意请东海王上座，自己与他同席，其后是霍不疑，他在殿内睃了一圈，越过翘首企盼的骆济通，径直坐到袁慎身旁。

众人皆惊——这是什么流行趋势，前任和现任未婚夫可以坐一处吗？那以后岂不是前夫现夫都可以把臂言欢了！

袁慎低声道：“你过来做什么？”

“我与善见同殿为臣数年，却从不曾畅谈过，今日便补上吧。”霍不疑淡淡道。

袁慎冷笑，道：“同殿为臣的人多了，难道霍大人每个都要畅谈一番？”

“自然不是，我只想找袁侍中谈。”

“有甚可谈？”

“程少商。”

“……”

当少商在后面吩咐完所有事项，兴冲冲地进殿时，发觉所有人都两两同坐好了，只有骆济通座旁是空荡荡的，而自己的前任和现任未婚夫正并坐一席——她险些惊掉了下巴。

不得已，她只能坐到骆济通身旁去了。

宣太后说过两句场面话，正筵开始了。

虞侯夫人八面玲珑，一会儿夸宣太后气色好，是不是又调制了什么新胭脂，一会儿夸少商筵席安排得好，菜色好，果酒美，一旁的奏乐也雅致，加上汝阳王世子妃时不时凑兴，场面便不算冷清了。

听众人欢声笑语，宣太后渐渐有了些兴致，问了宣侯夫人和四公主是不是相处和睦，宣侯夫人自然把四公主夸得跟朵花似的，四公主投桃报李，表示宣侯夫人是天底下少有的好君姑，嫁入宣家是她的福气。

东海王和太子见状，果然都十分欣慰。五公主在旁连连冷笑，不过如今她学乖许多，至少不敢在大庭广众下吵闹了。

见众人说得热闹，少商赶紧问骆济通：“这是怎么回事？”她看了眼对面，压制着激动，“他俩怎么坐一块去了？！”

骆济通无奈一笑，道：“……兴许有话要说吧，自坐下后，他俩就一直在说话。”

少商看去，只见霍、袁二人果然一直低语，你来我往说个不停，也不知说什么说得这么起劲——不过霍不疑神情如常，袁慎却脸色多变，一时惊疑不定，一时犹豫不决。

少商扭回头来，笑着问："自你嫁去西北，这么多年了，也没问你在那儿过得好不好。"

"好不好的，都是守寡。"骆济通神色黯然，楚楚可怜，"不过，先夫身体不好，我也是早知道的，为着成全两家长辈多年前的诺言，我就当是尽孝了。唉，先夫病重那阵儿，我没日没夜地伺候，也免不了闲言碎语，说我等着改嫁。为着这句话，我硬是在先夫亡故后，又服侍了贾家君舅君姑数年……"

少商心里有些不是滋味，关于骆济通的婚事，她们五年多前就讨论过了。

当时许多人为骆济通的婚事不平，不但劝她拒婚，更因她贤名在外，不少贵胄夫人扬言愿意迎娶她为自己儿媳，甚至宣太后愿意亲自出面，替她向贾家说情。

然而骆济通一概拒绝，口口声声称要恪守长辈的承诺。

在少商看来，若是没的选择也就罢了，可当选择放在面前时拒绝了，那么接下来的苦楚就该打落牙齿和血吞，不要再出来卖惨了。

她小时候看苦情戏，常对那些明明有无数条出路却非要死磕到底，宁愿被百般凌辱打骂依旧死不肯走的女主角感到匪夷所思——这种人不是受虐狂，就是自我感动型人格。

五年前，对于骆济通坚持履行婚约的举动，少商只当她是极度守信之人，人各有志嘛，她也没多想，谁知如今……

"哎呀，以前的事别多想了。"少商的笑容人工成分多了些，"人总要向前看的，以后你的好事会源源不绝的。"

骆济通娇羞地笑了，道："你说得对，人总要向前看的。霍将军虽为人严苛，可待我甚是宽容。有一回，我将汤水洒在他刚绘好的舆图上，他也不曾责骂于我。后来我怕再给他惹麻烦，都不敢进他的书房了；可我若不进去，他忙起来是不吃不喝的……"

少商的笑容慢慢淡了。

她不是什么敦善厚道之人，别人无心说错她都免不了顶回去，何况这种暗含深意的话，这什么意思，下马威？还是秀恩爱？！

"既然你们如此要好，看来已经定下亲事了？"她径直问道。

骆济通没察觉到这些，继续表演。她长叹一声："其实，上月凉州州牧收到陛下的旨意，请他敦促霍将军早些成婚。那时，贾家长辈——就是我前夫的双亲和伯父，已替我向霍将军提亲了，若非几日后又接到娘娘病重思念霍将军的消息，这个时候，我们原本要定亲了。”

少商敛去笑容，冷声道：“看来娘娘病得不是时候，耽误骆娘子的好事了。”

骆济通这才发觉她已变了神色，连忙道：“不不不，我不是这个意思……”她离宫出嫁时，并不觉得少商和宣太后的情分有多深，这五年的陪伴也只以为是程家邀宠。

“我知道你不是这个意思。”少商打断她，“娘娘在后位时，不止一次庇护过你们骆家，大恩在前，你怎会埋怨娘娘耽误了你的好事呢？那岂非禽兽之行！”

骆济通脸上一阵红一阵白，说不出话。

少商转过头去，懒得再理她。

话不投机半句多，她喜欢万萋萋的爽朗泼辣，欣赏桑夫人的幽默明快，敬佩万老夫人的深情果决，甚至宣太后的温柔忍耐，萧夫人的睿智善谋，尹姁娥的恋爱脑，还有程姎和青苁夫人的默默奉献……她都能感受到其中的美好之处。哼，骆济通，还是算了吧。

今日这场筵席本质是大型吃瓜现场，这么多女人没有哪个是真的为了看宣太后母子和霍不疑和好而来的，只是众人目光交会，谁也不知道该怎么起头。

最后，五公主不负众望地最先沉不住气了。

“十一郎，”五公主举杯，“多年不见，今日看你英武依旧，我心甚慰，我先敬你一杯。”说完，她先干为敬。

霍不疑笑而回敬。

“十一郎，我记得你以前与袁侍中只是泛泛之交，今日怎么坐到一处去了？”五公主挑着眉毛，看着她前后中意过的两个男人。

太子皱眉道：“子晟和善见有话要说，与你有什么干系？！”他素不喜欢五公主，可今日宣太后和东海王都在，他不由得语气和缓些，杀伤力减了一半。

果然，五公主看太子不是很严厉，大着胆子调笑道：“妹妹我只是稀奇他们有甚可说的嘛，莫非……是在叙旧？旧事，旧人……”

太子沉下脸色，决定骂两句让五公主醒醒神，谁知霍不疑先开口了。只听他微笑道："我与袁侍中所说之事，其实是关于程娘子少商的。"

——殿内众人兴奋得倒抽一口凉气，十分激动！

五公主也没料到，一愣道："与程娘子有关？你们说了什么？"

骆济通神色大变，少商紧张得不行。她眼中放出威胁之色，皮笑肉不笑地道："霍大人，你……可别乱说话啊……"

霍不疑继续道："我对袁侍中说，我与程娘子虽有缘无分，但错不在程娘子身上，其实她为人甚好。除了吵架时口不择言，发脾气时爱拳打脚踢，熬汤时总忘了放盐——除此之外，一概都好。"

"你胡说什么！"少商气得霍然站起，袁慎低头抚额。

殿内众人：……

察觉到众目睽睽，少商放缓了语气，强笑道："霍大人真爱开玩笑，我如今早不乱发脾气了，熬汤也美味极了，大家不信可以问娘娘。娘娘，是吧？"

宣太后侧头忍笑，努力点点头，道："不错，不错……"

霍不疑面不改色道："哦，原来如此，看来善见有福了。"

少商气得想杀人。

霍不疑转头向着五公主道："殿下是不是就想听这些？"

五公主愣了。

霍不疑面无表情，朝殿内众人道："适才都是笑话，我与善见说的是征蜀后的诸般琐事，盼诸位莫要无端猜测。"

——傻子也看得出他心情不好，加上一旁的太子正凶巴巴地到处瞪人，妇人们只得老实地收回八卦之心。

少商吓得捂住了心口，长吸一口气后定定神，端起酒卮，直直走向对面。

殿内众人纷纷侧目。

少商站在案前，向霍不疑举起酒卮，微笑道："霍大人，我与你曾有婚约，这事尽人皆知，遮着掩着也没什么意思，不如今日把话说开了。"

她用殿内所有人都听得见的声量说话："我如今已与袁氏定亲，想来霍大人未来也会迎娶才貌双全的佳人。往事随风，事过境迁，以后见面还是老友。"

说完，她很豪气地一口饮尽酒水。

袁慎双眼放光地看未婚妻，欣喜之意几乎要冲破胸腔。宣太后微微一笑，不予置评，太子无奈摇头，其余人或欣喜或意外，表情不一。

霍不疑定定地看女孩，深褐如琥珀的眼睛中，各种情绪流动。

他道：“好。”然后将杯中酒也一饮而尽。

少商回到座位，将酒卮蹾在案上，附到呆滞的骆济通耳边低语——

“两件事。第一，我从没进过袁慎的书房，也不曾送汤送饭，但从我点头到袁家来提亲，前后不过数日，霍不疑想娶你早娶了！你多攒些本钱再来向我炫耀不迟！

“第二，我原想拉你一起过去敬酒，顺便向今日殿内众人将你和霍不疑的事挑明了，也算帮你一把。现在，你自个儿想法子去吧！”

看见骆济通面色苍白，满眼懊悔，少商心里痛快至极——至于她为什么要痛快，她自己也不知道。

第四十五回 往事随风

筵席结束，东海王亲自扶着宣太后回去歇息，五公主一马当先地走在前面，太子板着脸默念一百遍“唯女子与小人难养，吃饱了就爱东家长西家短”，骆济通想等霍不疑一起走，谁知霍不疑脚下生风，眨眼间人就不见了，其余吃瓜群众十分不尽兴地离去。

少商有一大摊子事要善后，朝袁慎挥挥手就赶紧跑去后殿了，让宫婢确认压灭数处灶火，驱离所有宫外的杂役，清点碗盏食案，清理山珍海味食后留下的污秽……吩咐完一处要去下一处，她在廊下拐弯时，险些撞上一人。

霍不疑站在前方定定地看她。

少商默默地后退一小步，问：“你来做什么？”

霍不疑弯曲着修长的手指，轻轻拂过廊柱上的花纹，道：“你陪我走两步吧——永安宫以北并无宫室，午后更无人走动，不会有人看见你我在一处的。”

少商迟疑了片刻，抬头望见他一双深邃的长目，轻声道：“好。”

北宫是皇老伯这十年间建起来的，朝廷处处要用钱，是以宫殿群的诸多设想还只停留在图纸上，不少地方只是原始的树林、山石、坡地和溪流。

两人沿着长长的一丛色泽斑杂的花树默默走着，枝头开着不知名的野花，因为无人打理这处园林，它们便迎着春光和雨露毫无拘束地肆意疯长。

午后日头倾斜，疏淡的浅金色丝线落在霍不疑脸上，眉目间有种光影迷离的英俊。时至阳春三月，他今日难得一身轻裘缓带，仪容风流。

少商不想和他多待，看左右无人，率先开口：“霍大人……”

霍不疑轻笑一声，道：“你以前一直叫我‘凌大人’，我好话说尽，你只说婚后再叫我‘子晟’。”

“……不如妾身称呼您‘高雍侯’？”少商板着脸。

霍不疑没理她的挑衅，继续问：“你和袁侍中日常一处时称呼他什么，难道是‘袁大人’？”

少商不悦道：“别人家夫妇的事，霍大人问这么多做什么。”

霍不疑停住脚步，侧身看她，眼眸中的深沉，浓烈得化不开，声音却如金石相撞：“少商，你知道我的脾气。我若想闹到天翻地覆，就一定能闹到天翻地覆，我若不打算善罢甘休，也不会把这点名爵权柄看在眼里，不管不顾拼死到底——如今我想放过你，你就好好与我说话。”

少商本欲反唇相讥，但念及自己“客客气气不怨不怼”的决心，强忍怒气，道：“那就多谢霍大人肯放过我——我与袁慎日常一处时，要么叫他‘袁善见’，要么叫他‘阿慎’，如何？”

霍不疑没说什么，继续往前踱步，少商只好憋火跟着。

“这五年多来，你过得好吗？”霍不疑边走边说。

少商语带讥讽，道：“托您的福，我陪着娘娘在永安宫中有吃有喝，也没被人欺负去！哎哟……你干什么……”

霍不疑忽然扣住她的手腕，掌心灼热，眼眸幽深，道：“你真的要嫁给袁慎？”

少商像被烫到了般挣扎起来，道：“没错！我与他志趣相投，凡事有商有量，而且袁氏家大业大，我们又不再吵嘴了，嫁给他再好不过！欸欸……你放手！”

“你说得不错。”霍不疑缓缓松开手掌，“袁氏是很好的人家，袁慎沉着多谋，勤勉细致，可堪良配。无论横看竖看，这都是一门好亲事。”

少商揉着自己的手腕，恨恨道：“你知道就好！”

“那年我闯下大祸，你替我在陛下和群臣面前澄清霍家冤情，我一直没有谢谢你。”霍不疑道，“我小瞧了淳于氏，任谁也没想到，她手里居然攥着证据。”

“这叫灯下黑，只有局外人才能看通透。你身在局中十数年，执念已深，看不出也不奇怪。”少商嘟嘴。

“总之我得谢谢你，以后你若有吩咐，我必竭尽全力替你办到。”霍不疑侧身看她。

少商忍不住冷笑连连，道：“不敢当，以后霍大人莫要动手动嘴威胁吓唬我就好了，哪敢让您费心费力……”

“那好，我就口头多谢你几回，办事免了。”霍不疑一挑长眉。

“慢着！”少商深吸气。

她很想爽快地骂回去，让霍不疑有多远死多远，让自己安安心心地嫁人，但同时她也是个实在人，一生很长，万一将来有难，需要人家出力呢？

“几件事？”少商又问。

“什么几件事？”霍不疑不解。

“作为答谢，你愿意替我办几件事？”一瞬间，少商想到了张无忌答应赵敏的三件事，杨过给郭襄的三根金针。

霍不疑微微一笑，道：“只要我活着，无论你有什么难处，我都会替你解决。这句话，这辈子都管用。”

少商一怔，呆呆地抬头看他。

“总之，我希望你这一辈子平顺无灾，喜乐无忧。”霍不疑一字一句道。他高耸的鼻梁上有一束金明光线，好像高高殿宇中供奉的金塑神祇。

“这样不妥。”少商低头，“你以后会有妻儿家小，要顾及许多人。三件，你替我办三件事就好。”

她知道这个承诺有多贵重，以他的能耐，上天入海都不是难事，便如一张万能的空白支票。可是将心比心，哪怕是为了酬谢恩情，她也不会高兴丈夫一直替前任办事。

“这你别管了，我自会安排妥当。”霍不疑双手负背，再次抬步。

少商看着他萧索的背影，各种滋味杂陈。

想起一事，她赶紧追上几步：“欸欸，我跟你说啊，你成家立业是好事，可那骆济通我看不是很妥当，还要多加思量啊！这里不是西北苦寒之地了，都城里的名门淑女你尽可慢慢挑选……你别笑啊，我不是在忌妒！好了，我不说了！”

霍不疑轻笑，正欲再说，瞥见前方一株三四人合抱的老梅树后转出一人，正是袁慎。

少商一愣，用力朝前方挥手。

霍不疑笑容淡去，收住脚步，道：“我们就走到这里吧，再会。”

“哦，好好。”少商不及深思，只能应声。

两人别过，一个向前方老梅树奔去，一个朝另一个方向走去。茂密的花树落下纷纷扬扬的细碎花瓣，均匀地铺在地面上，只有人走路过后，会踩踏出一条深色痕迹。

霍不疑走着走着，终是忍不住回头，只见两人渐行渐远，地上深色的土壤痕迹刚好形成一个巨大的“丫”字。看着这个“丫”字，他心口剧烈疼痛——他与她，终究是分道扬镳了。

他赶紧快步离去，忍住不去看梅树下的那两人。

少商快跑数步，上前道：“你怎么在这里？”

袁慎轻轻拍打自己身上的落梅，慢吞吞道：“等你们二人。”

少商脑中一闪，立刻道：“适才筵席上，你和霍大人说的就是这事？”

袁慎绷着脸，道：“他说要与你一谈，然后就如你说的，‘往事随风’了——你们可都说好了？”他的目光移向远远离去的那个高大男人。

“都说好了。”少商轻快地摆摆手，“不但往事随风了，为谢我当年替霍家澄清案情，他还答应将来帮我办几件事。”

袁慎无力地松口气，道：“只盼如此，我这几日连惊带吓，就怕他出什么幺蛾子，耽误我们的婚事。办不办事也无所谓，只要霍不疑肯罢休，什么都好说。”

“真的无所谓？！”少商把脸凑过去，故意道，“所谓‘人在江湖，身不由己’，你可想好了，将来这漫长一生，真的，绝对，用不着霍不疑帮忙？！”

袁慎秀丽的长目一瞪，道：“不用！决计不用！”

“有志气！”少商眯起眼睛，“不过，我用得着！”

“你有点出息行不行！”袁慎恨铁不成钢。

少商笑嘻嘻地道：“我们俩，你有出息就行了，我还是顾着点实惠吧。”

听女孩随口就是“我们俩”，袁慎心中如清泉流过般畅快。

他笑道：“行，你想怎样都行。”

少商看他笑得开怀，心想，这下事情总不会再生变故了吧。

这日后，她继续在永安宫服侍宣太后，袁慎回家让老爹找人占八字算婚期，两人时不时在湖边亭中见上一面，嘻嘻哈哈扯几句，再去永安宫蹭一顿点心，亦算不负佳期好景了。

可惜，少商生来不走运，人生际遇有如泥石流，谁也不知道里面会夹杂什么倾泻下来。人家是心想事成，她是心想事反。这样宁静的日子只过了七八天，她就听宫里人传言——霍不疑被告杀良冒功，罪不容赦！

少商想找袁慎问个清楚，皇帝却早一步宣她了。

她摸摸脑袋，全无头绪地跟着小黄门走了，等到尚书台内殿时，她发觉除了皇老伯和冷面太子爷，头发稀疏的廷尉大人纪遵也在。

"见过扬侯。"给皇帝父子行过礼，少商也给纪老儿作了个揖。

纪遵回礼。

"陛下宣召妾身过来，不知有何吩咐？"少商恭敬道。

皇帝叹道："说来话长。子端，你来说吧。"

擅长概括技能的太子大人开口："张要出告子晟，说他杀良冒功。"

这也太简单了！

皇帝抚额，纪遵忍笑，少商无奈追问："敢问殿下，张要是何人？他告霍大人何时何地杀良冒功？还有，召妾前来，就是为了这件事吗？"这跟她有什么关系啊。

太子道："第一，你见过张要的，五年前，就是他将子晟打落山崖。"

少商一怔，道："就是使一对铁瓜重锤的那位？妾记起来了，听闻这人因为没能统领羽林卫，对霍大人一直心怀怨恨。"其实其中缘由就是太子告诉她的，后来太子寻机将人贬去守陵，怎么这会儿又冒出来了？

皇帝觉得女孩说话很灵巧，笑吟吟地看她一眼。纪遵面无表情道："程娘子莫要无端说人是非。"上来就给原告扣个怨恨的罪名，宫里的女子果然都不简单。

太子道："第二，张要告发之事在五年多前，就是在讨伐彭真的大军开拔前……"顿了顿，他道，"确切地说，是十月最后六七日。"

听见这日期，少商心头一跳。

"磐磬大营以西二三百里，有一伙数十人的蟊贼作祟，常在山岭夹道中截杀路人。当时子晟正在磐磬大营中整训新入营的兵卒，他听闻后主动领命剿匪。"太子继续道，"时值十月末，子晟领了一队人马出营，六七日后带了数十贼匪头颅回营。"

"这不是挺好的嘛。"少商打哈哈。

太子冷冷瞪视她一眼，道："谁知张要不知从哪里寻来一群老弱妇孺，说五年多前有军队闯入他们村庄，不分情由地一通屠戮，尤其是村中男丁，杀死后还割下其头颅带走。他们好不容易逃过一劫，躲藏数年才敢来告。"

少商呆了。

纪遵皱眉道："若真是杀良冒功，村民因怕被灭口，的确不敢出来告状。前几日臣已派人去查访，鼓山下土地贫瘠，七八年前有数十户人家领了官府的'劝耕令'，在那里聚居，开荒种田。附近的村落都说，不知何故，五年前那些人家就都不见了，还以为是那些人家看地薄歉收，故而逃跑了。臣又照原告指点，在他们的聚居地掘开尸坑，里头果然都是村民打扮的尸首。更有几名妇人，细细描述了为首那位玄甲将军的模样兵器，正是霍不疑的形容！"

"子晟从十五岁开始领兵，剿匪杀敌无数，怎么可能做这种事！"太子大怒。

纪遵面无表情道："臣知道殿下对霍子晟信任重用，然而一事归一事。那些尸首上的伤口正是军中兵器留下的，又有人证。到了这个地步，殿下总不能再毫无缘由地一概袒护了吧！"他话是对太子说，眼睛却看向皇帝，其意不言自明。

太子怒而不言。

"那些前去剿匪的将兵如何说？"少商惊诧，"难道他们说是霍大人叫他们杀良冒功的？"

太子冷冷道："当时子晟领的是新兵，为首有三名偏将，其中两名已战死，还有一人则是子晟的部曲。余下兵丁，要么在这五年中战损了，要么在去年征蜀之后被遣散回乡去了。要再如数召回，十分不易。"

少商目光移动，慢慢看向上首座位的皇老伯，皇帝微微颔首，彼此心里明镜一般。

"第三，"太子皱起眉头，"今日这事，父皇为何召你来，孤也不知道。"

触及太子和纪遵疑惑的目光，还有一旁皇老伯鼓励的眼神，少商心中百转千回，无力地垂下双肩，道："太子殿下，纪侯大人，妾不知道五年前是不是杀良冒功，也不知道是谁杀良冒功，但妾知道，这件事绝不可能是霍大人。"

太子眼睛一亮，纪遵将信将疑，道："此话怎讲？"

少商叹道："伐彭大军开拔前是吧，十月末的最后几日是吧——当时，霍大人正带着妾在涂高山游玩。"说这话，她免不了有些脸红。

殿内一时寂静，片刻后，太子双手撑着案几，两眼冒光，道："孤就知道！孤就知道子晟不会……呃，那当时领兵剿匪的是谁……"高兴过后，语气转而迟疑。

“程娘子要慎言！”纪老头一脸肃色。

少商叫道：“纪侯不用疑心我，因为这事陛下是知道的啊！陛下您说话啊！”

纪遵和太子齐刷刷地去看皇老伯。

皇帝笑道：“不错，当年子晟从涂高山回来后就把这事告诉了朕，代他领兵剿匪的是他麾下一名部曲，朕记得……名叫李思。”

纪遵不悦道：“霍不疑这是怠职！陛下怎能庇护至此？”

“哎呀，只是怠职嘛！罚俸就是了！”素来活阎王似的太子此刻万分和颜悦色，“而且，倘若子晟根本没去鼓山，那些妇人如何指认他的形容——此中必有蹊跷！”

纪遵鼻孔中重重地喷气，愤愤一阵后，正色道：“陛下，臣素来信得过陛下为人。可这些年来，陛下为了庇护霍不疑，不但屡屡破例，还时有徇私之事，朝臣中早有许多不满。如今这事在市井间闹得沸沸扬扬，是以臣以为，该走的路数，还是走一遍的好。”

“扬侯说得对！”太子热忱万分，“让子晟去廷尉府自辩，对了，程氏也去！”

“啊！”少商大惊，“妾去做什么？让李思将军说就好了啊！”

“李思是子晟的部曲，还是霍家府兵出身，他说子晟当时不在鼓山，谁能信？！”

“可妾是他的……欸……”少商卡壳。

“你与袁氏定亲了嘛，与子晟已无干系！你去说，必能震慑流言蜚语！”

“这个……”少商迟疑。

太子冷下脸，道：“程氏，子晟虽与你已无干系，你也不能见死不救！”

“也不至于要死吧……”少商讪笑。

“少商不是这种人。子端，别吓唬她。”皇老伯神情和蔼：“少商，你怎么说？”

少商咬了咬唇，提气道：“也罢，纪侯大人，妾愿意去廷尉府走一趟，将当时情形说个清楚，绝不让朝廷法度为难！”难道她能说不吗？！

纪遵叫了一声好，道：“如此就好，三日后，廷尉府会审，老臣恭候程娘子。”

待纪、程二人退下，太子定定地盯着亲爹看，皇帝气定神闲。

“父皇，这几年，张要一直在守卫西陵。”

“不是吾儿指派他去的吗？”

“儿臣记得，西陵卫的统兵首领，是昔日效力父皇帐下的心腹斥候吧？”

“是吗，吾儿记性真好。”

“张要与那群老弱妇孺相见之事，父皇定然最早知晓。”

“许是如此。”

“若是上个月淮安王太后没说思念子晟，您是不是也会让子晟回都城自辩？”

“吾儿说呢？”

其实太子也把亲爹想得太腹黑了，上月他得知张要意图出告霍不疑时，原打算悄无声息地将事情压下算了，并且原本他也没打算让养子提前回朝，毕竟不差那么一年半载的，何必惹人非议。

直到某日一觉睡醒，皇帝忽听说程少商已和袁慎订婚了，拍腿懊恼之际，立刻想到可以用张要召回养子。后来因宣太后主动提出想见霍不疑，生性节俭的皇帝就将张要省下来，留待后用。

“朕是真的被袁、程两家的婚事打了个措手不及啊。”皇帝叹道。

太子重重应声，道：“谁说不是！这两家人对婚事太轻率了！”——仿佛当初听说程氏终于有新郎婿时高兴的不是他一样。

少商蔫头耷脑地回到永安宫，将这事说与宣太后听，宣太后鼓励她好好做证，还贴心地问她要不要告假数日，好静下心来回忆往事。

少商一阵无语，扭头去找了袁慎，两人默默地对坐半晌后，袁慎道：“事已至此，你不出面是说不过去的，不过要看怎么出面。”

少商眼睛一亮，捧着他宽大的袍袖激动道：“我也是这么想的！到时临堂的人可不能太多，也不能太嘴碎！”——做证怕什么，就怕大庭广众，众目睽睽，到时袁慎脸上不好看，自己也免不了一个旧情难忘的名声。

袁慎看女孩拉着自己的袖子轻轻跳动，笑颜清丽，他笑瞪她一眼：“上辈子我一定是你肚里的虫子！”

“哪能啊！”少商哄人的本事越发精进，“你我上辈子是同一人肚里的两条虫，是以什么都能想到一处去。”

袁慎心旷神怡，朗声大笑。

之后，少商告假回家准备证词，力求实事求是又不会引人遐思，袁慎则去廷尉府拜见了纪遵老头，舌灿莲花了小半个时辰，待三日后少商走入廷尉府后堂时，只觉得未婚夫办事真是靠谱极了——尽管太子很是失落。

纪遵将后堂四周全部清空，堂内只留书吏两人及数名心腹。原告方是四名缩头缩脑的村妇，张要大马金刀地坐在她们前头，以示撑腰；被告方只霍不疑一人；堂上三人坐成“山”字形，从左至右分别是虎贲中郎将陈驰、太子和廷尉纪遵。

少商轻手轻脚地进去时，原告方已经哭完一顿了，其中一名妇人犹自哀号：“……眼睁睁看着父兄夫婿尽皆惨死，若非我们侥幸躲在柴薪堆下，如何能逃过一劫！纪大人，请为我们做主啊，将这人面兽心之徒杀头示众啊！”余下三名村妇跟着一齐大哭。

陈驰摇摇头，纪遵用力一拍案几，勒令村妇们噤声。

张要得意扬扬，道：“别的也不说了，叫李思出来，好好说道说道！究竟为何要丧心病狂，残杀无辜村民！”

太子沉声道：“因淮安王太后病重，子晟来得匆忙，许多军务尚未交接完毕，李思等人尚在西北善后。”

张要道：“那么问霍侯也是一样的！卑职托大问一句，呃……”他见府役带了一名美貌少女进来，不由得暂停发问。

太子本就对今日的审案环境不满，冷言讥讽道：“程氏，你总算来了，孤还当你要等明正典刑之后才来呢！”

少商当作没听见，她不是故意迟到的，只不过袁慎在路上一直跟她东拉西扯才晚了。

霍不疑一直安静地坐着，玉面淡然，对于种种控诉岿然不动，仿佛在旁观别人的事，此时才惊道：“少……你怎么来了？”

少商一派正色，道：“听闻君侯受人诬告，妾特来为证，以告君侯清白。”

霍不疑满脸疑惑，倏地去看太子，太子若无其事地转开脸。

纪遵懒得理他们三人的眉眼官司，让少商就座后，一板一眼地发话：“张要你少安毋躁，虽则这些村妇言之凿凿，然而三日前程娘子告知本官，鼓山惨案发生之时霍侯正与她在涂高山游玩，你待如何说？”

张要一惊，狐疑地盯着女孩，道：“你不是霍家妇吗……”

话还没说完，少商拦腰截断，道：“张将军守陵守糊涂了吧，荒山野岭数年如一日，都城里却是变化万千——如今我已与胶东袁氏定亲了！”

张要一脸不屑：“哼，片面之词，谁知道霍不疑有没有去涂高山，谁知道你们还是不是藕断……”他话没说完，但堂内人都知道他的意思了。

太子忽然觉得这个张要不那么可恶了。

少商涨红了脸，恼怒道：“霍家温泉别院里有那么多婢女和宦官，难道他们都是瞎子？纪大人去问问就成了啊！虽说婢女是霍家奴婢，可那几个管事宦官是从宫里出去的，是陛下派给霍侯打理别院的啊！况且我三兄程少宫也在啊！”

张要哼了一声。

纪遵问：“霍侯何时回磐罄大营的？”

“霍大人与我……共三日，十月二十九日清晨起程，先是顺道将我们兄妹送回都城，随后他自行回营了。”少商无端在中间含糊了一下。

纪遵点点头，道：“磐罄大营离鼓山有两日路程，磐罄大营途经都城至涂高山要一日半，而李思等人领兵在十月三十日回营复命，检首论功。霍侯无论如何也赶不到鼓山杀良冒功的，堂下妇人，你又是如何说出霍侯形容的……”

“这，这……”当头的一个村妇瑟缩了下，满脸惊恐，抖若筛糠。

张要上前一步，问道：“你们三天都待在温泉别院？霍不疑离开磐罄大营可有六七日呢，他若提前走了，再绕过都城直奔鼓山便可！”

少商迟疑一下，结巴道：“……我们只在温泉别院待了一日，随后就下山玩耍了。”

“我就说嘛！”张要精神大振，“霍不疑只需提前一日离去，以他的坐骑之神骏，未必不能赶上！”

纪遵绷脸道：“程娘子已经说了他们是下山玩耍，并未离去。”

“只他们三人在场，如何取信？”

陈驰插嘴道：“我家侄儿与程三公子一处读书，听闻其人十分诚挚。”——就是爱跟夫子告状了些，人倒是随和温文，很好相处。

张要将信将疑。

“那个……”少商大窘，“三兄没有下山，只，只有我与霍大人，另几个侍卫奴婢。”

此言一出，众人一齐看向她和霍不疑，目光或惊疑，或担忧，或窃喜。

“不过不过，沿途上我们遇到了许多人！不是只有我的片面之词！”少商顶着几股灼灼目光，脸上适才退下去的热度卷土重来。

张要皮笑肉不笑："哦，是吗？那么程娘子就好好说说，接下来两日究竟如何啊。"

"也不必详说了吧，就说说哪些人见过霍侯在涂高山周遭就成了。"陈驰为人忠厚，不忍见女孩为难。话说这些年他们虎贲卫没少蹭永安宫的点心果浆和应急药草。更有一回，他麾下一名同乡副将与宫婢有了私情，差点被扣上秽乱宫闱的罪名，幸亏少商帮忙遮掩周旋。

"陈将军，你别说话！"太子容色肃穆，正气凛然，"事情闹到这个地步，也不必遮着掩着了，索性都摊开来说个清楚，免得张要不服，外面还风言风语的！程氏，你就将后面的事情一五一十说个仔细！"

霍不疑若有所思地看他，太子再度挪开脸。

张要底气大足，高声道："没错，就该说个清楚！当时天气渐寒，温泉别院最是舒适，你们又何必非要下山！你们倒是说说啊！"

为何下山？少商和霍不疑飞快地对视一眼，旋即错开。

世人都说，温泉配冰酿，神仙也不让。程少宫那不靠谱的货，不知是被温泉泡晕了还是醉酒了，总之没多久就被抬着送进内室了，直到少商与霍不疑下山他都没醒。

而霍不疑从进入温泉别院起就有些黏黏糊糊，一会儿说泉水泡得他旧伤发疼，要少商帮他揉揉，一会儿说他被泡得肩颈酸痛，要小拳拳捶捶。更过分的，他还说自己被热气熏得气短胸闷，要少商帮他打扇。

若是少商说她也气短胸闷没力气，那可就太好了，霍不疑愿意"亲自"抱她出水。

时隔数年，许多细节都模糊了。

少商只记得氤氲缭绕的水汽中，高挑白皙的青年伏在汤池旁的长椅上，静静地含笑看自己，琥珀色的眼眸比醇酒更醉人。他身上那件薄薄的绸缎襜褕因为沾了水而半透明，可以看见底下的身躯高大健硕，肌肉起伏有力，然而这样完美的身体上有许多大小不一的伤痕，她轻轻拂过，既羞涩又心疼。

霍不疑侧头看女孩，他也记得当时情形，记得远比女孩清楚。

他记得女孩被温热的水汽蒸腾得粉嫩甜香，迷蒙的眼眸波光流转，不娇自媚；他记得女孩颌下柔嫩的软肉，用手指轻揉时女孩会像小猫咪一样不满地发出“呜呜”的声音……

不过女孩机警得很，一看情形不对，当机立断地明白温泉别院是不能再待了，提议次日去山下游玩，他亦发觉自己心猿意马，于是笑着答应了。

少商脸上滚烫，恼羞成怒，道：“我爱下山就下山，你只问后面两日就是了，下山的缘由关你什么事！”

张要被吼了一声，愣了下，冷哼道：“也行，你就往下说吧。”

“我们清早下山，落日前进了山下县城……”

张要咧开大嘴笑了起来，道：“涂高县城我也去过，下山进城半日即可，你们居然足足走了一日，哈哈哈哈，程娘子你扯谎也扯好些！”

陈驰无奈，道：“张要，你管人家是怎么走的，只要第三日他们人在县城即可。”

太子长臂一挥，道：“陈大人别插嘴，既然有疑惑之处，就该一一释清。程氏，你接着说。”

少商强忍吐血，绷着脸道：“我脚扭了，霍大人背我下山，我们一路走走停停，就慢了。”

“难道你们随行没有马车？为何非要背着？”张要不放过一处疑点。

这次连纪遵老头都忍不下去了，道：“当时他们俩是未婚夫妇，举止亲昵些又如何？张要，你不要再无理取闹了！”

太子暗想：程少商与张要，一个是女子，一个是小人；一个言语泼辣，一个锱铢必较，互掐再合适不过了。

少商连耳垂都快烧起来了，坚强地不去看霍不疑，郑重道：“下山途中，我们遇到两拨游人。一拨是左曹王大人的家眷，另一拨是城门校尉李大人的家眷，纪大人可以去核对。”

纪遵颔首，冲张要道：“听见了？”

张要愤愤地扭头。

“我们进入县城后才知道次日有灯会，于是便留了下来。”少商深吸一口气，“当夜在客栈安顿，次日白天我们游玩县城，晚上看灯会，第三日清晨起程回都城。”

“就这么简单？”张要斜眼。

“就这么简单！”少商斩钉截铁，“张将军若不信，我还有人证。那晚灯会，我们在酒楼中遇上了个不长眼的登徒子，言语不逊，被我狠狠教训了一顿。那人是邻县大户，当夜酒楼中许多人都认得。纪大人，过会儿我将那人的姓名来历还有当时在场的几位城中名士写给您，您也可以去核对。”

纪遵对于女孩的法治精神十分赞赏，微笑颔首。

张要还在犹疑：“霍侯在你身旁，什么登徒子还胆敢对你不逊？”

少商怒瞪之：“登徒子不能有胆量吗？！”

霍不疑轻轻笑起来，少商不悦，朝他翻了大大的白眼——当然有胆量，因为那登徒子调戏的不是程少商，而是霍不疑！所以她尤其愤怒，非要暴揍那登徒子一顿不可。

霍不疑垂下浓睫，一手轻轻按住心口，感觉到那处强劲有力的跃动，他觉得，数年的冰封似乎慢慢化开了。

他们下山走了足足一日，是因为他们在半山腰看见一片五彩云般的花田。时值深秋，寻常花朵早已凋零，然而涂高山地气温暖，是以花卉凛冬不谢。

女孩坐在茂密的花丛中，轻声告诉他，她的叔父叔母成婚之初只比陌生人好些，可有一日，她叔父带叔母爬山赏花时，笨手笨脚地编了一个花环给妻子，桑夫人便觉得嫁给这个嘴拙心善的男人，真是很好很好的——当时花气缭绕，日光和暖，女孩娇嫩的脸庞在花丛中显得玲珑剔透，清媚无比，看得他目眩神移。

女孩说，她的父母是恩爱夫妻，她的叔父叔母也是恩爱夫妻，她见过他们缠绵情浓，心中很是羡慕，她希望将来和他也能这样——而不是像他的父母那样，成为怨偶。

他当时就想说，他的父母不是怨偶。他的父母是一见钟情，经过许多波折结成了夫妻，而后他们恩爱逾常，生儿育女，无论外面如何烽火兵祸，他们一直心意相投，共渡难关。若非凌益那畜生发难，他们也会像程始、程止两对夫妇一样，白头到老，笃爱一生。

他从没编过花环，尝试数次都失败了，最好的一次也只编了个结实耐用的套马圈。女孩看得直笑，就说算了。他不愿算了，就吩咐随从偷偷采些花草藏在车中。

到县城安顿的那晚，他连夜摸索诀窍，用光了所有的花草，终于编出个漂亮雅致的花环。他按下不提，一直等到第二晚灯会，在幻梦般的满街彩灯中，他把花环戴在女孩头上。

他告诉她，他们也会像她叔父叔母那样恩爱无间的。

女孩怔忡流泪，清澈的大眼睛中流露出隐隐伤痛。她说，她从小孑然一身，周遭多是恶意，但以后她有他了，再也不必害怕一个人了，是吗？

他说，是的，他们会一生一世，永不分离。

霍不疑抬起头，看见少商脸上气鼓鼓的，还在和张要争辩。

张要嗤笑道："……你不是脚扭了吗，怎么下楼去揍那登徒子啊？"

太子要笑不笑，道："不是有子晟嘛。说不定，是子晟背她下去揍人的。"

"殿下慎言。"纪遵板着脸，"这些与本案无关的琐碎，就不用多说了。"

陈驰赶紧道："对对对……"

然而少商不肯算了，认真纠正他们："不全是。那段楼梯的最后三四阶，是我自己走下去的，其中差别很大！"

霍不疑再也忍不住，放声大笑，几乎笑出眼泪。

苦难太久，隔膜太深，他有时甚至怀疑自己到这世上走一遭究竟是为什么，难道就是为了亲眼看着父亲被杀，看母亲和手足被悬尸城头，然后更名改姓十几年，苦心孤诣只为复仇？

他几乎忘了五岁后的自己，也曾有过那样欢悦美好、缱绻甜蜜的时光。

现在，他都记起来了。

见张要一直在细节上追问，少商烦躁道："张将军不该去守陵，该去做商贾，如此斤斤计较，于琐碎处纠缠不休。"

张要最恨人家提他守陵，女孩还提了两次，他本就性情偏狭，恼怒道："你这小女娘出言不逊，还大言不惭做什么人证！我看是霍不疑不要你，你才将就袁家子，如今巴巴地来卖好，是不是念着霍不疑回心转意啊？"

这话落地，陈驰一脸不忍直视，太子暗叹如果是真的就好了。

少商气得脸色发青，抖着手指，道："你，你……好好……"——这姓张的的确是个人物，想她这么多年来从未在嘴上吃过亏，今日居然被逼到无法辩驳，要不是如今她已经洗心革面，差点祭出"三字经"来回敬！

这时纪遵第二次拍响案几，道："够了，无谓的口舌之争到此为止！"

张要犹自不服气，道："让与霍不疑有深交之人来做证，卑职委实不能信任……”

“张要！”纪遵厉声呵斥，“你这个也不能信任，那个也不能信任，上位者你以为要包庇霍侯，下位者你以为是讨好畏惧霍侯，难道天底下只有你的话才最可信？你若满朝尽皆不能相信，老夫劝你不如请辞退隐，何必还留在朝中？！”

张要见太子面色不好，警醒自己过头了，连忙躬身拜倒，道：“卑职不敢，只是卑职担忧冤情不能昭雪，让无辜百姓受了委屈……”

“张要，”霍不疑忽然出声，“你我相识不短了，就算要杀良冒功，以我的本事，我带出来的人难道会留下这么大的破绽让人告发吗？”问案至今，他首次主动开口。

张要一愣，冷笑道：“这谁知道，你若真是算无遗策，五年前趁夜灭杀凌氏时就不会人赃并获，被我打落山崖了！”这是他的得意之事。

少商不高兴了，冷冷道：“五年前莫非是张大人算无遗策地在山崖边堵住了霍侯？吹牛也得有个限度，给自己脸上贴金也要看看够不够成色，别贴了黄铜！五年前是我出告霍侯，你张大人才能一扫平日演武场中的郁结，大显勇武之才。张大人以后要再吹这张牛皮，还是挑我不在时吧！”

陈驰轻轻嗤笑一声。

皇帝文武双全，便在北宫空旷处开辟了一片巨大的演武场，常让羽林虎贲以及在场武将大显身手，霍不疑不敢说所向无敌，但少说也将张要打落过一二十次。

张要也想到了这点，脸涨得犹如猪血。其实他并没有吹嘘自己“算无遗策”，他只是表示霍不疑没有“算无遗策”，谁知被女孩一通劈头盖脸，只能咿呀结巴：“你你……你……”

无论时代如何变迁，出告自己的未婚夫总不是什么光彩的事，程少商能这样毫无顾忌撕破脸皮说出来，堂内众人不由得一阵苦笑无语，太子更是翻了个白眼，道：“程氏，你说得堂而皇之，倒是心无芥蒂啊。”

少商绷着脸，不发一言，霍不疑忙抢道：“少商告得一点也没错，本就是我的不当。”

他声音温柔，目带笑意，仿佛清润和暖的春风忽然吹进这间暗沉沉的厅堂，太子瞠目以对，以为自己眼花耳聋了，女孩也是不防，险些从胡凳上滑下来。

纪遵暗中运气，第三次拿起镇木要去拍案几，霍不疑眼尖，赶在他重重拍下前朗声道："纪大人明鉴，此中因由我自当细细辩驳，请大人先宣差役押住这四名村妇。"

纪遵依言行事。

霍不疑开始辩解："五年多前的那日，我将少商送回都城就快马赶回，谁知半道上听说陛下点了崔侯为帅，并开始整顿将兵，于是我并未回新兵营，而是直接去了磐罄主营。"

纪遵点头道："所以你并未见到李思等人，也并不知晓鼓山发生了何事？"

"不错。"霍不疑道，"之后我始终在崔侯帅营中待命，而后随军征讨彭逆——李思见战事紧急，一直没寻到机缘向我禀明，他便打算战后再说。谁知讨伐彭尚未了结，铜牛县县令满门被杀一案事发，我提前回了都城，李思被留在寿春善后。待他堪堪事毕，又被我遣回祖籍办事——彼时，我已决意与凌氏同归于尽，身边副将多是如此遣散的。"

他满是歉意地看向女孩，少商默默将脸侧开。

"后来我去了漠北边城，一年后李思也赶了来，才有闲暇将当时之事细细相告。"霍不疑继续说道。

纪遵道："李思究竟说了什么？"

陈驰脱口而出："莫非那些百姓是误杀的？"

张要道："哪有误杀那么多百姓的？之后还割下头颅，分明是杀人灭口，杀良冒功！"

霍不疑道："百姓也能算是百姓，但李思他们也没杀错人。"

"此话怎讲？"太子也疑惑起来。

霍不疑看向地上那四个被按牢的妇人，缓缓道："天下大乱时，除了兵祸成灾，更可恶者便是匪患。各州各郡，只要有山岭密林可供藏身处，便有贼匪。然而随着天下渐定，陛下下令逐地清剿匪患，开荒劝耕，这些大大小小的匪寨就难以存活了。"

这个少商知道，葛氏的那个傅母就曾说过，青州的贼匪剿灭干净了，他们要迁徙过去拓荒耕种。

霍不疑说到这里，众人心中渐有猜测，纷纷将目光投向地上那四名村妇。

四名村妇果然剧烈颤抖，面如土色。

霍不疑看着她们，继续说下去："你们匪寨见机早，知道朝廷的军队早晚会杀上来，于是一番合计，匪寨上下男女老少二百余人乔装打扮，装作逃难的流民来到鼓山下，假称兄弟夫妻家人，领了‘劝耕令’和荒地，平日翻翻土地，与周遭村落友善相处，一旦觅得机会，便奔至鼓山另一侧的山岭夹道中，截杀来往的富庶的路人与车队。我说的，是也不是？！”

那四名妇人战栗不能言，张要犹不肯承认自己冤枉了人，大声道：“不过是李思的片面之词，他说是贼匪就是贼匪吗？”

“适才我已经说了，我带出来的人怎会办事那么不干不净，留下把柄让人诬告？”霍不疑嘴角含着一抹讥笑。

张要冷汗流下。

“根据被截杀的尸首估算，贼匪少说也有七八十之众，可当李思等人到了鼓山，发觉那里山势平整，林木稀疏，根本无法藏下这样一伙贼人。他们又沿迹寻觅，慢慢摸到了鼓山下的几处村落——那伙贼匪不曾防备，当场露了马脚。可惜，当时李思领的是一队新兵，激战中逃出不少男女贼人。为防备周遭村落中还藏有贼人余党，李思令兵卒们合力掘了一个大坑，将所有搜出来的金银财帛埋了进去，厚厚压上一层土，再填入贼人尸首……”

霍不疑朝纪遵一拱手，道：“大人可命人继续挖掘那尸坑，必有所获。”

陈驰露出敬佩之色，拍案赞道：“妙呀，便是贼人的余党杀回，也想不到财帛被埋在尸首下方，还能留存证据，果然强将手下无弱兵！”

张要面色难看至极。

霍不疑道：“据李思说，那些赃物虽不多，但种类繁杂，有幽州的金驼锭、胶州的海珠串、荆楚的雪花银、陇西的芙蓉玉，称得上天南地北，罪孽深重了。”

太子沉脸道：“好一伙奸邪的歹徒！不但打家劫舍，欺蒙官府，还死性不改！”最令人心惊的是，若这伙贼匪就此收手，男耕女织，还真没人能查到他们！

说到这里，事情已经差不多清楚了，少商觉得自己很多余，显然霍不疑早有成算，自己适才简直是笑话，当即就想走。谁知她刚转身，纪遵开口了，她不由得停住脚步。

“张要，如今案情明朗，你有何话说？”纪老头一面让人押下那四个村妇，一面沉声发问——他沉脸时还蛮吓人的。

张要嘟囔着：“我能有什么话？”他随随便便朝霍不疑抱了抱拳，“这回冤枉你了，都是这些刁民歹毒奸猾，我也是被蒙骗的。不过你也有不是，五年多前的事怎么现在才说，害得我一通忙活！”

“你还倒打一耙！”太子终于怒了，“子晟从漠北回来不足半月，祭祖、修陵、安顿宅邸，还有朝廷要颁度田令，他何曾有一刻得空！这件事虽是贼人有意欺瞒，可若非你见猎心喜，四处吆喝，何至于闹得外面沸沸扬扬？将领杀良冒功，朝廷很光彩吗？你就算信不过天信不过地，扬侯的为人你也该信！你好歹私下先问一问扬侯，若子晟确有嫌疑，再张扬不迟。到了这步田地，你居然还振振有词，拒不悔改，你的为人可见一斑！”

张要被太子骂得脸色青紫，却硬撑着不肯服软：“我自然不能与霍侯相比，他是勋贵之后，深得君上宠爱，我不过是寻常百姓出身……”

“我和你一样，都是六郡良家子，难道我会特地害你？”陈驰苦口婆心，“陛下再宠爱十一郎，冲锋陷阵总得他自己来吧！刀枪无眼，难道敌酋会看在他是陛下钟爱的养子分上而特意手下留情？”

“哼！”张要梗着脖子，“陛下分派给他最神骏的良驹、最勇武的偏将、最机智的斥候，他自然逢战必胜！我是个没心机的，知道太子此刻已经恼了我，有什么处罚我一概受了便是，反正我也不敢抗命！只怕我一片忠心落得如此下场，太子会冷了六郡良家子的心！”

“你……”陈驰词穷，太子气得脸青手抖。

“妾身觉得很奇怪。”娇嫩的女子声音响起，众人看去，只见少商不耐烦地站在门边，一手扶门框，似乎本想迈脚出去。

“霍侯是忠烈之后、陛下养子，这个世人皆知啊——张大人双亲健在，阖家美满，跟霍侯有什么好比？真要比，您应该跟陈将军比啊。”

少商似笑非笑，陈驰苦笑着抚额，倒也不阻拦。

“陈将军和您同是六郡良家子，还是出自邻县，同年入选，同年择为宫卫，可他处处比你快一步。他被点为虎贲副将时，您还只是寻常侍卫；他做了虎贲中郎将，您才刚当了羽林副将……如此说来，您究竟为何不和陈将军比？”少商故作不解。

太子思绪敏捷，立时冷笑道：“他自然不敢与陈驰相比，因为一比之下人人都能看出，他不如陈驰周全能干，不如陈驰宽厚待人能服众，更不如人家忠厚纯良！他也只能比比子晟，抵死不认自己实是技不如人！”

张要犹如被刮了鳞片的鱼一般，满脸羞耻悲愤，浑身抽搐，身躯似乎骤然小了一圈，再不能理直气壮地胡搅蛮缠了。

众人冷冷看他，都知道此人再不值得顾虑。

少商本以为自己会是一马当先离开的那个，谁知太子走得比她快，衣袍滚滚犹如江水翻腾。少商在后面轻喊：“殿下慢走啊，当心脚下……哎哟……”

太子还真的趔趄了一下，站稳后大声道：“你以为孤像你一样空闲吗！如今朝堂上千头万绪，孤今日是百忙中抽空来的！”

少商很想说您可以不用来旁听的，可她没胆量。

“子晟。”太子朝后面的霍不疑道。

霍不疑躬身道：“殿下先行一步，臣随即赶来。”

太子瞥了眼少商，轻哼一声，甩袖离去。

少商甚是警觉，当太子和霍不疑说话时就快步走向外面。霍不疑与太子告别后，立刻左手拎住衣袍下摆，迈开长腿赶上去，紧赶慢赶，在女孩要迈下石阶时抓住了她。

“你做什么？快放开！”少商手腕上一圈灼热，她不安地左看右看。

霍不疑紧扣女孩的左手，道：“我有话对你说，此处……”

“霍不疑，你意欲何为？！”石阶下方等待的袁慎看见这番情形，吃惊到眼珠都快瞪出来了，赶紧撩起衣摆奔上石阶。

霍不疑依旧平心静气道：“我有话对少商说。”

“说什么说，有话不能当着我的面说吗？”袁慎是斯文人，平日在论经台上辩驳经文是一把好手，可惜此刻发挥欠佳。

霍不疑看了会儿袁慎，笑道：“也好，袁侍中一道来吧……”

什么？！——袁、程这对未婚夫妻一起傻眼。

“不过此处不便说话，我的马车就在下面，我们先上车再说。”说着，霍不疑一手扣着女孩的手腕，一手搭上袁慎的肩头，双手微微用力便推动两人。

袁、程两人手足无措，愣愣地被霍不疑往前推着走。

刚走下一半石阶，不远处忽然传来一个油滑浪荡的声音：“哎哟，这是谁啊？让本王看看，哟哟，这不是高雍侯、袁郎官，还有程宫令嘛……”

三人停下脚步，只见五皇子眉开眼笑地走到近前，手里晃着一把花里胡哨的五彩羽扇。

“五殿下怎么在这里？廷尉府又不是能随意溜达的，您犯事了？”少商道。

“呸呸呸！你就不能说话吉利些！”五皇子恼道，“本王不是来廷尉府，本王是刚从前边的宗正府出来的……”他得意一笑，“父皇要给本王封藩了！”

“哦，那恭喜殿下了。”少商毫无感动，“再会。”

霍不疑继续推人。

“欸欸，别走啊！本王来时骑马，此刻疲惫，想坐车回宫，请十一郎送我一程吧！”五皇子摆明了想看戏，不住地在他们三人身上睃来睃去，“再说了，相逢即有缘，本王不久要就藩了，以后还不知何时能见呢！”

袁慎面无表情道：“若殿下在藩地所行不轨，便会被召回问罪。如此，就又能见到殿下了。”

五皇子脸都绿了：“袁善见，你会不会说话啊！”

“五殿下真要坐微臣的马车？”霍不疑道。

五皇子大声道：“不错！”

“好。”

片刻后，四人坐在霍不疑那辆新打造的庞大的玄铁马车中，回想适才廷尉府门口众人惊异的目光——袁、程二人脸色阴沉，五皇子阳光灿烂，霍不疑神情如常。

“霍侯究竟要对妾身说什么？”少商一脸晦气。

霍不疑凝视她，诚恳道：“少商，你与袁慎退婚吧，然后嫁给我。”

第四十六回 绯言四起

车厢里似乎弥漫起一层静默的雾气，隔绝了耳目知觉——袁、程二人神情茫然，只五皇子用五彩羽扇遮住下半张脸，露出两只兴奋期待的眼睛。

“霍不疑，你欺人太甚！”袁慎终于回过神来，随即勃然大怒——这在他迄今二十七年的人生中可谓绝无仅有。

少商好像看妖怪一样瞪着霍不疑：“你别是疯了吧！”

霍不疑无惊无怒，语调自然：“此言纯自肺腑，少商，你再好好想想。”

“本王以为她想过了，然后挑了袁慎。”五皇子笑嘻嘻地摇羽扇。

少商直着脖子，怒吼回去：“想什么想，我从来不用想，也没什么可想！你将我当作何样人了，你吆喝一声我就立刻退亲嫁你，那我当初干吗另觅郎婿，直接去西北找你好了！”

霍不疑道：“你心里气我，怎么会去找我？！”

“你知道就好！”少商大声叫道。

五皇子轻声道：“他自然知道，不过还是要抢婚。”

“你你你，你未免太不将我胶东袁氏看在眼里了！竟敢当着我的面说……说……说出这等胡言乱语，你简直……简直狂悖荒唐至极！”袁慎气得全身发抖。

“袁郎官，”霍不疑语气诚挚，“我知道你此时必是气愤难言，不过请稍歇怒火，听我一言。少商与你并非良配……”

袁慎觉得满都城的勋贵子弟都不会有这等奇遇，自己今天也算长见识了。他冷笑连连：“我与少商并非良配，你与少商就是良配了？真是滑天下之大稽！你当初怎么不去对蜀地僭王公孙氏说‘你并不堪为帝’，看看他是否立刻缴械投降！”

“其实去年我在檄书中说过这话，不过公孙氏没听进去。”霍不疑道。

少商、袁慎：……

“随后就开战了。”霍不疑补充。

五皇子躲在羽扇后拼命憋笑。

“是以如何？”袁慎忍怒，“霍侯莫非也要与我开战？！”

霍不疑忽然笑了下，道：“我怎会如此，如今我盼你多福多寿还来不及，不然我与少商如何成就姻缘。”

五皇子插嘴：“袁侍中精通六艺，我曾见过他在演武场参与骑射校练，甚是了得，你们真打起来未必……”他兴奋得不行，觉得今日真是没有白白挤进马车。

“殿下住口吧！”少商瞪着眼睛，“你真是唯恐天下不乱，当心有兴致看戏没腿去藩地！”她手心发痒，觉得过去五年中打这货打少了。

五皇子一愣，问道：“为何没腿？”

“因为我会禀告陛下，说都是你挑拨他俩打起来的，看看到时陛下会不会打断你的腿！”

“你胡说！”五皇子“唰”地将羽扇拍在腿上，怒目以对。

少商斜眼乜他：“是呀，五殿下明明看见我们三人有话要说，硬是挤上马车，回头你跟陛下说只是碰巧，你看陛下信吗？”

五皇子面色变了几变，咬咬牙，道：“好好，你不仁我也不义了……”他朝霍不疑笑了下：“十一郎，有件事你兴许还不知道，我不能看你蒙在鼓里……”

少商眼皮一跳，心中大叫不好，袁慎犹自不明所以，五皇子已流水般说下去了：“十一郎啊，你知道吗，程少商她曾向东海王求过亲！她让长兄娶她！”

袁慎脸色一沉，心想这事五皇子怎么知道。少商心中呻吟，以手捧额。

五皇子得意扬扬，道：“怎样？十一郎，你没想到吧！程少商她居然会做出这等事来，简直天下奇闻……”

“后来呢？”

“啊？”五皇子一愣。

霍不疑面不改色，耐心地再问：“后来怎样？是东海王没答应，还是少商半道反悔了？”

五皇子呆呆地道：“呃，是大皇兄没答应……”

霍不疑点了下头，侧身凝视女孩。

少商被看得心发慌，用力挽住身旁袁慎的胳膊，加倍大声道："五殿下别自以为是了，你以为我怕人家说这事啊！我做得出，就不怕人家说！再说了，这事我早告诉善见了，殿下你别枉费心机了……"话虽这么说，但她的眼神心虚地四下游移，也不知在怕什么。

"少商，为何你要如此行事？据我所知，你非但不喜爱东海王，甚至颇多非议。"霍不疑神情冷静，半分吃惊羞恼都没有。

少商哼了一声，强装声势地将头扭开，道："此事与你无关！"

袁慎适才差点被女孩扯倒，幸亏及时撑住车壁，他无奈地看了眼未婚妻，叹气道："之前淮安王太后身体不好，说要看着少商出嫁才能安心，于是少商就去寻觅婚配人选了。"说着，他还是不满地瞪了女孩一眼。

霍不疑嗯了一声，道："这倒也是。少商是看东海王温和柔善好拿捏，成婚后还能继续服侍宣太后，所以才向他求亲吧。"他虽不曾与少商有过辩解，然而猜起来竟八九不离十。

五皇子对霍不疑的反应大是不满，道："十一郎也不说她两句。虽说古人亦有女子主动表白心意的诗歌，可女子终究还是端庄淑雅些的好……"

"五殿下适可而止吧！"少商恨恨地瞪过去。

五皇子视若无睹——其实他俩之间有一桩隐秘，而他笃定程少商不敢说出来。

"要责备少商也该我来责备吧。"袁慎冷冷道，"只要我不介怀，五殿下何必枉做小人。"其实这回他倒不反对五皇子抖出这事，说得卑鄙些，他如今巴不得霍不疑对程少商失望。

"你都被程少商吃定了，哪会责备她！"五皇子哼声："十一郎，你真的没话要说？"

霍不疑侧头出神，似乎在想什么，道："……臣有话要说。"他转回头，"五殿下，隔了多久少商又向你求亲了？"

"啪嗒"一声，五皇子的羽扇重重掉落。三人齐齐心惊，不过各有不同——袁慎是毫无防备地大吃一惊，少商和五皇子则是"他怎么知道，我谁也没说啊"？！

五皇子心中发慌，强笑道："这是怎么说的，十一郎说笑了……呵呵，呵呵……"

霍不疑静静地看他。

少商慢慢缩到袁慎背后，谁知被气急败坏的袁慎一把揪出来，问道："你真这么干了？"

见未婚妻一脸讨好地傻笑，形同默认，袁慎险些一口气上不来——自从和程少商定亲，他的人生简直日日精彩。

"少商起初向东海王提亲，应该并未思虑周全。东海王只是表面看起来好相与，实则性柔而固执，何况嫁他之后麻烦也不少。我猜少商很快就想明白此中关节——幸亏东海王回绝了她，否则她也得事后反悔。"霍不疑道。

"那你怎么猜到她又向五殿下求亲了？"袁慎问。

霍不疑睃了女孩一眼，道："她这人，行事奋勇直前、不屈不挠，绝不会只为一点小挫折就偃旗息鼓。既然打算要嫁人，必是要四处找人来嫁的。"

这话听起来像是夸奖，不过少商不敢笑，越发低眉顺眼地往袁慎背后缩。

袁慎暗暗咬牙，恨不能将这不靠谱的死丫头揪出来，先打一顿手板再饿三天饭，背五十遍荀子《劝学》抄一百遍扬雄《法言》，好让她知道知道什么叫天高地厚！

霍不疑伸手搭在五皇子肩上，五指微微用力，五皇子立时如中箭的豪猪般叫起来："哎哟哟……别别，快松手快松手，你再不松手我告父皇去啊……哎哟哎哟，我没答应她，我真没答应她！她打我吓唬我威胁我，我铁骨铮铮，我愣是没答应啊！"

霍不疑松开些手指，五皇子喘过一口气，再度嘴贱："……程少商是什么人我难道不知道？真娶了她本王都不知能活多久……哎哟哟，你别捏别捏，好好，是我有眼不识金镶玉，程少商曾和你定过亲，你我又一道长大，我怎能娶她……"

察觉霍不疑又松开手指，五皇子立刻捡起羽扇，用玉质扇柄用力敲击车壁——他觉得今天真是倒了血霉，果然霍不疑的好戏不是白看的，幼时被修理的种种悲催浮上心头，他想时隔五年，自己也是松懈了才会忘记危险！

五皇子揉了几下肩膀就察觉到马车停下，不等别人开口，他赶紧跳起来往外冲，嘴里喊着："不必送了，我已歇息好了，这就骑马回宫去！再会，诸位再会啊，以后有空来我封地，叫我略尽地主之谊啊，好，就此别过……哎哟喂，你们几个混账怎么不扶住本王……"

说最后半句时五皇子已在车外，似是头前脚后地跌了一跤，并且摔得甚是不雅，然后对他的侍卫一顿怒吼。

车门合上，车厢内只剩三人。

听五皇子适才的号叫，袁慎颇觉解气，开始考虑要不要将背后的女孩也交出去让霍不疑教训教训。少商察觉未婚夫眼神不善，卖力赔笑道："我就那么一说，戏耍之言嘛，谁愿意嫁他啊，就是说着玩的，反正也没旁人听见嘛……"

袁慎深呼吸，决定先御外敌再理内患，于是拱手道："霍侯明鉴，我知道你对少商知之甚深，既然如此，你也该清楚，少商与我的亲事是她深思熟虑之后决定的，并非如对东海王与五皇子一般的胡闹。君侯以为如何？"

少商在他背后用力点头。

霍不疑长眉斜飞，凝视女孩，浓褐如晶的眼眸半晦半明："……有时候，少商说的话，做的事，亦非她心中所愿。"

袁慎忍气，道："君侯这话，未免强词夺理了吧。少商心中想做什么，她自己不清楚，难不成你清楚？"这姓霍的怎么不去论经台跟那群老学究打嘴架！

"也可以这么说。"霍不疑道。

袁慎气结，少商拍着他的臂膀，安慰道："我看他是癔症了，你别理他。"

袁慎净声道："君侯狂言，在下万难领受。今日不必再说下去了，诸事到此为止，我与少商这就下车了……"

"我说的句句属实。"霍不疑抢言道，他再看向女孩，"涂高山御园中，有一种冷泉虾，少商甚是喜爱……"

"胡说八道！"少商忍不住打断道，"那种虾我吃过好几次，并未特别偏爱。"

谁知霍不疑坚定道："不，你很喜欢。"

"难道我连爱吃什么，自己也不清楚吗？"少商都被气笑了。

霍不疑转而看袁慎，道："少商头一回吃到这种冷泉虾是宣太后在长秋宫设宴，然而翟媪在奉上菜肴前，已对她唠叨过'这虾甚是美味，偏偏娘娘吃不得，便是偶然沾到也会起红疹'，之后少商再不曾向庖厨要过这种虾。"

少商不服气道："那是因为我的确不爱吃这种虾！"

霍不疑没理她，继续道："少商对人人都这么说，可袁侍中若细细查看，就不难发觉她的食性。有时翟媪馋口，有时陛下赐我几桶水养的活虾——每当食案上有这种冷泉虾，无论清煮、盐烤、酱渍……少商总能多用好几碗，甚至会将虾汤都拿去拌饭。”说到最后半句，他心头扬起一阵轻悄的疼意。

车内已是寂静，袁慎怔然，少商也有些愣神，不禁怀疑自己真是这样吗，不过……当年分赐到霍不疑府里的冷泉虾，的确全进了自己肚子。呃？

“自己爱食之物主君不爱，这在宫中是常有的事。”霍不疑继续道，“不过寻常人多是两条路。有心机些的，假作隐忍，但会叫别人知道自己是为了娘娘忍耐，顺带能传出贤名；厚道些的则默默忍下，自此不提便是——可少商不一样，她告诉别人也告诉自己，她亦不爱食这种虾。”

袁慎侧头去看未婚妻。

他能明白女孩这种深沉隐晦的善意与骄傲，善意是她不愿宣太后因此“疼惜”她的隐忍，骄傲是她不愿人家以此为缘由来称颂她。

霍不疑看着少商，一字一句道：“只要是她认为无益之事，她会骗自己骗到深信不疑——她就是这样的傻姑娘。”

少商避开他的眼神，扭头大声道：“君侯莫要混淆视听，冷泉虾与终身大事能一样吗——我与善见不会上你当的！”

袁慎则联想更多。当年，萧夫人慢待亲生女儿，少商不止一次表现出毫不在意，并且所有人都深信如此——难道，其实未婚妻并不如面上表现的那样，“真的”毫不在意？

“尝闻霍侯沉默寡言，今日一会，可见世人所言未必属实。君侯虽以武勋立身，如今看来，口才本事更胜一筹。”袁慎缓缓道来，他十五岁起便以辩经博学而名动天下，这些年在论经台与尚书台来来去去，打交道的不是爱争辩的博士儒生，就是心机深沉的权臣显贵。

如今，最初的震惊退去，他收拾好心情，整肃以对强悍情敌：“然而霍侯再巧舌善辩，却有一处，你怎知少商答应我家亲事，是自欺欺人还是真心诚意？三言两语就想叫对手投诚，君侯未免托大了吧。”

霍不疑再看少商，淡淡道：“若我的对手真是袁侍中就好了。”他的对手从来不是袁慎。

袁慎不解，霍不疑却叩动车壁，道：“近日朝中为了度田令争执不休，我得回去议事了——程府就在眼前，步行一里路即可，我就不再多送二位了。”

人家都下逐客令了，袁慎与少商自是赶紧下车。

站在幽静的市坊北侧，身后站着袁、程两府的家丁侍卫，目送霍不疑的玄铁马车走远，袁慎与少商一时无语。

“这人果然好本事。先出其不意地进攻，将人说得意乱慌张，待对手要发起反击之时，他却利落打断，退避三舍，待来日再计较。正所谓一鼓作气，再而衰，三而竭，如此一番，对手自然落于下风！”袁大公子长袖背手，如同点评战事般评价霍不疑。

少商望望天，低头道：“那个……你要和我退亲吗？”不是她灭自家威风，霍不疑发作起来，都城里没几个人能抵挡。

袁慎坚定道：“自然不退！之前是我轻敌了。前几日我看他意气消沉，还当他死心了，没想到今日忽然发难。当初你与他有婚约时，我尚想过如何拆了你们，如今怎会退缩！”

“什么什么？”少商不信，“你居然还打过这个主意？！”

袁慎毫无愧色，道：“我敢跟你担保，当年你第一回定亲时，霍不疑必定也想过如何拆了你与楼垚。不过是顾忌太多，没动手罢了。”从这个角度来说，他俩倒是同路人。

“你们还真是惺惺相惜啊！”少商无语。

“别忙着挖苦我，先想想如何对付霍不疑吧，莫不成你真要改换婚约？！”

少商面无表情地呵呵两声。

想起适才完全被霍不疑掌握谈判节奏，袁慎懊恼道：“总之，霍不疑这人真是可恶！”

少商叹道：“我早和你说过，这人看着不声不响，一张口毒得很！他若想活活气死你，绝不会留你一口气！我以前吃过他不知多少次亏了！”

“你也是，和五皇子的事怎么没告诉我？害我被打个措手不及！”袁慎玉颜肃色，开始秋后算账。

少商无奈道：“那阵子听五皇子在那里胡吹大气，什么‘就藩后天高皇帝远，想怎样就怎样’，我一时心动，又闲极无聊，才试探了他几句嘛，当不得真的！”

袁慎板脸道：“婚姻大事岂能玩笑？”

“好啦，知道啦！”少商道，“也是你不好，跟蔡家磨磨叽叽五年还没完，谁敢把你列入郎婿人选，我当然要另找出路啊！”

“总之以后什么都要告诉我，霍不疑摆明了要抽空子杀进来，你我应当齐心协力！”

“你说他会出什么招啊？”

——两人面面相觑，一筹莫展。少商想的是无论霍不疑怎么讨好道歉，自己绝不动摇，袁慎却想霍不疑会不会以势压人，暗中打压，不过他袁家也不是吃素的。

两人边走边说，直至走到程府巷口，少商忽然想起一事，道：“姣姣，霍不疑要去议论度田令，难道你没有事要忙吗？”

袁慎一拍脑门，道：“喀喀，都被姓霍的气糊涂了！明日陛下要开大朝会，我要去大司空府上商讨奏对之事，你……”

“行啦，你先过去吧，都到这里了我自己回家就是。”少商挥手道，“你不是将来要位列三公吗，记性这么坏怎么成！你快走吧，我等着做不知哪位公卿的夫人呢！”

袁慎赶紧跨上侍卫牵来的马，刚起蹄数步又停下回头，只见未婚妻双手负背，很是老成持重地往巷子里走去，他不由得莞尔一笑。

他想，这辈子自己难得喜欢一个人，总不能因为敌手强大就双手奉上。他可不愿意像恩师皇甫夫子一般，懊悔半生，然后跑去人家墙下唱歌。

少商背脊挺直地进了家门，回自己居所途中，程少宫凑上来八卦：“怎样怎样，霍不疑脱罪了吗？你做证可管用？”少商气不打一处来：“还做证呢，人家威风八面无所不能，早就留好了证据！今日我就是不去，他霍不疑也能平平安安地从廷尉府出来！”

程少宫大失所望，道：“我还当那个叫张要的有一击必胜的把握呢，原来这么没用，连一个回合都没能走完。”

提起那个一直追问自己细节的废物，少商更加来气，道：“别提这混账了，这会儿纪大人估计正给他量刑呢，听善见说，这样无端诬告功勋重臣，至少是个革职流放。”

“如此说来，霍不疑这会儿没事了？唉，嫋嫋，你白跑一趟，人家也不用感激你。”

少商停步转身，皱眉道：“三兄这阵儿好奇怪，先是无缘无故不赞成我与袁善见的婚事，待霍不疑回来，更是一天到晚旁敲侧击他的境况——我记得三兄以前十分惧怕他，就是路上不小心碰上了也要装不认识绕道溜掉。”

程少宫打个哈哈，边说边跑开去：“嫋嫋这话怎么说的，如今长兄次兄都不在，家中我居长，自然要关怀妹妹了……呵呵，呵呵……”

少商瞪了胞兄的背影一会儿，继续往回走，直至踏进自己屋内，肩头才垮下来。阿苎察觉到女孩忧虑，关怀道：“女公子怎么了？这才出门小半日就这般疲倦。”说着，又吩咐巧菓去端汤水，让莲房去装个烫热的沙袋来给少商敷着解乏。

少商轻轻叹息道：“不知为何，我总觉得将要有不妥之事发生。”

阿苎觑着女孩神色，轻问：“是因为霍大人吗？”

少商过了半晌，才道：“是。”

霍不疑手握大权时袁慎正在蛰伏，待他流放了袁慎才在政事上崭露头角，然而，仅仅旁观终究隔了一层，非要真正共事过、敌对过、绞尽脑汁应付过，才能切身领会对方的手段。

如果只是理论够用的话，将帝王心术、权谋策略成体系编纂出来的韩非子，也不会那么轻易就死于李斯的诡计了。

与袁慎不同，少商和霍不疑毕竟相处过数月，此人手段之凌厉、心机之深沉、行事之果敢她是深有体会的。有句话霍不疑说得对，倘若他真要不管不顾起来，大约只有更加老奸巨猾的皇老伯能拦住他，太子都未必够力——这才令人绝望。

朝廷上，霍不疑是皇帝最好用的臣子，可于婚配一事上，皇老伯是霍不疑的忠实狗腿，霍不疑若想将自己红烧，他会立刻递酱油的那种。所以别说皇帝不会拦着，他不在旁加油呐喊就算很矜持了。

万般烦躁涌上心头，少商只好给自己找些事情分散注意力，于是便去问亲妈第五壮士感化得如何了。萧夫人自得地一笑，轻描淡写地表示，胜利不远了，若是操作得当，以后你兄弟子侄的拳脚师父都预定好了。

少商对程萧夫妇刮目相看，忙问如何办到的。萧夫人简单讲述经过。

先将第五成关进空荡荡的地窖，给吃给喝但不与之说一句话，将他憋得发疯，等差不多了程老爹再进去搭话，第五成便不会装得冷若冰霜，而是暴跳如雷，痛骂程家十八代祖宗。

——会愤怒咆哮就好，第一阶段圆满。

接下来程老爹拿出当年忽悠乡亲“起义”的本事，开始演讲——话说当年邻县的官吏贪暴，经常欺侮凌虐百姓，一位无名侠士从天而降，一夜间屠尽县衙众吏，却无人能将其逮捕归案，此后再来上任的都不敢太过分。

这也导致程家乡野附近几个县的官吏都很识相，税收徭役也适可而止，就怕哪天睡梦中全家被杀。而后程老爹扯旗起事时他们也是睁只眼闭只眼，装聋作哑，当暴匪兵祸四起时，还能和程老爹联手应对，官民关系十分和谐。

“……彼时我还年幼，却也知道了，原来不只明君贤臣能救民倒悬，仁义豪侠的壮士也一样能扶危济困！”作为直接受益者的程始说得很是动情。

“听闻第五壮士的授艺恩师乃前朝著名侠士，曾一月之间踏平七座匪寨，只为替一对孤苦无依的老夫妇寻回孙女。为了不让官府屠灭数座疑似染有瘟疫的村庄，暮年出山，一人一剑遍身染血，从某王府中劫出名医给村民诊治。听闻那一带的百姓，至今还供奉着尊师的长生牌位，香火鼎盛。唉，这才是‘大丈夫当如是’啊！”

程老爹拍腿赞叹，一脸向往敬佩，第五成面带羞惭，不安地挪动手脚。

——知道自己这二十几年一事无成就好，第二阶段圆满。

到了这时，程老爹才开始替袁家说话。

当年的袁家的的确确已在覆灭边缘，反旗已经扯开了，戾帝兵马在前边喊打喊杀，稍有差池就是全族老幼无一幸免。这种情形下，作为唯一成年且有能力的直系男丁，袁沛是绝不可能跟第五合仪走的。而对于不知轻重，只缠着袁沛要长相厮守的第五合仪，忧心如焚的袁氏族老恨不能生啖其肉。

程老爹生来一副忠厚老好人模样，说起窝心话来药效翻倍，第五成终于打开了心扉：“父母早亡，妹妹从小跟着我走南闯北，被我宠坏了，也野惯了，养得性情骄烈，宁折不弯。”

当年一得知袁家出事，第五成已知义弟袁沛是非回去不可的，于是他对妹妹说，要么去袁家做妾，要么就一刀两断。然而从未受过挫折的第五合仪认了死理，非要心上人遵守承诺，与她双宿双栖，一味地纠缠不休。第五成闯荡江湖多年，饱经世故，也知道妹妹这样十分不妥，直如在袁家人的伤口上撒盐。

——开始反思当年袁家之事了，很好，第三阶段圆满。

“……我观壮士也是通情达理之人，既然壮士心里都明白，当年为何不劝阻令妹呢？若是劝住了，后来也不会酿成惨事了。”程老爹问。

第五成长久沉默。

他不是没劝过，但也的确没下狠心管教妹妹。

一来他疼爱妹妹，不忍见妹妹伤心欲绝；二来他也暗暗希冀，义弟对妹妹用情甚深，说不定他会愿意抛下家业选择妹妹呢？然而他自己也知道，这个念头卑劣无义，万分对不住袁氏一族，是以他非但不敢宣之于口，连想都不敢多想。

这时就轮到萧夫人出场了。

“袁州牧倒了八辈子的血霉，结识了你们兄妹，还义结金兰！哼哼，真拿人家当兄弟的，就当感同身受。袁家一片血海时，怎么不见武艺超群的第五大侠鼎力相助？！”

第五成面露痛苦之色。当年袁家遭难，孤儿寡妇到处躲藏，逃之不及的被抓捕入狱虐杀悬尸，当时自己在做什么？哦，他在极力劝慰痛失爱侣的妹妹。

萧夫人连连冷笑道：“我家大人也有结义兄弟，便是徐郡太守万松柏大人。这二十几年来，万、程两家肝胆相照，福祸同当，亲如一家！妾敢说一句，只要能换回我家大人的性命，除了万老夫人，万家上下，连同万大人自己的性命及他的妻妾儿女在内，他是尽肯抛却的！”

这番话说得第五成羞惭不已，程老爹略心虚地改了改坐姿，说句不大有良心的话，让他拿妻子萧元漪和儿女去换义兄万松柏，他……那个，应该是……不大肯的。

“‘肝胆相照’这四个字，说起来容易做起来难。在第五大侠心中，义弟家里尸山血海，生死一线，也比不上妹妹几滴眼泪来得要紧吧！”

萧夫人言辞锋利，毫不留情：“第五姑娘虽然惨死，但袁太公也以命抵命了。你还要如何？怎的，你义弟生父一条性命抵不上令妹的吗？这二十多年来，于私，第五大侠你愧对结义之情，自私自利，只知顾影自怜；于公，你愧对尊师授艺之恩，过去二十几年间正是天下大乱百姓苦难之际，你却始终纠缠于毫无益处的复仇与怨恨之中，于天下百姓毫无助益！哼哼，尊师也瞎了眼，一身好本事教了你这样的人！”

——第五成彻底茫然了，第四阶段圆满。

“那现在呢？”少商追问第五阶段。

萧夫人淡淡一笑，道：“动之以情，晓之以理，当头棒喝，现在让他缓缓，缓过这口气就好了。阿筑与讴儿都喜欢他，日日缠着他谈天说地，寻他教授武艺。回头我给第五成保个媒，将来生儿育女，振兴家业，事情就算翻过去了……”

少商不信，跑去程筑、程讴的居所偷看，果然看见第五成坐在庭院中指点两个男孩翻手擒拿的姿势，手上还削着两把精巧的木剑——这个饱经沧桑的中年汉子，之前的满脸戾气已消失不见，取而代之的是无尽的耐心。

“阿父阿母真有本事！”少商叹服。

程少宫道：“人都是这样，自家事束手无策，别家事就游刃有余了。到现在你还不肯与大母和解，阿父阿母不也一点办法都没有吗？”

少商皱眉道：“听闻大母病了。”

“是呀，也说不清缘由，就是饮食不济，日渐消瘦，医工都说是老迈之症。”程少宫道，“其实大母岁数也不小了。阿母说，若是大母再不好，就要将叔父和兄长们都召回来了。”

少商明白这是准备后事的意思——然而她还是不发一言，不是她心硬，而是，总得有人记得那个枉死的真正的程少商吧。

注意力果然被分散了，少商这夜睡得喷香舒坦，一夜无梦。而都城另一边的骆府中，一位素以贤惠闻名的名门淑女则彻夜难眠。

次日一早，天色尚未亮透，骆济通便起身梳洗打扮，甚至不及通报骆夫人一声便叫家仆套车出门了。半个时辰后，骆济通堪堪赶上霍府正门大开，一行人即将离去。

霍不疑一身赤色朝服，身形颀长，骑在高头骏马上，更显得英俊堂皇，端正雅肃。

骆济通心中敬慕，柔声道：“妾身见过将军。”

“你怎么来了？”霍不疑略略惊异。

骆济通微掀车帘，神情黯然却不失端庄，道：“妾身有话对将军说，家父昨日已经……妾身万分惊慌无措……”她没有说下去。

“我以为你是聪明人。”霍不疑冷静道，“聪明人就该知道接下来要如何行事。”

“五年相伴，难道将军不该给妾身一个说法？”骆济通哀求。

霍不疑看着她，道：“我与另一女子相伴过，一道用饭、说笑、吵闹、耳鬓厮磨，我知道何为‘相伴’——你我从未‘相伴’过。”

周遭一干侍卫家将或站或骑，众目睽睽，骆济通万般难堪，泫然欲泣，一旁的梁邱起面无表情，梁邱飞心有不忍。

“若不能得到将军的说法，妾身万难甘心。”骆济通低声道。

霍不疑想了想，道："今日陛下大朝会，待我回来再说。"

目送心上人毫无留恋地离去，骆济通心中痛楚难当，低头一看，发觉自己的掌心已被指甲抠出了血。她既不愿回家，也不愿在霍府干等，略一思索，便叫驾夫往程府而去。

程氏虽为新兴家门，家仆倒很有礼数，得知萧夫人不在府中，骆济通由婢女引着去了少商居所，这才知道虽已日上三竿了，程家女公子还睡得昏天黑地。

骆济通心中苦涩，心道这就是她的情敌，处处桩桩皆不成体统，霍不疑却死心塌地。

少商也很抑郁，难得告假，不睡到吃午饭的时辰都对不住社稷百姓，偏此时却要装扮整齐，与骆济通客气对坐。她强忍哈欠，道："不知骆娘子所来何事？"

骆济通一哂。

程少商就是这样的性情，一旦有隙，连表面功夫都不肯做。自从那日在永安宫有过龃龉，她便再不肯喊自己"济通阿姊"，只一板一眼地称呼"骆娘子"。

"那日我措辞不当，妹妹埋怨我轻忽了宣娘娘，也是应该。"她低声道，"不过也请妹妹原宥我，眼看与霍将军的婚事在即却被打断，我，我有些着急。"

少商扯扯嘴角，不置可否。

话说得再好听也没用，骆济通回来至今还未去拜见过宣太后，又何必惺惺作态，不过她懒得揭穿这女人，只懒洋洋道："无妨，无妨，我也有些着急，着急接着休憩。骆娘子究竟有何事上门，万请尽早告知。"

骆济通面色一僵，旋即恢复哀怨可怜之态："我自幼倾慕霍将军，之前我与他各自有婚约，以为此生无望，谁知天可怜见，叫我与霍将军在凉州重逢，少商妹妹一定不能想象，当时我有多么欣喜……呃……"

少商戏谑地摇摇手指，打断了她："三件事。第一，自幼倾慕霍侯的名门淑女，你猜这座都城中有多少？若是召集起来，能否编满一队先锋营？"

骆济通神情不悦。

"第二，你说自幼倾慕霍侯，凉州重逢后欣喜不已。是以，你与你亡夫犹是夫妻之时，心中还惦记着霍大人喽？"

"你怎能如此说话！我与先夫，我与先夫……"骆济通既惊又恼，"我与先夫相敬如宾，和乐融融，你怎能妄自揣度！"

“好好好，那就算你‘自幼倾慕’霍侯直至婚前，然后夫婿一死，你的‘倾慕之情’卷土重来了，如何？”

骆济通被气得无可奈何。

少商笑容缓缓淡去，道：“第三，我的脾气你知道，既不宽宏大度，也不善解人意，更不会心软怜弱，所以不会被你三言两语装可怜哄了去。我一旦对人有了成见，就再也懒得敷衍。骆娘子，你今日上门究竟有何事，赶紧说了吧，我还要接着睡呢。”

骆济通幽幽道：“你倒不怕欺侮轻慢我的坏名声传出去。”

“无妨，我的名声从来不大好，也没碍着我一回又一回地定亲，嗯，每回的郎婿都还不错，骆娘子就不用为我操心了。”少商深谙自嘲之道，只要伤不到自己，就会气死对方。

“好吧，我说。”骆济通修为高深，遭到这般讽刺，居然依旧一派端庄哀伤，“家父这几日一直在城外办差，昨日傍晚忽然遣心腹回家，言道霍将军当着许多人的面送了一架镜屏给他，指名是给我做嫁妆的。我都不敢想，家父当时是何等羞辱！”

少商一愣：“令尊居然不去找霍大人评理，你们在西北不是只差定亲了吗？”

骆济通黯然一笑：“这不是没定亲吗。”

“太子殿下不是很看重你吗？”

“殿下更看重霍将军。”

少商虽然看骆济通不顺眼，但也觉得临门一脚被抛弃的女人实在有点惨，问道：“那……你打算怎么办？”

“我也不知道。”骆济通眼中含泪。

少商挠挠头。

一个男人不想娶一个女人，除非权势利益逆差极大，不然断难成事。然而连皇老伯都没有逼迫霍不疑成功，骆大人显然更无能为力了，何况霍不疑和骆济通本就未有名分。

“欸欸，你别看我，我不愿和霍不疑打交道。”少商见骆济通希冀地望着自己，明白她心中所想，“我不会替你向霍不疑说情，也不会求霍不疑娶你——这是你自己的事。”

骆济通郁郁垂首。

“再说了，要是我求他，他就肯办，那我求霍不疑别来烦我，你看他听是不听。”少商越想越烦躁。

骆济通心知不错，越发心烦意乱。

这时阿梅走进屋来，给二人奉上新制的果酿，临去前看见高挂在廊下的风铃不会转动响声了，就想摘下拿去修理。少商见她身量未足，踮着脚也够不到，便笑着起身去帮忙。

此时已至芳菲四月，天气和暖，少商身着一件宽松柔软的半旧襜褕。

她先是抬起右臂，宽大的衣袖顺着白嫩的手臂向下滑，将将要滑至上臂靠近肩头时，她反射性地捂住衣袖，然后顺势垂下右臂，换成左臂去够那风铃。

骆济通心头剧烈一跳。

少商将风铃交给阿梅，笑着转身过来，见骆济通神色古怪，便问：“你怎么了？”

“让我看看你的胳膊。”骆济通直愣愣道。

“你说什么？”少商不解。

“让我看看你的右臂。”骆济通站起身来。

少商将右肩往后一缩，道：“你胡扯什么……也罢，今日该说的都说完了，骆娘子还是趁早回去吧，好走不送。”

骆济通神情中竟有几分狂意，她见少商要叫侍婢，直接上去拗住她的手臂，屈膝反身一顶，少商闷声吃痛——这就是不合格小太妹与真文武双全贵女的区别。

骆济通一把撩起少商右臂的袖子，凝目去看，只见粉嫩雪白的滚圆臂膀上有两排整齐的牙印，齿痕结疤已久，只留下一圈浅浅的黄。

她想起来了，在西北边城时，霍不疑常会做一个奇怪的动作——时不时抚摸自己的右上臂，半晌沉吟不语，隐隐流露一种温柔哀伤之意。

“好好好，原来如此，原来如此！”骆济通惨然冷笑，“现在，我全明白了！”她觉得再与程少商说下去也没什么意思了，便松开了手，颤颤后退数步，甩袖而走。

少商揉着胳膊从地上爬起来，冲着骆济通的背影怒骂：“你有病，得吃药了！”

议事结束，皇帝面色不悦地宣布退朝，同时召四五名心腹重臣到北宫再行商议，他本想叫霍不疑也去，转眼瞥见太子的脸色黑如锅底，便朝养子使了个眼色。其实霍不疑哪儿都不想去，他想赶紧回府解决掉骆济通，可既然不凑巧地被养父逮住，只好随太子回东宫。

“真是胡作非为，胆大包天！”太子一把扯下自己的冠冕，重重摔在案几上，几粒雪亮的明珠骨碌碌地滚落地面。

东宫后殿，议事厅中左、右两侧各坐有三四人，他们或是身着赤、玄二色朝服的朝臣，或是身着广袖长袍的谋士。此时听得太子发怒，纷纷附和。

“殿下说的是！”一人直身拱手，朗声道，“朝廷颁下度田令，为的是清查各州郡县的田地与人口，便于日后税收管束。天下者，社稷之天下；社稷者，朝廷之社稷，清查田土人口本就是朝廷理所当然之事，竟有人敢质疑！”

另一人高声附和：“不错！战火兵祸数十载，如今终得天下一统宇内澄清。然前朝所记载的田土人口与今日已是大相径庭，如果不加清查，何以治国？”

一名眉目凌厉的青年冷冷一笑，道：“诸位还未说到要处！田地人口本无主，之所以度田令被群起抵制，不就是有人怕朝廷限制他们兼并土地蓄养奴仆吗！真到了天下人口田地尽归豪强大家，朝廷去何处征税，找何人服徭役？！到那时，天下还是朝廷的天下吗？”

“少承慎言！”坐在太子右下首的二驸马轻声道，“莫要危言耸听，哪里到这般地步了。这话传出去，于你不妥。”

太子原本已要脱口称赞，被自家二姊夫阻了下，便道：“子晟，你怎么说？”

霍不疑坐在太子左下首，微笑道：“诸位说得都对。”

“我断断不能赞同驸马都尉之言，此时天下初定，本不应有田地人口兼并的情形，可见是那些豪强大族……”少承大声道。

“请诸位听我一言。”一名中年文士打断道，“二位适才的话若放在今日大朝会上，定会双双遭人非议。要么说驸马家族累世公卿，依附的人口田地都难以计量，是以轻描淡写；要么说少承家境贫寒，正等着富庶之家吐出田地要占为己有呢。”

少承愤怒道：“胡说八道！”

二驸马道：“子晟，你说呢？”

霍不疑看看外面天色，道：“都有理。”

“唉！”太子一拳捶在自己膝头，“父皇太仁慈了。那些‘大姓兵长’有人有地有兵械，竟当着朝廷命官的面狂言绝不奉行度田令！而当地官吏竟也惧怕他们，还收受贿赂，听任他们瞒报，将不足之数尽数加于平民头上，让这些寻常百姓负担沉重的税收与徭役。哼哼，孤看着又要官逼民反了！”

二驸马笑道：“殿下往好处看——可见天下豪族并非只手遮天，天下贪官也并非铁板一块。有人与地方豪强互相勾结，祸害百姓，也有志士直臣心生不平，几日间便将这些不法情事上报朝廷。”

一名浓眉大眼的青年高声笑道：“自从迎娶了公主，从都尉大人嘴里说出的话，可谓句句悦耳，如沐春风啊！”

殿内众人再笑，少承道：“敢问太子殿下，您意欲何为？”

太子沉声道：“孤欲上奏父皇，但凡有瞒报情事的豪强大族尽皆入罪，该杀头的杀头，该灭族的灭族！”

此言一出，以少承为首的数人大声叫好。二驸马道：“殿下，臣以为这样不妥，陛下也不会赞成的。”他身后数人也是一般的意思。

太子看向霍不疑，霍不疑环顾四周，众人皆不言。他先是想，不如让皇帝养父自己来“教导”自己儿子，但念及皇帝与太子待自己亲厚，只好耐下性子道：“殿下，臣问您一句，倘若查下来，天下豪强大族十有八九都有隐没情事，您莫非都要杀头灭门不成？”

太子不语，少承高声道：“前朝武皇帝颁《迁茂陵令》，勒令天下豪族按期迁徙，以削弱豪强势力，为何我们陛下不可以？！”

一人冷笑道：“武皇帝还穷兵黩武呢，莫非你也要陛下效仿？”

“你……”少承大怒。

“够了！”太子道。

殿内一片安静，太子睃了众人一圈，沉声道：“尔等先且退下，驸马都尉与子晟留下。”

众人受命叩拜，鱼贯退出，只有少承愤愤不平，最后被同僚拽走了。

殿内只剩下三人，太子斜乜霍不疑，道：“你倒是置身事外，毫不担忧，就不怕那些‘大姓兵长’祸国殃民。”

霍不疑微笑道：“多数豪族不会附从的。前朝戾帝‘新政’还历历在目呢，真闹急了，他们也怕再来一次‘王田制’——就是将天下的山川河流田地都收归朝廷所有。如今陛下只是度田，他们也就是心里不乐意，只要陛下拿出决心来，他们会听命的。”

太子又道：“为何父皇不能照行《迁茂陵令》？”

霍不疑心道：为何？等陛下狠狠杖责你一顿，你就明白了。要是一顿杖责不够，可以两顿。不过，他还是耐心地缓缓说来——

“高皇帝一统天下前，天下已战乱数百年。周天子治下，封君诸侯交相攻伐，无一刻停歇。后来始皇帝横扫六合，一通征战，可叹没消停几日，群雄并起反抗暴秦，又是一通征战，好容易项王灭秦，可恨分封诸侯不公，于是不久后高皇帝起兵反项，接着征战，最后楚霸王乌江自刎，最初逐鹿天下的豪杰只剩不到一掌之数。建国后，高皇帝几乎又将天下打了一遍，逐一剪除异姓诸王，吕后文帝休养生息，到景帝时将同姓诸王也收拾了一顿——至此，天下累年征战，别说民众苦矣，就是豪强世家也只剩两口气了……”

“你说这些作甚？”太子皱起眉头。

霍不疑道：“我的意思是，这事也要怪陛下的不好。”

“子晟别胡说。”二驸马紧张道。

霍不疑笑意温和，道：“陛下太过英明神武，一统天下太快了。在一片废墟中重建，其实比革新固有局面容易。武皇帝能施行《迁茂陵令》，一来他性情严苛酷烈，二来，当时的豪强大族远没有今日强大。说白了，戾帝篡位后天下大乱，乱得不够久。这些世家豪族在兵乱中也只是伤筋动骨，并未毁损根基——可这是诛心之言哪，能去外头说？”

太子沉默不言，二驸马微微松口气。

“我朝是继前朝天下而来，一统天下固然快了许多，但也继承了前朝的许多弊病。如楼家、梁家、袁家、耿家，哦，还有驸马都尉的窦家……这些可不是陛下扶持起来的家族。相反，陛下立国，还得到了他们许多帮助。如袁家、梁家，是领数郡之地来投陛下的。驸马的伯父大人当年统领河西四郡，百姓安睦，兵强马壮，人家可不是山穷水尽无路可走啊，然而还是诚心诚意地投了陛下。太子殿下，您让陛下怎么办？

“人家来投，难道陛下不纳？这些年来，诸位大人兢兢业业，为陛下征战经营，并无不妥，难道让陛下提刀就杀？动辄逼死功臣，诛灭三族这种事，不是哪个皇帝都能做到的。至少，我们陛下做不到。”

太子想到了周亚夫，不由得暗叹一声。

二驸马眼眶湿润，真心诚意向霍不疑作揖，道：“子晟这番话，我这里先谢过了！”抬起头，他道，“‘功臣’二字，说来好听做来难。也不怪陛下和殿下心中顾虑，为了天下大治，度田势在必行，可我等功勋之家子弟众多，有时难免生出事故，阻碍了朝廷大计……”

“行了。”太子瞪向驸马，“你是你，你家是你家。若不是为了避忌你那堂兄，你也不至于蛰伏至今，每日与二姊吟诗作曲，无所事事。”

二驸马笑道：“其实吟诗作曲，悠闲度日，也是一份自在。”

“算了吧你！”太子没好气道，转过头，他略带疑惑地看着霍不疑：“孤怎么觉得，你今日十分……十分高兴……”

“哦，是吗？”霍不疑长眉轩挺，俊目如泓，虽不曾多说什么，却能明显地让人察觉他身上的明朗舒展。

二驸马轻笑一声，太子问他为何，他道：“殿下不知，前几日啊，子晟托我打听件事——徐郡太守万松柏度田是否妥当。”

太子一时没想起其中缘故，二驸马提醒道：“万太守与程校尉是结义兄弟。”

太子一愣，然后阴阳怪气地哦了一声。

霍不疑温和道：“敢问都尉，万太守情形如何？”

二驸马笑道：“你放心，我仔细查问过了。万太守与族亲不睦，是以万家族人也没法仗势欺人，随县万家度田十分顺畅。至于徐郡，万太守有人马有财帛，一不怕当地豪强威吓，二不贪图人家贿赂，是以徐郡度田也很顺畅。”

霍不疑放了心，然后当场翻脸，道：“都尉大人真是可恼，当年你向我打听二公主的起居习惯，我可从未告诉旁人。不想都尉大人转头就将我所托之事抖搂出去，也罢，我也得与陛下和殿下说道说道。殿下可知，当年陛下尚未赐婚，驸马便与公主在园……”

“打住打住！”二驸马急得脸红脖子粗，“行行行，都是我的错！你别说了，看在公主自小待你不薄的分上，看在上回……哦……”

他忽地想起一事：“对了，我还没与你算账呢！殿下臣告诉您，三年前我长途跋涉翻山越岭去边城看这竖子，谁知他居然装作不认识我！害我在营寨里寻摸了一整日，还当自己找错地方了呢！”

霍不疑笑着道：“谁叫你穿戴得那么金光闪闪，边城苦寒，将士们最看不惯那些衣着鲜亮的世家子弟！”

太子终于绷不住，放声大笑。笑罢，他敛容正色，道：“依子晟看来，父皇会如何处置地方豪族违抗度田令之事？”

霍不疑想了想，道：“陛下会先处置那些瞒报田土人口的郡太守，大约要杀上好几个——说到底，他们才是朝廷重臣。罔顾国法，他们首当其罪。然后朝廷加紧度田，再看地方豪族的态度。若是就此服软，老老实实地奉令行事，就罢了；若是依旧顽抗不改，甚至兴兵作乱……”他没说下去，只用眼底寒光表明决心。

太子点点头，他也是这么想的，很符合亲爹喜欢给人一线生机重新抉择的习惯。他又问：“驸马以为如何？”

二驸马举着锦帕，还擦着适才被霍不疑吓出的冷汗，闻言吐槽道：“这竖子除了自己的婚事，其余大事小情，多是所料不远。”

正事说得差不多了，霍不疑起身告退，本来太子还想问他两句婚事进行得如何了，但被二驸马以目光制止，只好目送霍不疑离去。

看着霍不疑修长矫健的背影，二驸马不禁感慨：“若不是凌益那狗贼作恶，亲人惨死，子晟应当是这都城中最鲜衣怒马、最明朗直率的儿郎。唉，真是造化弄人。”

太子也叹了一声。

回到宅邸，霍不疑听闻骆济通还没走，便先回屋换过一身常服才过去。

骆济通惶惑不安地坐在偏厅，见到霍不疑进来，紧张地直起身子。

霍不疑没有看她，径直走进来，道：“我本以为你都知道了，不想今日上朝才听闻汝父尚在城外。我想，你还不知道我对汝父说了什么。”

骆济通突兀地喊道：“我看见程少商胳膊上的咬痕了！”

霍不疑转过身，看她片刻，缓缓地撩起自己的袍袖，果然在右臂上方也有一圈已经结疤的牙印，色呈深粉。

“……果然如此，果然如此。”骆济通一下坐倒，喃喃道，“我说你怎么老是摸右臂呢。”她忽地抬头，“这些年来，你从未忘记过她？！”

霍不疑默认。

“你，你为何这般待我？”骆济通泪盈于睫，“你自小就不肯让人靠近半分，却容忍我插手你府内事，我当是你愿意接纳我，却原来只是大梦一场！你，你骗得我好苦！”

霍不疑纠正道：“骗人算不上，应当是误导。”

骆济通泣道：“你怎能这样待我？我一片真心对你，你不愿接纳就罢了，何必诓骗我白白耽误我这些年青春！”她泪眼盈盈地看过去，“这么多年了，难道你对我没有半分情意吗？”

霍不疑想了想，淡淡道：“没有。”

骆济通面色惨白。

“你我相识远在少商出现之前，看在这些年对我有用的分上，我叫你今日彻底明白。”霍不疑双手负背，站到窗边，“我很早就知道五公主是什么人了，暴戾、偏狭、骄奢淫逸，可素以贤淑明理闻名的骆娘子你，与她相处甚谐——你说，我是怎么看你的？”

骆济通不服地哀叫：“我是为了父兄家人！骆氏子弟平庸，若我不能依附五公主，宣娘娘怎会替我家说话？！”

“是以你就看着五公主活活杖毙无辜的小宫婢，将偷瞧我的小女娘溺死湖中，然后你还替她在娘娘跟前遮掩？”

骆济通立时语塞。

霍不疑目光冷漠，道：“不过，彼时我以为你只是贪恋权势的寻常女子，直至那年淮安王太后办寿宴，我才知道是看走了眼。不承想，你竟是个心狠手辣的。”他嘴角一挑，讥讽道，“我来问你，你那贴身侍婢春笤，是怎么死的？”

骆济通惊疑不定，结巴道：“她，她……不是五公主……”

霍不疑冷笑一声，道：“人人都以为是五公主下的手，我事后才察觉出不对。像你这种世家出身的女子，贴身服侍之人自不会是随便从外头买来的，多是一家老小都在骆府当差的吧。如少商，她的贴身侍婢就都是程校尉部曲之女——像这样阖家老小都捏在骆家手中的婢女，如何会轻易被五公主买通？

“再有，事发之后，五公主很快就对陷害少商供认不讳，以她那样泼辣蛮横的性情，不会大费周章去将一个婢女灭口的，因为她根本不怕被揭穿。要灭口的人是你吧，骆娘子？可惜，待我查出端倪时，你已要远嫁西北了。”

骆济通擦拭泪水，冷笑道：“看来你对我有定论了？既然如此，又为何容忍我接近你？”

“若你真是个心善仁义的好姑娘，我一定离你远远的。”

骆济通愤恨道：“你只看到我的坏处，却一点也看不到我的好处吗？我恪守承诺，尽心竭力地服侍亡夫与贾氏双亲……”

霍不疑讥嘲地笑出声，道：“骆娘子，别装了。你的用心别人猜不出，却瞒不过我。骆氏最近数十年来子弟暗弱，族中女娘的婚事都用来结交权贵了。你的姑母姊妹都认了命，可你不肯，于是明知贾家儿郎体弱多病，还一派大义凛然地要嫁过去，人前人后各种委屈做作，于是令尊令堂答应你，待改嫁时，一应都由你自己做主。如何，我说得不错吧？”

骆济通胸腔如火烧，大声道：“是又如何？初嫁从父，再嫁由己，等我守寡就是我能自己做主之时，我替自己打算有什么错？你以为我没打听过当时那些要娶我的人家？那些家族看着光鲜，可愿意娶我的都是不成器的儿孙，指着我去管教他们儿孙呢！贾家也是高门大户，嫁那些不成器的，还不如嫁去贾家，至少很快能改嫁！你知道我有多羡慕程少商吗？她虽出身不如我，父母却真心实意替她打算。她生得貌美，父母却从没想过拿她去巴结权贵！”

霍不疑想起那女孩，不自觉地柔柔一笑，道：“其实是她父母怕她闯祸丢人，才从不敢将她高嫁。你装得太好了，贤良淑德，仁德练达，你的家人自然要将你高嫁出去。你也许应该学学少商，败坏些名声……哦不，你学不了。你爱惜名声，爱惜前程，什么都舍不下，最后只能舍掉别人的性命了。”

骆济通一凛，道：“你什么意思？”

霍不疑一字一句道：“你的前夫，贾氏七郎，究竟是怎么死的？”

骆济通一阵天旋地转，几乎连站都站不住，道：“你，你你……”她定定神，“我什么都没做，你不能为了甩掉我，就血口喷人！”

“我从不无的放矢。”霍不疑像瞄准靶心一般盯着她，目光冰冷无情，“人人都说贾七郎的新妇是天底下第一等贤惠的妇人，可我知道你的底细。当年长秋宫中有一位体弱老迈的侍医，你曾在他身边跟前跟后数月。我记得那位侍医擅长的就是药食调弄，有些隐晦的无人知晓的相克之物，他都知道得清清楚楚。

“贾七郎过世后，崔侯带去边城的那位侍医曾奇怪，贾七郎那弱症是胎里带来的，他见过许多例，也曾去贾府诊治过，觉得不至于连二十岁都撑不过去。

“贾七郎的双亲对独子照看甚严，对当年饮食应该犹有记录。骆娘子，倘若我让他们拿当年你给贾七郎所用膳食去查验一番，你猜会有何结果？嗯，寻常人可能只是不适，但用在体弱多病的贾七郎身上，就是置人死地了。”

骆济通摇摇欲坠，哀哀恳求道：“我并非有意，我是为了你啊，十一郎！我从小就喜欢你，看见你又病又伤地来到凉州，我就想过去照看你！我是放不下你啊！”

霍不疑冷冷地看她，道：“少商嘴上虽坏，可她从不曾伤害过无辜之人。你嘴上说得好听，可害起人来从无顾忌。贾七郎何辜，贾氏双亲老年丧子，何其无辜！”

“他本来就要死的！”骆济通喊道。

“人都是要死的，差别不过是寿数长短罢了。”霍不疑厉声道，“侍医说他曾见过如贾七郎那般弱症之人，因为照料得当，成年后不但能娶妻生子，还活到了四十多岁。嗯，不过你是肯定等不及的。”

骆济通站直身体，重重抹去泪水，自嘲地笑道：“好好好，你既视我若蛇蝎之人，为何不将我所作所为揭穿？”

“因为你救过阿飞一命。”

骆济通愣了。

霍不疑道：“梁邱兄弟的父祖叔伯都随家父战死了，我必是要抚恤他们孤儿寡妇。那年若不是你放出灵犬搜寻，阿飞就冻死在雪岭中了——是以我没告诉贾家。”

骆济通眼睛亮起来，谁知霍不疑下一句话就打破了她的希冀。

“不过昨日我已告诉你父亲了。等他从城外回家，就会处置你。”霍不疑道，“我告诉汝父，要么将你远远嫁了，此生不得返还；要么将你幽禁起来——总之，你救阿飞一命，我留你一命，算是扯平了。”

骆济通心头发寒，怔怔道：“我，我不明白，既然你什么都知道，为何还让我接近你？还让我，让所有人，都误会你愿意娶我？既然你不愿娶我，又何必……”

她看见霍不疑晦暗的双眸，心头一颤，道：“哦，我明白了，我懂了。你是拿我做个幌子，你是故意的！”

霍不疑站在窗侧，背光而立，道：“五年前我就决定放过少商了，我盼她不再受委屈，好好嫁人，安稳一生。我不愿阻碍她，也不能让陛下和殿下阻碍她。有了你，大家才会对我放心。”

骆济通依旧不解，道：“可是，拖得了一时，拖不了一世啊！等程少商嫁人了，你终归得娶妻的，就算不是我，也得是旁人，你又何必……”她话音中断。

霍不疑似笑非笑，她瞬时明白了，不敢置信道：“你，你根本不想娶任何人！不不，这不可能，你还要延续祖宗香火呢。霍家阖族覆灭，你怎能自私自利地断绝血脉？！”

“为何不可以？”窗棂透进来的日光下，霍不疑的侧脸如冷玉般完美，“千百年前，世上也没有什么霍家。”

骆济通激愤难言，胸腔直欲炸裂，咬牙切齿道：“哈哈哈，我们都被你骗了！可是陛下不会任你胡来的，太子殿下会气死的，你你……”

霍不疑远眺窗外，眼神清冷深邃，道：“只要我不想成婚，总有办法的。我若娶妻，一定是因为我对那女子心生喜悦，而不是什么别的因由。”——就像他慈爱而深情的双亲一样。

无论多少血火艰险，他心中始终住着一个固执而骄傲的少年。他想要获得父母那样的爱情，想要他将来的儿女也像他们兄弟姊妹六人一样，因为真挚美好的情意诞生到这世上，而非为了利益纠葛或延续香火。

所以他从未责怪过姑母霍君华，虽然她瞎了眼，看错了人，但她要嫁给心爱之人的打算并没有错。

霍不疑觉得该说的都说完了，道：“你救了阿飞一命，我亦放你一命。你陷害过少商，我便用你来做了数年幌子。如今恩怨两清，骆娘子，就此别过，好走不送。”说完，他拂袖离去，在西斜的金色日光下，身形修长，清隽俊逸。

骆济通痴痴地望着，心中既痛且伤。

她就知道自己没看错人，她的心上人与天底下所有男子都不一样，沉默安静的表象下，他有一份天底下最纯粹热烈的情意。可惜，这份情意不属于自己。

“有件事我要告诉你。”她忽地冲霍不疑的背影大喊，满怀恶意，“程少商右臂上的那个齿痕，已经快要褪干净了。恐怕在她心中，你也已经被忘干净了。”

霍不疑脚步一停，没有转身，只淡淡说了一句：“想来当初我咬轻了，不过，这就不劳骆娘子挂怀了。”

骆济通心灰意冷地瘫坐在地。

第四十七回 退婚袁氏

当晚少商一夜辗转，次日天不亮就着人去袁府传话，点名要袁头牌来送自己回宫，于是袁慎着家仆套上一辆金玉镶遍的烧包马车，赶在上朝前颠颠地跑来程府，结果听见两眼浮肿的未婚妻一脸正色地要求自己退婚。

"你说什么？"袁慎怀疑自己听错了，"前日你还说绝不退婚的，这才过了一日两夜你就变卦了？你是不是睡过头了？"——这几日因为地方上有人抗拒度田令，朝廷乱糟糟的，霍不疑应该没空出幺蛾子啊。

少商一手抵车壁，确认道："你没听错，我劝你赶紧退亲吧，晚了怕要糟糕。"

"昨日出什么事了，谁来找过你了？"袁慎很机警。

少商将骆济通来访之事说了，袁慎神情凝重，道："这么快……没想到他对骆氏毫无情意，我还当他碍于骆氏，不好立刻翻脸。"

少商翻身靠着车壁坐下，没有说话。

袁慎以拳捶掌，冷笑道："不过这也不稀奇，淮安王太后与东海王待他何等亲厚信任，霍不疑还不是说出卖就出卖了他们！"

少商觉得这话刺耳，但也反驳不出来。

袁慎恨恨地低骂一通，然后故作玩笑道："便是他与骆氏一刀两断了，你要我退亲是什么意思？难道一等他婚娶自由，你就要朝他扑去？"

"你知道我不是的。"少商冷笑一声，"我生平最恨'谅解'二字，就是因为这二字，便有人毫无顾忌地害人伤人，反正事过境迁后认个错赔个罪，总有人叫你算了算了。哼，天底下有些事做了就是做了，伤了就是伤了，凭什么非要谅解不可！"像她，就绝不谅解程母和葛氏。

——程老爹和萧夫人还能说是为了家族儿女博未来，这些博来的富贵安稳她也算享受到了，可程母那样自私自利，只为了自己能拿捏住儿子儿媳，就去伤害一个无辜孩童，哪怕将来死了她也不会原谅！

袁慎沉默片刻，道："那你为何急着要我退亲？骆氏亦非泛泛人家，受此大辱，难道会轻易放过霍不疑？事情哪儿这么简单。"

少商不答，反而道："你知道霍不疑行事的习惯吗？东海王辞去储位那年，我帮着去东宫收拾东西，翻到了早些年为霍不疑请功的卷宗和他写给东海王的信函。"

袁慎狐疑地看她。

"有这么一件事，当时他十六七岁吧，皇帝指派他与张要分别去剿灭两座匪寨。那两座匪寨一座在梁国，一座在鲁郡。说句实话，的确是梁国那座匪寨势单力孤些，是以皇帝原是让霍不疑去梁国的。然而张要一直愤愤不平，对人说自己这趟是给皇帝养子当陪衬了，于是霍不疑便主动与张要换了。"

袁慎道："张要这人的确偏狭，居然与个弱冠少年计较，难怪哪怕武艺不凡，陛下也看不上他。"

"东海王担心霍不疑，霍不疑却在信中安抚他，说梁国那帮贼匪虽然人少，但是同一宗族出来的，彼此骨肉至亲，血脉相连，同心协力。而鲁郡那伙虽然人多，却是天南地北的乌合之众会聚一处的，因利而聚，必会利尽而散。"

袁慎注意到细节，问道："那信是何时写的？"

"两路人马刚出都城不远。"

"也就是说，早在陛下有意让他们去剿匪之前，霍不疑已将那两座匪寨的情形打听清楚了。"

"正是。"

袁慎抚着袖子，沉吟不语。

少商继续道："后来情形果然如霍不疑预料那般，张要久攻不下，所带兵马死伤惨重，而霍不疑在一番分化瓦解之后，轻取匪寨……哼哼，其中几名匪首头颅还是自己人为了将功赎罪砍下的。"

袁慎皱起眉头，道："这是碰巧了，若是张要并非心胸狭隘之人，若是两路人马没有对调，不知结局会如何。"

"别急，两年后你所盼之事就来了。"少商没好气道，"当时陛下刚取下陇地，要追击几路溃散逃兵，也不知是不是有人看不惯霍不疑，竟让他去追击敌酋胞弟那路逃兵。可叹彼时霍不疑自己也刚从一场惨烈大战中下来，麾下人疲马困，死伤惨重，而敌方人马不是豢养多年的死士，就是同宗同族的子弟兵。”

袁慎想起来了，脸色沉晦，道：“这事我知道，霍不疑追上溃兵，二话不说就血战到底，最后提着敌酋首级回营复命，又在崔侯家中养了小半年的伤才好。”

当时皇帝心疼坏了，论功时故意压了某几人的嘉奖赏赐，想来就是给养子出气的。不过，也正因为这一场硬碰硬的死战，朝臣们才对当时尚未及冠的霍不疑刮目相看，纷纷言道“霍翀将军后继有人”，浑然略过凌益。

少商点点头，道：“现在你明白了，他敢骤然与骆家一刀两断，要么是留有后手，骆家不敢跟他翻脸；要么就是豁出去不管不顾，也不惧怕与骆家结仇。”

“你到底要说什么？”袁慎狐疑。

少商道：“同样道理，他敢骤然叫我与你退亲，要么是想好后招了，要么是打算豁出去了。袁大公子，你打算如何应对？”

袁慎愠怒，道：“难道我还怕他？！”

“若是前者还好，你们袁家也不是吃素的，再说你的心眼儿也不比霍不疑少，就怕是后者，他全不要脸了，到时闹得满城风雨，人们对你指指点点，你该如何？”袁慎果然傻眼了。

宫门到了，少商拍拍袁慎的肩，道：“你好好想想，霍不疑发起疯来是会咬人的，你总不能咬回去吧。不用替我担心，我虽在他手里吃了不少亏，但他也没落到好去。”

袁慎以为少商说咬人是在比喻，其实少商说的是实话。

两人在宫门前分别，袁慎满脑门子官司，险些连去尚书台的路都走错。

宣太后照旧卧病不起，人昏昏沉沉的，连少商回了永安宫都不知道，少商心中很是难过。喂过汤药，宣太后迷迷糊糊地问起霍不疑的官司，少商很不解气地狂喷了霍不疑一顿，逗得宣太后不住轻笑。

又过数日，程家小女的大名再次传遍都城上下。

先是长水校尉骆宾当众宣布要给寡居回家的女儿招婿，将都城显贵都吓了一跳，耳目灵通些的早知道太子属意让骆济通嫁与霍不疑为妻，也都知道骆家对此事是乐见其成喜出望外。眼下这等情形，显然不是骆家忽然发疯，那就是霍不疑变卦了。

不用预先商议，众人齐齐看向程家，悲催的程老爹这回避着骆家人都不够了，他只好直接告病躲开。

更稀奇的是，依照当年袁慎退婚蔡家的先例，霍不疑总该对骆家有几分歉意吧，但看骆家行事，似又不是如此。骆宾先让女儿幽居养病，回绝所有邀宴聚会，然后嘴里说着要招婿，却回绝所有亲友的提亲，貌似要将女儿远嫁边地——如此看来，倒像是骆家对霍不疑隐有惧意，真是奇哉怪哉。

与此同时，霍不疑已大车小车装着虎骨、熊胆、鹿茸、野参、貂裘、猎鹰等珍稀之物，外加来自遥远漠北商队所带来的黄金、宝石、象牙、香料、骏马、猛獒，浩浩荡荡往程府去了。

程始想起当年女儿伤心重病的模样，气得想打人，霍不疑跪在他跟前任打任骂，还是萧夫人死死拽住了丈夫——皇帝都没打过他啊，你可不能动手！

三人僵持了半天，最后各说了一段话。

萧夫人的话比较上档次："你不必来向我们赔罪，我们虽是嫋嫋双亲，然自小不曾对她关怀管教，如今悔之晚矣。嫋嫋将来想走什么样的路，想嫁什么样的人，我们都由她定夺……这些东西，你都带回去。"

霍不疑自然不肯，只道："我并不是想让两位大人为我说情，只是当年因为我闯下的祸事，险些牵连了程府上下。每每思及此事，我都难以心安。"

程始握拳沉声道："五年前，嫋嫋病得差点死了。你不要以为自己在流放途中受苦，却不知嫋嫋几度不治。你若不信，可去后院排屋看看，那里还放着给嫋嫋打了一半的棺椁。"

霍不疑猛然抬头，最后冷静沉默地告辞了。

待人走后，萧夫人才问丈夫："你为何要告诉霍不疑嫋嫋重病之事？我以为你一直赞成袁善见为婿的。"这样，姓霍的更不会放手了。

程始叹道："若是袁善见做出对不住嫋嫋的事来，你说嫋嫋会病得那样重吗？"——爱有多深，恨就有多深，伤就会有多重。他是过来人，希望女儿将来不会后悔。

庭院中，程老管事被堆积如山的礼物晃花了眼，其中有一架巨大到令人瞠目结舌的鹿角，横七竖八地有二十几个粗壮分支，展开将近一丈宽，寻常大门都搬不进去，老管事只能将正门两侧的门扉都拆开，才将这架价值连城的鹿角弄进去。

清点礼物到手酸嘴干，连气都快喘不过来，老管事心满意足地对老友之子符乙表示“家主怎么不多生几位女公子，不然咱家该是何等风光”。

符乙暗想：才一个女儿就闹得不可开交，要是多生几个，程家大门不知得拆几回。

程少宫见府里忙得不可开交，便叫第五成来帮忙搬运，第五成瞪眼，问：“凭什么叫我搬？”

“因为你应当十分欢喜啊。”程少宫笑嘻嘻的，“你恨之入骨的袁州牧的儿子的未来新妇要被人抢走喽！”

第五成呆滞了。

如此大张旗鼓后，都城上至勋贵重臣下至贩夫走卒都激动得不行，整齐地将目光对准霍、袁、程三家，于酒楼上、食肆中、退朝后，无不议论纷纷——

据说班老侯爷曾叹息“不知我有生之年能否看见霍翀的儿子成婚啊”；

据说廷尉纪遵默默收回了告老奏章，说要看见霍不疑成婚才请辞；

据说袁慎就是为了程家小娘子才拼死跟蔡家退婚的，不知如今这样是不是报应；

据说汝阳王酒后“失言”，详细描述当年霍不疑与程少商出游时亲密怜爱的情形，闸门一打开，更有吃瓜群众七嘴八舌传述当年见过霍、程二人相处时的亲昵模样……

一时间，袁府上空茂盛的古树枝叶，仿佛越发苍翠碧绿了。

然而都城群众最感兴趣的还是——这事究竟会如何发展呢？

这个说程小娘子会听家人主张，舍弃袁善见而就霍不疑；那个说程小娘子早晚和霍不疑抱头痛哭，情难自禁；也有说程小娘子抵死不肯退婚，然后霍不疑强取豪夺，袁、程要当一对苦命鸳鸯；更有说霍不疑心狠手辣，决意寻机除掉情敌，当然也有人反驳，说霍不疑为人还算磊落，估计是要公开决斗，抢夺美人……想想就令人兴奋啊！

太子也被风言风语灌了一耳朵，叹道：“子晟啊，你说人怎么这么闲，父皇才下令处死了十几名度田不实的郡太守，都不见大家议论，倒只盯着你的事。”

霍不疑沉默片刻，道：“臣也始料未及。”

——他特意挑在这段日子撇开骆家登门程府，本以为大家的注意力都在度田一事上，谁知他低估了都城群众的八卦热情。如今情形反了过来，有他的绯闻挡在前头，皇帝勒令厉行度田倒没几人啰唆了。

皇帝表示养子很给力，自己很满意。

绯闻迅速发酵，连赋闲在家的蔡允都有些怜悯自己这位弟子兼前侄女婿了，他忍不住道："善见啊，你当年何必非要退亲呢？如若不然，你此时与吾侄女都生儿育女了。"

袁慎沉默以对。

回到家中，袁慎更衣后去见父亲，谁知见到母亲梁夫人也在，当场一愣。

"……事情就是如此，请双亲相信，少商没有做任何出格之事，全是霍不疑肆意妄为。叫家里被人议论，是儿的不是。"袁慎拜倒赔罪。

袁沛亦听说了外面沸沸扬扬的绯闻，却十分豁达地笑起来，道："窈窕淑女，君子好逑，求之不得，辗转反侧。古时候，男女思慕也是风雅之事，传传也无妨。"说着，他轻咳两声。

"父亲……"袁慎吃惊。

梁夫人笑道："你父亲当年游历回家，禀告双亲欲娶第五合仪，闹得家里鸡飞狗跳，你大父痛打你父亲不知几顿，你大母哭喊着不要活了。那阵子全郡都在看袁家的笑话，家中女眷出门宴饮，动辄被人戏谑'你家沛郎可消停了？'呵呵，这不也过来了吗。"

她接过侍婢递来的外袍，柔柔地给袁沛披上，袁慎看父母举止亲近，浑身不自在，低声道："这如何一样？这是'夺妻之恨'，若是示弱了，袁家岂不沦为笑柄！"

"善见，你过来。"袁沛温和地招手，袁慎依言到父亲身边跪坐好。

袁沛轻轻抚上儿子秀挺的肩头，温言道："你自小严谨自律，读书习艺都不用长辈督促，无论求学拜师还是入朝为官都能光耀袁家门楣。一晃眼这么多年过去了，你长大了，能独当一面了，为父却觉缺憾，不曾好好和你说过话。"

"你退婚蔡氏，求娶程氏，恐怕是你懂事后，生平头一回非关利益得失的举动吧。"袁沛神情慈爱，仿佛看着自己离家出征时才三头身的儿子，那样玉雪可爱的一个胖娃娃，柔嫩的小嘴吐着泡泡，还扯着自己的裤腿不肯放。

"为父希望你想清楚，你如今对程氏不肯松手，究竟是真的喜爱她，非要娶她不可，还是为了颜面，负气不肯服输。若是后者，你不妨大度些，就此算了，成全人家一场姻缘，也不失为磊落潇洒的真君子。霍侯念着你的恩情，以后必会对我们袁家鼎力相助。若是前者……吾儿，你想清楚了吗？"

父亲的眼神沧桑却睿智，如光束射入心底，袁慎不禁茫然——

其实头一回在灯市看见少商，他不觉得如何，后来多见了几回，也只觉得她伶俐有趣，便是桀骜不驯张牙舞爪，也叫人喜欢。他就想，娶回来也不错。

谁知，后来每每总是晚了一步，久而久之，反倒成了执念。不过既然霍不疑堵在前面，他也安分地觅佳人为妇了。直到，直到五年多前……

他眼前浮现出那个星月凄冷的夜晚，自己闻讯后急急进宫，正看见少商沿着宫巷出来。

女孩身形单薄，迟钝木然地扶着宫墙慢慢挪步，残忍如活鱼去鳞般，她被生生剥落往日的鲜妍活力，只剩下被无尽的悲愤和委屈压垮了双肩的精疲力竭。

当她抬头，流尽泪水后干涸的眼睛，比平时更大更乌黑，射过来的冷清目光瞬间灼伤了他的心口——袁慎感到一种喘不过气来的激动，近乎敬佩的怜悯，这是他井然有序的二十一年生命中从未体会过的感动。

只是，他始终不知道如何处理这种情意。

外面纷纷扰扰，少商在永安宫却依旧悠然，深深宫闱恰似一层坚固的防护墙，挡住了外面所有善意恶意的流言。翟媪至今不肯原宥霍不疑，十分兴头地将永安宫的几处大门都加固一番，少商友善地告诉她，若霍不疑真想闯进来，你就是布置上天罡北斗阵配合如来神掌，一样无效。

翟媪在激动中等待了两三日，可惜霍不疑忙于朝政始终没空来踢门，反倒梁州牧终于回到都城述职了，顺便向皇帝报告一下他任职州郡喜人的度田进程。

越皇后听闻曲泠君也跟着回来了，喜不自胜。

说来叹息，曲泠君的生母年少时与越皇后颇有交情，后来芳华早逝，越皇后便常宣曲泠君进宫照拂。照少商看来，若非年龄不合适，越皇后未尝不想让曲泠君做儿媳（三皇子打了个喷嚏），后来还考虑过皇老伯早逝兄长家的小王爷，谁知曲泠君偏和东海王看对了眼，后面引出一连串憾事。

少商听霍不疑说过，那年曲泠君被怀疑杀夫，越皇后还找皇帝闹过一场，直白泼辣地表示梁尚就是个窝囊废，曲泠君哪怕错手误杀了，皇帝也不能治她的罪。好在没过两天杀夫案就水落石出，没给越皇后吵架升级的机会，皇老伯的胡须也得以继续茂密丰盛。

如今事过境迁，曲泠君总算有了归宿，越皇后便张罗着要给她接风。

这些少商都只当听八卦，谁知越皇后差人来请她赴宴。在宫中混了这么多年，少商深知皇老伯时不时回绝一下不要紧，但越皇后一旦张嘴你最好乖乖听话。

宴席当日，少商掐着时间，堪堪赶在开席前到达长秋宫，一脚踏进正殿，发觉三公主与五公主战事激烈，斗嘴正酣，周围坐了几桌皇亲贵妇呵呵看戏。

五公主瞪着眼睛，声音尖厉："……还说不是有意怠慢，母后统共只生我和大皇姊两个女儿，为何今日筵席大皇姊不在？"

三公主撑着圆圆的腰身，慢吞吞地剥着橘子，道："这你得去问父皇啊，是父皇不叫大皇姊进宫的，冲我母后质问什么，你这不是柿子捡软的捏吗……哦对了，父皇训斥大皇姊时你也在场，如今还问这做什么？才多大年纪就这么健忘，得补补脑子了……"

这几年也不知怎的，越皇后的毒舌基因仿佛在三公主身上觉醒了，说出来的话又辣又刁钻，五公主果然气得浑身发抖，二公主推了三公主一下，轻声道："你也少说几句，姊妹间何必行此口舌之争？"

三公主娇笑道："这可不是我挑的头，五皇妹今日心气不顺，一忽儿看座次不恭敬，一忽儿看攒花食盘不顺眼。我做阿姊的，可不得跟她分说分说啊。"

二公主叹气，她忽然有些怀念当年被自己数落到抬不起头来的三公主了。

五公主冷笑，道："别说得这么好听了，若是皇后有心替大皇姊说情，父皇早答应了！当初三皇姊被父皇处罚，母后可是一直求情的，如今皇后故意不替大皇姊说情，分明就是心存嫉恨，苛待非己出的儿女！"

宣侯夫人颤颤地摇手，道："五公主，这可不能瞎说啊。陛下和娘娘待我们再宽厚不过了，去年你外大母忌辰，陛下还亲临宣家祭拜呢！"

四公主扶下宣侯夫人，冷淡道："君姑别理她，五皇妹就爱胡说八道！父皇削了她的食邑，却赏赐了宣家那么多财帛金钱，要说心存嫉恨，我看她才是心存嫉恨呢。"

五公主勃然大怒，道："父皇废了母后和长兄，丝毫不顾多年夫妻恩义，你还口口声声感恩戴德，难怪外面人都说舅父舅母没骨气！"

"五妹！"二公主恁好脾气也沉下脸色，起身怒道，"你敢说父皇的不是，简直无君无父，忤逆狂悖！我看你是嫌日子过得太舒坦了！"

五公主梗着脖子站在那里，丝毫不肯退让——少商见状，默默地贴壁进殿，轻悄地找位置坐下。

三公主柔声安抚着二公主坐下，道：“哎哟，我的好二姊，你跟她生什么气，平白气坏了自己身子。寻常皇子皇女犯错，不是罚爵就是削食邑，了不起打一顿或训斥一番，再不准进宫。可五皇妹是女儿家，父皇是能打她还是罚爵啊——她又没王爵。”

二公主气鼓鼓地坐下，三公主继续道：“当年父皇可以成年累月地禁止我进宫，将我的食邑削得精光，可看在淮安王太后的面上，父皇无论如何也不能这样对五妹啊！尤其是现在大皇姊刚被处罚，就更不能罚五妹了！所以啊，二姊你现在明白了吧，人家有恃无恐着呢，大舅母，我说得对不对？”

大越侯夫人冷冰冰道：“三公主说得一点也不错。这阵子，我三弟夫妇又叫气病了，好端端的廷尉府却上门索要人犯，简直是家门之耻！”

“这是怎么回事？”一旁的汝阳王世子妃笑着问。

大越侯夫人碍于身份，闭口不言，三公主笑吟吟地接上：“是五妹豢养的骑奴，在外面犯法杀人，被告上去了！”

“后来如何？”汝阳王世子妃追问。

“廷尉纪遵是什么人，当年大姑母的家奴杀了人，被董宣绳之以法，父皇一句也没说，纪大人也不能输他啊，这不，那骑奴前阵子已被杀头示众了——你们是没看到啊，真是绝顶英俊的一个郎君，脱衣行刑时，啧啧，那副身子骨，好生精壮健美……”

在座的多是已婚妇人，大家心知肚明，纷纷看向五公主发出意味深长的轻笑，只有中越侯夫人今日带了小女儿来，一边去捂女儿的耳朵，一边笑骂：“三公主说话太不讲究，这儿还有小女娘呢！”

少商揉揉耳朵，现在三公主一言不合就嘴上没门，她也有些受不了。

“好好好，那我说些讲究的。五皇妹，三姊劝你一句，你也别太为那骑奴伤心了，我听说他在外欺男霸女，杀人夺产，还纳了两名侍妾，显然没把你放在心里啊。”三公主撕下一片浓香扑鼻的绛红色肉脯，慢条斯理地放入口中。

“你们……”五公主气到脸色铁青，“你们这群趋炎附势的小人，眼看着越家势大都忙不迭地逢迎拍马，我怕什么，大不了性命一条，左右不过跟着母后幽禁永安宫，哪怕滔天的雨水也浇不灭我们母女的怨恨！”

话说到这份上，旁人都不好插嘴了，三公主拈起食盘中最后一片肉脯，闲闲道：“别拿这话来吓人，淮安王太后怨不怨恨由不得你来定。少商，你说宣娘娘如今怨恨吗？”

众人目光一转，齐齐对向坐在一角的少商，五公主目光一寒，道：“你，你也来了！”

如今的少商已然久经沙场，面不改色道：“皇后娘娘宣我来赴宴的。”

又对在场诸位贵妇温婉一笑，道：“回禀诸位公主与夫人，一者，淮安王太后并未幽禁永安宫，宣娘娘想进来就进来，想出门就出门。这五六年来除非娘娘身体不适，不然我们每年都要去宫外庄园游玩数次，春赏繁花冬看雪，夏日炎炎好避暑。”

众人听她说得有趣，哈哈一笑。

“再者，淮安王太后也并未怨恨。娘娘预备活他个一二百岁，如今忙着调理身体还来不及，哪有闲工夫怨恨这个那个的。”这些年少商面对的恶意多了，早就应对自如。

众人俱知淮安王太后身体越发不好，听少商圆满得当，都满意地笑了起来。

五公主尖声道：“好一副伶牙俐齿，你凭什么替我母后说话？！你不过是个出身卑贱的攀附小人，哄得我母后宠爱来狐假虎威罢了！”

“五公主，妾身出身再卑贱也是服侍你母后的人，是陛下亲自指定的永安宫宫令。”少商神色如常，“妾身有朝廷的官秩，有宣娘娘的信任，妾身不需要狐假虎威。”她眼神冷淡，一字一句，掷地有声。

诸妇心道：好厉害的小女子。

五公主被堵住了话，气愤道：“你品性卑劣，不配服侍我母后！”

“妾身哪里品性卑劣了？”少商道。

“你朝三暮四，水性杨花，闹得满城风雨，败坏我母后的声誉，你若是还知羞耻，就该赶紧滚出宫去！”五公主终于抓住了把柄，大加发散。

少商淡淡一笑，道：“先说朝三暮四。妾头一回退亲，为的是成全满门忠烈的何将军遗言，第二回退亲，为的是霍侯胡作非为，妾不能苟同其行径。公主殿下，是以你的意思是女子不该改嫁吗？若是连改嫁都是常事，妾改换门亲事又有何可非议的。”

说句不好听的，中越侯夫人是寡妇改嫁，汝阳王世子妃也曾订立过婚约，因故退亲后嫁入汝阳王府。只不过人家都是悄悄的，偏少商闹得一塌糊涂，也是倒霉极了。

“再说水性杨花。妾虽定过三回亲事，但一直守礼自持，从不曾逾矩半分，五公主，您说呢？”少商讥讽地看向五公主，眼中明晃晃的意思着“你个婚前就养了一堆面首的有什么资格说别人”。

大越侯夫人还十分配合地冷笑一声，五公主恼羞成怒，暴吼道：“你这小贱人……”

“我看少商说得不错。”三公主打断道，“她没做错什么，至于外面为什么闹得沸沸扬扬，五妹该去问外面的男人，冲女人来算什么英雄好汉？”

五公主气极反笑，道：“好好，你们合起伙来欺侮我，挖苦我，看我的笑话！好好，说我言行不谨，我就做出些事情给你们看看……”

“你要做什么呀？”忽然一个熟悉的冷淡女声传来，诸妇皆起身行跪拜大礼。

五公主愣了下，也连忙翻身拜倒——她也不是真的不明事理，这些年被越皇后训斥收拾多次，这回若非心爱的骑奴惨死，她也不会再度狂性发作。

随着小黄门传报“皇后娘娘至”，曲泠君扶着越皇后款款而至。

越皇后站在上首正中，威严冷漠地看向五公主，道：“我看你是舒服太久了，故态复萌，不知死活！”

“不不，皇后娘娘，是她们挑衅……”五公主急着要推脱。

“刚才的话我也听到一星半点儿，你就不用忙着抵赖了。”越皇后冷冷盯着她，“你父皇好名声，我可不怕别人说我刻薄。你再敢仗着陛下对淮安王太后的敬重，胡言乱语，肆无忌惮，我保管让你连公主也做不成！”

五公主以额贴地，不住冒冷汗。

少商余光瞥见，心中暗骂没骨气，真要硬扛到底她还敬五公主是条汉子，如今看来，不过是个色厉内荏的货。

越皇后道：“泠君苦尽甘来，今日大家高高兴兴地为她接风洗尘。你若心里高兴不起来，也别在这里硬撑了，回去好好想想吧。”

五公主恨得咬牙切齿，却又不敢对越皇后发作，羞恼地垂首离去。

少商很小人地幸灾乐祸，起身就座时看见越皇后飞快地瞥了一眼过来，目光似有似无地在自己身上停留了一会儿。

她心头一惊，怎么了？

越皇后设宴向来是和谐的，再不和谐的人到了她的地盘也非得和谐不可，你就是心里不和谐脸上也得装出和谐来。

殿内众人对五公主的离去视若无睹，跪拜结束起身时个个笑脸盈盈，热络亲近。其中笑得最开怀的还要数曲泠君，看见少商还冲她顽皮地眨眨眼。

越皇后拍拍她的手，她便莲步款款地下去拉少商过来同座。诸妇多是之前就认识曲泠君的，多年之后再见，俱是大吃一惊。

六年风霜，曲泠君不但容貌无甚变化，气色红润更甚往昔，笑起来肤光莹亮，顾盼神飞，竟将殿内诸妇的风采都盖了过去。

中越侯夫人率先笑出来，道："我的老天，泠君这是脱胎换骨了，若在路上我都不敢认你了。人家都是一年年老去，只你越来越年轻，这是吃什么仙药啦？"

汝阳王世子妃故意眨眼，道："吃什么仙药啊，嫁得有情郎，比什么仙药都管用！唉，可见这女人啊，还得男人嫁得好才老得慢。"

曲泠君抿嘴低笑，竟是默认。

中越侯夫人笑骂："你倒会耍赖，明明自己生得老相，二十看着像三十，三十看着像老母，如今这一个耙子推到世子头上，全成他的不好了！"

汝阳王世子妃笑呵呵地也不生气，自从婆母老王妃被休离至别院，她过得别提多舒心了，此时乐得给越皇后的筵席凑兴，众妇跟着哈哈大笑。

更有吃惊者如二公主，看见曲泠君腹部高高隆起，惊呼："泠君，你怀着身孕何必赶来都城，这一路上颠簸劳顿……"

"已有五六个月了，稳妥着呢。"曲泠君笑道，"怀前一胎时，我还跟着州牧大人去乡野督打水井。再说，颍川离都城也近，走一趟不过十来日，若非要督查度田事宜，这回我们应是第一拨到都城的。"正因为离都城近，梁州牧执行度田令也是诸州郡中最早的。

"何况我惦记娘娘啊，这不，一到都城，谁都没见直奔宫门来了。"曲泠君笑道。

少商担忧地看着她的腹部，道："其实夫人可以生完孩儿再来，皇后娘娘也跑不了啊。"

这话一出，诸妇纷纷笑起来。

二公主莞尔，道："这话一听，就是没成婚的小娘子说的。"

坐在宣侯夫人身旁的一位夫人掩口轻笑，道："等生完孩儿，就不是梁州牧回都城述职的日子了啊。"

少商这才明白，人家要夫妻一路走。

曲泠君轻咳两声以做掩饰，然后举杯先敬越皇后，感谢她多年照拂关怀，第二杯谢少商，感谢她六年前不辞辛劳替她洗清冤屈。

三公主嘴巴闲不住："……那也得谢谢十一郎啊，嗯，可惜他这会儿不在。"

少商装作没听见，转而与曲泠君闲聊："算上这胎，你与梁州牧有两个孩儿了？"

曲泠君羞赧，低声道："成婚头年就生有一子，前年一女。"

"五年抱仨啊，梁州牧挺能干的嘛。"少商抑制不住戏谑之意。

曲泠君羞不可抑，极力辩解："其实只有头一胎是我们夫妇存心要的，后面两个，都是不小心……州牧大人说，待生下这个，就好好调理调理……"

少商装作听不懂，然而她偏偏能听懂，耳朵有些发热。

酒过三巡，二公主端酒走过来，正色问道："泠君，梁州牧待你好吗？"

少商立刻想发表一番梁州牧老当益壮的高论，不过曲泠君显然明白二公主的问题不是走三俗路线的。她沉吟片刻，真挚道："说句轻狂的话，自嫁了州牧大人，我竟觉得之前二十几年都白活了。"

少商被她的热切表白吓了一跳，有没有这么夸张啊。

曲泠君婚前就与二公主交好，此时也不避讳："不瞒殿下，我原是为了家族儿女才答应改嫁的，可这六七年来，我比以前任何时候都快活。与东海王一处时，我知道他自幼定亲，心中始终惶惑不安，后来跟了梁尚，更不必提了。是我的错，觊觎人家未婚夫，所以老天罚我过了十年生不如死的日子。我以为这辈子就这样了，谁知如今我才尝到夫妻情笃的滋味，才觉得两脚落到地上，一颗心有了安放之处，再不是飘来荡去无所依傍了。"

她说得动情，二公主眼眶湿润，回到自己座席后，看见三公主已经开撕第三盘肉脯了，她低斥道："你少吃点吧，丰腴过头了可不好！"

三公主不在乎道："怕什么，我便是成了个肥油婆，驸马也没法休我。再说了，你最近没看见我家驸马吗，比我都富态了，上回父皇还打趣我俩越来越有夫妻相呢。"

二公主一噎，过会儿道："适才我听泠君说她与梁州牧夫妻恩爱，直是羡煞旁人，你就没有半分触动？"她希望三公主不要沉迷享乐，好歹有些追求。

三公主嘴角一抹讥讽，道："夫妻恩爱这种事可遇不可求，二姊你是走运，旁人可不一定。曲泠君受了十几年的罪才换来如今的好日子，母后屈居妃妾半辈子，若非东海王无能三弟有出息，还不知能否轮到今日吐气扬眉呢……"

“你别胡说，宣娘娘和父皇从没委屈过母后。”二公主反驳。

“呵呵，这倒是，母后当不当皇后都是一样有排场。”三公主失笑，“总而言之，妹妹我没这份志气，自在逍遥地度日就好了。”

她瞟了对面一眼：“程少商看着嘻嘻哈哈的，这些年受的罪却不少，以后还不知怎样呢。我如今有酒有肉有乐子，呼奴唤婢猎犬忙，过的是人上人的一等日子，何必忤逆父皇，自讨苦吃呢。五妹就是看不清，尘世俗人，就该认命过尘世俗人的日子。”

二公主无可奈何，既然和自家三妹话不投机，她就过去继续与曲泠君叙话，少商见状，趁势托言去更衣，离殿而去。

她对长秋宫熟门熟路，便是如今宫闱易主，因她常来做工作汇报，宫婢与小黄门也大多认识她。更衣梳洗后，少商不愿立刻回到席上，便沿着宫廊走到偏殿后的庭院中，仰头观赏一株繁茂似锦的花树。

也不知站了多久，少商吐出一口酒气，胸口依旧闷闷的。她不喜欢今日的筵席，不喜欢诸位贵夫人的打趣谈笑，不喜欢曲泠君幸福满足的笑容，连酒水的滋味都酸涩呛人。

唉，人要是能按照自己的心意生活该多好，不想赔笑时就板着脸，不想应酬时就一口回绝，不想难受时就把心掏出来洗洗装回去继续用。

因为前殿筵席正酣，宫婢们忙于服侍，这座庭院便清冷无人，安静到似乎连浅浅的风声都能听见，不过也可能是少商微醺的错觉。

“少商……”

远处传来声音，似是有人喊她，少商想可能是错觉吧。

“少商！”不容置疑的男子声音传来，她呆呆地转身。

霍不疑一手撑着廊柱，笑得眉宇清澈，道：“原来你在这里。”——他今日身着一袭干干净净的素色锦袍，只在袖袍下的一对嵌银丝兽纹的白玉铁腕扣在浅金色日光中微微闪亮。

少商忽然不想装了，眼下她跟霍不疑根本没法如老友般相处，老死不相往来最合适，于是她简短行了个礼，扭头就走，希望这人知趣些。

霍不疑在朱栏上轻轻一按，如离弦之箭般纵身跃下宫廊，三两步追上少商，一把扣住她的手腕，然后顺势一翻，另一手撩起她的袖管直至上臂，上面正如骆济通说的，很浅很浅的一圈牙印，伤痕几乎要痊愈了——他倏然沉下脸色。

少商吓一跳，一边掰扯着对方的大掌，一边努力郑重以对：“你想做什么？！”

花树下的女孩苍白纤弱，柔嫩的脸颊泛着暖醺醺的红晕，如胭脂染在细腻半透的白玉上，飘落的粉白色花瓣落了些许在她乌黑的头发上。霍不疑放下她的袖管，一瞬不瞬地看她，扣着她手腕的手掌却纹丝不动。

“我有话对你说。”他道。

少商大怒，道：“以后再说，你先放手！哎哟……你松手……”霍不疑非但没放开她的手腕，还就势揽住她的纤腰，力气之大几乎将她箍得背过气去。

“现在就说。”他语气冷静。少商无奈妥协：“那也不能在这儿说啊，另寻一处吧。”她的名誉虽已经很糟糕，但还不至于破罐破摔。

霍不疑也熟悉长秋宫，闻言便拖少商往林园走去，少商忙道：“别别别，今日春光正好，筵罢后诸位夫人定要去林园散散酒气的……去偏殿，那儿有好几处冷僻宫室……”

霍不疑眉峰一扬，还是照她的话做了。

转过几弯宫廊，两人来到一间无人的宫室，霍不疑走得大步流星，少商走得跌跌撞撞，霍不疑几次想要抱她，都被她坚定地拒绝了。

进入宫室，少商用力推开男人，走开几步，道：“好了，你有话就说吧。”

霍不疑站在门口，背身反手合上羊皮纸新糊的精致花栅门，如同阴沉的神祇向她缓缓走来，少商不禁后退一步。

霍不疑掀起自己右臂的衣袖，上面是一圈深粉色的小巧牙印，道：“你的伤痕为何那么浅？当初我咬得应当比你深。”

少商左手缓缓抚上右上臂，按住那处疤痕，冷淡道：“这些年来我寻了最好的外伤侍医，用了最好的祛疤药膏，就是要彻底磨平这个痕迹。如今也差不多了，等我成婚之时，这痕迹会消退得一干二净！”

女孩傲慢地站在那里，眉眼凉薄，霍不疑忽然憎恨起来，他已经病入膏肓，药石无医，她却要全身而退，待伤愈后清清爽爽地另嫁他人，凭什么？！

他自幼习武，制住对手的步骤早烂熟于心，哪怕在马鞍上困倦至昏睡，一旦接上手身体也能自然应变自如，这种本能帮他许多次在精疲力竭时克敌制胜。可此时他全然顾不得，一大步跨上前去，毫无章法地拧过女孩的胳膊，半压着她，掀起衣袖就咬。

少商被压坐在光亮的地板上，惊愕了片刻后才反应过来，活像看见慈眉善目的神佛将伪装一抹，露出妖魔鬼怪的真面目。

霍不疑一直对她很温柔的，哪怕上回噬臂为盟也是好声好气商量好后才下嘴，怎么去了边关六年，就从封建社会倒退回茹毛饮血的原始氏族啦？！

剧烈的破肤疼痛从上臂传来，少商右臂被扣得动弹不得，只能用左手回击，先是攥紧他浓黑的头发往后扯，她认为这把力气下去至少他的头皮会痛，可霍不疑面色如常，牙齿继续用力，只用冷冰冰的眼神狠狠瞪她。

“你放手，放手！松开我……痛痛痛……你先松开嘴！”锋利的齿尖割裂外表皮穿透肌理层，少商痛得狠了，胡乱拍打他的肩膀和手臂，恨极了还去抓他完美无瑕的面庞，结果她那在宫廷生活中精心养护起来的指甲根根断裂，自己的指尖也冒出血丝。

霍不疑终于松嘴了，少商哭着抽回自己的胳膊，只见自己原先即将消失的疤痕上重新覆盖了一圈新鲜血痕，齿痕清晰，血肉凛然——很明显，哪怕神医降世，她也休想在几个月内让这伤痕消弭无踪了，她数年的辛苦一朝白费。

霍不疑单腿屈跪在地上，同时在腰间一锦囊中摸索着什么。

少商看着自己血迹斑斑的手臂，愤怒得不能自抑。她也是街头打过架的，不是什么温良恭俭的老实姑娘，吃了这样大的亏哪能算了，当即扑上去撕咬捶打男人。

霍不疑脸颊和下颌挨了几下，他不痛不痒地没当回事，不过此时他记起制敌步骤了。

他右手拿着个白玉小瓶，左臂微屈，准确捏住女孩右手，反手将她压到自己怀中，纤细的背部刚好贴着自己的胸膛，握白玉瓶的右手以指尖钩起女孩的右袖，露出里边血淋淋的伤口，然后咬住她的袖袍不让它垂落，拇指推开白玉瓶口的绒塞，将里面的药粉均匀撒在咬伤处。

少商凄惨地哀呼一声，犹如被剥了皮的小兽，创口敷药处火烧火燎地痛，她知道这药粉能防止咬伤处发炎溃烂，但上回敷药他那么温柔地哄她逗她，目光慈爱疼惜，如兄如父，现在为什么要这样对她！

她被困在他铁箍般的怀中，痛疯了嗷嗷挣扎，但他胸膛坚硬臂膀强壮，任她用左手如何奋力捶打都没有用处。急红眼之际，她发觉自己右手还被霍不疑的左手牢牢握着，于是冲着他手背愤然咬了上去。

齿间弥漫出丝丝血迹，他手背上的白皙肌肤须臾破裂，霍不疑恍若不觉，就像为心上人挑灯花的翩翩公子，神情专注动人，仔细地给她臂上每个血洞撒好药粉。

少商咬累了，愤然松开嘴，回头怒骂：“你是疯子！”

霍不疑面不改色，道：“你也不遑多让。”

“你混账！”

“你又能好到哪里去，无情无义，自私凉薄。”

两人怒目对视，如同结下生死大恨的前世仇敌，谁都不肯退让一步。

少商恶狠狠道：“我这样不好，你还缠着我干什么？！”

霍不疑没有回答，对着少商犹带血迹的弯俏嘴角，愤怒地深吻下去，像咬住猎物咽喉般发狠，少商呜呜痛呼着推搡他的脸。一如既往，他狠不下心，只能放过她。

少商力竭呆坐，背靠着适才厮打中踢翻的案儿，喘息着看霍不疑给自己包扎伤口。一圈圈的布带妥帖地缠在臂上，厚实透气的细麻呈现出令人舒适的米白色，映衬着少商的胳膊反而白中透青。而霍不疑也被撕扯得够呛，发丝凌乱，脸上脖颈分散着细红抓痕，左手手背上还有一个触目惊心的咬伤——其实他们以前打闹过很多次，但从未如这次见血见骨。

少商的目光下移，注意到躺在地板上的一个素色锦囊，这种锦囊她很熟悉，看着不大，但能装许多东西。她多次看见萧夫人亲手清洗细麻布带并晾干熨烫，然后绕成紧密的布卷，连同上好的金疮药一道塞进这种锦囊。

行伍之人容易受外伤，哪怕不上战场，演武场上较量比武也容易造成伤害，时人已知道用不干净的东西裹伤极是不妥，于是武将往往会随身携带这些东西。

霍不疑察觉少商的目光，微笑道：“你答应给我做一个，却一直没拿出来。”

少商清醒过来，看伤处包裹得差不多了，冷冷道：“好了吧，我要走了。”

霍不疑一手按在她肩头，道：“我要说的话还没说。”

少商气结，冷笑道：“好，你说吧，我听着。”难道她说“不听不听就不听”他就会放手吗，没看他在自己肩头轻轻一按自己就动弹不得吗。

霍不疑曲膝坐到女孩身旁，轻叹道：“遇到你，我始料未及。”

这简简单单的八个字，少商瞬时落下泪来——她侧过头，道：“这话我信，遇见你，是我的劫难，遇到我，也是你倒霉。”

“不，遇到你，是我自六岁之后，最好的事。”霍不疑没看她，反而望向不远处地面上的光晕，淡淡的日光透过弯弯曲曲的雕花窗棂，像她笑起来的眉眼，柔娆明媚。

少商讥讽地一笑，道：“那倒是，我还得替你向陛下辩驳霍家血案呢。”

霍不疑似笑非笑，道：“你说得对。”

少商反应过来，懊恼道：“不对，得你先救我。至少万伯父在密林夹道被截杀那回，若无你相救，我多是没命了。”

两人相处不过数月，可细究起来仿佛过了一辈子，牵牵缠缠分割不清。

“我身负深仇大恨，从未打算成婚，多年来只是烦忧如何抵挡陛下的盛情厚意。”霍不疑学着少商，也背靠着那翻倒的案几，“听说你与楼垚定下亲事，我心中松口气，不然真是为难了。其实我很欣赏楼垚，他虽才具平常，却光明磊落，端正守礼。不过后来听你跟他口口声声唤我‘兄长’，我又恨不捏死他了。”

少商直起身子，语气强调：“阿垚是好人。”

“嗯，是以他好好活着，我还打算去赴你们的喜宴。”

回忆往事，恍如前世，少商轻叹一声。

曾经她是多么热切地想要成家立业，独立门户，努力活出个样来给萧夫人看看。一晃数年过去，楼垚与何昭君说不定都三胎了，自己却还跟前前未婚夫纠缠不清，真是理想照进现实，她好好的人生计划永远夭折在摇篮里。

“我从没想过伤你，那阵子得到霍家残存旧部的消息，我以为能妥善了结凌氏一族，才起了娶你的念头。”霍不疑道。

少商怒道：“你就不能等真的了结了凌益，再来找我吗？！”

“我等不及了。”霍不疑垂眸，“人总是这样，心心念念许久的事，若是全无希望便罢了，可只要透出些盼头，便会迫不及待。”

少商觉得自己倒了八辈子血霉，作势起身，道：“你说完了吗，说完了，我就走了。”

“还有……”霍不疑拉住她的手，发现她指尖有血丝，皱眉道，“你以前不爱留指甲的。”

“不留指甲怎么涂花汁啊！”少商都不知道自己为什么要说这个。

“你以前也不爱蔻丹。”霍不疑把她拉到自己对面坐好，宫闱内不许佩利器，他便只能替女孩剔干净碎甲，然后每个指尖都抹上药粉。

少商伸着手任他敷药，从这个角度看去，他的鼻梁高耸睫毛浓长，她忽然烦躁起来，道：“还有什么你一并说了吧，我总不能迟迟不回筵席。”

霍不疑顿了下，道："骆济通不是好人，若她给你写信或说了什么，你都别信。"

少商一惊，道："什么？！"她只是觉得骆济通人品不好而已，可若是霍不疑说某人"不是好人"，那必定是做了大事。

霍不疑抬头，道："当年杀死婢女春笤的不是五公主，是骆济通。不错，她也参与陷害你，我疑心陷害你的计策就是她出的，五公主没这么深的心计。"

少商微微张嘴。

"还有，她前夫贾氏七郎之死，与她也脱不开干系。总之，你要小心这人。"

少商竖起汗毛，忍不住叫起来："既然你都知道，为何你还打算娶她啊？"

霍不疑微微一笑，道："我没打算娶她，我只是拿她做个幌子，不然陛下和太子能放我安安生生在边关过这六年？"

"也对。"少商点点头，旋即惊起，"欸，不对！幌子不能打一辈子啊，你就算不娶骆济通，那也得娶别的什么人，与其跟个品行不端的女子干耗，不如好好找个贤惠善良的……"

她看着他沉静而深邃的眼眸，心头一颤，道："你是故意的，你根本不打算娶妻，你，你以后都不成婚了……"她猜到了原因，却不敢猜他的用意。

"你疯了，霍家等着你传继香火呢，你敢一辈子孤单单的，陛下会活吃了你！"她压低声音，惊愕难言。

霍不疑笑得开怀，毫不在意。

少商眼眶湿润，好声好气地劝道："你就不能看开些吗，过去的就过去了，我们各自别过，成家生子，等过上十几二十年，老友相聚，说说笑笑，岂不美哉？"他若是一生孤苦，茕茕孑立，那她怎么办，就这么看着？

霍不疑揽过她单薄的背脊，搂得死紧，闷闷道："我不与你做老友，我们要做老夫老妻。"

少商感到一阵灼热呼吸向自己扑来，温热的头颅埋进她的颈窝，周遭萦绕着干净的男性气息，夹杂着熟悉的药草香与铁锈味的血气。

她无声地落下眼泪，然后把心一横，用力推开他，直直地站起来，冷冷道："你想娶妻就娶妻，想娶谁就娶谁，与我没有半分干系！话都说完了，我要走了。"

霍不疑一把抓住她，单腿跪地，牢牢箍住她纤细的腰身，恳求道："你别这样狠心，六年前是我对不住你，别人不明白，但我明白——你从不肯相信别人，也不愿依赖别人，可是我逼着你接纳我，等你全心全意要和我过日子时，我却舍下了你……”

少商再度落泪，已经结痂的心口又被撕开一道裂缝。

她心里有一道坚冰筑成的高墙，墙的这边是她独自一人，无人能走进。六年前，凌不疑以雷霆万钧之势撞破了这道冰墙，说以后他们可以互相取暖，她费尽浑身的力气信了他，结果呢……她已下定决心，这辈子再也不会出来了！

“我绝不原谅你！”她淌着泪，咬着牙，恶狠狠道，“别做梦了，我能好好活到现在，就是靠着心硬。我绝不原谅对不住我的人，一次不忠，百次不用，六年前你会舍弃我，焉知以后你不会故技重演！我知道人人都明里暗里帮你说话，包括我家里的人，可我偏偏不如你的愿！没有你，我也能过得很好，我绝不再相信你了，绝不！”

霍不疑也落下泪水，卑微地哀求着：“他们不是帮我说话，是在帮我们。你自己拿镜子照照，你看袁慎时的样子，和看我时完全不同。我不是瞎子，别人也不是瞎子！”

少商泪如雨下，哽咽不能言语：“没有你，我也能过得好，我与袁慎会白头偕老，共度一生……”

霍不疑轻声道：“是呀，我活该一生孤苦，你总能忘记我的。”

少商喉间堵得难受。

霍不疑仰视着她，道：“我从没想过伤你，我一直盼你能一生顺遂，喜乐无愁。当初我连你和楼垚的外放之地都找好了，那里山清水秀，民风淳朴，你喜欢烧砖瓦就烧砖瓦，喜欢酿酒就酿酒，不会有人来非议你。

“这六年我总做一个梦，梦见父母兄姊都好好活着，从不曾有过灭门惨祸。我去你家提亲，你答应了，然后我们欢欢喜喜地做了夫妻——”

少商泪眼模糊，想若霍翀夫妇还活着，若所有人都活着，那该多么好。

霍不疑一定会是整座都城中最英武开朗的青年，他们还会在灯市遇上，不过这一回，他不会再有顾虑，而是大大方方地走过来，而自己一看见他的脸，必会大发花痴。

可能萧夫人会嫌她莽撞，程老爹会嫌她唐突，不过鉴于霍家显赫的门第，自己终归会嫁过去。等到儿女绕膝时，她会告诉大家，其实是白菜先动的手。

霍不疑双目发红，羽睫凝泪，抓着她的双手放在自己脸颊上，道：“你别这样狠心，求求你，别对我这样狠心。”

少商再也端不住冷漠的架子，孩子般地哭起来，眼泪鼻涕，毫无形象。今天她一败涂地，毫无还手之力。

这时外面忽然传来一阵嘈杂的说话声，仿佛有许多人往这边走来，当头的是三公主带醉意的响亮笑声——“曲泠君走得忒快了，还没吃母后宫里的冰镇甜果栗子呢。还有程少商，不知跑哪儿去了。”

二公主道：“泠君是双身子，你当是你呀，胡吃海塞，玩闹个不歇。少商大约回永安宫了吧，我听说近来宣太后身子越发不好了。”

汝阳王世子妃道：“今日春光大好，我们为何不去后头园林中摆席？吹着风，醒醒酒。”

三公主笑呵呵道：“春光是好，可是蚊虫也多，还是这间宫室好，三面隔扇可以卸下来，到时一样吹风赏景嘛。”

“哟，三皇姊如今这么妥帖周到了啊。”

“去你的，没大没小！”

众妇哈哈大笑。

霍、程二人都哭得有些恍神，说时迟、那时快，宫室的门扉被“唰”地移开，内外数目相接，只见少商直直立着，霍不疑单腿跪在她跟前，两人都面有泪痕，衣裳上有零星血迹，地上的案几及其上头的摆设四散凌乱。

诸妇不防见到这般情形，齐齐吸了口气。

静滞片刻，无人开口，作为辈分最高的贵妇，汝阳王世子妃自觉有义务开口，干巴巴道：“呃……你们，你们也在啊，真巧……”

这话还不如不说，门内外再度陷入寂静，片刻后，众人回神，响起了窸窸窣窣的议论，夹杂着轻笑声。

众妇想，莫不是这二人在此处幽会？可看这一地狼藉，衣裳上还有血，更像斗殴打架，然后再看这两人一立一跪的姿势，这是在苦苦哀求？可是霍不疑这样心高气傲的青年权臣会下跪求人？！呃，这题她们猜不出来。

少商脑袋“嗡”的一声，手足无措，全不知道该怎么应对。

霍不疑十分镇定地缓缓起身，将女孩拦在身后，看向诸妇的眼神冷淡。他做出这般完全保护的姿态，门外的轻笑低语顿时一静——以她们的出身地位，自不是市井中只知看热闹的长舌妇，该有的觉悟还是有的。

二公主轻哂一声，上前一步，柔声道：“子晟，我们今日饮多了，要在这里醒醒酒。”

霍不疑神情缓和下来，忽然莫名其妙地说道：“……二公主，你还记得那年宫巷中，你、我、少商，还有三公主，四人碰面。”

三公主想起来了。

她抓抓耳朵，翻了个白眼，丢人的往事她早就忘了，霍不疑干吗还提起来，真是的！

二公主道：“记得，那是少商第一日到宣娘娘身边听学受教。”

少商也想起来了，当时也是这样，三公主要寻她麻烦，他将她护在身后，犹如一座高大挺拔的山岭，遮挡住所有风雨。

霍不疑神情冷彻严肃，道：“那日分别前，我最后说的话，不知二公主是否还记得？”

二公主静静地看他，然后微笑起来，道：“……记得，你放心。”

她转身看向诸妇，目光威严而柔和：“子晟与少商多年未见，是以有话要说。我希望今日诸位所见，不会在外面生出流言蜚语来。”

聪明人不需多说，心里自然清楚，诸妇立刻明白，若她们出去乱说，不但与霍不疑为敌，也与皇帝最宠爱的二公主为敌，于是纷纷打起了哈哈，装着糊涂。

少商慢慢捏紧拳头，她全想起来了，那日霍不疑对两位公主最后说的话是——“直到遇见她，我才动了婚配心思，除她之外，别无旁人。”

少商不知道自己是怎么从那间宫室出来的，先十分端正地向诸妇行了个礼，然后步伐安稳地迈下宫廊，霍不疑似乎想追出来，但被二公主拦住了：“你让她先缓缓……”

众妇都很客气，脸上带着善意戏谑的微笑，齐齐给少商让开道。她们俱想，没准将来还要上霍府赴喜宴的，别开头就把新娘子惹翻了。

少商僵僵地走出长秋宫，等没人看见了赶紧提起裙摆奋力奔去，仿佛后面有妖怪在追赶——其实她已经很多年没有这样奔跑了，在永安宫她是一人之下的宫令，管束众人，排布事务，走出永安宫，她更不愿落人话柄。

也不知奔了多久，她趴在湖边的山石上呼哧带喘，想她以前还能跟霍不疑对抗几下，现在全靠指甲挠了，连骆济通都能将她一下制住，果然长期不锻炼就会体力倒退。

胡思乱想了一大堆有的没的，少商心中又慌乱又气恼，对着水面整理好头发衣裳，想着反正一时理不清头绪，就沿着湖畔漫无目的地走着，直到来往巡逻的侍卫向她行礼，她才惊觉自己不知不觉来到上西门宫卫处。

所以她潜意识是想回家？可是回家更不安全啊，在永安宫霍不疑至少还不敢乱来，换作程府，他青天白日都敢翻墙扒窗！

正要转身回去时，她发觉宫门外不远处有几个人很眼熟，不知出于何种心理，她很自觉地躲到一座铜铸猛虎像后面去。

六年不见，梁老伯风采依旧，还是腰挺背直，气度雍容。只见他一手握着妻子曲泠君的手，一手托着她的腰，稳稳地送上马车。只这么一个简单的贴心姿势，就能压倒都城众多翩翩少年郎了。

少商一直很奇怪，像梁无忌这样的才俊是如何鳏居这么多年的，世家女子的眼睛都瞎了吗，抑或是她的审美比较独特？

那边厢，梁无忌不知低声说了什么，曲泠君笑得眼弯唇颤，两人隔窗对视，情意缠绵得连宫门口的侍卫眼神都不对了。

少商眯起眼睛，她怎么觉得今天梁老伯穿戴过于年轻了呢，这种浅蓝色织锦不是应该袁慎那个年纪身段、修长的青年穿才好看的吗？

今日诸般不顺，少商闷闷地回了长秋宫，坐在宣太后榻边述说今日的遭遇，翟媪一边给她修剪指甲，一边还火上浇油，道："少商做得对，就该狠狠抓他，见血了吗？好好，这就对了！这竖子就该多吃些苦头……"

"翟媪别胡扯，少商自己心里有数。"宣太后软软地挨着隐囊，对这件事并不发表意见，只是打趣道："可是少商啊，你看看自己，除了胳膊和指甲，周身分毫未损，听你适才说的，子晟可是一头一脸的伤，到时太子殿下不来斥责你才怪。"

少商无声喟叹。这也是她的头痛之处，早知如此，刚才就不下手那么狠了。

翟媪帮腔道："不怕不怕，若有人来寻娘子的麻烦，咱们把宫门关牢就是！"

少商看着自己的手指，心疼道："可惜了我的指甲，养护得这么好，刚染的花汁呀。哎哟哎哟，翟媪你别全剪了，给我多留些，将来我还要留长呢。"

宣太后也盯着她的手指，道："剪短些也好，你留着指甲，怎么做木活，怎么拿炭笔画图啊。"

少商在袖下捏紧一个拳头，神情自若，道："那就不做了呗。宫里有天底下最好的匠人，我还卖弄什么呀。”

宣太后沉默片刻，道：“别的不说，你多久没吹笛了，趁今日你的指甲全剪了，吹一曲我听听吧——别借口宫里有最好的乐师了。”

少商无招，只好遣宫婢去自己屋里取，因多时不练，手指按在音孔上都有些颤，吹出来的曲调更是荒腔走板。

少商放下青竹短笛，寝宫中久久沉默。

宣太后深深叹息一声，少商问为何，宣太后喃喃道：“我在想，我是不是错了……”

少商不解，仍旧安慰道：“娘娘您别恼，我回去就练习吹笛。我叔母说过了，我于此道上甚有天赋，一教就会，一学就精。您放心吧，过几日我再吹给您听，保管跟以前一样好听。”

宣太后不置可否地笑了下。

越皇后的宴席着实精彩，诸位贵妇既答应了二公主不出去说嘴，就不会故意传扬，然而疏不间亲，人家在外面不说，在枕头边上总要讲给郎婿听的。

当夜就把见闻故事抖个干净的占目击者三分之二，大越侯夫人比较老成持重，晚了两日才告诉丈夫，还被大越侯埋怨一顿：“我说十一郎脸上怎么都是伤，仿佛被抓挠出来的，虞侯和二弟又笑得那般古怪。你也是，不早些告诉我，害我只能在旁干笑。”

摸着良心说，霍不疑真不是有意给少商丢脸的，奈何近日度田令遭到空前反抗，部分大姓兵长已开始聚众作乱，裹挟百姓以壮声势。这种时候他难能辍朝，脸上的伤便瞒不下去了。

皇帝虽对一切心知肚明，但什么也没说，只是饶有趣味地多看了几眼养子的脸，太子瞪大了眼睛，径直问为何。于是霍不疑很认真地扯谎：“臣骑马不慎，跌落时被树枝刮到的。”

太子打死都不信，还是他的表妹兼良娣告诉他真相，他气得当场要去永安宫找当事人进行对质，好歹被四皇子死死拖住了。

“皇兄，我的好皇兄，您就省省吧。”四皇子性情虽直了些，但好歹已经娶妻成家，“子晟的好事正在要紧关头，您可别去弄巧成拙啊。”

太子难以置信，道：“被妇人撕打也叫好事？！”

四皇子一派悠然，道：“别怪兄弟不提醒你，母后已经说了，皇兄你没娶妻立妃前不许插手人家的姻缘。你若不听话，母后就要……我也不知道母后会作甚，皇兄您自己想吧。”

太子气结。

总而言之，言而总之，与上回第五成大闹宫门那场风波被传得尽人皆知不同，这回虽然情节更激烈严重，但眉眼流传、偷笑议论也只限于都城顶层的几户人家。

察觉事情没有发酵，少商不免暗暗感激二公主，嗯，还有霍不疑。

不过，既然好几户人家都知道了，袁家自然不可避免——说起来，还是四公主偷偷告诉曲泠君，然后梁州牧告知袁家的。

梁无忌是厚道人，当年又受过霍、程二人的恩惠，是以并无指责他们的意思，只是温和地询问姐夫袁沛，是不是该重新考虑袁慎的婚事。

倒不是他嫌弃程氏女前事不清，四公主明确说了是霍不疑跪在地上哀求的。甚至也不是惧怕霍不疑位高权重，而是……作为过来人，梁无忌觉得婚姻大事，还是不要勉强的好。

于是乎，袁大公子某日下朝，状似悠然地踱步到永安宫，找到少商后，两人迎着夕阳坐在空无一人的台阶上说话。

少商忍不住抱怨：“我派人去找你那么多回，你为何都不来？我有话要和你说啊。”

“我怕你见面就要退亲，所以打算躲两天。”袁慎没有看女孩，而是一颗一颗地拾着台阶上的小石子。

“那你今日怎么又来了呢？”

“因为我发觉退不退亲，霍不疑都没有一点忌惮。”

少商明白袁慎已经知道了，耷了下双肩，歉然道：“对不住，我让你丢人了，是不是有人笑话你啊？”

袁慎摊开掌心，数出十余颗灰白的石子，淡淡道：“我不怕别人笑话。当年我谢绝陛下召我入尚书台，因这事无人知晓，那些儒生还以为我不受陛下看重——当时我被笑话得更厉害。”

少商无力地叹气，道：“我说什么来着，我早说过霍不疑难惹，还是早些退亲的好。”

袁慎捏紧石子，忽然转头，道：“霍不疑究竟对你说了些什么？！他也说了将来会对你敬爱有加，两人相互扶持，繁盛家族吗？！他也说了会将诸般家计都交给你，让你风光无限，无人敢欺侮你怠慢你吗？！他也说了……”

“他都没说。”少商打断道，“他从来不和我说这些……”看着袁慎略显焦躁的眼神，她有些说不下去，“他说的，从来只有‘情意’二字。”

袁慎松开掌心，坚硬的石子将他柔软洁白的手掌硌出红印。

少商看着天边的云霞，脸颊被映得红通通，她轻轻道：“他什么都不用说，因为我知道，你说的那些他都会做到。”

“……原来如此。”袁慎怅然。

“善见，我不瞒着你，我现在看见霍不疑都有些怕了。”少商道，“他和你我不同，他是那样一种人——会在烈阳下奋起挽弓，哪怕身死名灭；会在毫无希望中追逐太阳，哪怕力尽而亡；会日复一日地搬动石块……”

“后羿射日、夸父逐日、愚公移山，你可以说得简单些，我读过书的。”袁慎忍不住语带轻嘲。

少商继续道：“人都说霍不疑少年老成，城府极深。但有时候，他比我们所有人都纯然质朴。”——他的爱与恨都强烈而永恒。

袁慎点点头，道：“不错。陛下那么疼爱他，也并不全是因为霍家满门英烈，或是与霍翀将军的结义之情，而是……我曾听中越侯在酒后说过，陛下每每看着霍不疑，脸上的神情就像回到年少时光。那时，天高水清，岁月安好，丰饶两县的好儿郎们，不是悠然读书就是忙着稼穑，闲来饮酒笑闹一场；那时，少年热血，天地纯粹，大家都简单明快。”

少商轻叹，道：“是呀。几十年过去了，当年斩蛇屠狗，后来都为王为侯。护着陛下逃脱索命追兵的明朗少年们，都已不是过去的样子了。大家都有了权势、土地、严听号令的私兵、一呼百应的乡望，只有霍不疑……”

袁慎笑了下，道：“我知道你的意思。若让霍不疑放下如今所有权势，带你回到丰县霍氏老家，生儿育女，平静度日，我相信他是愿意的——这点陛下也知道，太子以后会知道的。”

“可你是不愿意的。”

“难道你愿意？”袁慎斜乜。

少商笑了。

袁慎神情决断地看着女孩，字字凝重，道：“我说过，将来我要位列三公，我的子孙后代也会位列三公，权臣辈出，袁氏昌盛绵延。我希望当我位居人臣之时，你能在我身边。”

他认真地看着女孩：“我和霍不疑是不同的人，但我对你的心意一样宝贵。”

少商低头，看向自己修剪得干净圆润的指甲。

袁慎道：“我一直没有对你说清我的心意，反而说那些世俗之事，那是因为，因为……”

“我知道。”少商柔声道，“那是因为你不知道如何说，更要命的是，你甚至不知道自己究竟是何心意。”

她抬头微笑：“我怎会不明白你呢——我说前一句，你能接下一句。你我是一样的人，又愚钝又怯懦。我们什么都知道，什么都精明，偏偏就是不懂自己。”

袁慎目光柔软，仿佛看着当年夜幕下仰望花灯的那个小女孩，眼神既清澈又懵然。

“不过还是先退婚吧。”少商笑起来，“下回我要嫁人，就不订婚了，直接成婚好了。”

袁慎不言，只凝视她。

少商拍拍衣裙，迎着金红色的霞光站起来，道：“这次我不会再那么功利急躁了，我要先想明白些事——将来，我究竟想过什么样的日子。”

“阿慎，对不起，可是我只能这样了。我也必须这样。”

——让一切回到起点，好好想想自己究竟是什么人。

第四十八回 刺客列传

那日与袁慎把话说清楚，少商当日就写信回程府，让程老爹悄悄地和袁家把亲退了。少商在信中恳切地对双亲道歉，为了她的婚事，家里被闹得不得安宁。

萧夫人的回信干脆利落：不妨事，你如今是家中唯一没着落的适婚女孩了。程姎已嫁，程娓早定给了白鹿山，尹姁娥生的小女儿尚在学步，总之十几年内程家没有嫁女之忧——女儿你继续作吧，作够了好好过日子就行。

少商读着回函，满心歉意，暗下决心这是最后一次给家里惹麻烦了。

宣太后问她将来会不会后悔，她端坐榻前，想了想，答道："我幼时一直想要离家自立，独当一面，再不受父母亲长掣肘。于是，我先是期盼楼垚带我外放，后来又盼着别的什么人娶了我，放任我自行其是。可是如今想想，为何非要靠别人呢？托娘娘的福，我如今财帛丰足，亦有了卫队，陛下还将社稷治理得路不拾遗。既然如此，我何不自走天涯，乐得逍遥。"

宣太后望着女孩淡然的自信面庞，几不可察地叹口气。

"所以呀，娘娘赶紧将身体养好了，如此才能与我一道去外头玩耍，若娘娘老这样病恹恹的，我可自个儿走了啊。"少商笑意圆融。

"不论我能不能跟你去外面走走看看，你都要看顾好自己。"宣太后伸出干瘦枯槁的手拍拍女孩——其实她俩都知道，这一日是不可能到了。

山中不知年，宫中岁月缓，少商安下心来给宣太后侍疾，一连数日无风无浪，若非宣太后身体越发衰弱，半打侍医聚在永安宫中急得团团转，少商都生出一种悠闲之感了。

不想这日上午，二皇子满头大汗地奔来，扯着少商就低喊："出大事了，袁家出事了！”

少商心头一紧，问：“怎么了？”

“你可听说过征蜀大将军翁君叔？”

少商强笑道：“淮安王说笑了，妾还不至于如此孤陋寡闻。翁大将军是最早从龙的功臣之一，这些年来为陛下殚精竭虑，立下汗马功劳。可惜天妒英才，去年征蜀途中，翁大将军被刺身亡，当时陛下哭得跟什么似的，还亲穿孝服，去翁家祭奠。”

二皇子抹了把汗，问：“你可知谁刺杀的翁君叔？”

“自然是蜀中僭王公孙氏啊，他害怕朝廷大军的声势，就使出这种下三烂的招数，后来不是还刺杀过继任的吴大将军吗，幸而那回有了防备。”

“人人都知道是公孙氏主使，我问的是行刺之人？”二皇子压低声音。

少商一怔，问：“谁？”

“就是那个第五成！”

少商艰难地用手撑住地板，冷汗涔涔，说：“那这事与袁家又有何干系？难道因为袁州牧与第五成是结义兄弟？”

二皇子将少商拉到一旁，细细分说因果：“这事是今日早朝发作起来的——去年大军征蜀时，蜀中有一名士约翁君叔相见，说愿为朝廷劝降公孙氏，翁君叔便依约前去……”

“这也太轻率了！大军入蜀，难道是摆着好看的？生死须臾谁都红了眼，翁大将军怎能轻易涉险！”少商叫了起来。

“翁公为人刚毅果敢，龙潭虎穴都不在眼里，再说他以前也招降过地方诸侯，当下便答应了。翁君叔赴约时，带足了护卫随从，相见之处也是他选定的，稍觉情形不对，瞬即便可退守后方。尤其他的心腹骁骑卫，那可是以一当十的好汉。唉，谁知当夜一群蒙面刺客闯入大帐，其中一名身形高大的刺客神功盖世，一双肉掌无人能敌，徒手能开碑裂石，骁骑卫的包围生生被他劈开一道血路，此时另一刺客以臂箭暗射，翁君叔当即中箭，数日后伤重不治身亡！”

二皇子咽了口口水，继续道：“后来我军大败公孙氏，吴大将军为替翁公复仇，循着线索追击时发觉当初刺杀翁君叔的那些死士已死了个干净，详询之下，才知道是袁家派去的人。当时吴大将军没细想，还以为同殿为臣，袁州牧痛惜翁公之死才出的手，可是，可是……”

少商喃喃道："可是，如今知道了那刺客领头是第五成，那么袁州牧所为就不是替同僚复仇，而是替义兄灭口了。"

二皇子拍腿懊恼道："谁说不是啊！今日早朝闹翻天了，翁君叔的妹妹不是嫁了安阳王吗，安阳王世子号啕大哭，恳请父皇给他舅父做主！吴大将军当朝捉着袁州牧的衣襟质问，袁州牧面色灰白，一言不发。父皇气得手都颤了，当即将袁家父子下狱，着廷尉纪遵即日审讯！"

"阿慎也被捉起来了？！"少商惊呼。

"善见是袁州牧的独子，又已及冠入仕，哪能逃得了！"

少商心中生出一股巨大的恐惧，即使当年霍不疑连夜屠灭凌氏她都没这么害怕，因为她隐隐知道只要霍不疑没兴兵造反，皇老伯总会保他一命，只不过吃苦多寡的区别罢了。

可袁氏不同，他们一不是丰饶功臣，二又非皇老伯故旧，真要一板一眼照章办事地审起来，袁慎不死也要脱层皮。只求纪老头别急着用刑啊！

二皇子凑近少商低声道："我记得那第五成还在你家吧，这事知道的人不多，不过我看廷尉府来拿人也是早晚的了，好在你与子晟的事……"他难以措辞，"好在前几日袁、程两家正在商议退婚之事，大家没将你家算成袁氏党羽。"

少商低喊一声："哎呀，我又给阿父阿母惹麻烦了，才下定决心再不给家里惹事呢！"随即她又想到什么，"不对，第五成这人虽鲁莽糊涂，但并不是是非不分之人，他怎会去刺杀朝廷的统兵主帅？"

二皇子叹道："第五成是什么人先不说，袁州牧将同去行刺之人都灭了口，总是替第五成善后吧！这会儿前面还乱着，我是偷偷溜过来的，你赶紧出宫，赶在廷尉府去你家拿人前告知你双亲此事！"

少商起身，深深向二皇子拜倒，说："王爷大恩，妾身铭感于心，以后当报之！"

二皇子连连摆手，说："这话就不要说了。你当年漏夜去长秋宫叩门，为亡妻请来侍医，是何等冒险……唉，刚才翁家人当堂鸣冤时善见也是毫无防备，手足无措。好了，你快去快去！先将程家择干净，袁家的事慢慢再想法子！"

少商再叩首，旋即飞身奔出，向宫门侍卫要来一匹骏马，连鞋都没来得及换，直接踏着一双软底的云雀翘头履翻身上马，扬鞭回家。上气不接下气奔入家门，程老爹照旧在上班，她将此事说与萧夫人听，萧夫人大惊，赶紧将第五成叫来问可有此事。

第五成稀里糊涂，说："我何时刺杀翁大将军了？公孙氏刻薄寡闻，我亦甚是厌恶，曾有江湖上的兄弟邀我为公孙氏效力，我一口回绝了。"

少商追问："那您去年可刺杀过别人？"

第五成想了想，道："有，去年秋季有一挚友邀我同去锄奸。他说对头是潜藏蜀中的前朝佞臣，裹挟价值连城的财宝在山中隐姓埋名，身边有重甲侍卫防身，轻易不能近身。他们决意诛杀奸佞，请我相助。那奸佞身边的护卫果然厉害，我那挚友带去的兄弟死伤过半，还是我打杀进去，才有兄弟伺机射了那奸佞一箭，也不知有没有取到性命。"

少商"哎呀"一声，萧夫人无奈道："第五大侠您上当受骗了，我素闻蜀中公孙氏最爱以重金收买江湖好汉，您那挚友定是被公孙氏收买了，是以诓您行刺啊。"

第五成脸色大变，道："难道，难道那奸佞就是翁大将军？！"他塌然坐倒，惶惑不安，"我说呢，总觉得哪儿不对……"挚友带来的那些兄弟一个个眼色阴沉，沉默寡言，行动整齐彪悍，看着不像江湖中人，倒像训练有素的死士。

"那是我相交三十年的至交好友啊！"第五成难以置信地大喊起来。

"这些先别说了，后来呢，您一点也不知道朝廷大军的主帅受刺身亡了吗？"少商打起精神再度发问。

第五成脸上懊悔，道："那夜我也身受重伤，后面追兵又咬得紧，我不敢回家，只好遁入莽莽群山，在一深山冷坳的猎户家中休养了两三个月才出来……嗯，其实是家中老仆见我久久不回，只好去找了袁沛，是袁家遍散人手把我找到的——总之，待我出山时，朝廷大军已攻破公孙氏前两道防线了，我听人说主帅姓吴啊。"

听到这里，萧夫人已知前后因果，侧头叹息。

少商看第五成一脸不愿承受袁家好意的死样子，怒上心头："第五大侠快意恩仇，行事洒脱，却不知袁州牧为了替你善后，快要将全家都搭进去了！如今袁家覆灭在即，第五大侠终于可以大仇得报，妾在这里先恭喜第五大侠了！"

第五成吓了一跳，听少商说清缘由后，脸上一阵红一阵白。

萧夫人轻斥女儿"不可无礼"，又问："第五大侠，事已至此，你待如何？"

第五成咬咬牙，道："一人做事一人当！既然是我闯下滔天大祸，我自去廷尉府服罪便是，绝不牵连袁家，更不会牵连程家！"

少商就等他这一句，朗声道：“也好，我陪第五大侠同去。”

两人离去前，萧夫人忽然道：“第五大侠，嫋嫋，待会儿你俩不可对廷尉大人急躁。真要细论起来，第五大侠是受人利用，反而袁州牧的罪责……”

她没说下去，第五成不解其意，但少商已经明白了，她一咬牙，道：“事在人为，总要试一试。就算不与袁慎做夫妻了，我也不能白白看着他死在囹圄中！”

萧夫人望着女儿的背影，想起当年少商强撑病体去为霍不疑辩白的样子，她喟叹一声——当初她怎么会以为女儿本性凉薄自私呢？

少商与第五成纵马出程府，刚至巷口，迎面遇上一队轻甲挽弓的矫健侍卫，当前一人玄衣羽甲，眉目冷峻，正是霍不疑。

少商一愣，第五成先嚷嚷起来：“你们是朝廷派来捉拿我的吗？不用了，我自己会去廷尉府自首的！”

霍不疑看见女孩发钗歪斜额头沁汗，微一皱眉，回头做了个手势，侍卫们悄无声息地退到一边，他才道：“适才我看淮安王趁乱悄悄溜了，就猜他去向你通风报信了。”

“是陛下派你来的吗？”少商勒马不前，神情紧张。

霍不疑不答反问：“你要带着第五成去自首，你打算说什么？说虽然第五成杀错了人……”

“第五大侠没有杀人，他只是在翁公的骁骑卫中打开一条血路，射伤翁大将军的另有其人。”少商自己也觉得这番分辩很无聊，但聊胜于无。

霍不疑看向女孩的目光异常柔软，道：“到了这个时候，你还想保下第五成，袁大公子可是几度欲置这人于死地……不过也对，早灭了这糊涂汉，就不会生出这许多事端了。”

第五成的脸色绛红，道：“是我糊涂不错，但我也不是有意牵连袁家……我怎知会被人认出来。”

“你若一直在外州外郡，未必有今日大祸，可叹你就是不肯听袁州牧之言。”霍不疑淡淡瞥了他一眼，“那夜你们行刺翁大将军，你双掌能断刀折剑，开碑裂石……”

少商插嘴：“咦，我记得你也能徒手开碑裂石的，原来这是世间罕有的绝技吗？我以为但凡高手都能做到。”

这次连第五成都丢给她一个鄙夷的眼神，眼中明白写着“妇人见识浅薄”，道：“我义弟……袁沛那厮也练过这门功夫，当年我们一同向山中高人学来的。据我所知，当世有这等本事之人，不逾一掌之数。”

少商讪讪地闭嘴。

霍不疑忍着笑，继续道：“你进都城没几日，为给人抱不平，在地痞面前展露过这手绝技，却叫路过的翁家家丁看了去——翁家谨慎，又找了数名当年与你血战过的骁骑卫来辨认。你眉心这道伤痕，还有你异于常人的魁伟身形，三样加起来，才断定是你。原本翁家立刻要捉你，谁知你却躲入了程家，翁家遍寻无果后开始调查袁家。”

其实也是第五成这二十多年来忙着跟袁沛死磕，甚少在江湖上“干活”，甚少有人知道他的成名绝技，不然翁君叔被刺那夜就该想起第五成了。

少商觉得这是个死局——留第五成在外面，翁家会抓住他，袁家受牵连；藏起第五成，翁家调查袁家，袁家还是遭殃。她咬唇道：“敢问霍侯，你今日来此做什么？”

霍不疑道：“你将第五成交给我，我带他去廷尉自首，然后你好好回永安宫去，什么也别做，等着就行了。”

少商皱眉不语，霍不疑凝视她，道：“我知道你不愿相信我，可这不是你能插手的，你若掺和其中，会将程家拖下水的。”

“不。”少商转头看别处，“你不是落井下石的人。”然后对第五成抱拳道：“请第五大侠随这位霍侯前去廷尉。”估计梁州牧会有打算，她先看看再动手，实在不行只能请宣太后出面求情了，袁慎是不知情的，至少应该保下他。

第五成呆呆地哦了一声，他想说其实自己一个人也可以去。

“少商……”霍不疑试探出声。

“你先别说话。”少商制止他继续说下去，两眼直直地看着地上一块石头，“我还没想好跟你说什么，我不会再急功近利莽撞急躁了……等我想好了，再跟你说。”

宣太后日子不多了，她想在这段日子中专心服侍宣太后，等宣太后过身后再处理跟霍不疑之间的这团乱麻。而在那之前，她都不打算见霍不疑了，谁知今日意外相见，真是猝不及防。

霍不疑失笑道：“好，都听你的。”

少商抿抿嘴，微侧马头，默不作声地从霍不疑身旁擦肩而过，头也不回地疾驰而去——全程她努力着没看霍不疑一眼。

第五成望着地上那块石头，蓦地想起当年妹妹第五合仪与袁沛相处时的情形，他若有所悟，忽然问霍不疑："这位君侯，程家小娘子是不是喜欢你？"

霍不疑轻提缰绳，没有说话——他们之间的问题，从不是喜不喜欢，而是她愿不愿意再为他冒险一次。

此后数日，少商在永安宫静待，没等来袁氏一案的变化，倒等来了程母病重不起的消息，程萧夫妇不敢再耽搁，已经派人让程止等人向上峰告假回家了。

这期间，二皇子里里外外跑个不停，各路人马轮番登场，太子殿下有些不大高兴。在他看来，如今朝廷最要紧的莫过于度田国策的施行情况，偏偏总有些乱七八糟的事情来抢夺度田令的舆论版面——比如某人的订婚退婚以及花样翻新的绯闻。

皇帝好笑地拍拍儿子，说："子端啊，你以后就会知道，施政之能莫过于'润物无声'，大凡雷厉风行轰轰烈烈，便是成功了也多是事倍功半。"

太子想了想，道："父皇，儿臣也想替翁公报仇，可依儿臣看来，袁沛只是糊涂念情，并无不臣之心。如今闹得翁、袁两家势同水火，何必呢。"

皇帝道："嗯，其实以后你也会知道，朝廷不怕世家有隙，只怕他们齐心协力——有龃龉不要紧，为君者在上面压着些就是了。"

翁君叔生前是赫赫有名的人物，故旧敬慕者不少，当年他死于刺客之手，家族及其附庸不能说是不愤慨遗憾的，如今的激烈举措倒有一半是为了泄愤。然而胶东袁氏亦不是默默无闻之辈，不是随人拿捏欺凌的。

少商担忧的刑讯逼供并未发生，盖因纪遵虽有酷吏之名，却并不愚蠢，听完第五成的供词就基本厘清当年因由——显然是第五成被骗去行刺翁君叔后袁沛得知真相，知道义兄受人利用，于是派出人马趁乱将当年一同去行刺的其他人诛杀干净。

袁沛入狱后也对这些供认不讳，并表示自己有错愿听凭朝廷发落，但拒不承认翁家部众添加上去的其他罪名。

到第五日，少商跟着二皇子去探了一回监，还有模有样地挽了个圆滚滚的食笼，里头的香甜之气不断往外冒，引得一路上的狱卒纷纷侧目。

因饴糖珍贵，这时的人们不易食得，然而少商知道，若论叫人心情愉悦，还得数甜食。于是她使出浑身解数，各种甜蜜如梦幻的馅饼、酥果、千层糕轮番上，裹上厚实的密封油布，既易于保存又解乏耐饿。

少商与二皇子进入囚室时，正撞上富态的安阳王世子指着铁栅栏怒骂："……袁沛关在哪里你会不知道？！好好好，既然如此，你就替你老子招了吧，是不是与公孙氏逆贼早有勾结？！去年朝廷征讨蜀中时，你家是不是里通外贼啊？！"

二皇子张望一遍，发觉不见袁沛，轻声道："原来袁家父子被分开羁押啊，唉，看安阳族兄如此愤慨，只怕此事麻烦。"

少商低声："殿下放心，安阳王世子不足为虑。"她看袁慎衣衫还算整洁，估计袁氏家仆可以进来服侍，于是放下心来。

"你怎么知道？"二皇子奇怪。

"他若有本事，就去骂主犯了，不会在这里纠缠阿慎这个添头——可见他连关押袁州牧的囚室都进不去。"

二皇子莞尔。

袁慎端坐草席之上，正色反驳："世子不要血口喷人。当年我袁氏投陛下时，陛下将不出百兵不逾万，然而袁氏上下认定陛下雄才大略，乃匡扶天下正道的明主仁君，便毫不犹豫地投入麾下。照世子所言，当年陛下势单力孤时袁家倒愿意鼎力相助，待陛下即将一统天下时袁家反而去勾结不剩几日的公孙氏？世子殿下，难道袁家满门皆是蠢货不成！"

安阳王世子一噎，二皇子赶紧踏前一步道："这些指控荒唐无稽，难怪前日父皇将这些奏折压下了。"

安阳王世子正要开口，鼻子先于眼睛察觉到了少商的存在，吊着眉梢，道："哟，这不是永安宫宫令程小娘子吗？听说你家正与袁氏退亲，你怎么到这里来了，莫不是余情未了？霍不疑也不管管你吗？"

这等程度的非议在少商这里都够不上及格线，她将食笼交给二皇子，纤腰款款地向安阳王世子行了个礼，哀哀道："妾身见过世子殿下。唉，妾身命苦啊，满腹委屈说都说不出来。"

安阳王世子看着女孩婷婷袅袅的身姿，有些眼直，不自觉地柔和了语气，说："喀喀，有什么委屈，你不妨说给本世子听听。"

袁慎在铁栏后翻了个白眼，接过二皇子递来的食笼，熟门熟路地抽出最下一层，咦，怎么是王八汤？她是不是故意的？尝一口，嗯，咸鲜美味，菌菇可口，心情好多了。

少商掏出细麻帕子按着眼下，温婉地站到安阳王世子侧旁，说："唉，世子有所不知，贱妾命苦啊，这些年来定亲退亲已是三进三出，并且每位未婚郎婿都会惹上官司，前途未卜，是以外面人都说贱妾是扫把星呢！"说着，作势欲泣。

安阳王世子怜香惜玉之心大盛，说："哪个蒙了心肝的王八蛋胡说八道！这些年宫里人人都知道你服侍宣太后尽心尽力，陛下夸你多少回了！什么扫把星，楼垚和霍不疑自己寻死跟你有什么关系？难道你不与袁氏定亲，袁沛就不作孽啦？八竿子打不到嘛！"

"真的吗？"美貌的少女眼眶发红。

"千真万确！"安阳王世子都快忘了此行目的了，总算还顾忌着霍不疑，不敢靠女孩太近。

"然而众口铄金，积毁销骨啊。"

"那些非议你的都是嫁不出去的丑八怪！"

"殿下真是仁厚君子。"

"唉，不敢当不敢当！"

"贱妾好久没听这么贴心的话了，世子殿下的心地这样好，妾都不知该说什么了。"

"说什么，什么也不用说！快把眼泪擦擦，哎哟哟，这可怜的！"

二皇子在旁摇头苦笑，袁慎面无表情地咬开蜜糖酥饼，源源不断的甜蜜果浆流了出来，嗯，再看这肥头大耳的安阳王世子都不那么可恶了。

"世子殿下如此仁厚，贱妾也不得不说两句肺腑之言了。"少商引着安阳王世子坐到一旁的胡凳上，自己也坐到一旁，"翁公大人在世时，是陛下麾下少有的文武双全之才。文能雄辩滔滔，招降拥兵自重的诸侯；武能纵横捭阖，率领大军征讨。世子殿下有这样的舅父，想来也是与有荣焉。"

安阳王世子重重叹气道："我生平最敬佩之人，就是舅父……哦，还有陛下。"

"可偏偏天有不幸，翁公遭刺客屠戮，而翁家少公子尚未及冠，如今翁氏的大事小情看来都要落在翁家二大人身上了……"

安阳王世子不悦道："二舅父不贤，不给翁家惹事就不错了！这回主张替舅父讨公道的是追随舅父几十年的一位老夫子，也是他联络的各门各家。”

少商击节赞叹：“唉，贤臣忠仆，门风可敬啊！”

安阳王世子面露自得之色，说：“这位老夫子为人忠厚，他为了报舅父的救命与知遇的恩情，决意一生辅佐翁氏。”

“说得好，天下难偿还者，唯恩情耳！”少商大声应和，“正因如此，贱妾才不得不劝说殿下啊。如今事情再清楚不过了，第五成受骗行刺是真，袁州牧蓄意掩盖是真，袁家图谋不轨却是无稽之谈……殿下以为陛下心里不清楚吗？”

安阳王世子迟疑了。

“世子与翁氏遗族的愤慨之心贱妾感同身受，可殿下啊，逝者已矣，您得为活着的人想想啊。妾在宫里常听人说，安阳王爷总爱夸赞世子几位庶弟贤能，唉，妾身斗胆说一句，若是翁大人还活着，哪能叫世子受这份委屈啊。”

安阳王世子沉着脸，重重捶腿一下。

二皇子眼睁睁地看着族兄被一步步绕进去，忍不住隔着铁栏与袁慎耳语：“她一直这样吗？”哄起人来跟真的似的。

袁慎板着脸，说：“时不时……”其实是“经常”，自己只要稍有不慎，就会被她飞舞如蝶的纤睫和红嘟嘟的小嘴忽悠住。

“……好在妾听说翁氏少公子读书有成，想来翁家再兴指日可待，不过那之前殿下可要替翁家撑着些啊。”少商继续忽悠。

“怎么撑？”安阳王世子油然而生一股受人看重、被人期待的责任感。

“袁州牧杀人灭口，替义兄遮掩罪责，说起来，是法不能容但情有可原，是吧？”

“也是……”安阳王世子犹犹豫豫的。

“陛下为人最是顾念情分，是吧？”

“不错。”

“既然如此，有罪就罚，有错就改，朝廷的法令也不是摆着好看的，以陛下对翁公的情分，怎会轻易放过元凶罪魁？袁州牧必然会受该有的处罚。殿下何必枉做小人，非要添上些子虚乌有的罪名，反倒叫陛下觉得殿下不宽厚不仁义。您说是吧？”

安阳王世子恍然道：“程小娘子说得有理啊！”

少商赶紧朝一旁看戏的二皇子使了个眼色，二皇子上前一步道：“程宫令说得不错，我与兄长自小一道玩闹，自知兄长生性耿直，不是个有心眼儿的，可不防外面人议论啊——再说了，兄长以为父皇会喜欢落井下石之人吗？”

安阳王世子连忙摇头。

少商再添一把火：“这回既是袁家倒霉，也是殿下的机会。殿下应当长兄如父，一面妥善安抚翁氏妇孺，一面劝说翁家部众故旧，让他们少安毋躁，以理服人。是就是，不是就不是，胡搅蛮缠只会伤了情分，结下仇怨，更会堕了翁公生前的英名啊！陛下看见了，也会觉得殿下贤德仁善，是不是呢？”

安阳王世子被说得一愣一愣的，一会儿摇头，一会儿点头，然后恍恍惚惚地走了出去。

二皇子目送族兄离去，笑道：“倒没看出少商有这本事，也不知安阳兄长会不会照办。”

少商道：“若那老夫子真有世子说的那么厉害，应当知道我所言不虚。”袁家也不是好惹的，若翁家非要整死袁沛父子，两家必成死仇。

她视线转向铁栏杆内的袁慎，笑道：“怎样，今天的点心特别好吃吧。别说我不讲义气，我把这几个月熬出来的糖料一股脑儿都加进去了！”

袁慎斜乜，说：“难道不是从去年起宣太后就不能多吃甜食了吗？”

“看不上就别吃了，还给我！”少商立刻翻脸。

“不还！好端端地被你退了亲，吃你些点心怎么了！”

眼看两人要斗嘴，二皇子忙打圆场：“欸欸，好了好了，先说正事，先说正事！善见，这事你家怎么说？”

袁慎敛容，黯然道：“父亲说了，的确是他行事不妥，看来处罚免不了——这件事真论起来，是父亲欺上瞒下，侍君不诚。唉，只盼父亲能逃过这一劫。”同属世家子弟，人家是坑爹，他是被爹坑，真是命也运也。

“总罪不至死吧？”二皇子道。

少商撇嘴，道：“难说，当年那位跟陛下顶嘴的韩大人也罪不至死，不还是自尽了吗！”

袁慎道：“我怕的也是这个。若是事情越扯越大，父亲为了不连累我们……”

“所以最好快刀斩乱麻。”少商道，“对了，梁州牧呢？他怎么说？”梁老伯现在是袁、梁两家官位最高之人了。

袁慎迟疑道：“从舅父这几日没来，只在第一日跟父亲说，除了认下遮掩杀人的罪责，表示悔过，别的什么也别说——他自有主张。”

少商疑惑道："梁州牧没跟你说他的打算吗？"

袁慎也如是想，嘴里却说："程宫令今日来探访，慎感激不尽。余下之事袁家自会料理，就不劳程宫令费心了。"他心里的气还没过呢。

少商瞪着眼，道："袁大公子，有句话妾不知当讲不当讲？"

"当不当讲都别讲了。"

"……你也别吹嘘让我做什么三公夫人了，若我生为男子，我做三公，你做夫人！"

二皇子忍不住，扶墙爆出一阵大笑。袁慎脸上铁青，着实精彩得很。

那日囚室中不欢而散后，少商又等了三四日，梁州牧终于行动了，他将一女二男三位证人送到纪遵手中，尔后替袁沛求情。

没错，是求情，不是辩白。

话说公孙僭王有一胞弟，名叫公孙宪，精明狠毒，主管死士、斥候、暗算等事宜，便是他策划了刺杀翁君叔一事。他不但刺杀了翁君叔，南路大军的陈大将军也是死在他派出的刺客手中。

吴大将军因两位同僚接连被刺狂怒不已，在攻破公孙氏都城后，不但尽诛公孙氏及其党羽数族，还纵兵劫掠，焚烧宫室。皇帝气得半死，来不及奖赏吴大将军的征蜀功劳，先罚他回家反省思过（被捉去代班的崔祐很有意见）。

就在吴大将军忙于发泄怒火时，公孙宪却领着心腹死士，乔装逃出蜀都，快马往南越而去。皇帝闻讯很是不安，公孙氏毕竟割据十余载，在蜀中不能说毫无声望人脉，若叫公孙宪逃入沼泽密林，再勾结南越一带的部族首领，势必成为肘腋之患。

然而蜀中地形繁复，追杀公孙宪的几路人马均毫无所获，正当吴大将军一筹莫展时，忽有地方官吏来报，公孙宪及其心腹死士被发现死在某山脚下一处冷僻驿站中，死状颇惨。

梁无忌交上来的三名证人中的女子，便是诓骗第五成的那位好友的遗孀。

那女子道："公孙宪那狗贼以我们夫妇的独子为质，要挟亡夫诓骗第五大侠，事后亡夫也是懊悔不已，不久就病逝了，留下书信可证其事。"

第五成这二十多年都忙着死磕袁沛，偶尔路见不平帮助百姓，的确从未和任何政治势力有过交情，再加第五成家资富庶，他也不必贪图财帛，纪遵表示这话可信。

而梁无忌带来的另两名男子，则是公孙宪惨死之地的驿站差役。

因蜀路崎岖，山川阻隔，消息难通，他们当时奉行的还是公孙氏政令，于是高兴殷勤地接待了因逃亡而疲惫不堪的公孙宪一行人。谁知当夜就有一群蒙面人闯入，一场血腥厮杀后制住了公孙宪及其死士。

驿站中的仆从与差役吓得瑟瑟发抖，好在那群蒙面人虽然彪悍，但并未伤害驿站众人，反而告诉他们公孙氏已败亡，让他们赶紧叫上官去投诚。

两名证人清楚地记得，蒙面人中领头的那位武艺超群，起初只是骑在马上冷眼掠阵，谁知真打起来竟能徒掌开碑裂石——生生将他们驿站前贴告示用的一座石碑拍得粉碎。在断公孙宪四肢后，那领头人曾高声说过“为义兄赎罪，替两位同僚报仇”的话，随后才取贼首级。

“大人若是不信，可问驿站中其余人等，小人绝不敢虚言。”两名人证道。

纪遵又询问数位曾在袁沛麾下任职过的武将，他们纷纷表示袁沛的确有开碑裂石的掌力，于是纪遵将审案结果一五一十写下来，送到皇帝御案上。

舆论为之一变。

人人俱想，袁沛虽然包庇自己义兄，但也不是一味隐瞒搪塞，人家至少追杀掉了的元凶罪首，也算有担当了。若让公孙宪逃入瘴气密布的南越，届时重兵难至，翁、陈两家再想报仇，也是千难万难了。

次日朝会中，哪怕如吴大将军这样坚持惩罚袁沛的重臣，口气也不复以往凶厉愤怒，而之前就替袁沛说话的朝臣，更觉得袁沛功大于过，不但无罪，还应受赏。

纪遵秉公直言：“袁沛糊涂，为替义兄遮掩罪责杀人灭口，此为有罪，然而他暗中追索诛杀公孙宪，既替翁、陈两位大人报了仇，又为朝廷去一大患，此为有功。功过相抵，轻罚轻放皆无不可，请陛下圣裁。”

纪老头的意见获得大多数人的赞成，然而，这世上难的不就是“皆无不可”吗？

究竟如何“轻罚轻放”，众臣罕见地犹豫了——再对袁沛喊打喊杀显然不合适，可若就这样释放袁沛，许多人又不解气。

纪遵发表完意见，提着朝服就回了廷尉府，先将袁沛换至常室羁押，再把袁慎先放了。

袁慎回家沐浴更衣，然后与梁州牧及幕僚商议了足足一日，众人无不希望能将此事的罪责减至最轻，这样才不会影响袁、梁两家之前的打算。

之后梁州牧便去联络各方亲友故旧，请他们帮袁家求情，尚在“停职查看”的袁慎却打算去找少商。梁州牧取笑道：“是不是旧情复燃不要紧，好歹先谢过程娘子帮忙，这几日淮安王很为你父亲说了些话。”

袁慎绕过北宫守兵，直接从上东门进入永安宫，却发现翟媪绷着脸，小宫婢们捂嘴轻笑。他问怎么了，一名小黄门忍着笑，道：“霍侯来了，程娘子躲在庖厨不肯相见呢。”

袁慎心头一动，翩翩展袖拱手，道：“也好，我正有话与霍侯说。”

宽肩螂臂且蜂腰的俊美青年独自坐在空无一人的廊下，面前放着一尊隐隐闪着火光的小药炉，青烟冉冉，药香悠悠，他手拿一把女孩子用的小巧便面，轻轻扇着炉火。

袁慎脱履上阶，缓缓走过去。

霍不疑向后微微侧头，尚未看见来人便叫了出来：“袁侍中？”

袁慎绕到霍不疑面前，问：“你怎知是我？”

霍不疑道：“你走路的声音很好认，请坐。”其实他能辨认很多人的脚步声。

袁慎提袍坐下。

春深意浓，霍不疑舒展地靠在栏杆上，宽阔的袍袖下垂如帘，说：“其实少商不用躲我，我今日是来看宣太后的。”

袁慎问：“太后娘娘还在昏睡吗？”

“是。”

气氛沉闷，袁慎有心发问，却不知如何开口，霍不疑悠然地先开了口：“听说程家已退还你家送去的文定信物，你家也该退还程家信物了吧。”

袁慎的气不打一处来，道：“你如今倒火急火燎的，之前几年都做什么去了！装出一副死心模样，与骆家娘子传得满城风雨，人人都当你们要成了！”

“袁侍中兴许不信，在边塞时我的确死了心，盼着你与少商花好月圆，顺顺当当地缔结良缘——此后我也不想成婚了，只远远地看着你们就好。”霍不疑不疾不徐道。

“不想成婚？”袁慎失笑，然而看霍不疑神色肃穆，不似玩笑，他烦躁地问道，“既然如此，你现在又为何苦苦纠缠呢？”

霍不疑道：“后来我仔细想想，我还是不能看着少商嫁给别人，是以你们还是散了的好。”

袁慎：……

天已聊死，有事烧香。

袁慎暗暗憋气，霍不疑再看他一眼，道："袁州牧也太隐忍了，若他早早将真相告知第五成，便不会遭此牢狱之灾，更不会妨害你们袁、梁两家的打算。"

袁慎警惕地四下看看，问："霍侯何意？我们两家有何打算？"

霍不疑轻勾了一下嘴角，道："你放心，翟媪还气恼于我，吩咐不许任何宫婢宦官过来服侍。"

顿了顿，他继续道："令尊与梁无忌分掌一州兵马钱粮，这样并不妥当。于是这回你父亲进城述职，原是打算向陛下请辞，并换取进入中枢。是也不是？嗯，这打算很是不坏，明降暗升，里外周到。"

听到自家长辈隐秘的打算被对方轻描淡写地说了出来，袁慎心头一凛，道："霍侯这话家父绝不敢当。"

霍不疑笑了下，道："不是就好。"

袁慎忍不住，问："为何'不是就好'，难道家父不可进入中枢吗？"

"不是'不可进'，而是不进去更好。"霍不疑侧头望向庭院中的花树，白皙修长的颈项上隐现几脉暗青。

袁慎欲言又止，霍不疑没看他，只继续望着花树，道："你年少成名，陛下屡屡夸你博学多才，行事谨慎，朝中诸臣之子多有不及，如今汝父也要进入中枢，再加上雄踞一州的梁无忌，还有遍布郡县的曲氏子弟——你以为别人不忌惮吗？"

他回过头来，定定看着袁慎，道："你们三家已预备好要与丰饶功臣分庭抗礼了吗？"

"不，不，这怎会……"袁慎大惊。

"听说梁州牧这两日正四处游说，广邀名士重臣替令尊说情？"霍不疑笑了笑，"听我一句劝，莫要如此。"

袁慎心中大震，因梁无忌是长辈，他虽隐隐觉得不妥，但并未如何反对。他收起心结，诚恳道："请霍侯不吝赐教，我家应当如何行事。"

听袁慎改了口气，霍不疑颇有几分欣赏，然后道："汝父子与在朝的袁氏子弟应当一齐请辞，坦承罪过深重，如今懊悔不已，自请闭门思过。"

"以退为进吗？"袁慎惊喜——其实他也是这么想的。

"非也。"霍不疑道，"你是以退为进，令尊是真的退。"

袁慎笑容一滞。

“第一，令尊年事已高，几十年来伤病不少，就算进了中枢也熬不过陛下身边那帮年富力强的心腹重臣。第二，袁州牧毕竟有错在先，不罚不足以服众，你们想全身而退不是不行，而是失大于得。第三，你们倘若尽力忍让，陛下和太子会将汝父子看作至诚君子，那些老江湖也会放下戒备，待你日后复出，也会宽宏待你。”霍不疑道。

袁慎思索片刻，再道：“陛下将来真会再度任用袁氏子弟？”

“自然。陛下虽对功臣亲厚，但也不愿一家独大，若有其他势力制衡，何乐不为——说不定，只有令尊需要闭门思过。”

“既然如此，也许陛下为了制衡朝堂，会否了我们父子的请辞？”

“令尊欺上瞒下，事后找补，若是群臣效仿，陛下该如何？罚，还是罚一下的好。罚过了，你们袁氏以后就能轻装上阵了。”

袁慎沉吟不语。

“袁侍中还记得楼家吧？”霍不疑道。

袁慎酸溜溜道：“与少商定过亲的人家，就算我忘了，霍侯也不能忘吧。”

霍不疑不理他的轻嘲，面不改色道：“当年人人都说陛下宽厚，楼犇做出那等丧心病狂之事，竟只是流放罢职楼氏兄弟。却不知，还不如杀几颗人头的好。”

“此话怎讲？”

“楼家隐秘曝之于众，兄弟阋墙，叔侄嫌恶，楼氏两房虽为至亲，却无时无刻不在提防算计着对方——如此虚伪做作无情无义的家族，以后朝廷举孝廉，或是谕旨征召，都不会再有楼家子弟的名字了。”

袁慎点头，道：“不错。除了楼垚这一支，至少数代之内，楼家难再涉入朝堂。”这才是对楼家毁灭性的打击。

霍不疑用一支竹箸轻轻支起药罐盖子，查看镬中汤药的熬煮情形，道：“争是不争，不争是争。等过上几年，丰饶功臣渐渐老去，袁侍中的锦绣前程就来了——不过，你要是以为我别有用心，不理睬我的劝告也行。”

袁慎气难平，忍不住道：“你抢夺我的未婚妻子，害得我家成了全城的谈资，难道还指望我对你深信不疑吗？”

霍不疑放下竹箸，继续轻扇炉火，道：“不错。因为我是这都城中最盼着你好的‘外人’。”

袁慎啼笑皆非，忽地心头一动，道："是以，你替家父杀了公孙宪？"

霍不疑淡淡看他一眼。

袁慎继续道："我问过梁家舅父，他说那些人证的来龙去脉，是某夜有人以飞箭射入他屋中的，此后他才能循迹索证——是不是你所为？"

廊下一时静谧，一枝花蕊繁碎的紫藤花枝斜斜探入檐下，霍不疑身形高大，仰头可触。他望着头顶的花藤，轻声道："不错，是我杀了公孙宪一行人。"

"你，你这是……为何……"袁慎心情复杂。

霍不疑伸手摘下一朵小小花球，在强劲的手掌中轻轻颠动，道："在边塞安定下来后，我就着人查访少商的近况。在想娶她的人中，你是其中翘楚，不但真心爱慕她，也最有毅力才干，将来少商十有八九会嫁给你。从那时起，我开始暗中注意袁家。

"去年征蜀之战时，我察觉令尊举动有异，一番寻根究底，才知道第五成糊涂闯下大祸。米已成炊，当时就是让令尊认错也无济于事了，于是我费了许多力气追踪到公孙宪一行人，赶上前去将人都杀了，并留下些活口做人证。"

袁慎觉得喉头堵塞，发声艰难，道："你，你是为了……为了少商……"

霍不疑抬起头，静静地承认："不错。我曾说过，我是最盼着你好的人——这是真话，无论是之前，还是如今。之前，我盼着少商嫁你后一生无忧，你们父子若出了事，她怎么办？"

袁慎怔住了。

他记得梁无忌转达的证人之言——公孙宪的心腹死士凶悍无比，领头那位能开碑裂石的蒙面武士也受伤不轻，蜀道崎岖，霍不疑带着伤，漏夜冒雨疾驰数十里，只是为了……

"如今，我希望少商对你不要一直心存歉意，若你过得不好，少商说不定又要去给你送王八汤乌鸦汤什么的，那我该怎么办？"

袁慎道："……没有乌鸦汤。"

"哦，是吗。我离开近六年，许多事都不知道了。"霍不疑神情自若，然而隐含的酸意简直喷薄欲出。

这次袁慎没有笑，也没有讥嘲。

他木木地着履下阶，低着头往外走去，在永安宫门前被少商一把抓住。

"欸欸，我才知道你来了，你家的事怎样了？你都被放出来了，想必没有大患了吧？尚书台议论纷纷……呵呵，你知道吗，安阳王世子替你说情了，也不知哪位教了他一段大仁大义的说辞，什么‘臣虽怨恨袁氏，然人才不可多得，为大局着想，臣愿捐弃前嫌’，呵呵呵，笑死我了，可惜没人看见前几日他在廷尉府骂你的样子……”

听着女孩喋喋不休，袁慎心中却一片迷惘。

他一直觉得太过情深不是什么好事，情深难抑让他勇武洒脱的父亲意气消沉，让他贤惠痴心的母亲伤痛一世，让他自幼孤寂，然而……

“少商，”他忽然出声打断女孩，“公孙宪不是我父亲杀的，是霍不疑杀的。他故意冒我父亲的名，将来好保全袁家，全是为了你！”

少商霎时惊呆如人偶。

袁慎一口气说完：“有一个人，于孤寂苦寒之中，于毫无希望之时，依旧在暗中看着你，护着你——你听清楚了吗，我不领他这人情，可是你得领！”

说完这话，他再不顾二十多年的教养仪态，拔足疾奔而去，不想让女孩看见他盈眶欲出的热泪。

宣太后披衣起身，手撑着额头，虚弱道：“翟媪，十一郎还在吗，唉，我怎么一睡就醒不过来似的。你别摆出这副样子，快扶我起来……”

翟媪紧闭嘴唇，扶宣太后走到窗前，不满地指着对面廊下的身影，道：“喏，还没走呢，也不知那汤药有没有熬干……咦，那不是少商吗，她怎么躲在角落里……”

永安宫的内庭结构为“凹”字形，底部是坐北朝南的正殿与正居，不过宣太后这几日恰好搬到通风更好的东面内寝居住，对着窗户正看见对面廊下的霍不疑，同时也看见缩在转角后面的少女，泫然欲泣地望着药炉前的青年，瑟缩不前。

站在窗前，清爽温暖的风夹着春天独有的蓬勃花草气息柔柔地打在脸上，宣太后笑了笑，道：“少商长大了，她走的弯路也太多了，自己找来的罪也不少……嗯，里头也有我的‘功劳’。有些事情，没想清楚就是没想清楚，她性情这么急躁，慢慢来也好。翟媪，将羽兜拿来给我披上，今日春光这样好，我想出去走走……呃……”

话没说完，她软软地倒了下去，翟媪大惊失色，无比惊恐地尖叫起来，凄厉的呼喊响彻内庭，对面的青年与少女闻声，一齐飞奔而来。

轰动一时的“袁沛包庇刺客”一案终于落下帷幕。

袁沛受到了与楼垚大伯一样的处罚，革职罚俸，并发还原籍闭门思过，不过差别在于袁沛临走前，父子二人同时受到皇帝召见。

召见后，皇帝先痛骂袁沛行事糊涂，全无朝廷重臣的章法，着实该重重责罚，然后语气一变，皇帝又表示理解袁沛对义兄的情义，若霍翀也受人欺骗做了错事——虽然他那睿智果敢犹如天神的义兄绝不可能这样——他也会难以抉择。

袁沛不住叩首，表示悔过。

袁慎：……话都被您老说了，别人还说什么。

其实袁沛不愿冒霍不疑的功劳，不过听儿子袁慎劝说“若真说开了，袁家获罪事小，说不定会害霍不疑落一个‘欺君’的罪名”，他才按捺下来。

当着皇帝的面，袁沛几次欲张嘴道出实情，然而都被皇帝扯开话题，于是袁慎隐隐怀疑皇帝其实什么都知道。

余下请辞的袁氏子弟基本都留任原职，不过袁慎坚持从尚书台离开，表示要回论经台重新读书，以明确为人做事的道理，将来更好地报效君父。

最棘手的是对于第五成的处置——他的确是受人所骗，但也的确行刺了翁君叔，并且翁君叔是因为他才露空被射杀。若放了他，翁家过不去；若杀了他，未免有些可惜。

第五成还算硬气，表示任杀任剐，凌迟腰斩他都受着，绝不皱一下眉头。不过纪老头看他耿直勇武毫无心机，倒起了爱才之心，于是自作了一个主张。

他让第五成肉袒负荆，于无人夜晚去翁家请罪，言道，只要翁家夫人与少公子点个头，他立刻去死，绝无二话，但若留他一条性命，无论是将一身绝学倾囊相授，还是几位公子将来任官办事，他都鼎力相助。

翁夫人并无主见，但想这人故意挑无人看见时上门，并无要挟求饶之心，可见磊落。

翁少公子和那位老夫子颇有眼光，心想与其杀了这个糊涂虫，还不如留个有用之人，对家族将来的助益更大。于是翁少公子次日便上疏皇帝，表示冤家宜解不宜结，第五成既是受人诓骗，罪不在他，何必枉造杀孽。

这份奏折写得漂亮极了，既明辨是非又宅心仁厚，从皇帝到朝野纷纷对尚处弱冠之年的翁少公子表示赞赏，可谓名利双收。

如此这般，谁也没料到，这个来时气势汹汹的案件，会以这般温情脉脉的结局了结。

宫外和风细雨，宫内却凄风苦雨。

以前为了让少商别老督促自己休息进食，宣太后总玩笑自己大限将至，不过这回，是真真正正的大限已至了。从那日起，宣太后已昏迷数日不醒，除了偶尔能迷迷糊糊地吮吸汤水，别的什么也吃不进去，不用听苦瓜脸的侍医报告，少商就知道这个日子还是来了。

这段日子，皇子公主们来来去去，但霍不疑只要得空就来永安宫帮忙，看着少商为宣太后喂食擦身不得停歇，累得人瘦了一大圈，他很心疼，但从未阻止。

昏迷到第六日，宣太后忽然醒了，而且神志清醒，笑意柔和。

“我想见陛下，少商，帮我去告诉岑安知。”她如是说道，少商心中咯噔一下——这是回光返照了？

自六年前废后起，皇帝虽远远见过宣太后，但从未进过永安宫一步，此时听闻传报，立刻知道情况不好，顾不得还在商议政事，急匆匆赶了过来。

踏入内寝，看见宣太后面颊塌陷，蜡黄病弱，皇帝不禁悲从中来。他坐在榻边，低声道：“你还有什么不放心的，告诉朕，朕总要替你办到。”

宣太后微笑道：“我这辈子都替别人活了，前半辈子顺着母亲舅父，后半辈子顾着幼弟儿女，到了这个时候，若还要替别人说话，也太没意思了。我想说说我自己，说说陛下。”

皇帝含泪静听。

少商默默走开，安静地退到屏风后头，谁知看见越皇后不知何时站在那儿，眼眶发红，想出去又不敢的样子。

宣太后道：“小时候读书，读到始皇帝某日出游，车盖云集，骏马健儿，高皇帝和楚霸王见了，对那气派艳羡不已，一个说‘大丈夫当如是’，一个说‘彼可取而代之’，唉，这是生来要争夺天下之人啊——可我知道，陛下不是这样的，陛下从不艳羡人家的气派权势。”

皇帝破涕为笑，道：“朕自小就被邻人说胸无大志，只惦记着门口一亩三分田。”

宣太后微笑着摇摇头，道：“陛下不是胸无大志，而是安于平凡。这世上的大能分成两种，一种如高皇帝、楚霸王这般，雄心勃勃地要改天换地，还有一种，如陛下，虽然文韬武略无人可及，却并无心争雄天下。

“我在陛下身边待了几十年，我知道陛下心中依然是那个喜爱耕读的磊落少年郎。若不是天下大乱，若不是陛下的兄长非要扯旗起事，我知道，陛下是愿意一生闲居乡野的，迎娶越妹妹，生几个宁馨儿，日出而作日落而息，就此平淡一生。”

皇帝热泪盈眶，紧紧握着宣太后的手，道：“知我者，神谙也。”

宣太后伸出枯槁的手，轻轻抚摩皇帝的脸颊，道：“陛下，你没有对不住我，你待我情深义重，我这辈子都报答不了。我不敢反抗舅父，幸亏遇上陛下这样仁厚温柔的英俊少年豪杰，不然就是个大腹便便凶暴卑劣之人，我怕是也嫁了。

“陛下，遇上你，是我此生有幸。”

“神谙……朕，朕……”皇帝哭倒在宣太后膝前。

宣太后吃力地抬起皇帝，四目对视，道：“陛下，您这一生，对得起江山社稷，对得起功臣百姓，更对得起我，唯独越妹妹，您辜负了她。”

皇帝挂泪而笑，道：“你不是说今日不说别人吗，还是忍不住了？”

“我与越妹妹壁垒分明地过了几十年，她也算不上别人。”宣太后无奈地笑了下，抬头正视皇帝，认真道，“陛下，于我而言，当年不论是不是陛下，舅父要我嫁，我终归会嫁的，可越妹妹不一样。陛下是皇帝也罢，是农人也好，飞黄腾达抑或是田园牧歌，她要嫁的，只是陛下这个人。”

屏风后，少商侧头看去，越皇后用锦帕紧紧捂着嘴，泪水滚滚而下。

“陛下为天下安宁舍弃了许多，越妹妹何尝不是。”宣太后有些续不上气，“不能因为她泼辣爽直，大大咧咧，陛下就以为她不会往心里去、不曾痛彻心扉。我知道，她暗里流的泪，只有比我更甚。”

皇帝哽咽难言，只是用力点头。

宣太后虚弱道：“以后的日子里，陛下要与越妹妹好好的，就如你们还在乡野时那般亲密，就如我从不曾来过……”

越皇后再也无法忍耐，一阵风般从屏风后奔出，痛哭着扑在宣太后榻前。

宣太后抚着越皇后的头发，柔声道：“本来我也要去请你，你自己来了，倒省下少商再跑一趟……陛下，叫我与越妹妹说说话吧。”

皇帝点点头，步履不稳地走了出去。

越皇后满脸是泪地抬起头，道：“阿姊放心，只要有我在一日，保管宣氏无恙。”

“谁指望你了。”宣太后喘着笑起来，“有子端在，他稳重能干，我放心得很。现在我要说别的。”她深吸气，一字一句道，“阿姮，东海王十九岁那年遇刺，我从未疑心过你。”

越皇后定定地看她，道：“我知道。当年西宁悼王夭折，我也从未疑心过你。”

两人对视许久，同时坦然而笑。

越皇后拭泪笑道：“我知道你的为人，所以才不顾有心人撺掇，将孩儿们都交到你手上。”

宣太后道：“我也知道你从未猜疑过我，才不怕外面风言风言，敢于放手彻查宫闱，找出前朝潜伏下来的鬼祟之人。”

“神谙阿姊……”越皇后将脸贴到宣太后枯瘦的手掌中。

宣太后用另一手轻轻拍她，道：“我知道，我知道。若你不是你，我不是我，若你我只是寻常相识的小姊妹，那该多好……”

她们两人，性情迥异，立场相反，却暗自欣赏对方，数十年不曾猜忌。

说了这么多，宣太后明显疲乏得厉害，她歪歪靠倒在隐囊上，费力道：“少商，你在哪里，快过来！”

越皇后发觉她目光涣散，竟有些看不见了，心中难过不已。

少商赶紧从屏风后出来，跪倒在榻前，道：“娘娘，我在，您吩咐吧。”

“少商，吹一曲吧，我想听你吹笛了。让越娘娘也听听，对了，让陛下和孩儿们也都进来……”宣太后上气不接下气。

越皇后心急，不等少商出去传报，自己嗒嗒地跑出去将皇帝拉进来，后面随着默不作声的众皇子公主，霍不疑也跟在其中。

少商调试了几下短笛，徐徐吹了起来——基调还是当年桑夫人教她的那支《竹枝调》，不过后半段被少商重新编过，轻快欢悦的前调后是沧海桑田的怅然，听得人百般感慨。

宣太后无神地望着虚空，气若游丝地呢喃：“……其实阿父也爱吹笛，可总吹不好。陛下，我的身体是要入葬皇陵的，能否允许我割下一束头发，让少商烧成灰，带回到我年幼时随父隐居的山坡，顺着风势撒出去？我自小羡慕阿父那样随心自在的日子，可我这一生总不得自由，事事由人主张。

“但愿来生得逢太平盛世，使我免于颠沛之苦，但愿来生父母既康且寿，使我免于忧患之苦，但愿来生能青春作赋，山野颂歌……越妹妹，我的愿望是不是太贪心了？

“子昆，你不要老是戒慎恐惧，荣辱又如何，豁达些活着才能长久。翟媪就由淮安王奉老吧，他现在长大了，我很是欣慰……子晟，我没有怪你，你是好孩儿，你也苦得很，你一直很孝顺我，待东海王也很好。

“少商，你被我拖累了这许多年，最后再劳烦你跑一回吧……”

床榻上的女子在悠扬低回的笛声中结束了一生，侍医取回在宣太后鼻端试探的绒毛，跪在皇帝面前禀告结果。皇帝溃然坐倒，老泪纵横，越皇后在旁无声流泪。

周遭的皇子公主连同宫婢宦官同时大哭，发出轰然声响。

少商跌跌撞撞地从内寝出来，像个迷路的孩童一般，漫无目的地乱走一气。

在很多人看来，宣太后都不是一个好长辈，她自怨自艾，沉迷往事而疏忽管教儿女，可对少商而言，她要的就是这样不理智的庇护，毫无缘由的信任。

这是她一生期盼而不可得的溺爱。

从今往后，再也没有那个温柔的声音修补她荒芜粗粝的童年，宽容地将满身缺点的她拢在自己怀中，再也没人会那样无条件地给她遮风挡雨。

从今往后，她必须自己撑起来了。

最后，霍不疑在一处墙角下找到了蹲在地上的女孩，她正无声哀泣。他心头一片酸软——她最不爱在人面前哭泣，这习惯至今未变。

第四十九回 宣后遗愿

今年的夏季性子急，来得早去得也早，数日前一场暴雷轰鸣的骤雨宣告其落幕，被疾厉雨点打落的花朵还未散尽，初秋凉风就徐徐而至了。

从酣甜的午睡中醒来，被褥散发着晒饱了阳光的温暖香味，少商懒洋洋地躺着，一动不动，连思想都慵懒地放空——这是她一个月来的常态。

她生性活泼好强，积极进取，小时候扔泥巴都要扔到第一名，这么长时间的闲散状态她从未体会过……嗯，似乎蛮舒服的。

醒了半个时辰的神，照旧躺到腹内微鸣，她才从绣花纱帐中伸手出去拉悬于榻旁的绳铃——再也没有紧迫的学习任务，也没了近在眼前的婚配需求，家人们如今都用一种近乎温水般的柔软包裹着病弱归来的她，于是少商空前地善待起了自己。

睡要睡到自然醒，吃要吃到心满意足，每日吃饱喝足就坐在干燥的木质窗廊下发呆晒太阳，活像她从宫里带回来的那只老年狸花猫，露着圆滚滚的肚皮悠然自得。

少商吃完阿苎亲手料理的补养点心，对着窗外的清爽秋意出了会儿神，忽然起意要出去走走。于是阿苎给她披了件外袍，让莲房扶着出去了。

初秋微凉，庭院此时的景色别有一番风情，枝头的花朵还不曾开始凋零，叶片翠绿透光，不似春季的烂漫热烈，亦不复夏日的喧嚣繁闹，而是一种幽静雅致之美。

少商忽然道："娘娘最喜欢这时的景色了，我原以为她好歹能熬到这时候的。"

跟在旁边的阿苎心头一惊，忙道："女公子快别想了，宣娘娘已经仙去了，你若再为她伤怀，她在地下也不放心啊。"

少商笑道："傅母想到哪儿去了，我只是随口一提。这么多年，娘娘的身体什么样我还不清楚吗，宿疾已深，早晚有这么一天的。好在她去得平静，我也少难受些。"

因为夏季不耐遗体保存，一应所需物件礼仪规制又早就准备好了，宣太后过身不到一个月就完成了丧礼，入葬预先建好的邙原北陵，据相士们说，那是一处风水上佳的吉壤。

少商身心麻木地走完所有流程，还得赏赐遣散原先服侍的宫婢与宦官，锁上永安宫宫门，向越皇后奉还宫令的节符与令牌，最后虚脱地回到家。

这一躺下，就是一个月的猪头生活。

她知道这期间霍不疑屡次来找自己，然而都被萧夫人一口回绝了，说要让女儿好好养身体。不过霍不疑也没许多工夫来缠她，宣太后辞世不久，各地大姓兵长反抗度田的行动愈演愈烈，终于酿成武装叛乱，于是去年刚刚刀兵入库的军队又要集结出征了。

太子气得嘴都歪了，最近他的表情只在两种状态之间切换——肃穆，或是更加肃穆，还是久经考验的皇老伯沉得住气。

"断人财路，如同杀人父母。人家好端端地当着土皇帝，田地越兼并越大，家奴越收拢越多，连县令、郡守都要看他们脸色。如今官府非要插手进去，他们自然不肯罢休。"皇帝镇定自若，"不要紧，打上一顿就好了。"

就在少商瘫成一团时，皇帝已发兵几路去镇压叛乱了，然而事情并不顺利，皇帝一怒之下，便将闭门思过的吴大将军又召了回来。朝堂上一时众口狺狺，纷纷表示吴大将军屠城杀降，凶名在外，一旦将他放出去平乱，恐伤了无辜被卷入的百姓啊！

皇帝道："如此，卿等以为当如何？"

"……这些叛贼聚则攻杀地方官吏，散则隐没山林草泽，官兵前去围剿他们就躲藏，官府收兵他们又出来抗乱。陛下，如今天下已经处处烽烟，民不聊生了啊！臣恳请陛下收回成命，度田一事宜缓缓图之啊！"反对度田的官员在朝堂上痛哭流涕。

崔侯撇撇嘴，道："也没有处处烽烟吧，只青、徐、幽、冀四州闹事最为激烈，其余州郡不是被官府安抚住了，就是弃械投降了。"

四皇子不解，问："为何是这四州最为激烈？"

虞侯笑道："盖因这四州都靠山有海，兼具鱼盐海贸之利，当地豪族有钱有人，势力庞大。再则，他们也都离朝廷中枢遥远——又不像扬州，虽广有江海湖泊，却是草泽初辟，有声望的豪族都没几家。"

四皇子恍然大悟。

另一官员道："青、徐、幽、冀四州幅员辽阔，人口庞大，又是赋税重镇，如今这一乱，天下震动，请陛下三思啊！"

纪遵厉声道："莫非汝要陛下投鼠忌器，因为畏惧这四州的豪族势力就将朝廷的政令半途而废吗？！"

这官员冷笑道："别说得这么冠冕堂皇！功勋遍布的景阴郡如今怎样？官员舞弊，隐没田土人口，包庇诸位功臣，却苛求外州外郡，未免叫天下人不服！"

这话一说，朝堂上倒有一半重臣对他怒目而视——某种程度，这官员的话也没错。

太子脸色铁青，冷冷道："就在昨日，孤禀报父皇景阴郡有舞弊情事，官员无法公正度田。父皇已派人下去核实了，来日提几颗'度田不实'的命官头颅给阁下看看，想来'天下人'就服气了！"

反对度田的官员们悻悻然地坐回去，其中一人犹自不平，便大声问道："大驸马，您怎么说？您家以前可是青州世族啊！"

大驸马神情尴尬，顾左右而言他，道："子晟，你见多识广素有谋略，你有什么看法？"

霍不疑看那官员一眼，淡然道："陛下，诸位大人，依臣浅见，此次叛乱应当分为两类。第一类，无辜百姓受官府盘剥，以为是朝廷将他们的房屋草垛一概计入田亩，好多征他们赋税，是以激起民变。这些人，需以安抚为主，剿灭为辅，把事情说清了自会散去，若还不肯弃械投降者再杀不迟。"

皇帝点点头。

"第二类，则是当地豪族裹挟无知百姓，反抗朝廷的政令。对于这些人，就该好好教导他们，这天底下，究竟谁说了算——嗯，这一路不妨请吴大将军费心了。"霍不疑道。

虞侯发觉皇帝的嘴角微微弯了下，太子面色略好些了。

吴大将军皱眉道："我去啃硬骨头，子晟，那你呢？"

虞侯低头笑笑，心想这种得罪人的事皇帝怎会找自家养子。

霍不疑悠然回答："臣自幼温文尔雅，心慈手软，当以圣人之言谆谆教诲那些被蒙在鼓里的百姓。"

四皇子倒退一步，摸着自己脸，怪叫道："你温文尔雅？"当年他嘴贱，多议论了几句霍、凌两家的往事，就被某人卸了下颌。

二皇子摸摸后脑勺的伤疤，喃喃着："嗯，你心慈手软。"

霍不疑把脸转开，全当不知。

最后皇帝结论："还是应当剿抚并用。若是叛乱之徒自行散去，朕也不多计较，若是继续冥顽不灵，一经查出乱军首脑，全族一律迁徙至并州北部或扬州南部。一来这两州地广人稀，他们也能有个生计；二来能阻断与原籍的联系，叛乱自消。"

行家一出手，就知有没有。皇帝说得好听，其实此计老辣至极。

说到底，这回叛乱四起，为的并非个人荣辱，而是家族利益所致，查明哪家支持叛乱，直接将这家族从当地连根拔起迁往他处便是，这叫釜底抽薪。

皇帝这话一落，适才几名梗着脖子的官员立刻扑倒求饶："陛下，万万不可啊！自古以来，士人故土难离，恋慕坟土。伏法不过家中数人死尔，而夺土远移，亡失财货，又不习风俗，不便水土，直如毁家灭门啊！"

皇帝一脸和善，道："爱卿言重了，迁徙后官府也会给他们土地，怎能叫灭门呢？从今日起，若有人真心悔改服罪，就用不着阖族迁徙，若死不悔改，不如换个地方好好思过——朕意已决，众卿不必多言！"

外面闹得凄风苦雨，程少宫照例将这事当作八卦说给胞妹听，少商深深感慨："幸亏咱们家发迹晚，田地人口没多少，也不怕度查。"

穿过庭院，少商循着青葱翠绿的树丛走到水榭旁，看见来来回回的婢女仆从捧着八角漆木食盒以及果酒酪浆等物进进出出，便笑着问："大母是不是全好了，今日能到外头吹风了吗？"

阿苎笑道："老夫人在屋里关腻了，这几日一直吵着要出来透气，刚好今日万老夫人也来了，女君便在这水榭里设下家宴。女公子，您若肯过去同乐，大人和女君定然高兴。"

少商笑而不答，从水榭背面靠近过去，同时做手势让周围婢女不要传报。她挨在廊柱后，让阿苎等人也躲到一旁，听着水榭中笑语晏晏——

"……阿母真是的，既然您都大好了，儿子当然得回去了！"程止脸上焦急，“如今叛乱四起，儿子身为县令，总要尽忠职守！”

程始感慨：“唉，要说三弟这运气也是没的说了。哪儿有灾劫，他总能躲开……欸欸，大家听说离县县令的事了吗？”

万老夫人独目微睁，问：“就是那投降乱军的县令吧？不是已经饮鸩自尽了吗？”

“正是！唉，说来那县令也可怜，身边总共那么几个人，围在城外的乱军跟潮水似的，他苦苦支撑数十日才投了降。结果两日后朝廷大军赶到，他立刻被下狱问罪。”

程始叹息，道：“不少地方官吏都遇上这种事，朝廷大军退去，乱军旋即还复，他们抵挡不过，不是死就是降，没有第三条路。阿止那地方如今是两名县丞管着，就算抵挡不住降了，朝廷也不会跟两个微末小吏计较，阿止真是运气！”

程母拊掌庆幸，道：“四方神灵保佑，阿止福大命大，遇难成祥……呸呸呸，连难都不会遇上……要我说呀，当年我生阿止的时辰好，漫天的彩云呀，一会儿像龙，一会儿像虎……”

“大母，这种话不能乱说，自古只有帝王将相降世时才有天兆……”程咏皱着眉头。

程少宫嘀咕：“也不见得。”

程母不悦道：“自家说说怎么了！”

“对呀对呀，说不定三叔父也能出将入相呢……”万颂唯恐天下不乱。

萋萋疑惑道：“三叔父能领兵打仗？我怎么没听说……哎哟……”

尹姁娥笑容可掬，在案几下拧了她一把。

“萋萋说得没错。”桑夫人笑吟吟道，“你们三叔父别说领兵打仗，在马上多骑会儿就腰酸腿疼。这回他向郡太守告假回家，他前脚一走，后脚叛乱骤起，好在那位郡太守素知兵事，若是有个万一，这便是第三位死于任上的你们三叔父的上官了。”

“第三位？！”万颂和萋萋难以置信。

程少宫开始去摸袖里的卦钱，想给自家叔父卜一卦。

“嗯。总是上官壮烈成仁，你们叔父死里逃生。我也没逃了，一回染上伤寒，一回断了条腿，你们叔父连油皮都没破。”桑夫人不无调侃，“这回我们又得寻说辞了。”

水榭内众人哈哈大笑，纷纷祝祷程止好运一生，程姎腹部隆起，与腼腆的班嘉相视而笑，心中俱盼着将来的孩儿也能有这般运气。

只有程母十分不满，质问桑夫人："你这是什么意思？你男人没死，你心里不痛快是不是？等着改嫁是不是？阿止红运当头，是我生的时辰……"

"什么时辰！好端端的家宴，你别找不痛快。"眼看程母又要发威，万老夫人沉声道，"我看舜华说得没错，虽然我们问心无愧，但免不了有人风言风语，说阿止生了一副贪生怕死的命格。程校尉、元漪，待子顾和舜华回去时，给他们多带些能征善战的部曲，好歹在路上帮忙平乱，以后也有个说法。"

程始笑着应了："伯母顾虑周全，晚辈自愧不如。"

"回去？外面兵荒马乱的回去什么呀！阿止别走了，官以后再做，这个官不做了！有你兄长呢，以后再找个好地方做县令就是了，现在就待在家里！"程母急慌慌道。

程承温和道："阿母这样恐怕不妥……"

"不妥什么不妥，你懂什么，给我闭嘴……"程母大声呵斥次子。

程承安静地缩回去，青苁夫人在案几下握住他的手，他回以感激一笑。

程止嚷道："次兄说得对，阿母别捣乱。我是朝廷命官，怎能只顾自己？再说了，阿母以为朝廷是长兄开的酒肆吗，想做什么官就做什么官！"

"怎么不行！就算你兄长不便，不是还有那个什么有权势的霍侯吗，下回人家再上门时别不让人进来就成了……"

话没说完，程萧夫妇已经沉了脸色。

"我以前还觉得少商这么多年都不肯搭理你，是太狠心了。"万老夫人摇头道，"如今看来，两家合起来只她一个能看透人心的——都到今天了，你还是死性不改！"

程母似乎有些怕万老夫人，嗫嚅道："我已悔过了，当初是我鬼迷了心窍，听葛氏那贱人撺掇，整日想着拿捏儿子和新妇，才耽误了嫋嫋……"旋即她又不服道，"可她后来不是好好的吗，来求婚的英俊儿郎就没断过，咱家都办三回定亲宴了！"

"阿母！"程始大吼，"你别哪壶不开提哪壶！"

"好好好！"程母耳膜嗡嗡响，讨饶道，"我知错了，我知错了！苍天在上，倘若能再来一回，我定会好好待嫋嫋，让她跟你们团圆！这话千真万确，若有半句虚言，叫我死后下拔舌地狱！"

对这老妇而言，这誓言算十分真诚了。

少商在廊柱后无声轻笑。

“大母既然好了，就别提什么死不死的。”程咏耐心道，“侥天之幸，宣太后薨逝了，大母反倒好了。以后，大母好好将养身体，儿孙们比什么都高兴。”

“我家长孙就是会说话。”程母眉开眼笑。

万老夫人冷哼道：“既然你一时半刻死不了了，我就将那金丝楠木棺椁带回去——还当你要先用上呢，果然是祸害遗千年。”

“是呀是呀……”程止随口应着。

程母大怒，道：“竖子，你说我是祸害？！”

“不不，儿说阿母能活千年！”程止连忙道。

水榭内哄然大笑。

“成了成了，你们别数落我了，我真是知错了。以后嫋嫋想嫁谁都成，嫁不嫁都成，反正家里也养得起她。我早留了话，我过身后，我攒了几十年的金银财帛都给嫋嫋，她就是终身不嫁也有个依傍——不信你们问胡媪！我这般认错，还不够诚意吗？！”程母懊恼道。

程母爱财如命，却不知道宣太后早赏赐了少商庄园奴仆，可保一生无忧，众人看她一脸肉痛的模样，着实乐不可支。

少商摇摇头，缓缓退了出来，心头忽然一片释然。

沿着水榭后的一条石板路，少商等人缓缓来到后山，在池边石墩上坐了会儿，她忽然道：“傅母，你还记得那年我在乡野小屋中生重病的事吗？若不是你尽心照料，恐怕此时，我坟茔上早已青草没膝了。”

阿苎一愣，笑道：“女公子福大命大，自会逢凶化吉，我怎敢居功。”

少商望着池塘边的垂柳，道：“傅母还是老样子，多一句话都不说，多一点好处也不要。你兴许不知道，那个时候，我不知道父母兄弟长什么样，什么性情，傅母是这世上我唯一能相信的人了。”

阿苎心酸，柔声道：“过去的都过去了，现在大人女君和几位公子多么疼爱你啊。”

“是呀。”少商自言自语，“这些年，就跟做了场梦似的。一个月来我总是睡个不休，就是想着会不会有一日我醒来，发觉真是一场梦呢？唉，谁知无论何时醒来，还在老地方。”

阿苎毫不明白，只是劝道："女公子累得狠了，又睡得太久，人就有些迷糊了。"

少商自嘲地一笑，转过头来，道："傅母，我恐怕一辈子都不能原宥大母了。"

"啊？！"阿苎原本看女孩这阵子日渐豁达，以为情形有所缓和，不防听见这话。

少商补充道："我也不会有意跟她过不去，只是，有些做错的事，是永远改不回来的。傅母，你别怪我。"

阿苎叹道："女公子受了那许多罪，我怎会责怪你。"

"以前，阿母总说我身上有戾气，我不服，不过现在想想，也对。"少商笑道。

阿苎犹豫道："女君，女君早已后悔了，她如今对你……"

"傅母不必说了，阿母的心意我懂。我不会再记挂这些了。从今往后，我不会一直记着谁厌憎我，谁对不起我，有气当场就出了，不能老憋着。"

阿苎欣慰道："女公子能这么想就太好了。"

少商喃喃自语："相反，我要记着谁喜欢我，谁待我好……只要想到这些人，我活得就有底气了。人啊，还是应该多想好的事，傅母，我说得对不对？"清澈的池水泛起粼粼波光，幽幽地晃到她脸上，也仿佛照入了她心底。

朝廷大政方略既出，旨意便鱼贯发下去，该平叛平叛，该安抚安抚。

太子请旨出战，皇帝欣然同意，然后下令在兖州陈留郡设立总理大营，督管征战与抚恤，监察各地度田令的施行情况。不少人心中透亮，这是皇帝给太子攒功劳来了，于是大家十分配合地微笑鼓掌，还纷纷表示愿意有钱出钱，有人出人。

少商不免感慨，其实当年皇老伯也这样栽培过东海王，群臣可是劝阻的劝阻，撇嘴的撇嘴——还不是因为如今的太子不好惹，不但办事利索，脾气比办事更利索，哪个敢给他暗中下绊子，保证把你收拾得明明白白。

少商还没收拾好行囊，太子已经领着浩浩荡荡的卫队与仪仗出了城门，一路东去。

程姎捧着肚子去送随太子同行的丈夫，回来就传八卦，说开拔典仪上，太子和皇后两脸不耐烦，皇帝与太子府的良娣侍妾们伤感不舍。

众人哈哈大笑。

程姎不无担忧道："阿嘉胆子小，又不善弓马，不会有事吧？"

少商安抚道："你放心，太子殿下有多妥当，他就有多妥当。你别不乐意，这趟差事定是陛下看在班家人丁凋零的分上，特意照顾班小侯的，不然你看别人抢不抢！"

程姎长长嘘气，道："这倒也是。听阿嘉说，太子先去兖州大营筹划，随后几路军队会前后赶到，嗯，兖州如今风平浪静，应当无事。"

程母既已病愈，儿女自然得陆续离去，程咏与万颂两对夫妇率先走，随后是程止，原本程承也想尽快回白鹿山，谁知妻子被诊出身孕，萧夫人便坚持留下青苁夫人，程承舍不得与妻子分别，于是每日都在学业与感情之间纠结犹豫。

这几日程始忙得脚不沾地，好不容易征集好军队，又得随韩大将军往司州以西几个郡去。好消息是此去一路与程止同行，如此程始便可护送程止夫妇回到任上。坏消息是，就在他们起程那日得到快马传信，程止的那位上司郡太守被乱民投石砸中脑门，昏死过去，由于郡丞此前已经重伤不醒，于是郡太守按照规程，在挣扎着昏过去前，任命郡内最大最富庶的县城县令代替他守卫百姓——也就是程止。

"三叔父不会又要升官了吧？"少商都眼红猪蹄叔父的运气了。

程少宫表示他可以卜一卦看看那郡太守会不会死，结果差点被萧夫人揍。

萧夫人拎着程止的耳朵叮嘱了好半天，大致意思是绝不可以表现出半分期待升官的意思，反而要比十全大孝子还积极地服侍在郡太守的病床前。

桑夫人笑眯眯道："姒妇放心，除了料理公务，我让子顾睡都睡到郡太守榻前去。"

程止捂着耳朵一脸苦色。

又过数日，少商收拾好行囊车马，整顿好卫队府兵，程少宫也算好了日子时辰，就在他俩要启程的前一日，宫里忽然来人宣她觐见。少商赶紧脱掉懒懒散散的襜褕，换上皇老伯喜欢的端庄曲裾才敢进宫。一番转折，少商在长秋宫西门外的汉白玉长阶上找到了皇帝。

皇帝坐在石阶上，斜乜着她，道："才放出去一个来月，骨头就又松垮了，这身衣裳多久没穿了，折痕都未熨平。"

少商尴尬地跪在下方石阶上，道："那那……卧床休养，起身烦琐，何必磋磨好衣裳呢……"

"如此说来，朕还得嘉奖你了。"

"妾身不敢！"少商连忙道。

"敢，这宫里没几件事是你不敢的。"皇老伯笑得胡须都飞起几根，"神谙丧仪后，老五就起程就藩去了。那日回来，皇后忽然说宫里好生寂静，以前还有你和老五偷偷打架，如今一个个都要走了……"

少商赶紧辩解："妾身哪敢殴打皇子，只是五皇子心胸宽厚，妾身斗胆跟他闹着玩，闹着玩的！"

"行了，你别巧言令色了，不过老五也不肯认就是了。好好一个大丈夫，动不动被你一个小娘子压着打，真是把朕的脸都丢尽了——是以朕也不愿认。"皇帝幽幽道。

少商呵呵干笑。

皇帝望着西面方向发怔许久，久到少商感觉膝盖跪疼了，老头子总算开口了："你别跪了，也坐下……唉，少商，朕这一生，是否做错了许多事？"

少商一愣，这才发现皇帝望的是永安宫方向，知道他想起了宣太后，一时黯然。

"陛下怎么说这样的话？"她道。

皇帝道："朕一生戎马，暮年回首，才发觉许多人因朕死了。子晟的父亲、二妹、神谙，还有许许多多……越是淡泊无欲、心地善良之人，越是死得早。"

少商沉吟片刻，柔声道："陛下请勿妄自菲薄，当年天下大乱，生灵涂炭，若不是陛下力挽狂澜，还不知要乱到何年何月！陛下之所以会作如是想，正是因为陛下心怀善意，始终顾念旁人。不论是宣娘娘，还是妾身，抑或是满朝文武，天下臣民，妾敢指天誓日地说一句——能遇上陛下这样宽厚的君主，都是我等的福气。"

皇帝听女孩语气认真无比，失笑道："说得好，是以朕治理天下还算不错了？"

"何止不错，如今天下太平……呃……"少商想到外面还有反抗度田令的武装叛乱，有些难以措辞，"总之，如今国泰民安，休养生息，都是陛下的功劳！"

皇帝状似无意道："嗯，既然如此，那你究竟在惧怕什么？"

少商愣住，道："惧怕？妾身惧怕什么，妾身没有惧怕啊，有时妾身还嫌自己太大胆了呢。"

"不，你只是看着胆大包天，实则如履薄冰。"皇帝似是什么都看明白了，"朕来问你，如今天下太平，你生于殷实人家，父母双全，手足友爱——一无生死之忧，二无饥寒之患，你为何总是惧怕自己会有不测？"

少商如遭雷击。

皇帝徐徐缓声，继续说道："你明明与子晟情投意合，可你总是想着留条后路，子晟又不是心盲无知，是以你们才老是吵架……"他顿了顿，苦笑道，"自然，你留条后路也对，那竖子后来闯祸，还是多亏了你。可是如今呢？你迟迟未决，是不是还在惧怕？"

少商全身发寒，捧着胳膊呆坐一旁，道："我，我，妾身……"

皇帝神情温和，毫无威势，道："既然你有幸生于太平治世，又无家累，如今更是有人有钱，为何还要这样惊惧，对自己的心上人也顾虑重重？难得一世为人，若总是瞻前顾后，会错失许多动人的风景。"

少商开始冒冷汗了，像偷看答案被捉住的孩童一般说不出话。

皇帝叹道："这世上能叫朕敬佩之人不足一掌之数，皇后算一个。"

少商疑惑地看他。

"朕与神谙，这辈子都被命数推着走，事到临头，起事也罢，成婚也好，由不得你不答应，可是阿姮不一样。当初朕担心她受了委屈会后悔怨怼，她却说，并非人人都能遇到心爱之人，若遇上了，千万别放手，宁肯伤痛一生，也好过后悔一世。她自己选的路，哪怕岁月磨砺，风霜侵袭，也绝不后悔。"

少商钦羡道："这的确是皇后娘娘会说的话。不过……"她顽皮地一笑，"陛下，您是在自夸吗？自夸皇后娘娘对您倾心不悔，无论如何都不肯放手。"

皇帝莞尔一笑，无奈道："行了，你也该回去了，是明早启程吧？"少商连忙答是，皇帝继续道，"神谙说得对，你虽为女子，却比寻常男子还要倔强，朕也不逼迫你。总之，你想嫁谁就嫁谁，大路朝天，自己挑一条吧。"

少商拜倒告退，走到一半，又回过头来，看见皇老伯犹如一位午后晒太阳的悠闲老人，正双手负背目送自己。

皇帝朝她挥挥手，道："去吧，去吧，早去早回。"

少商心中感激，再次作揖后才离去。

次日一早，三路人马分别前后出城而去。

张擅偷偷看着前头肃穆骑马的俊美青年，低声问："少主公怎么闷闷不乐啊？"

梁邱飞凑过去咬耳朵："昨日少主公提议小女君同行，小女君回绝了。"

"我们顺路吗？"张擅疑惑。

"稍微绕些路不就顺了嘛。"

张擅叹道："小女君也真是，就算做不成夫妻，也不必拒人于千里之外嘛！"

梁邱飞深以为然。

霍不疑缓缓举起右手，梁邱起看见，高声大喝："起程！"

第五成从窗口觑着坐在车内的袁慎，轻声问一旁的童儿："你家大公子怎么不高兴啊？"

那童儿咬耳朵："昨日公子去程家提议同行，程小娘子婉拒了。"

"我们顺路吗？"第五成疑惑。

"稍稍绕些路不就顺了嘛。"

第五成叹道："要说我在程家也住了段日子，程家上下都是和善仁义之辈，怎么程小娘子这般心如铁石？就算做不成夫妻，也可以当作老友往来嘛。"

童儿不敢答话。

闭目养神的袁慎摘下腰间玉珏，敲了敲车壁，然后袁家府兵首领高喊一声："起程！"

程少宫趴在车窗上，对车外一身骑装英姿飒爽的胞妹道："好端端的，你为何不悦？"

"关你什么事！"

程少宫窃笑，道："我知道，昨日下午霍、袁两家都送了信来，嫋嫋，信上都说了什么啊？"

少商重重一鞭子打在车厢上，恨恨道："再啰唆，就你来骑马我去坐车！"

程少宫吓得缩回车内。

少商翻身上马，径直骑到车队最前方，扬起手中马鞭，急躁地下令："起程！"

——难得她收拾心情，想来一趟说走就走的心灵之旅，身边带着两个前任未婚夫算怎么回事！

这是少商这辈子第三次离家远行，前两回……唉，不提也罢。

其实原本萧夫人希望她等到各地平叛结束再启程，不过眼见此事非一朝一夕可事毕，萧夫人最终还是松了口，主要也是由于少商此行要去的是豫州。托州牧梁老伯的福，这是天下少数几个度田令执行顺利的地方之一，境内基本风平浪静，连夫妻间的离婚官司都照常打。

路过颍川时，少商顺带看望了在家待产的曲泠君，还顺手带回两只孕妇亲手所制的小布老虎。曲夫人是真正的淑女典范，内外兼修，缝制的布老虎圆头圆脑，敦实可爱，少商喜欢得不行，程少宫全程眼神鄙夷——不错，这回只有他陪少商上路了。

豫州地处中原偏南，俯瞰下去，地形犹如一枚竖立的蚕茧。头顶上一左一右是司隶与兖州，脚底下是地广人稀尚待繁华的荆州与扬州，西面数州郡只有零星叛乱，韩大将军如同耐心的扫地阿婆，领着军队逐一清理，东面则是叛乱最烈的四州之一的徐州。

为了防止叛军或流民溜达到豫州境内，梁无忌顾不得即将临盆的妻子，一会儿到西面捉几路蟊贼，一会儿到东面堵着关隘，来来回回两边跑，忙得焦头烂额。

而宣太后的家乡就在豫州最南的弋阳郡，少商一行只要取正中那条官道，不靠近豫州东西两面，就不会有什么危险。如此秋高气爽，一路悠闲自在，少商甚至想着，等完成了宣太后的遗愿，可以继续南下，去荆州的江夏看看王姈女士，据说她如今在当地颇有贤名，人皆赞其温良恭顺，在诸妯娌中是殴打丈夫下手最轻的新妇……呃？

“你与那位王娘子不是死对头吗？”程少宫无法理解这种“友谊”。

少商道：“我和姁娥阿姊还打过架呢，她还不是成了我阿嫂？我等女子心胸博大，就是有嫌隙顶多是微风细雨，掀不起大风浪。不像你们男子，一个不好就兴兵作乱，弄得腥风血雨，战火连天！”

少宫很想跟胞妹说说春秋战国时期那些搅风搅雨的王女王后，嘴唇动了几下，最后还是缩回了马车。胞妹以前就很有决断，做了五年宫令后更加自信果决，自己完全镇压不住。不但如此，胞妹居然还开始质疑自己身为兄长的资格了！

“三兄，我来问你，”少商抽空钻进马车，“当初阿母临盆时大父正在重病，阿父又刚好在外头，家里乱七八糟的。你说，会不会是接生婆弄错了，其实早生一个时辰的是我，而不是三兄你？”

程少宫无言以对了良久，只能道：“若是两儿或者两女，兴许会弄错哪个早哪个晚，你我是龙凤胎，难道接生婆会记不清男女吗？！”

“这可难说，青叔母说了，当时她年纪还小，看见阿母昏睡过去了，急得团团转，一直照看阿母醒转过来，才得空问是兄妹还是姐弟。”

少宫无奈道：“我们都不是孩童了，何必纠结于这等小事呢？”

“没什么，我只是想对三兄发号施令得更理直气壮些。”

程少宫：……

这日行至正午，车队安营造饭，顺便让大家歇息歇息。

少商笑眯眯地坐到胞兄身旁，道：“三兄啊，妹妹有句话不知当不当问？”

少宫背过身去不想理她，赌气道：“我不让你问你就能不问吗？”

“你知道就好。三兄啊，如今除了阿筑他们几个小的，我们兄妹大多已尘埃落定，你究竟如何打算将来啊？”

少宫无端叹息，道：“长兄叫我去他县里学着当差，次兄叫我去徐郡帮他堪舆河川，阿父叫我跟他去军营，阿母叫我学习管理庶务……可是，我自己想先游历天下。”

少商惊异，道：“哇，当差、堪舆、领兵、庶务，这些三兄都会吗？”

少宫大是得意，道：“自然都会，不信你去问阿母。”虽然萧夫人老嫌弃他会而不精，但他其实是众兄妹中最博学多才的一个。

少商顿时刮目相看，道：“既然三兄想游历天下，为何这些年不走呢，是阿父阿母不答应吗？”

“倒不是，我想先看着你嫁人，才好出门。”

少商心中涌入一股暖意，不好意思地笑着去挨蹭他，待灶火燃起，她又端了碗热腾腾的汤饼给少宫，一脸的殷勤，道：“三兄快尝尝，趁热吃，味道是我调的，汤头是之前在驿站熬好的。”

少宫接过汤饼，笑骂道：“前倨后恭，小人耳！”——不过这小人手艺倒不错，哼，便宜了那姓霍的！

“前程先按下不说，三兄将来想娶怎样的妻子啊？”少商继续问。

少宫吹着骨汤思忖了片刻，道："不要太精灵古怪，像你似的，为兄消受不起。"

少商又想打人了，强忍道："那就像阿母似的，沉稳有度？"

"太过聪明厉害，我也消受不起。"

"那就像姁娥阿姊，温婉柔顺？"

"我不喜爱太贤良淑德的女子，显得我不像话。"他的性情距离正常士大夫的板正端方有十万八千里，喜欢吐槽嬉闹，偶尔神神道道，妇人太贤惠了他压力会很大。

"三兄也知道自己不像话啊。嗯，那就像萋萋阿姊，爽朗自在，天然纯真？"

这回少宫差点跳起来，道："你想害死我啊！小时候我挨了她几顿打你知道吗知道吗？！"

少商不耐烦道："那你究竟想要怎样的？桑叔母、青叔母……你别说喜欢大母那么'力拔山兮气盖世'的！"

少宫也很郁闷，道："我根本没想好，你逼问我作甚——所以我想出去游历嘛，没准会在外面遇上可心之人！"

"随便你。"少商无可奈何，"当心袁慎父亲的前车之鉴就行，咱家可经不起那么折腾。"其实她想给程少宫置办些产业，免得他一辈子吊儿郎当，老了后无妻无子无家无业。

看胞妹不想说话，少宫倒起了谈兴，他凑过去扯八卦："嫋嫋，临行前陛下宣你进宫，跟你说了什么？"

少商闷闷的，道："没说什么。"

"陛下是不是说了'他这一生很是不易'云云？"

少商猛然转头，直起半个身子，道："你又给我算卦？！"

少宫连忙摆手，道："没有没有，为兄答应你了，这些年我再没给你卜过！"顿了顿，他苦笑，"就算我能掐会算，也算不到陛下会说什么话啊。"

少商缓缓坐了回去，绷着脸道："那就好……可你怎么知道的？"

"就是猜的，猜的！宣太后刚过世，陛下仁厚念情，听阿父说这两个月一直郁郁不快，看见你这样长年服侍宣娘娘的，怎能不生出感慨惆怅？我们算卦卜运的，首要就是善度人心，要会察言观色，若是随性乱说，不死也得去半条命！"

"就是说你们都是靠骗人的！"

“话不能这么说。文帝之母薄太后尚在魏王宫中时，许负就说她当生天子，后来不是言中了吗！”少宫极力为本行工作正名。

“这有何奇怪？当时群雄并起，魏豹也是其中之一。许负说不定对所有豪杰的女眷都说过这话，总有一个豪杰能一统天下，那他的姬妾不就生天子了吗。”

“胡说八道！相士姚翁也对臧媪说，‘汝之长女贵不可言，将来定生天子’，后来也成真了，王氏长女果然生了武皇帝。”

“当时后宫正在择选美人，臧媪一脸雄心勃勃，姚翁当然要顺着她说了，难道说‘你家女儿就是个宫婢的命，进宫也只能端洗脚水’，那他还有老命吗！”反正少商是不信光看脸就能断定命数的。

“可是臧媪原本要送待字闺中的次女入宫，是姚翁非说她的长女才有皇后命格，可见奇准。”

“这更好说了。自然是姚翁看王皇后虽已嫁人生女，却比其妹更为美貌灵巧，能说会道。进宫去博宠的女子，当然是越美貌聪慧越好嘛！”

少宫气得半死，但又掙不回去，憋得脸如晒干的黄花菜，半天低吼出一句：“你你你……女子与小人不足与谋！”

少商捧腹大笑，笑够了平静下来，轻轻道：“那日陛下真没说什么，只是……只是仿佛在我看来世事纷繁如絮，人心渺茫难测，陛下轻描淡写就下了定论……”

少宫发挥神棍的观察力，试探道：“陛下与你说的是否关乎霍不疑？”

少商郁郁地点头，道：“我以为，芸豆难熟，是因为它性情倔强，韭葱辛辣，是因为地气旱燥。可是陛下，陛下说我……说我只是……”

“只是胆小。”少宫平静地说出后面两字。

少商倏然转头，问：“你又怎么知道了？”

少宫轻叹一声，道：“我早看出来了，就是不知如何跟你说。阿父总夸你谨慎细致，虑事周全，可我知道这不是你的本心。观你与萋萋阿姊一见如故，我就知道你其实也喜欢风风火火随心自在——想喝酒了，就从地窖偷出两坛酒来喝个酩酊大醉，也不怕被责骂；想吵架了，当着长辈的面也敢动手痛骂——可是你不敢，萋萋阿姊有人兜着错处，你……”

说到这里，他心中难过，声音艰涩：“你发觉没有，你进宫后，霍不疑在时你就容易犯错些，霍不疑不在你就老实许多。后来霍不疑流放了，你行事就越发妥帖。我常听人说‘程家小娘子很是了得，于长秋、永安两宫之间周旋无碍，不但伺候淮安王太后周到，还能得到越皇后的看重和陛下的夸赞’。”

被废的皇后每年出宫两三趟，可不算小事，然而胞妹办得滴水不漏——先让侍医开场，说久住宫中对淮安王太后养病不利，于是皇帝让淮安王太后到皇家别院休养。但因为越皇后常去那里泡温泉，宣太后便不肯去，于是皇帝就另辟一座庄园（宣后私产，少商全权掌握）给宣太后养病，如此御史大夫也没说什么。

天真烂漫的孩子都是宠出来的，没人可依靠才得学着看人脸色，所以胞妹才对宣太后那么依恋。无关于宣太后的才干见识、性情手段，只是因为，胞妹可以尽心依靠她。

“陛下说得没错。”少商沉默许久，才道，“我东想西想，怕这怕那，其实就两个字——‘胆小’。吃亏怕什么，吃一堑长一智喽，跌倒算什么，爬起来接着走就是了。要紧的是，我究竟还想不想和那人共度白首。”

——自尊这种东西，不能没有，毫无底线的妥协就是自轻自贱，没人会同情；但也不能太有，高高在上地端着，容易错过美好的人和事。

“说得好。”程少宫拍拍她的肩——嫋嫋长大了，可他还是难过。

这种难过没有持续许久，如同这世上大多数从娘胎中就开始互踹的龙凤胎，不到几个时辰，程少宫又想掐死妹妹了。

午歇后少商下令继续赶路，预计天黑前到达下一座驿站，出发两个时辰后，车队于一处岔路口的木垒酒肆中暂歇。程氏兄妹很豪气地点了一大堆当地的野味风物，什么腊肉、笋干、风脯、腌鱼，让武婢送下去给卫队众人分食。

酒肆中客商不多，来往东西南北的都有，不过往南的只有少商他们，酒肆的老掌柜听闻此事，赶忙道：“两位客官，往南那条官道前几日被山坡滚落的树木石块堵住了，如今官府都忙着度田平叛，一时半刻腾不出手来清理道路，客官不妨走西侧那条峡道，说起来还更近些呢。”

少商眉头轻皱，没有说话。

程少宫赶紧道：“那条峡道怎么走，路远吗，车辆好过吗，能否在天黑前赶到驿站？”

那老掌柜笑着道：“能，能，都能。其实这条峡道才是原先南去的官道，后因去扬州、荆州的商旅多了，便嫌那条道窄。嗯，大约是前朝宣皇帝年间，朝廷派大军南下平定土族叛乱，辎重粮草那得成批成批地运啊，官府索性新辟了一条更宽更平的官道。”

程少宫放下心来，连声道谢。

少商笑得娇憨，道：“多谢老翁，如此我们便走西侧那条道吧。今日有缘，老翁不妨与我等说说，附近还有哪些山川小径。贵宝地风光甚好，待我们兄妹办完差事好游玩一番。”

说着，她从皮囊中抓出一把铜钱赏过去，老掌柜乐不可支，当下也不去招呼其他客商了，坐到程氏兄妹面前一五一十地说起来。

正当程少宫以为诸事顺利，谁知刚走出酒肆半个时辰，少商忽命令车队掉头，从一侧小路绕过那间酒肆，还往那条据说堵住的官道行去。

程少宫大吃一惊，忙问出了何事。

少商镇定自若，道：“无事，只是我觉得不妥。”

“哪里不妥啊？那位老翁在那儿开了一辈子酒肆了，还会骗你不成！”

少商笑眯眯道：“三兄啊，你欲往东，我要往西，你我兄妹各执一词，你说手下人是听我的还是听你的啊？”

程少宫看看站在胞妹身后两名目光炯炯的侍卫，咂巴几下嘴，无奈道：“行，反正完成宣太后的遗愿也不着急，你想绕路回去看看，就绕吧。”

不是他好说话，而是形势比人强。

这趟车队中的武婢侍卫部曲加起来有一百多号人，因为程始程止兄弟也要用人，是以车队中只有两成是程家府兵，由程少宫的贴身侍卫符登统领，其余皆是少商的人马。

他们原是宣太后早些年收拢照看的将士遗孤，成年后编入皇后卫队，宣氏母子被废后他们不愿转入越氏麾下，并且为着避嫌，也不好投入诸位皇子公主门下，于是宣太后将他们托付给了少商。

少商有财帛有庄园，还有擅长领兵打仗的父兄叔伯，这五六年来便照着程氏部曲的规制来训练管束他们，并照看他们的家眷。当时萧夫人便叹道，人算不如天算，当初她手把手教导程姎的许多技能，如今都没用上，反而是她以为用不上的女儿，却面面俱到。

又费了一个多时辰，车队终于悄悄绕回到往南那条官道上，众人一见，果然平坦宽阔，可轻易并行八辆辎车，可惜前行数里，众人就看见两人多高的石块树木堵在前方。

程少宫忙道：“你看见了吧！那位老翁没有诓我们，这条路的确不能走了啊！”

少商反而下马步行过去，仔细观察那堆巨大的石块杂木。

程少宫没法子，只好下车跟过去，蹲到胞妹身边一迭声地问：“怎么了怎么了？”

少商站起身，神情凝重道：“三兄可知道官府为何要建造官道？”

少宫无语，道：“……天快黑了，再不走就得露宿野外了，回头我带你去听夫子讲课。”

少商不理他，自顾自地说下去：“官道，官道，说白了，本就是给官府用的。官府用来做什么，官员往来，商旅通行，这些都是次要的。始皇帝发十万军民修八百里驰道，为的就是更加迅捷便利地派遣大军和辎重车辆。

“是以，官道修造便有个讲究，非必要绝不能修在深山密林中，最好地势平坦，前后左右无遮无碍，不容易让人设埋伏施暗算。”

少宫哼哼道：“这些都是霍不疑跟你说的吧。”

少商白了他一眼，道：“阿父难道没跟兄长们说过？还不是你左耳进右耳出。”

“这些我都知道啊，你究竟要说什么？”

少商继续道：“出门前，我请太子殿下允许我向弘文馆借豫州舆图来看，这条官道全程平坦，只有一段的东侧有座小山……”

少宫抬头看去，指着前方东侧的小山，道：“不错，看来就是这座小山了。大约大雨冲塌山石，于是连着树木一道滚落下来。上个月夏雷阵阵暴雨连连，都城旁的几座山岭都塌下泥浆，还差点淹到村庄呢。”

少商一字一句道：“可那位老翁说的，这条官道是前几日才堵住的。都入秋了，哪里来的暴雨！”

少宫一怔。

少商指着那堆山石巨木，道：“你再仔细看，这像是被暴雨冲塌的吗？树木干燥，土壤结实，这些石块向阳的一面几乎都是干干净净的，若是被暴雨冲塌后连同泥浆滚落下来，怎么没有裹上泥沙？！”

少宫骇然，良久才道：“这是有人故意从山上推下这些石块树木，好堵住官道的！”

少商淡淡道："也不能断言，有时山民伐木凿石不当，也会发生这等祸事。不过，我这样自小运气不好的人，总得加倍小心些——小心方才驶得万年船啊。"

"那我们赶紧回去，换条路走！"少宫坚定道。

少商道："天黑了，我们点火夜行，岂不成了活靶子。"

"那你要怎样？！"

"避开数里，熄火静待至明晨。"

少宫怫然反对："既然知道不妥，怎么继续逗留外面，还是赶紧回去的好！"

少商拍干净手上的泥土，固执道："不，不能连夜赶路。"

少宫也怒了，道："我是你兄长，听我的！"

少商忍无可忍，开启了积累数年的无差别攻击——

"当年樊逆在兖州叛乱，三叔父死活要进清县去看他师兄，我说这样不妥，若清县已经出事，三叔父进去就是肉包子打狗，有去无回；若清县无事，进不进去又有什么要紧。我说'如今前方情形不明，我们随行侍卫不多，便不该擅动，还是原路返回陈留郡，问清楚缘由再做打算的好'——可没人听我的。"桑叔母不懂这些，可恨的是那猪蹄叔父！

"临分别前，三叔父抱着妻女落了几滴泪，然后一派风萧萧兮的壮烈模样去了清县，走前还吩咐我们继续往滑县去。结果如何，结果如何？我与叔母险些全军覆没，死无全尸！"最后一句少商几乎吼出来，那顿生烤人肉始终是她的噩梦。

少宫讪讪道："三叔父是读书人嘛，自然……那个不大懂……"

"第二年有人弹劾万伯父欺压百姓，我们兄妹去找他。回程时，我说既然已有数拨刺客，宁肯多走几步也要走官道，不能抄密林近路——有人听我的吗？有人听我的吗？！万伯父还笑我胆怯，你和萋萋阿姊尤其笑得厉害，次兄也只是犹豫。然后呢，后来如何？后来如何！若不是……他来搭救……我等又要全军覆没了！"

当时少宫也在场，心知这话不假，于是干笑装傻。

"三兄，我告诉你，这两口气我憋很多年了，碍着叔父和伯父大丈夫的面子，一直没说出来！"少商越想越气，就是因为这些不着调的男性长辈，害她对那人越欠越多，也不知哪年能还清。

"还有一件事我也早想说了，虽然我年纪小，但除了阿父阿母和三叔母，三兄不觉得我才是家里最聪明的人吗？”少商气势惊人，双目喷火，少宫顶着一脸唾沫，几乎缩到了马腹底下。

“既然我比你们都聪明，你们为什么不能老老实实听我的话呢？！”

少宫：……行行行，你都对还不行吗。

第五十回 恩怨情结

少宫无力抵抗胞妹的决议，于是一行人马趁天还没全黑，四下又无人，赶紧下了官道，或牵马或抬车，一脚高一脚低地踩在沟壑纵横的坚硬大地上，并在天黑前找到一处隐秘角落安营扎寨。当夜众人不敢生火，只好以泉水干粮充饥，好在此时天气不冷不热，便是不生篝火也不会难抵寒意，有条毡绒毯子裹着就够过夜了。

少商又让侍卫府兵们轮班放哨戒备，命武婢放染香料，以驱赶蚊虫鼠蚁，如此直至天明。少宫在黑夜中看着胞妹冷静地诸般吩咐，忽道："这些都是霍不疑教你的吗？"——萧夫人肯定没教，程老爹没工夫教，那么只剩下那人了。

少商身形一凝，没有回头："……就不能是我自己看书学的吗？"

夜风轻轻掠过空旷的原野，寂静清冷。除了值守的侍卫，众人皆已歇下，毫无睡意的少商独自抱膝坐在帐前，天幕蒙了一层白茫茫的夜雾，星月不见，只有深夜的寒气悄无声息地袭至周遭——她忽然想起了"他"。

行军在外之时，夜深静谧之际，他是否也曾这样于帐外仰望天幕？

漠北的寒夜滴水成冰，他是怎么熬过来的？可带够了御寒衣物？当初他离去匆忙，她给他做的手套护膝不知有没有带去？多半是没带去了，不然他手背上也不会生了冻疮……

少商一夜无眠，待天际浮现第一抹浅蓝，立刻让两名斥候出身的轻骑去打听消息，同时命人埋锅造饭，让大家饱食一顿热食。饭熟汤热，少宫伸着懒腰从帐篷里爬出来时，看见胞妹连饭也顾不得好好吃，正聚精会神地对着一张地图反复查看。

不久，两名轻骑赶回，她忙问情形。

其中一名略年轻些的轻骑上气不接下气，另一名肃色答道："回禀女公子，那条峡道果然不妥。我们先去酒肆打听，老掌柜说昨日本无往南的客商，谁知我们离开后，来了一群要去南边探亲的人家。于是我们立刻快马追赶，峡道前几里路尚有车辙、马蹄和脚印，然而峡道过半再不见任何痕迹。"

这时那位年轻些的骑士喘匀了气："酒肆老掌柜明明说过，那户人家拖家带口有二十多人，四五辆车，于傍晚时分经过那峡道，怎会走到一半就凭空消失了呢？于是我俩又回去搜寻，果然发觉其中一段峡道隐约有血迹，却被人用黄沙覆盖。我俩又往前走了一段，发觉山脚下一处泥土似是新掘的，于是挖开一看——女公子，竟是好些尸首……"

少宫差点倒翻手中的粥碗："真有这种事？！"

"莫非是图财？"少商问。

年长些的骑士道："属下看不像，虽只匆匆一瞥，但属下看见几名妇人手腕上尚有银镯，嗯……一名襁褓中的幼儿的金脚镯也还在。"说到最后几个字，他也是不忍。

少商神色冷了下来，少宫抖着竹箸追问："兴许是寻仇？"

"也不像，所有人的头颅都在。"年轻骑士道。

少商点点头——时人复仇的标准流程，总要割下首级告慰某人某事的，当年何昭君就是这么操作的，有工夫埋尸掩盖痕迹，总不会没时间割头吧。

"既不是图财，也不为寻仇，看来是别有图谋了。"她冷冷道。

少宫放下碗筷，着急道："嫋嫋，看来外头的确有一伙歹徒，只是不知冲谁来的，我们还是赶紧回曲夫人那里吧。"

少商沉吟片刻，再问那两名骑士："依你们看来，这伙人有多少？"

少宫心头一跳，百发百中地预感到胞妹又要搞事。

预估敌人数量是斥候的看家本事，那位年长些的骑士道："从被掩盖的打斗痕迹来看，人数约有二百，以常情估计，至多四五百。"一般会留三分之一的人马押后，最多一半。

少商赞同："不错，我也觉得最多五六百，再多也不能够了。梁州牧治下的郡县太守们不至于疏忽到放入近千贼人而不知。"尤其是在如此时局，诸位太守怕自己治下闹出事来，想必加倍管控兵械武装。

少宫在旁听得云山雾绕，眼睁睁看着胞妹将四名侍卫首领以及另两位细作出身的程府家丁召至帐中，如此这般吩咐一番。

“……我只盼此番举动不会太托大。”她两手按在地图上，沉沉叹息。

一名首领抱拳道：“女公子不必担忧，残杀无辜百姓者，死有余辜，别说有女公子的吩咐，就是我们兄弟平日里看见了，也是要插手的！”

其余几人纷纷应和，然后领命而去。

待人走干净后，少宫猛地起身，低吼道：“你究竟要做什么？！”

少商眼睛没离开地图：“我要替天行道。”

“你别胡闹了！”

少商看向胞兄：“我让人假作去那岔口酒肆采买饮食，并传出风声——已知昨夜峡道有路人被截杀，幸亏昨日下午我身体不适，在附近旷野扎营歇息，这才逃过一劫。如今害怕之余已决定原路返回，去最近的安国郡太守那儿避一避。回程路上除了之前路过的那片花草茂盛的谷地，再无可歇息之处，因我身体不好，行路缓慢，不得不采买许多东西。”

“你想引蛇出洞？你疯了吧，人家图谋不轨，我们躲还来不及，你倒要上赶着上去！你这样胆大包天，待我告诉阿父阿母，看他们不打你！”少宫额头青筋猛跳，“你老毛病又犯了！该胆大时步步迟疑，该小心时打架拆桥肆意妄为，真是不知你是哪辈子修来的冤孽！”

发完脾气，他又软声劝道：“你这又是何必呢，说不定人家根本不是冲你来的。”

少商目光平静：“若不是冲我来的，听见我放出去的风声也不会有动静。若真是冲我来的……哼，一旦我回到太守的治所甚至曲夫人处，他们必不敢追击，是以非得在我回去前截住我不可。”

“那不是正好！等我们回去了，再慢慢捉拿这帮浑蛋不好吗！”

“等我们回去，他们固然抓不住我了，我也抓不住他们了——我至今尚不知这帮人是何来历，如何捉拿？！”少商声音如铮，“那些无辜百姓可是因我而死的，不能白死！”

少宫沉默了。

少商从行囊中找出一方小木匣，双手端至少宫面前：“这里面有临行前阿母给我的派帖，还有萋萋阿姊赠我的万家印信，请三兄领几名侍卫快马去安国郡治所——安国郡太守是万伯父的多年好友，曾来家中赴宴，为人豪迈爽直，三兄请他发兵来支援，他必肯答应的。”

她看见兄长满脸的不同意，笑道：“如今时局不稳，若是寻常侍卫去报信求救，郡太守怕被人调虎离山，兴许会迟疑，是以非得三兄亲自去不可。从这里到治所，快马加鞭也要三个时辰，郡太守发兵至谷底少说得两个时辰。

“三兄知道我的脾气，自小倔强混账，无药可救。如今我心意已定，三兄怎么说都没用了，还不如快些去搬救兵，兴许能在我与对头碰面前赶到。”

少宫看着那张与自己有五六分相似的秀丽面庞，许久许久，他心中油然而生一股无力感，长叹一声：“你一定要等我回来！”

目送四匹快马扬起尘土，程少宫与三名侍卫疾驰而去，少商旋即开始行动。

先派一行人去那峡道掘尸，同时将辎重行囊以及没有武力的婢女仆妇尽数留在原地，其余人携带兵械以及少商事先准备好的东西，轻装快马赶路，沿路顺便向农家购买稻草木板，至日上三竿时众人终于赶至那片花草茂盛的谷地。

说是谷地，其实只有东、西两侧分别有一片低缓的山坡，南北各有一条可供三四车并行的道路，四周山壁还有涓涓细泉缓缓流下，顺着开凿好的浅浅水沟流向外面的农田水渠。

少商立刻分派人手，一拨人埋锅造饭，一拨人在少商指定之处动手脚，一拨人在谷底正中搭建一座“特殊”的简易茅草亭。等一切布置完毕，众人坐下来饱食一顿午饭，这时终于有人问了：“女公子，我等究竟要打什么人？”

此时风气，讲究的是士为知己者死，哪怕换老板也该好聚好散，保持礼节，绝不能事到临头，一看前方兵强势大就撂挑子说“老子不干了”。

尤其这回，少商的人马不是跟随程始多年的老部曲，就是她悉心训练的精锐，称得上都是忠心耿耿的“自己人”。严格来说，少商让他们打哪儿就打哪儿，掉脑袋也没二话。

不过嘛，士气还是该振奋一下比较好……这时之前被派去掘尸的人马回来了，用四五辆平板车带回了那些枉死的百姓尸首。

少商将人聚集起来，站到高处，提气高声道：“此次出行，我原以为风平浪静，好吃好喝，等办完宣太后的事，还能去荆扬两地看看那吴侬水乡的小姑子……”

众人大笑。

“如今看来，这番好事怕要耽搁了。”少商加重发音，“有人要杀我！难道我引颈就戮吗？！”

“自然不能！”众人大喊。

“适才有人问我，既然有人杀我，躲开不就完了吗，做什么非要顶回去？”少商朝一旁地上的尸首一指，“不怕告诉诸位，我为的不是自己，为的是他们！”

众人目光齐齐射去。

少商拿出一片竹简，沉声道：“这是从尸首身上寻来的家书，他们原是荆州人士，后来分出一支来豫州落户。这回荆州的老祖宗要过八十大寿，又逢叔伯家的女儿要出嫁，他们思亲情切，索性阖家出门去探亲，将寿酒喜酒一道喝了。谁知天地无眼，全家却遭横死，大家看看……”

平板车上的尸首血迹斑斑，老弱妇孺全都有，程府老兵还好，宣太后托付的卫士们基本没离开过都城，何曾见过这等场面，瞬时眼眶湿润，更有年少些的，看见木板车上还有小姑娘和幼童的尸首，不禁落泪。

“都是人生父母养，都有骨肉至亲，就因为一伙该遭天打雷劈的禽兽，如今喜事变成丧事，等消息传过去，他们家人该何等悲恸欲绝……”

这下连老兵都凝重了脸色，其余人或哭泣或咬牙，纷纷喊道——“杀灭这伙禽兽”“宰了这群畜生不如的东西”“绝不放过他们”……

符登站在少商身后，一边抹泪一边想：阿母真有眼光，当年在乡野小屋时，就一眼看出小女公子是很好很好的。

缩水版的战前动员结束，少商独自坐在茅亭中，其余人按照排布好的方位静静等待。

未时三刻，日影西斜，谷底南面的通道传来紧密急促的马蹄声，沉沉的震动通过空气和土壤击打在众人的鼓膜上，四名侍卫首领立刻暗中发下号令。

临近谷口，马蹄声放缓了速度，此时众人眼前涌入一大片刀枪在手的蒙面骑士——光是眼前这些，已经有四百多人了，加上后面在谷口压阵的，怕是有五六百之众。

少商骑在马上，高声道：“故人在此，尊驾何不现身一见？”

蒙面骑队从中间分开，一名随有四名武婢的骑装女郎缓缓从人群中骑出，她看见少商身边这点人，轻蔑一笑，姿态优雅地摘下帷帽交给一旁的婢女：“吾闻汝意，特来相会，少商君何不上前相见？”

少商看见那张熟悉的面孔，微微一笑：“我隐隐猜到是你，不过不敢认定。”

骆济通慢条斯理地抚着手中马鞭："为何不敢认定？"

"我仇家太多了，难以认定。"

骆济通柔媚一笑："你一个小女子怎会有许多仇家呢，莫不是你素日为人太不堪了？"

"没法子，谁叫暗中对霍不疑垂涎三尺的女人堆山填海呢。"

骆济通沉下脸色："到这个时候了，你还敢逞口舌之快！待我将你剥皮挖心，我倒要看看霍不疑脸上是什么神色！"

"说起口舌……"少商忽地变了口气，怅然道，"我与你相识这么多年，六年前你装得活像个书里出来的贤惠女子，六年后你恨不能吃了我。真说起来，你我都不曾好好谈过一次。"

她用马鞭向身后一指："不知济通阿姊可愿与我煮酒叙话？"

骆济通身旁的武婢立刻道："女公子，当心有诈，不如尽快了结此事。"骆济通却不当一回事，笑道："程少商，你别以为我不知道你已派人去安国郡求救兵了，可是他们最迟也要傍晚才能到吧。就凭你这点人马，我半个时辰之内就能将你们杀个干干净净。"

少商眉眼不动："既然你已胜券在握，何妨一谈？"

骆济通颔首同意，于是挥手让身后人马跟上，少商则示意身后人马后退，如此两边人马一南一北各占据半片谷地。

少商下马，伸手做迎客姿势："这是我刚搭的亭子，骆娘子不要嫌弃。"然后按照主客礼仪，径直坐到北面的位置上。

骆济通看这座茅亭四面通透，无法埋伏任何人手，便款款迈了进去，与少商隔案对坐。

案几上有一尊小陶炉，炭火细柔，陶罐中的米酒香气四溢。

少商舀了两勺酒分别倒于两盏双耳杯中，然后将两杯推至骆济通面前让她先选。骆济通看了她一眼，向右边这杯伸手，迟疑了下，又拿了左边这杯。

一杯下肚，骆济通感慨道："这是你自己酿的吧，比宫里大造坊的米酒都香。其实陛下很爱饮你酿的酒，只是忍着没夸你。"

"我知道，因为酿酒需要费去许多精米，陛下是怕引动了奢靡浪费的习气。其实你走后不久，我就能用糙米和粟米酿出好酒了。"少商浅浅啜了一口。

骆济通环视四周，这座茅亭虽然简陋，但构架精巧。脚下是平整的木板，铺着厚厚的干爽稻草，竖立的四根长柱上挂有几串草编风铃，头顶上张着一块薄可透光的细织绢布，既避免日光直晒，又使亭内敞亮明朗。

虽然此时已是初秋，不过疾行骑马，骆济通还是有些燥热，坐在这座南北通透的茅亭中，感受对面谷道吹来的夹杂着米酒香气的阵阵微风，她不禁叹道："你以前就这样，明明规矩礼仪一塌糊涂，可偏偏于小处有许多奇思妙想，尤其是享受，没人比你更灵光的了。"

少商想尽量拖延时间，故作不在意："你倒是说说我哪里该学哪里不该学，娘娘每日都说我有进益。"

骆济通看了看茅亭两边，山坡平缓，根本不能安放滚石之类的埋伏，再看了眼前方区区六七十的人马，淡淡道："你不用想着拖延，我和你顶多说小半个时辰的话，你今日总归是难逃一死。"

少商不动声色，道："若不是我有意等你，你也未必能坐着说这话。我等你，不过是想问问你，你莫不是失了神志，居然敢做出这等牵连家门的疯事来！你身后的都是骆家府兵和重金招募的江湖客吧。为了杀我，你肆无忌惮地屠戮百姓，还意图毁尸灭迹，不论我死不死，我三兄总会把话传到，难道你父兄家人都不顾了吗？"

"你别虚张声势了，一者，你三兄未必知道是我；二者，他也没证据。"骆济通心思灵敏，也非泛泛之辈，"我杀了你后，旋即从南面去荆州。荆州腹地广大，到时我把手脚洗干净，就说我在南边散心，到时谁能咬定是我杀了你？！"

少商沉默片刻："看来，是我低估了你……霍不疑知道你的本事吗？"

骆济通神色一变，目中似有雾气弥漫："……他比我大五岁，我进宫那年他刚好出宫立府，为了避讳后宫妇人，他每个月只来长秋宫拜见娘娘一两回。每当那时，我就躲在帘幕后面偷偷瞧他。那么多年，我见了他那么多次，却连话都没说上两句。"

"你可以自己找上去说话啊，等霍不疑自己跟你说话，地老天荒都难。"少商难得说句公道话。

骆济通道："他对所有女子都视而不见，也不独我一个。是以我很好奇，你与他究竟是怎么结识的？为什么是你，为什么不是我？"

少商张开嘴，然后道："说来你也许不信，我与他之间，除了六年前那次退婚，大多不是能由我定的。"

骆济通语气干涩："是呀，他就是这样一个人，看着温柔和气，其实固执己见。谁喜欢他都没用，非要他自己喜欢才行。我知道自己没指望了，就下定决心不去注意他，可是……可是说来容易做来难……

“他生得那样雍容秀美，行事说话不疾不徐。他看你时专心致志，说话时彬彬有礼。他孑然一身，独来独往，和小宫女调笑一句都不曾。”——那么温柔，那么冷漠。

这些话骆济通在心中存了十几年，始终无处可诉，今日在将死的情敌面前终于能说个痛快了，于是她越发不可收拾，梦呓般呢喃着她少女时代的伤感暗恋。

“他是我从小就做的一个梦，远如山巅晨光、海上瑶台，美不胜收却遥不可及。我不能无望地一直等下去，我必须为自己打算。谁知……”

她看了少商一眼，神情凄楚：“谁知一日梦醒。记得那天一早，翟媪笑吟吟地跟我说：‘十一郎要娶妇了，是他自己看上的人，真是谢天谢地。’——我都不知道那一整天是怎么过来的，犹如行尸走肉，神魂茫然，给娘娘磨墨都打翻了水台，只好告假回家。”

说到这里，骆济通的眼中陡然烧起了一把火，怨愤烈烈：“梦若永远是梦，没人能碰触，我也就算了，可那时我才知道，原来梦是能成真的，十一郎是会喜欢女人的！可为什么是你，为什么不是我？！”

饶少商胆大，此时触及骆济通癫狂欲燃的目光，也不禁向后仰了仰。

骆济通死死盯着少商：“我头一回见你，陛下就定下你与子晟的婚事，第二回见你，是他拉着你坐入陛下的家宴。我比你进宫早，比你出身高，比你聪慧贤淑，却只能在皇后身边服侍，端菜送酒，没有与皇子公主们平起平坐的资格！”

少商觉得对头情绪有些激动，缓缓将座席往后挪一些。

“当时东海王已有王妃，淮安王夫妻恩爱，三皇子四皇子是越娘娘那边的，五皇子……哼，不提也罢……余下的皇子都还小。那日宫筵上，我一直偷偷看你，我想，究竟如何才能堂堂正正坐到陛下的筵席上，而不是像宫婢一样卑躬屈膝——然后我看见了霍大人。好嘛，事情又回到原处了，出路还是在他身上。”骆济通的眼中闪耀着奇特的光芒，贪婪而残忍。

“于是，你与五公主一道陷害我？”少商冷冷道。

骆济通瞥她一眼：“五公主是非得嫁入越家不可的，我未尝毫无盼头。”

“我说当时你怎么提前嫁去西北了，原来是怕东窗事发才匆匆避了出去。可笑我当时真心拿你当朋友，对你恋恋不舍。”少商恨恨道。

“我的命没你好，你的姻缘是金玉铺就的，我的姻缘是给家里壮声势的。”骆济通纹丝不动，“后来，我在西北遇见了霍大人。我想，莫非是老天爷怜悯我，终于给了我一条出路？！”

“嗯，老天爷怜悯你，所以你转身就弄死你丈夫？”少商讥嘲道。

骆济通眼神冰冷：“反正他总是要死的，那病秧子十几年来跟活僵尸似的，我让他在死前过了数月的快活日子，他也算死而无憾了。”

“死而无憾？这是贾七郎自己说的？”少商匪夷所思，“你毫无愧疚也就算了，还理直气壮？！我听说贾七郎的父母待你若亲女，还亲自为你去向霍不疑提亲，你难道就没有半分触动？”

“他们对我好，一来是我将他们伺候得舒舒服服，二来也是为着贾家的名声，如今西北诸城谁不说贾家门风高洁、长辈敦厚仁善？小女娘们都盼着嫁进去呢。”

“你可真是当世大才啊！”少商气极反笑，“能将这样的恶事说得面不改色！”

“不敢当，我贤良淑德的名声再响亮，也不如你会勾引男人！勾了一个又一个，几个都不知足。”优雅贤淑的女子露出恶毒的神色。

“我没有勾引男人！”少商怒了，按桌而起。

“哼，你自然不肯认了，可你自己说说，那些男人凭什么看上你这样粗俗浅薄的女子？”

少商一口老血差点喷出——她要是知道就好了！

“你说够了没有！”她强忍着怒气，“说够了就该我说了！”

骆济通冷哼一声。

少商深吸气：“你说得头头是道，仿佛天底下你最了解霍不疑！那好，我现在来问你，你昨日滥杀无辜，若霍不疑知道了会怎么说？”

骆济通脸皮抽搐，强硬道：“成大事者不拘小节。”

少商双手用力拍桌：“霍不疑是什么样的人，你刚才只说了表，我来告诉你里——他会为了不耽误农时，拖着穿了洞的肩膀来回上百里地疾驰杀贼！他会为了不践踏百姓的秧苗，哪怕累得要从马上摔下来，还是坚持要绕道行军！你心心念念的那些功名利禄、皇帝家宴，他从来没放在眼里！只待海晏河清，朝政无扰，他乐得马放南山，瀚海雪岭，仗剑天涯！像你这种庸碌求索、贪得无厌、滥杀无辜的贱人，也配提他？！”

她一口气说完——拖延什么时间！打就打，谁怕谁不成！

骆济通气得脸色青黑交加，指着她厉声道：“你，你竟敢……”

少商昂然站起，冷冷地看着她：“最后再告诉你两件事。

“第一，无论你强过敌方多少人马，绝不要在别人预先安置好的地方打仗。

“第二，接下来我让你领教的一切，都是霍不疑教的！”

不等骆济通让身边的武婢拔剑，少商已高声喝道：“动手！”

只见站在亭外的符登手上不知什么东西一扬，两女所在的茅草亭瞬间燃起熊熊烈火。

瞬间燃起的大火惊呆了所有人，南面谷地的骆氏人马人惊马嘶，北面的少商人马也吓一大跳。不但因这火势迅猛若雷霆，还因这火烧得奇怪。

长方形的茅草亭骆、程二女各占一半，然而火苗仿佛被施了魔法般只在骆济通所在的南半面燃烧，少商所在的半座亭子丝毫无损。

骆济通一呆，看见自己脚下烈火遍地，而对面的两名武婢只要稍稍踢开地上一层薄薄的稻草，立刻露出下层湿答答的草垫木板。她明白了，同样材料搭建的一座亭子，只不过程少商那边的木板稻草都是用水浸透的，而自己这边怕是还刷了油，至于头顶那片细绢，着实薄如蝉翼，火舌一舔就没了——更重要的是，这片谷地的风势是由北向南的。

众人不及细想，熊熊烈焰已攀上骆济通主仆的身上，衣衫头发甚至皮肤都被火苗撕扯出扭曲的裂痕，发出可怖的焦味。四名武婢拼死护着骆济通退出茅草亭，正当她们急着返回自家侍卫当中时，却发觉地上几条细细的火线以草亭为中心，迅速向南面谷地蔓延。

与此同时，埋伏在东、西两面山坡背后的几十骑人马得到信号，疾驰上山坡，每人手中均拿几个拖着火星尾巴的黑色圆球，准确地向骆氏人马投掷过去。

骆家人马尚未反应过来，那几个黑球已在马蹄下炸裂开来，伴随着慑人的轰鸣和橘红色的火花，花草茂盛的谷地南面已成一片火海。

少商骑马压阵在最北面，隔着自家护卫，冷冷地看着前方的火魔地狱。

一名程氏家将凑过来，擦着额上冷汗干笑道：“女公子，这玩意是什么呀？恁地厉害！可吓死我等了！大人和女君知道吗？”

符登连忙将他扯开，低声道：“大人和女君知是知道，但是没见识过。”

“总有个名儿吧？”

“叫‘油火弹’！”

这五年来，少商停止了酿酒、烧砖、木匠、铁工一切“兴趣爱好”，唯独一件事没落下，就是这油火弹。因为宣太后出宫游玩最怕有安全之虞，是以她冥思苦想日夜琢磨，于两年多前研制出这种简易版的土制“手榴弹”。

碍于材料不足，炸裂效果并不好，于是少商就在燃烧程度上下功夫。凡是因油火弹导致的烧伤，轻易不能用水扑灭，非得用一种特殊的粉末或是跳入水坑才行。油火弹试用稳定后，少商特意训练麾下侍卫的投掷能力，力求稳、准、狠、快，指哪儿投哪儿。

不过这种特殊武器的最大缺陷是费钱，特别地费钱，每一颗油火弹都够寻常七八口人的农家半年嚼用了。

此时对面的骆氏阵营人仰马翻，哀号连连，最严重的还不是人员伤亡——惧怕火焰的马匹嘶叫挣扎，不是将骑手抖落马背，就是不听号令四处乱窜，混乱中导致踩踏伤亡。

油火弹投掷完毕，两面山坡上的骑士开始射箭，因为距离不远，尽可以瞄准了射，差不多箭无虚发，加上居高临下，事半功倍——少商坚信打仗是烧钱的活儿，只要钱烧得多，人命就能烧得少，于是她给所有人都配上二百多支血槽狰狞的三眼箭镞，超过正常配备三倍有余！

起程至今，一路顺风顺水，只有几个少年侍卫射过三两只雀儿兔儿，如今这些上等货色终于可以尽情发挥在血淋淋的人命上了。这些巨量的箭镞加上费钱的油火弹，饶少商庄园广大赏赐丰足，这些年依旧存钱缓慢。

漫天箭雨阵阵落下，身上火苗未灭的骆氏人马再受重创，中箭处鲜血直流，惨不忍睹，他们虽有五六百人之众，可几千支箭镞哪怕十支射中一人，也能尽数覆盖了。不过骆家将士也不全是吃素的，最初的震惊过后，他们将盾牌挡在身上忍着烧灼开始反击了。

这时就需要适才看傻眼的程府将士上场了，他们虽只有二三十人，但这几十年来一直跟随程老爹征战，从无懈怠。相反，少商记得骆家已有十几年不曾涉足战场了，她就不信骆家府兵能有多强的战力。战场之上，一个经验老到、狠辣自若的老兵何其重要。

在他们的指挥下，东、西、北三面的人马应对得不慌不忙，丝毫不急着冲入敌阵，只是坚定地一轮又一轮地射向敌群，偶有十余名骆家府兵意图反攻山坡，不是被密集的箭雨射死，就是好容易爬了上去后被老兵们抽刀砍死。

反应过来的骆家人看见远远高坐马上的程少商，打起了擒贼先擒王的主意。虽然以茅草亭为界，左右蔓延开来的一面火墙将谷地隔成南、北两半，但只要能冲过火墙和护卫圈，将程少商生擒或击杀，骆家未必没有胜算。

不过少商早有准备，骆家寻常身手的家丁经过几重重创后本就没剩下多少战力，符登指挥侍卫们以长矛配合短刀以逸待劳，于火墙边上将冲进来的人一一击杀。

由于骆家人马死伤太过惨重，三面强敌重压下，他们终于发现只有来时的南面无人把守，于是胆小懦弱之辈不顾头目痛骂，不由自主地往南面谷道后退了。

打斗已过大半个时辰，几名为首的骆氏家将一看不好，连忙吆喝着重金许诺，那几十个悍勇的江湖客便向北面发起了攻击。他们将身上外衫在崖壁边沾湿，裹住头脸冲了过来，符登神色一肃，立刻喝令侍卫们严阵以待。不过这些人也有缺点——

在奋力冲杀了半天之后，江湖客们身上的烧伤箭伤疼痛难忍，再看眼前的护卫们忠心耿耿，拼死抵挡，将程少商保护得风雨不透，看似单薄的人墙却始终冲不过去，他们不免焦躁起来。

这时，少商高声喊道："诸位侠士，请听我一言。我乃陛下亲封的永安宫宫令，你们今日击杀我，就是击杀朝廷命官，适才我已派人回去传信了，非但骆家上下逃不了，助纣为虐者也会遭到官府缉捕，诸位可想好了？"虽然已经辞职了，但拿来糊弄一下也不坏。

那些江湖客动作一慢。

少商继续道："诸位如此卖力，不过为了个'财'字。我不妨告诉众位，前面这位骆家娘子犯下滔天大罪，骆家满门怕是都逃不了了。到那时，尔等去哪里领赏金？"

江湖客们互相对视的眼神显示了动摇。

尽管如此，还是有三四名死心眼儿的江湖客和蚁群般的家丁杀进了护卫圈，少商二话不说抽剑抵挡，同时手持弓弩射击——就在此时，她身后响起高亢的号角鼓点，她回头一看，只见谷道口冲来大队人马，最前头一人正是她亲爱的胞兄。

众人士气大振，纷纷喊叫着："援军来了！""三公子的救兵到啦！"

骆家那边本就因为久攻不下而烦躁恼怒，眼看时间越拖越长，此时终于功亏一篑。骆济通忍着身上的烧伤，狠狠地瞪着前方安然无恙的程少商，一咬牙，下令撤退！

少商及一众将士疲惫不堪，少宫便下令追击，然而此时发生一件意料不到之事，满地的火苗不但阻隔了骆家人马攻击少商，也阻碍了少宫前去追击，尽管杀俘了不少敌众，然而骆济通依旧在心腹侍卫的保护下逃之夭夭了。

少商累得坐到大石上，看着胞兄指挥将士善后——扑灭火苗，治疗伤者，掩埋死者，清点杀俘敌众的人数……符登虽也是精疲力竭，却依旧忠诚地守在少商身旁，笑道：“女公子真是了不得，居然有这般本事！”

少商不答，只是微微一笑——围师必阙，这也是霍不疑教她的。

日影缓缓倾斜，将谷地中走动的人们拖出老长的影子，看着地上不断移动的人影，少商忽然想起了金色的长秋宫傍晚。

预备晚膳的宫婢宦官来来往往，中庭的汉白玉地面上人影晃动，其中有一个特别挺拔笔直的身影——他总是喜欢独自靠在廊柱上等她，垂着长睫一言不发。

当少商出来时，恰好能看见他清隽美丽的下颌弧形，略略松散的额发犹如碎金一片，软软地落在眉骨上，他听到她嗒嗒的脚步声，回头微笑时年轻好看得不可思议。

那时的少商，总奇怪这样一个无所不有的天之骄子，为何常是郁郁寡欢，为何笑意少能到达眼底深处。

霍不疑不善闲聊，少商又不愿与他大眼瞪小眼，常常是相对无言不久她就心思乱动，霍不疑为了不让她溜掉，只好没话找话。

他会跟她说西域之行的见闻，雪岭上的那只狡猾可爱的小雪貂，头一回行军布阵时闹的笑话，可敬的强敌与卑劣的叛臣，古老苍茫的河西走廊，一望无际的稻海中农人们的满足笑脸，惨胜后的落寞，还有夕阳余晖下残败的前朝宫阙……

他还说，哪怕她就坐在他身旁，他还是思念她。

多年后蓦然回顾，原来他们曾说过这样多的话，有过那么多欢笑。当时年少，不觉如何，回首只剩辛酸怅然了。

她正在发怔时，程少宫料理完一应事宜，跑来找胞妹：“杀二百，俘一百，剩下的都逃了，着实对不住你了。”——他一路上紧赶慢赶，连口水都不敢喝，就是怕救不了胞妹。

少商释然而笑："不怕，逃得了道士逃不了道观。有这些活证死证，我倒要看看骆家怎么全身而退。没了骆家，她骆济通又算得了什么？就算逃得一条性命，也只能做个见不得天日的丧家犬！"对骆济通而言，寂寂无名贫寒一生，恐怕比杀了她还痛苦呢。

程少宫半解铠甲，坐下叹道："嫋嫋，阿父若见了你今日所为必然欣慰，还有阿母，她这辈子看得最错的一个人，恐怕就是你了。"

"三兄过奖了，你与两位兄长自小长于战场边上，耳濡目染，想来更是了得。"少商累极，口气都柔软了。

程少宫苦笑着摇头："阿父总说，当年他误以为行军打仗靠的是敢拼敢冲，吃了几次亏后才知道，越是大战，越要冷静自若。阿父说长兄倒是冷静了，可是筹谋太过，缺了几分冲劲，似今日这般一百对五百的，长兄绝不肯动手。次兄倒有冲劲，可惜受不得激，得找个压得住的镇着。还有我，喀喀……我就不说了。"

少商听了这番话，并无多么高兴，沉默许久，才道："不瞒三兄，当年我急着嫁出去，就是想尽早摆脱家里，将来做出一番成就给看不起我的人看看。过了这些年，我如今发觉，别人怎么看我，我早就不在乎了。"

程少宫感慨万千，拍拍胞妹的肩头。

"阿兄，有吃的没？我饿了。"

"我也是一天没吃热的了，赶路时在马上把干粮啃光了……等会儿吧，我刚才看见有人掘坑起灶，想来就快有吃的了。"

"唉，这些大老粗，能做出什么好吃的来，中午那顿好险没噎死我，赶紧把烧火做饭的从那荒郊野岭接回来才是要紧。"

"是呀，马车上还有我存的翠香坊糕点呢。"

少商缓缓转头："……我昨天问你，三兄不是说都吃光了吗？！"

"呃……这个……"

少商大怒，扑上去欲打，少宫边笑边挡："行了行了，我分你一半还不行吗，别打了……别打了……咱们做点正事吧！"

"什么正事？"少商没有力气，只好暂时鸣金。

"闲着也是闲着，不如去审审被俘的骆家府兵。"

少商眼睛一亮："其实我也想到了，骆济通这么大队人马，不可能满地乱跑，必然有个落脚处。咱们把这地方问出来，连夜追去，说不定还能生擒骆济通呢！”

“要审就快点，不然人家缓过气来就跑了。”

兄妹俩说干就干，一个说要收买，一个说要哄骗，于是两人分道扬镳。程少宫挑了个面相飘忽贼眉鼠眼的俘将下手，少商找了个看起来呆头呆脑的傻大个儿。

兄妹各立一帐，开打骨肉杯友谊赛。

少商卸下软甲，穿着溅有血迹的旧衣进入帐中，对着那名五花大绑的傻大个儿先是一通忽悠，从她与骆济通当年在长秋宫里的深厚姊妹情说起，一直说到误会迭生姊妹反目。

“……济通阿姊比我年长两岁，对我处处关照，嘘寒问暖。我不懂宫里的规矩，有一回磨墨时打翻了娘娘的水台，济通阿姊就把罪过揽了去。我心中感激，是真心拿她当亲姊啊！”少商捂着绢帕嘤嘤哭泣，随手把骆济通的故事拿来做瞎话素材，“从西北回来后，霍侯不肯娶济通阿姊，阿姊就把这事怪在我头上，嘤嘤嘤，我冤啊，小女子也是读书识礼之人，怎会去勾引霍侯！”

傻大个儿并不清楚自家女公子与程小娘子有何恩怨，只是在都城中听说原本要娶自家女公子的高雍侯霍不疑看上程家小娘子了，不过看眼前的小女娘珠泪盈目，弱不禁风，俏生生的鼻尖微微发红，见者不忍，当即就信了一半。

少商骗人骗得毫无内疚，老天给她这么一副楚楚可怜的长相，那就好好利用，不要浪费了。

“这番稀里糊涂地打了一顿，也不知济通阿姊有没有受伤，想到济通阿姊烧伤了，我心里就跟刀割一样！若不是家中部曲拦着，我宁愿死在济通阿姊手里，也不肯对她有半分加害！这位壮士，你愿意信我吗？”

女孩哭红的大眼睛里满是希冀，晶莹的泪珠尚挂在白玉般的面颊上，那傻大个儿看得眼睛发直，不由自主地点起头来。

“既然如此，烦请壮士告知济通阿姊如今身在何处，这回找到她，我一定低声下气地求她，劝她，再不惹她恼火了。”少商看那傻大个儿还有些犹豫，决定加把火。

“我怎会勾引霍侯呢？小女子至今还惦记着袁家大公子，到时还请壮士替我向济通阿姊说道说道！嘤嘤嘤，要知道小女子也是命苦之人啊，定亲三回，退亲三回，都城里风言风语，都说我是个扫把星，不论是楼家小公子、袁家大公子，还是霍侯，每位未婚郎婿都吃了官司，我在都城实在是待不下去……”

“你在说什么？！”一声熟悉的男子疾厉呵斥。

少商正哭诉得起劲，闻声愕然抬头，只见帐篷的帘子被高高掀起，颀长高大的青年直立于门口，夕阳将他身上的铠甲映照得金碧辉煌。从少商的角度看去，刚好看见他清隽美丽的下颌弧形，碎金般的松散额发，不过——

门口斜插进来一个脑袋，程少宫干笑道：“我拦过他了。”

少商：……

“你刚才说什么？！”霍不疑拧着眉心。

“呃……”少商想说这很复杂，一时半刻无法解释，斟酌了半天，最后说，“也许你不相信，刚才我还跟骆济通说你好话来着。”

——看看，这就是她从小到大鬼哭狼嚎的运气。

听了这话，霍不疑目中似有流光微闪，然后他面色不变地甩下帘子，果断转身离去，垂落下来的帐帘猛烈晃动，差点打到程少宫。

少商看向走进来的胞兄：“……他这是生气了吗？”

少宫忍笑摇头，然后问道：“你不去追他？”

少商挠挠腮，抬头道：“过会儿吧。”眼看红薯要煨熟了，她好歹把它钳出火炉拍拍灰。

正打算回头继续对着傻大个儿装可怜，帐帘忽地又掀起，霍不疑一阵风似的大步迈进，不由分说地拉起她往外走去。程少宫笑眯眯地坐了下来，不理一旁嘴可吞蛋的傻大个儿，一面捶着自己酸胀的大腿，一面考虑接下来的家书该怎么写。

少商被扯得跌跌撞撞，额头几次差点撞到霍不疑的臂膀，外面三三两两的侍卫府兵看见他俩，纷纷跳着脚跑远些，跟躲避黑山老妖似的，符登倒是想上来给自家女公子帮把手，不等走近就被梁邱飞拽着胳膊拖走了。

更远处，霍不疑的人马已经接管了营地上一应事宜，几名医士坐在简易的凉棚下给伤兵诊治，一队身形富态的伙头兵或是捉着几只活蹦乱跳的鸡鸭，或是架烤笼埋饭锅，更有蒙着口鼻处置尸首者……

少商竭力甩手，男人的手掌如钢水浇铸，纹丝不动。

“我不走了！要杀要剐你给句话就成了！”少商被拖得气急败坏。

听见这话，霍不疑断然一个转身，少商早有准备地用另一手撑在他的胸膛上，傲然道："你有话说就赶紧说，我还忙着呢！"

"忙什么，忙着哭诉你自己是命苦的扫把星？"霍不疑面色冷凝。

少商尴尬："……喀喀，其实我我……我是在审问人犯，我要问出骆济通的下落啊……"

霍不疑冷哼一声："这年头审问人犯还要痛哭流涕？"

"不是痛哭流涕，这是计策！计策！"

"什么计策？求人家行行好，看在你生得呆不可言的分上，赏脸招认算了？"霍不疑其实已经不气了，嘴角微不可察地翘了起来。

少商恼羞成怒——怒不可遏——遏不能止，她一把推开霍不疑，大声道："谁呆不可言？！你才呆不可言，你生下就呆不可言，一辈子都呆不可言！你知道什么啊，只要那傻大个儿相信我与骆济通是因误会生了龃龉，我是一番好意想追上去赔罪、疗伤、修补二人情意，他就会说出骆济通的落脚处你懂不懂啊你！不用皮鞭、烙铁、老虎凳不用挖眼、割耳、剜膝盖，清清爽爽干干净净就能把话套出来！我不装得可怜些，他怎么相信我啊？这是兵法中最高深的'不战而屈人之兵'，道家术法中最奥妙的'无招胜有招'……你什么都不知道凭什么笑话我？！你你……你不许笑……不许笑！"

霍不疑已笑倒在她肩头，双臂环住女孩，埋在她颈窝中不住闷笑，甜蜜温暖的熟悉气息盖过衣裳上的血腥，幽幽沁入鼻端。他想起那年夏日，女孩栽种在宣后的庭院中一种不知名的甜瓜，待到瓜熟分食时，庭院中满是笑声和甜香。

他笑得欢畅，少商气得仰倒，推搡了半天却无尺寸之功，被他闷笑时喷出的气息弄得耳热脖软之际，她听见他含混了一句"你若是不这样有趣就好了"……

没等她听清，霍不疑抬起头来，晃了晃一直提在手上的锦匣，含笑道："饿了吗？"

少商负气："不饿！"

霍不疑将锦匣开了一半："真的？那我拿去给少宫，适才他一直嚷着饿。"

少商已经闻到一阵奶香浓郁的甜味，腹中更觉饥饿。

霍不疑斜乜一眼："真的不吃？"

"不吃！"饿死也不吃！

少商怒火与饥火齐飞，愤而转身欲走。霍不疑大笑着扯住她，如同牵着一条脸颊鼓鼓的比目鱼，大步往新搭建好的营帐走去——嗯，这比目鱼还蛮讨人喜欢的。

不远处的梁邱起侧身躲在帐柱旁，偷偷往这边瞧。梁邱飞将符登丢给医士后回来了，见此情形问怎么了，梁邱起叹道：“这些年，少主公都不曾这么笑了。”

梁邱飞看着两人走入营帐，神色黯然。

霍不疑的营帐是行军将帅的标准配备，既能舒适起居，又能容纳十余名副将在内商谈。帐内已经掌灯，淡橘色的光晕柔和地洒满帐内，女孩坐在原本用来铺排堪舆图的巨大案几旁吭哧吭哧地咀嚼糕点，霍不疑在旁给她倒水拍背，时不时劝她“慢点吃别噎着”云云。

即使以全天下为范围，能让霍不疑亲自服侍饮食的人满打满算不超过三个，皇老伯算一个，崔侯算一个，第三个就是小程女士了。

“……那日，你为何没来找我？”霍不疑看着看着，忽然开口。

少商愣了下：“哪天？”

“袁慎走出廷尉的第二日，来长秋宫找你。”

少商放下手中糕点，没有答话。

“后来我问过宫婢，袁慎离开长秋宫前与你说过话——难道他没有告诉你？”霍不疑指的是他冒袁慎父亲之名截杀公孙宪之事。

少商用手背抹了下嘴边的点心渣，沉默许久，霍不疑也不催她，只静静等着。

“阿慎都说了……”少商低声道，“你为了我，替袁州牧杀了公孙宪一行，那日我本想立刻去找你的，可我忍住了。我躲在廊柱后头，偷偷看你，可就是没走过去。”

“这是为何？”

“我希望，将来我若嫁你，只是因为我想嫁你，而不是因为贪慕权势，惧怕威吓，抑或是感激你对我的情意——只是因为我心悦你。”

女孩语气平静，霍不疑却听得心潮澎湃，仿佛辗转无穷冰雪，历尽千辛万苦，终于来到温暖明媚的绿洲。他颤声道：“你，现在不气恼我了吗？”

少商心中百转千回，最后化作一句：“我哪敢气你，我怕你气我还来不及。”

霍不疑长臂一展，将她揽入怀中紧紧搂住。

少商被混杂着药草清香的男性气息扑了个满怀，不由自主伸手反抱住他，泣笑道：“你还说！骆济通是哪个惹来的？若不是我天纵奇才，早就尸骨无存了！总算你的人跟我跟得紧，赶来还算及时，这便算了！”

霍不疑握住她的小拳头，沉默片刻：“其实，这回我不是跟着你来的。”

“什么？！”少商一把推开他。

霍不疑揉揉她的头，无奈道：“我叫你与我一道走，你不肯；我想送你一队侍卫，你不要。不单如此，你还不许我派人跟着你，不然一辈子不理我……我便只能使人跟着骆济通了。我在兖州听到骆济通从自家庄园消失，立刻觉得不好，赶紧循迹跟了来。”

少商有些不悦：“既然说起来了，我们不妨理论理论。你当初那么轻易放过骆济通，害得我今日差点没命，你说，你是不是对她余情未了？！”想起他们在西北的那五年，她就心气不顺。

霍不疑苦笑一声：“这回是我失策了，骆济通救过阿飞一命，我又用她做挡箭牌数年，于是放她一回算是了结。我以为骆宾是个明事理的，得知女儿心地歹毒应该懂得如何处置……”他顿了顿，“当家人当断不断，看来骆家是真的不成了。”

“别岔开话题！”少商愤愤道，“你是跟她了结了，我可差点出事！”

霍不疑定定地看她一会儿，含笑道：“有你那‘油火弹’在，寻常人马很难奈何你。适才我看了下战后痕迹，你应该还有东西没亮出来吧。”

“你怎么知道？”少商大惊，“我连阿父阿母都没细说。”

霍不疑将她抱到腿上坐着，柔声道：“三年前，你遍寻一种奇特的火绒而不得，最后终于从一路西域来的商贾手中购得。”

少商惊疑不定：“那、那是你找来的？”那种火绒是做引信用的。

“废话。”霍不疑凑近面庞，用自己的鼻子蹭了下女孩柔嫩的鼻尖，“那东西虽能引火，但烧不起火星来，难以点燃柴草，寻常人家谁要？商贾带这种东西又卖给谁去？还有那种能磨成粉末的黑色硝石，我倒见过民间零星有人采来生火取暖，可那些质地不好，我派人一路挖到先赵故地才寻到合适的。”

少商捂着自己的鼻子，心中酸软，闷闷道：“原来你一直盯着我。”

“……我不知自己何时能回来，想让你好好地嫁给别人算了，我暗中护你一辈子就成。”霍不疑声音渐低。

少商想到他当时的绝望孤寂，心口隐隐作痛，忍泪打趣道：“这主意蛮好的，你怎么不施行下去？”

“我一看见你，就改主意了。”

少商笑得落下泪来，再次开口却是哽咽：“这么多年了，我才终于明白你的心意。你心悦我，只是因为我是我，再有人比我好看，比我聪慧，比我会惹是生非，你也不会多看一眼了，我盼着也能如此回报你。

“将来有人比你更有权势也不行，有人比你对我更好也不行，率土之滨，四海以内，两都一十三州，唯有你，只有你。不论风云变幻，局势更迭，我嫁给你，只是因为我心悦于你。”

霍不疑感动得难以言喻，只能将她搂得愈紧些，语无伦次道：“姑母她，她起初并未真疯，一开始她是装的。凌益善于钻营，又有些许功劳，但只要她疯着，陛下就会永远厌恶凌氏一族。她舍弃了爱如性命的儿子，每每想起便是锥心刺骨，到后来便有些真疯了。没人在旁时，她就会一遍遍咒骂提醒，叫我永远不能忘了报仇雪恨！”

那是一种焦躁如火烧的扭曲恨意，恨到最后，霍君华也不知道自己恨的究竟是谁，是禽兽不如的前夫？还是有眼无珠的自己？无论如何，最终这一切都落到年幼的霍不疑头上。

“我知道，我知道。”少商抚摩着他的面庞，“我都知道。”

人非草木，不能永远理智冷静不出一点错，英明睿智的君主难免晚年昏聩，纵横捭阖的权臣也会鬼迷心窍，棋差一着。

一日日的悔恨惶恐，一年年的刻骨仇恨，诛灭凌氏已成了姑侄俩的执念。霍君华的死，便是催促霍不疑尽快行动的最后一声号角。于是，他铤而走险，孤注一掷了。

程少宫摸进帐中时，看见胞妹在软榻上睡得脸蛋红扑扑的，额头沁着细汗，身上半盖着霍不疑的玄羽金丝大氅，霍不疑坐在榻旁替她轻轻打扇，不错眼地细细看着女孩，神情满足。

少宫想起一日胞妹午睡时霍不疑忽然来访，双亲恰好都不在，为难的阿苎便去叫他来处置这事。当他赶到时，正好看见同样一幕——霍不疑顶着满屋婢女惶恐不安的目光，也这样坐在榻旁，安静地给女孩打扇。

程少宫心头一软，轻声道：“嫋嫋已经一日一夜没合眼了。她就是这样，越是不放心，越是睡不着。”

霍不疑低低“嗯”了一声，望向女孩的目光满是爱怜专注。

当夜，为避免孤男寡女共度一夜，程少宫想在这座帐内打地铺，被霍不疑温和而不失礼貌地“拎”了出去，于是他就找地方写家书去了。

阿母在上：吾兄妹二人都很好，没有惹是生非，没有胡乱饮食，一直好好走在官道上，只这两日稍有异状。遇上一伙匪人，我等杀敌一百余，伤敌一百余，俘敌一百余。区区小事，阿母不必挂怀，细处容儿回时再行禀告。还有一事，今日霍侯追上我等，自此以后，幼妹的一应烦琐均请阿母询问霍侯为佳，儿纵奋不顾身亦恐无力管束——拜伏敬上。

第五十一回 姚县之变

晨光爬上了牛皮帐篷的精致金顶，从最高处往下洒落一片金辉，程少宫顶着一对乌黑的眼圈走入大帐，看见一对神采奕奕的可心人儿正坐在乌匣银镜前有说有笑。

一夜好眠，胞妹精神抖擞，霍不疑鬓边的银丝似乎也少了许多，仿佛久旱逢甘霖，枯木回春。

乌木镜匣边上放着一束不知哪里采来的新鲜野花，浅绯、杏黄、粉白、菡萏紫……小小的花朵散落在简易的案几上和少女乌黑的发髻上。

热巾帕焐热了青年将军的肌肤，少女手持一柄锋利的小银刀，细心地为他剃去刚冒出来的胡楂儿。一罐泛着清新药草香气的油膏被打开，少女柔嫩的手指顺着男人白皙的面颊缓缓抚下，至优美的颌骨，再到清晰的喉结……

程少宫看得眼皮直跳——好好的正经事怎么这两人做起来显得这么不正经呢？！

程始或程止夫妇如此这般时，他看着很寻常，此刻见此情形，却是身上一片肉麻。他摸摸自己粗拉拉的下巴，一股无名火冒起，自己在帐门口站了这会儿，那两人忙着你侬我侬，硬是没看见！

听到一声重重的咳嗽，霍、程二人才看见沉着脸站在门边的程少宫。

少商赶紧收回双手，红着脸唤了声“三兄”，然后装模作样地收拾案几上的银刀镜匣，霍不疑朗然而笑：“少宫来了，快进来坐……我去去就来。”后面半句是对少商说的，然后他起身与少宫擦身而过，走出大帐。

程少宫坐到胞妹身旁，压低声音：“你们昨夜没乱来吧？”

“三兄莫要胡说，我与霍大人都是守礼自重之人！”少商努力摆出端庄面孔。

程少宫一肚子槽口："哼，守礼，周公之礼也是礼啊。"

少商板脸："三兄有胆量就把这话跟他说上一遍，我也敬佩三兄是条好汉！"

程少宫盯着胞妹的脸："……若是平常，你一定会干脆认了，然后说'三兄既知周公之礼也是礼，还问这许多作甚'。"

少商"哎呀"一声坐到胡凳上："实话告诉三兄，我昨日天未黑睡去，睁开眼睛已是天亮了，我能作甚啊我。霍大人……他也'无事可做'啊……不信三兄看，昨夜他是睡在那边的！"

顺着女孩的手指，程少宫看见大帐另一边搭好的简易床架上果然有辗转躺伏的痕迹，他方才放下些心，不过听到胞妹的口气中居然有几分遗憾的意味，不免又是火大，正欲开口，霍不疑已去而复返，后面跟着四五名提着食笼的亲兵。

亲兵们手脚麻利，不一刻在案几上铺整好大盘小碟外加一大锅热气腾腾的粟米粥，随即躬身退下。

程少宫更是不悦——像霍不疑这样的高级将领，营帐内外总有几名心腹亲兵服侍戒备的，然而适才霍不疑需要走出帐外才能唤到人，分明是早早将人遣开几步，不许他们贴着帐篷侍立。至于原因为何，大家心知肚明，就别问了。

"你们兄妹在议论什么呢？"霍不疑亲手盛了一碗粟米粥给少商，第二碗给自己，然后将长勺递给程少宫。

少宫：……不用这么明显吧。

少商干笑道："呵呵，无甚，无甚，就是问三兄怎么神色疲倦，莫不是昨夜没睡好？"

少宫提着长勺，横了她一眼。

霍不疑夹起一枚焦香四溢的酱肉胡饼给少商，笑道："三公子昨夜不是没睡好，是一夜没睡吧？"

少宫舀粥的动作一顿，少商惊讶，忙问为甚。程少宫闷声答道："我昨夜去追击骆济通一行人了。"

"原来三兄已经问出来了？哎呀，阿父说过夜间行军最是凶险，三兄怎可轻易涉险！对了，是哪个招供的啊？"少商先问昨日友谊赛的结果。

少宫郁郁道："两个都招供了，说的还是同一处地方。我想事不宜迟，便连夜追了过去。"

少商对骆家府兵这么不坚定有几分失望："那……三兄捉到人了吗？"其实看程少宫脸色，她就知道昨夜他恐怕是扑空了。

果然程少宫摇摇头："我赶到时，已是人去楼空。"

少商轻叹一声，可惜道："骆济通人倒机警，就是拎不清什么该做什么不该做。唉，算了，回头咱们去找骆家算账！骆济通能使唤出几百号壮丁拦路截杀，她家别想脱了干系！"

霍不疑道："骆济通也非全无算计，她此时来截杀你，一是蜀郡数县复叛……"

程氏兄妹齐齐"啊"了一声。

"二是骆宾坠马昏迷，至今未醒。昨日那些骆家府兵多是随骆济通远走西北的陪嫁，家主昏迷不醒，自然就听骆济通号令了。"霍不疑补完。

"骆校尉坠马了？莫不是骆娘子动的手？哎呀呀，这女子好狠的心，那可是她亲父啊！"程少宫咋舌不已。

"蜀郡怎么又叛了？去年刚收复的啊。"少商对骆济通的心狠手辣已不稀奇。

霍不疑答道："这有甚奇。蜀地割据十余年，豪强世族们钱粮兵马充足，兼之人心各异，各方势力盘根错节。镇守蜀郡的史新经不住有心人以权势财帛相诱，便兴兵造反，自称大司马，四处攻杀，周围数县不轨之徒看朝廷此刻忙着平定度田叛乱，纷纷响应……"

"说到底，还是陛下收复蜀地太快了，打个十年八年，弄他个民怨遍地，无家不伤，到时人心思归，就不会这么多事了。"少商下结论。

霍不疑失笑。

程少宫吐槽道："你这说的什么话，刀兵之事自然愈快愈好，拖长了不但生灵涂炭，朝廷的钱粮也费啊！虞侯不是正筹措着将雁门、上谷等郡的官吏百姓迁徙数万，安置到居庸关和常山关以东去？阿父说，大约明后年朝廷定要北击匈奴了，这又是一大笔钱粮人马啊！"

少商道："我知道我知道，我就是一说嘛。唉，哪儿哪儿都要钱粮人马啊，我说怎么梁州牧这么缺人手，能让骆济通混入豫州，还满地乱跑，估计他调拨了不少豫州人马去司隶了吧。"想想皇老伯也是不容易。

思绪回来，她又道："不过，不论那骆校尉是真伤假伤，百姓无辜惨死，这笔账可不能轻饶了，不管他们骆家有多少了不起的姻亲！"

霍不疑轻哂一声："将家族荣辱寄于婚姻之上，本就是舍本逐末。骆宾心慈手软，纵容恶女，更难成大器。"

少商听得眉开眼笑，高声称赞。

“……唉，恐怕那骆校尉并非心慈手软。”程少宫看到两人目光射来，忙道，“这事可能你们不知道，我听几位同窗说起过，骆娘子不论相貌才学还是名声，都是骆家女儿中的翘楚。自从霍侯放出两不相干的风声，有好些不明缘由的人家欲往求娶。”

少商酸溜溜道：“看不出骆济通这么有人缘，前脚刚被你回绝，后面求亲的就源源不绝。”

霍不疑斜乜一眼：“你也不遑多让。”

程少宫调笑道：“若是别家女子被悔婚，人们兴许有些不好的猜测。可是霍大人……”他戏谑地看向同桌两人，“满都城都知道错不在骆氏，是你们二人这么多年来牵扯不清的缘故！我猜，骆校尉定是舍不得失去一门好亲，才纵容骆娘子的吧。”

少商看了霍不疑一眼，嘟囔道：“总之都是你不好。”

霍不疑有心柔声细语地说两句好话，奈何有第三人在旁，只能轻咳一声：“事已至此，接下来你们有何打算？”

少商道：“自然是接着去宣娘娘的家乡，了却她的遗愿啊。”

“骆家的俘虏可交由安国郡的援军带回去，让太守着人押解回司隶，可你家这些伤兵该如何处置？莫非你打算也送去安国郡？我看有些只是轻伤，只需稍稍休养即可。”

少商大大的眼睛扑闪扑闪的：“回去再回来，也太麻烦了，还是往前走下去的好。”

霍不疑皱眉道：“不说伤兵，大战过后你的人马总需休整，继续赶路不甚妥当。”

“不是的……”少商的神色忽而忸怩起来，“我们继续往南走，也就两天不到的脚程，官道以东便是，喀喀，便是姚县，是……是阿垚的任所。”

一阵凉飕飕的气息掠过，帐内莫名寒气弥漫，鸦雀无声，程少宫捧着一张葱油烘饼默默地退开案几一些。

“姚县……”霍不疑淡淡一笑，“我都忘了那里是楼垚的县城了。”

程少宫将脸躲在烘饼后面，暗自腹诽：你怎么会忘记，你是根本不注意了吧，反正楼垚已经兵败如山倒，你就当人家不存在了！

“这是你原先的打算？”霍不疑神情漠然，“完成宣娘娘的遗愿，顺带去看看楼垚？”

“不不不！”少商连声道，“事情总有轻重缓急，我原先打算先了却娘娘的遗愿，回程途中再去看阿……再去看楼垚的……”

程少宫暗切一声：这差别很大吗，你还不如不说。

霍不疑眯起长目，一掌在案几上缓缓捏起：“嗯，等无事一身轻了再去看楼垚，以便‘好好地’叙旧，你倒是用心良苦。”

“你不要胡思乱想，我只当阿垚是经年老友啊！”少商叫苦连天，“这么多年了，不知他与何昭君过得如何。多年未见的老友，去看看又何妨？”

“他与何昭君过得美满如何？夫妻不睦你又待如何？”

“过得好当然是好，我替他们高兴还来不及；若是过得不好……”少商艰难道，“自然劝他们好好过！姻缘不成人情在嘛，就是袁慎，我将来也打算去拜访呢！”

霍不疑目色稍霁，松开修长的手指：“也对，多年老友，看看也无妨。”

少商还没松下一口气，霍不疑忽又道：“说起‘多年老友’，我想起那日越皇后邀宴，你对我说，待事过境迁恩怨皆消之时，你愿意将我也当作‘老友’？”

少商一颗心又吊了起来。

“这么说来……”霍不疑神色渐渐不善，“若是你嫁了袁慎，将来也会如此待我——办事顺便路过时，携带夫婿儿女来探望我这不堪之人？！”

程少宫默默地再退开些许，少商几乎无语问苍天。

在以前，她就觉得霍不疑平时看着很正常，言谈温和，儒雅彬彬，只在自己身上思路尤其奇葩，能以任何角度无缝衔接地吃醋，可能你好端端地在啃馒头，他下一句就会扯到你不知哪位前任家里是做馒头的。

听说故去的霍翀夫妇都是爽朗豁达、大度端方之人，你们小儿子长成这样奇怪的性情你们在天上知道吗？！

“……那都是我以前不懂事的念头，后来我仔细思索一番，”少商一派正色，“下定决心，我若嫁了袁慎，将来绝不会去拜访你，最好连见都不要再见了。”

霍不疑越发不悦，冷冷哼声。

少商乖巧地挨过去，抱着他的胳膊，声音柔软得好像绸缎：“我若见了你，哪怕有夫有子，说不定……说不定还是要旧情复燃的。唉，为免红杏出墙，还是不要见你的好……”最后半句，她简直说得荡气回肠，呢喃低回。

霍不疑眉目舒展，再不顾还有别人在场，抓过女孩的小手在掌心吻了一口，温柔道："你不用担心骆济通，我有法子追到他们——不用你哭自己命苦扫把星。"说到后面，他俊目佯瞪，却已忍不住笑出声。

程少宫抖落一地鸡皮疙瘩，感觉什么都吃不下了。

将伤兵与眼皮打架的程少宫留下，霍、程二人轻装简骑率领人马出营。

霍不疑告诉少商，中原地带人烟稠密，可是漠北西北这种人迹罕至的地方，大军走出关隘后，要么是一望无际的草原，要么是遮天蔽日的沙漠，没有百姓可打听，没有路标可辨识，于是斥候们就练出了一种强大的本领——只凭稀少的痕迹就能摸索出敌人的大致去向。

沾血的沙砾、青草上的露珠、阳光在崖壁斜松下投落的阴影，都是上好的追踪痕迹。此刻日头刚起不久，距离昨日下午的大战只有一夜之隔，几名经验老到的斥候很快探出骆氏人马的去向。

骑行半日，众人终于在一处隐蔽的山坳下发现一座宽敞的民居大宅，似是某人丁旺盛的大家族聚居之地。少商精神一振，霍不疑轻声道："看来骆济通不止一个落脚处。"

"之前住在这里的人家呢？"少商疑惑，"莫非卖掉房屋后离去了？"

霍不疑神情安静："让他们出去泄露自己的行踪吗？恐怕不是。"

少商心中一沉。

果然，在山坳四周搜索的斥候回来禀告，发现几处掩埋数日的尸坑，掘开一看，应是之前居住在此的百姓。

"是我的错，骆济通这种心地歹毒之人，的确应该尽早除去。"霍不疑轻叹一声，是他太轻视妇人了。不得不说，他还是没能翻脸无情。

这时，前去探路的梁邱兄弟等人回来了，梁邱飞出奇地沉默，梁邱起面带疑惑，抱拳道："回禀少主公，人的确在这里……可是，可是都死光了！"

霍不疑倏然警觉，立刻策马进入山坳，少商赶紧跟上。

山坳背阳，山石落下的阴影犹如奇形怪状的妖物落在屋顶和地面上，映着满地暗红色的血迹和残肢越发腥冷可怖。越往里走，肢体残缺的尸首越多，少商认出他们正是昨日与自己激战的骆家人马，几名武艺高强的江湖客也未能幸免，其中有一名被竖直地插在长矛上，腰部以下都不见了，怒目圆睁，死前形容惊惧至极。

"怎么……这样？骆、骆济通也……"少商声音都颤了。

她不是没见过大阵仗的深闺女子，可死状如此可怖的场面还是生平仅见。无论滑县猎屋还是昨日激战，大家都以歼敌为要，砍到哪儿算哪儿。可眼前这般，她至今没看见几个完整的躯体。这不仅是屠杀，还是虐杀了！

走入正中那间大屋，地板仿佛被鲜血浸透了，一股自地狱深处蔓延而至的阴冷夹杂伤口腐坏的腥臭扑鼻而来。霍不疑本想让少商避开，可是少商坚持要进去。她眼神坚定道："我不是以前的我了，我不怕做噩梦。就算做了噩梦，我还有你。"

霍不疑轻轻颔首，紧抓她的手往里走去。

外屋尽是骆济通的心腹尸首，四名武婢或挂或躺在进入里屋的通道上，最后，骆济通的尸首映入眼帘——

"这是死前……还是死后……"少商强自镇定，几乎站不稳。

霍不疑走前几步查看，回头道："是先砍去四肢，让她挣扎片刻后，再活生生地钉上屋墙。"他退后几步，再看了看四周，"这番情形，断不超过两个时辰——应是昨日半夜时发生的事。"

说完这话，他就拉着少商走了出去，迈出鲜血淋漓的屋舍，便是外面依旧有血腥气息，少商都有恍如逃出生天之感。

"这、这究竟是怎么回事？"少商坐在山坳外的一块大石上喘气。

霍不疑为她抚背顺气："这不是寻常截杀。

"你看见这满地的残尸了吗？其实这也不是故意虐杀，而是训练有素的死士，为了确保克敌制胜，万无一失，往往会数人一组，以绳钩与弯镰形的利刃围攻一人。电光石火之间便能制住敌人四肢，然后割头颅的割头颅，断手足的断手足——是以，你会发现，越是武艺高强之人，尸首越是残破得厉害。"

"你怎么知道？"少商怔怔地看他。

"这不是中原路数，而是蜀中公孙氏的死士做派。"霍不疑缓缓掀起衣袖，肌肉紧实骨骼修长的白皙手臂上，竟如蜈蚣般蜿蜒着几条极长的伤痕，"我诛杀公孙宪时，就领教过了。"

"你你……"少商心痛如绞，扑过去抚摩他的手臂。时隔数月，伤痕还这样触目惊心，可以想象当时受伤之重，她颤声道，"还有别处吗？"

霍不疑安抚地笑了笑："还有腿上一处，别的没了。你放心，都是皮肉伤，没有伤及内腑。"其实这种招数并非无法可解，不过是一力降十会罢了。

你的人手比对方多，你的膂力比对方强，当几路绳钩一齐劈过来，反抓回去，将几个敌人尽数扯动便可破解。

“这些事，你打算什么时候告诉我？”少商的手指碰触那条微微凸起的暗红时，恨不能以身替之。

霍不疑没说话。他心里想的是，若是他二人有缘，将来成了夫妻，她自会知道自己为她受的伤痛，若是无缘，那也不必让她知道了。

少商看他眼神，忽然明白了他的意思，落泪道：“你……你这人……”

六年前，他对自己用尽心机，哄骗示弱，欺瞒威吓，无所不用其极。可六年后，他宁愿默默隐忍，半分委屈不肯吐露。

霍不疑揉着她的头发，搂在自己怀中，笑着开解道：“你要心疼我，以后有的是时候。现在要紧的是，公孙氏的死士，为何出现在这里？”

少商抬起头，睫毛上还挂着泪珠，惊道：“他们是来追杀你的？！”

“那他们应该来兜你，杀骆济通作甚？”霍不疑摇头，“骆济通惨死，难道我会少用一顿饭还是怎的？”

少商破涕为笑，捶了他一下：“讨厌，你别惹我笑。”随即又疑惑道，“可是，没听说骆家与公孙氏有仇怨啊。”

“是没有。”霍不疑神色凝重，“旁人武艺高强也就罢了，以骆济通的区区身手，何必残杀至那般场景。”

“现在该怎么办？要不回曲夫人那儿去？”少商毫无头绪。

霍不疑缓缓道：“不，我们去姚县。”

伴随着沙砾摩擦声，城门被缓缓打开，映入眼帘的是身着官服的楼垚与腹部高隆的何昭君，城门内外两队人马都有些心不在焉。少商在距离姚县两里处就将程少宫踢下马车，自己钻了进去，此时她将车帘掀开一线偷偷看着。

楼垚上前几步，按着礼数一揖到地，口称卑职请众人进城。程少宫凑到车旁，低声道：“看看你出的馊主意，我记得楼垚以前可是管霍侯叫‘子晟兄长’的。”

少商也压低声音：“什么馊主意！我原先打算自己独个儿来探望楼垚，看完就走，神不知鬼不觉，天晓得会弄成这样？！”

“这些年你给自己做的打算，哪回顺当过？”

“三兄还是算你的破卦去吧！”

咬完耳朵，少商还是得下车见人。

六年光阴一瞬而过，当年的楼小公子如今身量已成，几与霍不疑一般高大，大约是为了显示县令威严，还蓄了两抹淡须。少商本是满腹心事，甫见这胡须便失笑："好端端的留什么胡须，平白老了好几岁。"

楼垚原本有些不自在，听见这熟悉无忌的笑言，无忧无虑的少年往事如在昨日，也笑道："当初我就想蓄须，你偏说丑不可言。你信中不是说下月才来吗？怎么提前来了？"

少商笑道："我爱什么时候来就什么时候来，你难道还不开城门吗？赶紧好酒好菜端上来，若是怠慢了贵客，我就将给你孩儿打的金器都拿去当了！"

楼垚一如既往的好脾气："有没有金器都成，这许多年没见了，我怎么也得好好招待你，只要你莫取笑我的胡须。"

少商再想开口，身后的霍不疑轻咳一声，她连忙道："蓄须以表大丈夫之威严，微末小技尔。你看看霍大人，年近而立了吧，便是未蓄长须哪个又敢小看了他？！"

她的本意是拍马，听在霍不疑耳中却有嫌他年长之意。他当下脸色一沉，目色冷晦，淡淡道："何夫人许久不见，前阵子陛下还惦记着建好了贤臣祠，头一拨就要迎令尊入祭。"

何昭君的神情也是一如既往的倨傲，她在婢女的搀扶下微微屈身："妾身谢过霍侯，陛下厚恩绵泽，何家无以为报。后母信中有言，都城中每年都有人颁下赏赐到家乡，只等幺弟及冠，便可受领官爵。"

霍不疑道："夫人在姚县可好？"

何昭君瞥了丈夫一眼："说不上好不好的，寻常度日而已。好在顶头的郡太守与家父有旧，平日多有照拂，夫君便是威严不足，也不至于镇不住。"

少商看见楼垚轻轻叹气的样子，心道：何昭君果然还是老样子。

一旁的楼缡钻出来，不服气道："姒妇未免太贬低兄长了，哪里都依靠郡太守的照拂了？这些年兄长鼓励农桑，兴修水利，若论人丁繁衍粮赋累积，是全豫州里数一数二的，时常受梁州牧的褒奖呢！"

少商眼睛一亮："你兴修水利？"

楼垚微笑道："你画的那些图纸居然有几张能用上。"

往事涌上心头，想起当年两个不知天高地厚的少男少女，凑在一起叽叽喳喳聊着将来如何施展抱负，少商不禁眼眶发热，上前一步朗声道："阿垚，你虽身处逆境，但并未气馁颓唐。任一地父母官，造福一地百姓，如此心性宽宏，我，不如你。”

楼垚多少年没听人夸得这么真诚动人了，不由得露出少年时的习惯，羞赧地挠挠头：“少商，有你这句话，我这些年……”

正要说下去，霍不疑重重一咳，面罩寒霜，好像刚从冰天雪地中走了一趟回来。

楼垚与少商很有求生欲地同时闭嘴。

当晚县衙里摆上接风宴，霍不疑当仁不让地高坐上首，程氏兄妹与楼何夫妇两两对坐，外加一个敬陪末座的楼缡。

少商平复心情，让武婢们抬出一口箱子，里头是她早就预备好的礼物。她冲着楼何夫妇笑道：“故人多年未见，见贤伉俪风采依旧，妾心甚慰。不如让孩儿们出来一见，好叫我聊表心意。”

她觉得这话说得很有格调，谁知何昭君再度冷笑一声：“不敢当，妾身无能，虽与夫君成婚多年，然而至今才怀有身孕。”

厅内众人俱是一愣。

在萧夫人手底下长大的程少宫，自小见惯了“有事出错，错的必然是亲爹”这种模式，第一反应是楼垚这人“办事”也太不努力了，少商则心惊肉跳地想着莫非这些年他们夫妻始终不谐？只有霍不疑心思一转，神情渐缓。

少商岔开话题道：“阿缡，你是来姚县游玩的吗，你的郎婿呢？”当时的已婚与未婚的女子并无明确的发型穿戴区别，楼缡比自己小一岁，今年也差不多二十了，是以她猜楼缡是和夫婿一起来堂兄家里做客的。

楼缡这些年似乎过得不大如意，眉眼间尽是冷诮激愤之态。相逢至今，她除了对霍不疑投以爱怨交加的几眼，始终是一副别人欠她钱没还的样子。此刻她怒道：“双亲前后辞世，我守孝至今，尚未说有亲事！”

少商啊了一声：“楼太……喀，令尊令堂都过世了？”

楼垚低声道：“六年前，大伯母被伯父……她回娘家后，一日出游时受贼袭身亡。两年多前，伯父也郁郁病故。”

少商傻眼，少宫凑过去耳语：“你今夜会不会说话啊？哪壶不开提哪壶。”

“还是说正事吧……”少商不敢再“叙旧”，一把推开胞兄，强笑着找话，“楼县令，这几日我遇到了一伙……”

何昭君忽然“哎哟”一声，按住腹部，面露痛苦之色，楼垚转头看见妻子裙摆濡湿，立刻高声道：“女君要生了，快来人啊！”

说着他打横抱起妻子，风一般往后堂走去，连声招呼都来不及跟客人们打，然后厅堂内外楼家仆众行动起来，或走或奔，乱作一团，程少宫见机溜之大吉。

少商呆呆地站在原地：“我……又说错什么了？”可她还什么都没说啊。

霍不疑缓缓走到她身旁，微笑道：“你没说错话。你记挂他们夫妇，我们不如跟去看看。”

少商有些惊悚：“你怎么这么好声气了……”刚才脸上还跟结冰了似的呢。

霍不疑笑笑，拉她向着仆从奔跑的方向走去。

县衙为了迎接贵客，长长的回廊上挂满了红艳艳的灯笼，照得人面庞发红。

少商适才饮了几杯酒，此时酒意上涌，身上软软地挨着霍不疑的臂膀，木木道：“你莫要一时冷一时热的，我有些心慌。”

霍不疑低声道：“你会心慌？我不信。世上再没比你更能惹我恼怒的人了。”

“真的。”少商拉着他的袖子，“你高兴了，我就心宽些，你冷着脸，我就心烦。”

霍不疑低笑一声：“以前我觉得你是在戏耍我，几句话将我气得半死，再几句话将我哄转回来。你在旁看我一时气恼，一时喜不自胜，偷偷高兴。”

“啊……怎会呢？”

“以前我还气自己受制于你，后来在边关过了五年，方才发觉，宁可让你气，让你哄，也胜于一人孤零零的。”

霍不疑低头，发现女孩正怔怔地抬头看着自己，笑问怎么了。

少商摇摇头：“我从小就是孤零零的，我本以为，人生到这世上，本就是孤零零的，便是偶尔有人相伴，也不会长久。就如路过一处风景，风景看完了，还得接着往前走。”

霍不疑默默地摸了她的头发一会儿，道：“你想得不对。”

“我知道。”少商闷闷道，“我觉得自己像一个黑黝黝的深洞，除了我，周遭都是灯火通明，只有我，永远是漆黑的。”

她抬起头，面庞灿若明霞：“后来你来了，举着烈焰熊熊的火把，将洞穴照得亮堂堂的。我知道这是天大的幸事，却不知如何应对。”

霍不疑一阵酸楚，他知道这话的意思，就像一个冻惯了的孩子，乍然温暖反倒不知如何是好了。他紧紧揽着女孩柔软的腰肢，将额头抵在她的头顶，低低道："我害你不浅，让你吃了许多苦，可我也不能放了你，只盼以后年年岁岁，好好地待你。"

少商顶不住他的额头，哧哧笑着将头埋入他怀中："你听，那边叫嚷呼喊一团乱，何昭君正发作得厉害，你我却在这里自顾自，是不是太不厚道了？"

霍不疑忽叹了口气："现在，我除了盼着袁慎顺遂康泰，还开始期盼何昭君平安生产，与楼垚白头到老了。这样患得患失，我果然是老了。"

少商道："你明里暗里敲打我，当我不知道吗，适才我说你年近而立，你又不高兴了吧。唉，你放心，除了你，我这一生从未回过头。"不论是父母还是童年，缘分过去就过去了，她从未想过挽回什么。

两人边走边说，不一会儿走到县衙后院，仆妇们进进出出，楼垚焦躁不安地在庭院中一圈一圈地走着，只差将青砖磨出烟来了。

霍不疑歪头低语："你适才问我为何那么好声气——第一，你不知道楼缡的近况，不知道楼经夫妇的生死，连何昭君生没生孩儿都不清楚，可见你这些年与楼垚毫无联系。"

少商叹道："瓜田李下嘛，这些年有事，我只与何昭君通信，而且从不过问他们的私事。这回，我也是以为事过境迁，大家都可以心平气和了才来的。"

霍不疑对她的打算不予置评，继续道："第二，以何昭君的性情，若是楼垚冷待她，她早嚷出来了，可她只说自己无能，可见楼垚素日与她还算和睦。"

"对对，适才他们两人虽言语不对付，可楼垚记得给何昭君座位上多垫一层软绒，何昭君提醒楼垚饮酒前先垫一碗羹汤。"少商想起来了。

霍不疑嗔道："你知道就好！"

两人在庭院边上坐着静待，不断宽慰楼垚，少商更将自己车队随行的老医者贡献了出来，让他给何昭君接生。如此又过了大半个时辰，产房里不断传出痛呼，少商还好，霍不疑却神情越发凝重。

老医者从产房中走出，楼垚忙冲上前去问情形，老医者道："一切都好，尊夫人年轻体壮，胎位亦正，想来不久就能生下来了。"

这时，一名仆妇慌慌张张地出来，冲楼垚跪下："禀报府君，女君想见程小娘子！"

"啊，为何要见我？"少商不解。

那仆妇急道："女君说自己不行了，临终有事要托付给程小娘子！"

"可是医士说昭君一切都好啊！"楼垚急得声音都变了。

老医者苦笑："素来妇人生产都是如此，我等觉得尚可，她却以为不行了。"

霍不疑沉着面孔："少商，你别进去了，省得添乱。"——临终托付？托付什么，这么老套的故事当他猜不出来？

少商还在犹豫，产房忽地传出一阵嘹亮的婴儿啼哭，随后是另一名仆妇跌跌撞撞地出来，喜悦得语无伦次："恭喜府君，恭喜诸位贵客，女君生了，是位小公子！"

楼垚大喜过望，手舞足蹈，颠颠地叫着赏赐众人。

少商呆滞："呃……我还要进去吗？"

霍不疑没好气地将她牵走了。

何昭君红光满面地坐在床头，身旁的傅母抱着一个团团的襁褓没口地夸赞，七八位楼垚下属的女眷聚于屋内，你一言我一语将婴儿几乎夸成了下凡来做慈善的仙童。坐在榻边的少商听不下去，几次想溜掉又被何昭君拽回来——真不明白刚生完的产妇哪儿来那么大力气。

听够了宝贝儿子的赞歌，何昭君和气地请这些女眷去前厅用膳，独留少商说话。

"我家阿獴生得好吧，看看这鼻子这眼睛……"何昭君屏退傅母与侍婢，亲昵地拨弄枕边的襁褓，爱怜之情夹杂着明晃晃的炫耀。

少商偏不如她的意，一脸不甚上心的样子："还行吧，不如我长兄家的侄儿白净，不如萋萋阿姊家的壮实，不如……"

"你胡说什么呢！才生下来一日，肉都没几两，怎么白净壮实啊！"何昭君刹那间从温煦慈爱变成狰狞母兽。

少商嘲弄道："你也知道才生下来一日啊，听她们适才夸的，我以为阿獴明日就十八般兵器样样精通后日就论经台上拔魁首了呢！"

何昭君讪讪的："你就不能哄哄我高兴吗？"

说起这个，少商无名火起："当年十里亭分别时我怎么跟你说的，待阿垚好些，别欺负他，他是老实人，吃了亏都喊不出来！你叫我哄哄你，你怎么不哄哄阿垚啊，昨日当着那么多人下他面子！"

"不是不是！"何昭君急了，"我听了你的话，这些年一直很体贴阿垚的，当初刚来这儿里里外外一团乱麻，哪怕我自己忘了吃，也不忘给在外忙碌的阿垚送饭！阿垚明白我的心意，也对我处处关怀，我们一直很好的！”

“那昨日你怎么那样？”

“还不是因为你！自从上个月你写信说要来，阿垚就兴兴头地准备你的居处，搜罗给你的礼物，还特意从郡城请来有名的庖厨……我看他忙里忙外的样子，心头就冒火！”何昭君满腹怨气，“你若不来，就没这些事了！”

少商被气了个仰倒：“哎哟，你现在嫌我碍事了！这些年我给你们通报朝廷的风向时你怎么不嫌我？三年多前你幺弟在家乡闯了祸，官府要拿办他，我在陛下面前给他说情时，你怎么不嫌我？如今我来你家做几日客你就嫌弃我了——是你在信中一个劲儿地说你们夫妻亲密无间再无嫌隙，我才敢来的啊！”

何昭君羞惭道：“这些年多蒙你照顾，我心中很是感激。只是、只是乍闻你要来，我心里没底……”

少商没好气地白了她一眼：“我和阿垚才几个月的情分，你们夫妻多年，同甘共苦，你有什么好没底气的？”

“这不是我一直没能给阿垚生养吗。”何昭君声音越发轻了。

少商哼哼道：“哦哦，如今你一举得男，可算是有底气了。”

何昭君嘟囔道：“我刚生了孩儿，你别老气我。”

少商气得转过头去，过了会儿，她回身正色道：“今日没有旁人，我好好问你一句，你真的还介怀我吗？你是爽直泼辣的性情，别耍那套虚情假意，也别担忧我以后不再帮你家的忙，我只要你一句实话！”

何昭君幽幽道：“其实几年前我就想开了，起初我以为你帮扶我们是对阿垚还存有情意，来此地的第二年我祭祀父兄时，忽然想起了我家次兄。”

她脸上浮起笑意：“其实你与我次兄很像——次兄有个自小相识的好兄弟，人品才干什么都好，就是人太老实，屡受继母和弟妹欺侮。次兄也跟你似的，见天地担心他受委屈。从帮忙挑选新妇门第，到外放的去处，次兄都在旁相助。我想，你待阿垚也是这样……”

“你知道就好！”少商重重一声，又道，“对了，你说的那人可是循侯长子，现于吴大将军帐下任偏将的朱坤？”

何昭君点头。

少商叹道：“你次兄没白白待他一场！朱将军常年在外戍守，却一直记挂着你家。他担心你幺弟在家乡没有长辈教导，将来会闯祸，于是百般托请，打动了你们家乡那位韩大儒，将你幺弟纳入门下，严加管束——也叫我松了口气，以后不用再求情了。”

何昭君轻声道：“嗯，朱家兄长为人最厚道了。”

少商小心地拢了拢襁褓，柔声道：“你别再胡思乱想了，你们夫妻苦尽甘来，以后会越过越好的。”

何昭君扬眉一笑：“我是不会再胡思乱想的了，但恐怕别人要胡思乱想，你说呢？”

少商挪开目光，笑容标准：“妾全然不知安成君言下之意。”——通常情况下，当她开始掉书袋，往往就表示对方说中了。

心情愉悦地从何昭君处出来，少商打算再接再厉，去劝楼垚把公务先放一放，趁产妇身心疲惫之际，赶紧过去安慰温存一番，能收到事半功倍的效果。

谁知刚走到书房门边，发现那个容易“胡思乱想”的人正端坐在条案后方，修长的手臂撑在一张绢帛绘制的地图上，站在一旁的县太爷楼垚倒像个服侍的书童了。

“……此去八十余里，只这两座屋堡吗？”霍不疑细细观看地图。

楼垚道：“正是。按照兄长所说，要容纳那些凶徒非得这等规模的屋堡不可。姚县毗邻徐州，两地中间只隔了座山谷……”

霍不疑点头，又指着地图上一处道：“这就是那处山谷？你这堪舆图不对啊。”他伸开手掌，用拇指与中指略略测量一下。

楼垚脸上发红：“县城周边我都勘察好了，何处可以耕种，何处可以取水，可这山谷临近徐州，我想那里既然不能开垦，索性先放一放，等以后……”

“堪舆图最要紧者有四，山、水、谷地以及缩尺，如此方能进可攻退可守，余者不妨慢慢勘验。姚县地势平坦，一旦生乱，你如何镇守？饥荒一时半刻不会要你的命，民变或叛乱立时就能取你全家老小的头颅。”

楼垚被训诫得诚惶诚恐：“多谢兄长指教，我知道了。”

——少商在门外听得直摇头，有一种“呆头呆脑的自家小弟被隔壁大佬收拾了”的微妙感觉。

霍不疑放下堪舆图，靠着扶手微微侧坐：“我观骆氏一伙被屠戮的情状，公孙氏余孽虽人数不多，但来去如风，毫无踪迹，可见他们并非长途跋涉，而是有据点在附近。你别稀里糊涂的，你所辖之地周遭出了这种事，绝非小事。”

少商听到这里，迈步进去：“既然一时查不到踪迹，不如先想想他们为何出现在此处。”

霍不疑看见她，微微一笑，转头对楼垚道：“书房重地，你就没让人严加看管？随随便便，无人传报，就能让人进来？”

楼垚张口结舌，少商大声道：“你的书房我也进去过啊！”

霍不疑眼皮都没抬：“你能进去，是因为我吩咐过守卫，莫非阿垚也吩咐过外面的仆从，可以放进哪些人？”

“不，不曾……”楼垚当然没有吩咐过，外面的随从看少商是昨日来的贵客，轻轻松松就放人进去了。

少商差点气出胆结石：“我知道你要训诫阿垚处事不慎防备不严，不过你的书房可比寻常县令的书房要紧得多吧，还不是随我翻看？！”

“你是吾妇，我的事情你自然可以知道。敢问程小娘子，你是楼县令的何人？”霍不疑侧脸淡然。

少商一噎。

眼看气氛凝滞，楼垚怯怯道：“不如……我们接着说公孙氏余孽的意图？”

霍不疑瞟了他一眼，轻飘道：“就听楼县令的，请教程小娘子有何高见？”

少商刚吐出的郁气几乎又鼓了起来，她强自忍耐：“公孙氏余孽欲行之事无非有二，一者复国，二者复仇。若是要复国，蜀郡的史新不是刚反了吗，他们该去那里帮忙啊；若是为了复仇……”她看向霍不疑，霍不疑淡淡回她一眼。

少商立刻道：“那他们也不该找霍大人啊，去年主攻蜀地的大将军另有其人，霍大人只是偏路接应……那他们为何会出现在这里？必有缘由。”

楼垚很捧场：“少商你说得真有道理！”

霍不疑闭上嘴——这就是他讨厌楼垚的地方，每当他也想赞赏女孩的聪慧，楼垚总会比他更快更热烈地叫好喝彩，将旁人衬得毫无诚意。

“那……缘由是何呢？”楼垚疑惑。

少商看向霍不疑，霍不疑俊朗的长目微微闪烁，什么也没说，她立刻停止追问。

扯了一圈，还是没得出个结果，霍、程二人离开书房，沉默地走回客房院落。

走在空旷的后院山林中，霍不疑忽然轻笑一声：“你居然没告诉楼垚我诛杀公孙宪的事。”

少商道："这种事怎能说！往大了说可是欺君之罪啊。虽说阿垚靠得住，但少一人知道总是好的。"

"对，少一人知道总是好的。"霍不疑微笑。

"这事你不会说，我不会说，袁家更不可能说，是以那伙人应当不是冲你来报仇的。"

霍不疑道："你已经想到了，你适才想问我什么，接着问吧。"

少商驻足，凝神静视："你本应该从兖州出发，去往青、冀、幽、徐四州中的某处平叛，为何会在豫州？"就算他关注骆济通的动静，也应该是派人跟随戒备而非亲自出现，要知道此时的霍不疑是处于公务状态的。

霍不疑道："我还当你不打算问呢……你猜得不错，我起初入豫州并非为了你，而是打算从豫州东侧进入徐州，接应太子殿下。"

少商一愣："太子殿下不是在兖州大营坐镇吗？"

霍不疑道："徐州业已平定，吴大将军兵分两路，往青州与幽州去了。太子殿下听闻徐州西部的十几家豪族几乎全牵扯进去，心绪难平，打算亲自去看看，是不是度田令在施行时有不妥之处。"

少商大惊："难道公孙氏余孽是冲着太子去的？！"

霍不疑微微皱眉："太子殿下并非单枪匹马，有上万大军簇拥身旁。别说区区几十个死士，就是征发邻近几个县的全部壮丁，也未必能奈何他们。"

少商迟疑地盯着他："那你在担心什么？"

霍不疑长眉一扬："我看起来很担心吗？"

"你眉头锁得这么紧，就是我偷人了，你也不过如此神色！"

霍不疑冷下脸："不许胡说！"想想又觉得好笑，曲指敲了下女孩的额头。

少商"哎哟"一声，捂着脑门："说呀，你究竟在担心什么？"

霍不疑沉吟着踱步："太子殿下文才武略，唯独性情急躁了些。若遇不平之事，陛下会勒令下官层层查办，而太子则会卷起衣袖，亲身上阵，先掀翻了人家再说。"

他不满十岁被带至皇帝身边，久居深宫之内，学的就是审度局势之法，窥测人心之术。不是他自夸，到了今时今日，鲜有人是他看不清摸不透的。别说王公重臣，就是皇帝的心事他也能料得不差多少。

"之前我苦劝太子不要离开兖州大营，殿下无论如何都不肯，说要亲眼看看地方上的情形。他又不许我跟着，说叫人看见我，立刻就会知道他的身份。"

霍不疑停下脚步，“我听到这句话，就知道殿下必然不会一直待在重重大军的护卫之中。”

少商无语：“太子殿下也真是，何必呢！”——净给人添麻烦！

霍不疑苦笑：“殿下有心体察百姓疾苦，也不是坏事。适才我问楼垚周边的屋堡，他说此地并不富庶，几个县加起来，只有两座屋堡成气候。”

少商道：“那我们就去查他们！”

霍不疑摇头：“怎么查？上门去说‘我疑心你们勾结逆贼公孙氏，因此要搜查你们的屋堡’？你当屋堡是摆设好看的？那里头蓄有私兵，不然那许多郡县太守为何要忌惮地方豪族？我们毫无缘由地一通盘查，真拿住了把柄还好，可若人家是清白的呢？激起了民变，还没看见公孙氏余孽的影子，我们自己就先打个稀里哗啦了。算了，先不要打草惊蛇。”

听了这番老成持重的分析，少商顿时对霍不疑刮目相看，心想这人身上的累累功勋倒不全是皇帝白给的。

此后三四日，楼垚照旧当他的县太爷和新任亲爹，少商跟着霍不疑四处勘察线索，山涧、河谷、野坳……他们还远远看过那两座屋堡的地势。

少商本想拉上胞兄，谁知程少宫觉得之前一个月自己过得甚是沧桑，此刻抵死不肯出门，每日躲在屋里吃喝保养，闲来掷掷卦钱画画谶符，何其美哉。

这日他吃饱喝足，打算出去散步消食，逛到一处后院时看见楼缡正在斥骂奴仆，他生平最讨厌这种无理取闹的女人，当即就掉转了脚尖。

谁知楼缡一眼瞥见他，尖声道：“程公子留步！”

程少宫只好回头，拱手笑道：“见过楼小娘子。”

“程公子来得正好。”楼缡冷声道，“我堂兄前些日子救了位跌下山崖的游侠儿，至今昏迷不醒。听闻程家有位厉害的医士跟着来了，不如请他过来看看，胜于我家一日日流水般地给那人灌汤药。”

程少宫一呆：“过奖过奖，不过那位医士善治的是内病，这个跌伤是外伤……”

楼缡不耐烦道：“他连女人生产都能医治，看看跌伤怎么了？！”

程少宫深觉自己今日出门前没卜上一卦实是大大错处，正思索是说服这位楼娘子别无理取闹，还是认命地找那医士来死马当活马医呢？

正在这时，一名奴仆端着托盘从对面屋舍中出来，门扉大开之际，他恰好瞥见躺在榻上那人露出的侧脸，虽是青红肿胀，但他还是认了出来——

咦，这不是他胞妹的前任未婚夫的父亲的义兄吗！

萧夫人还打过让他做两个幼弟拳脚师父的主意呢！

他怎么在这儿？！

第五十二回 攻堡救人

客居内，霍、楼二人与程氏兄妹围站于榻旁，注视卧于其上的伤者，四人神色各异。

“这人是第五成吧？”程少宫既疑又怯，“并非我眼拙吧？”

少商道：“阿兄没看错，就是第五成。”虽面孔肿胀得好像发猪肉，但确是本尊没错。

——是第五成才麻烦！程少宫头大如斗：“我若记得不错，第五成是与……”他瞥了眼霍不疑，“是与袁慎一道离开都城的吧？”

霍不疑沉吟片刻，问道：“阿垚，你说说来龙去脉。”

楼垚心知事情不妙，连忙道：“五六日前，我照例去巡查周边乡野，途经东面一座小山时，家丁在山脚下发现这人。因他衣着不俗，双手有常年握持刀剑的老茧，我想其中必有隐情，于是将他带回府邸疗伤。谁知他伤重异常，身上摔得血肉模糊不说，还一直昏迷不醒。我换了好几位擅长外伤的医士，还请来邻县的名医医治他，却始终也不见好，只偶尔听他迷迷糊糊地喊着‘快去报信’什么的。除此之外，我们全不知道他的底细。”

“东面小山？是鸡鸣山吗？”霍不疑问道。

楼垚称是。

程少宫大是感慨：“不想第五成这样的绝世高手竟在此处摔落山崖！”

“早叫阿兄一道去勘察了，不然也不会说出这等话来。”少商没好气道，“那鸡鸣山比咱家后院的小山坡高不了多少，别说第五成了，就是阿筑与讴儿也摔不下来！”

程少宫摸摸脑门：“对了，霍侯手下不是有能人能从蛛丝马迹中断出行踪线索吗？不如请楼县令拿出第五大侠当日所穿衣物，让霍侯麾下斥候看看。”

少商皮笑肉不笑："阿兄真有智才。"

霍不疑笑笑——楼垚自小就好客热情，殷勤备至。

不等程少宫自得而笑，楼垚果然尴尬道："那……什么，这位大侠入府当日，家仆已将他换下的破烂脏衣都浆洗缝补好了。"

程少宫无语。

霍不疑摇摇头，抬臂折起自己两边袖口，俯身去检查第五成的伤势——从脖颈到前胸，再到两边臂膀，尤其是第五成的一双铁掌更是伤痕累累。霍不疑白皙的指尖一一触及第五成手上的暗红色伤口，还有布满细碎伤痕的虎掌，他细细查验，神情越发凝重。

"如何如何？"少商被古板的胞兄拦在床榻两步开外，只好伸着脖子追问。

霍不疑放下衣袖，沉声道："第五成身上的伤看似坠崖所致，实则是在嶙峋山石中翻爬滚落时留下的。在这些伤势之下，还有弯曲的锐利锋刃所致的伤痕……"他指着一处隐没于大片血瘀下的隐约痕迹，眉心紧锁，"我等怕是得去拜访那两座屋堡了。"

"第五大侠是从那两座屋堡中逃出的吗？何以见得？"楼垚脱口而出，随即觉悟道，"兄长，我并非有意质疑您。"

程少宫阴阳怪气道："你虽然嘴上说无意质疑，心中质疑也是一样的。"

楼垚哪有这份口舌伶俐的本事，当即涨红了脸。

少商大怒："三兄胡扯什么！阿垚不过随口一说，犯得着乱扣罪名吗！"

少宫笑而不语，少商察觉到霍不疑飞快瞟来一眼，深吸一口气："我的意思是，这不是显而易见的吗！第一，以第五成伤势之重，应是无法长途奔逃，那么害他之人就在周遭一带；第二，这里地势平坦，方圆百里之内，只有那两处屋堡周围覆有尖利崎岖的山石，以做御敌之用；第三，第五成武艺高强，凭他的身手，能在重重精锐包围下伤到朝廷大将，若只是寻常地界，如何能困住他？"

楼垚"哦"了一声："原来如此，那么的确这两处屋堡最为可疑了……接下来，我们该如何是好？"他踟蹰了下，"我到底是县令，就这么上门去问问也无妨。"

少商直觉地反对："这种蓄有私兵的当地望族，哪能你说搜就搜，况且其中必有一家是毫无相干的。阿垚你贸然得罪了人，以后可怎么在当地办事啊？依我看来，不如差人去找郡太守要一函手令。"

程少宫笑出声来："少商你可想好了，救人刻不容缓，此去安国郡治所，来回少说四五日，没准就差这么一时半刻，袁慎就没了性命。"

少商转头："阿垚你还是立刻上门吧，救命要紧。"

楼垚："……"

霍不疑莞尔，始终紧锁的眉心松开些许。他道："也不必如此为难。阿垚，过会儿你就使人抬上第五成到那两座屋堡去。你就说胶东袁氏的宗子袁慎失踪多日，此人身份贵重，又简在帝心，不可轻怠，请两位家主帮忙查找。"

楼垚有些糊涂："若那两家人真的派人四处搜索，我等又当如何进入屋堡？"

"你就说，今日一早第五成醒了过来，说袁慎就陷落于他家。"

"第五成何尝说过？何况他也没醒啊。"楼垚更加糊涂了。

"不是没醒，是在赶赴屋堡的途中又昏了过去。"霍不疑十分耐心。

程氏兄妹"啊"了一声。少宫嘴角抽搐："好主意，反正第五成醒不过来，死无对证。楼县令愣说第五成指认他家屋堡捉拿了袁慎，也没人反驳。"

少商忧心道："若是他们抵死不认呢？会不会打草惊蛇，反而害了阿……袁公子的性命？"

霍不疑缓缓放下宽广的袍袖："这几日阿垚大张旗鼓找寻名医，要打草惊蛇早就打了。若当时他们没杀袁慎，必有不能杀的缘由，此刻便也不会杀。"

少商稍稍放心。

楼垚说干就干，当即就要找人来抬第五成，少商想跟着一道去，谁知霍不疑道："少宫，你与阿垚同去。阿垚，你只管理直气壮地跟他们要袁慎。少宫，你躲在后头细细观看那两家人的应对之色。你俩快去快回，不论那两家人是何回话，都快快回来报我。"

少商心中并不乐意，但她从不在人面前驳霍不疑的面子。

程少宫哀悼自己逝去如风的悠闲时光，不情不愿地跟着楼垚出了门，少商跟在后头啰里啰唆："三兄你看仔细些，拿出你看人面相的本事来……"

少宫没好气道："少废话，都是你不好，害我四处奔波！"

"怎会是我的过错？！"少商不满。

"为兄我如今要听你前前未婚郎婿的吩咐，跟着你的前前前未婚郎婿，去找你的前未婚郎婿，你说是不是你的过错？！"

程少宫甩袖而去——幸亏他只有一个妹妹，若是多几个，自己一定出家修道去。

那两座屋堡坐落于豫、徐两州毗邻处，离姚县县城均为七八十里，彼此相距却不远，至多不过六里，将三地连线起来俯瞰，就像一个狭长的等腰三角形。

两座屋堡相传是先秦时所建——有一对不知如何发了家的兄弟，在此地安家落户，谁知始皇一统天下后强势推行商鞅法度，要求所有成丁按制分家，于是这对兄弟便兴建了这么两座相距不远的屋堡。

后来战乱频繁，朝代更迭，两座屋堡几经破败也几度易手，如今占据并扩建了这两座屋堡的两户人家，一家姓李，面不改色地自称是道家祖师老子之后；一家姓田，有样学样地扬言自家是故齐王室的后裔——没办法，传统特色，不给自家安个金光闪闪的祖先，都不好意思自称成功人士。

楼县令抬着伤员带着神棍，惴惴地前去讹人，少商忧心忡忡地目送他们离去，转身跑去书房打算问霍不疑，谁知却见霍不疑召齐了手下，正神色冷肃地发令。

“……张擅，你领我手令，去西面几处治所借兵，有多少借多少，两日内必得返还。梁邱起，你快马去兖州大营寻欧阳夫子，让他传令各州县，若有太子一行人的消息，立刻拦住他们，千万别来豫州！李思，你去找梁州牧，让他先别管西面了，尽快率军过来。阿飞，你沿着东面这一线跑一趟，示警这几位郡太守或县令，务必当心有人阴害太子。”

四人没有半分质疑，抱拳领命而去。少商听得心惊肉跳，霍不疑看见她：“你来得正好，清点一下你手中剩余的火器，有多少都拿出来。若是车队中蓄藏有物料，不妨这两日加紧做些备用。我记得你车队中有几名手艺不错的工匠，借我一用。”

少商有话憋在喉咙中，最后什么也没说，扭头去吩咐底下——心底惦记着，回头要跟楼垚说一声，都是有官身的大人了，要会看上官脸色，倘若事出紧急气氛紧张，就不要问三问四了，先办事再说。

她回到安置自家车队的院落，先将伤员都清点出来，托付给楼家管事，然后让这几日闲散休憩的家将护卫们整备弓箭刀马，以备再战，接着清点剩余的火器，并将藏在几辆辎车底层的火油硝石还有火药等物取出，亲自监督配置秘器。

这番举动自然惊动了何昭君，她顾不得产后体虚，让奴婢们抬着自己去找少商，少商忙将她请进内室，简略解释一番后宽慰：“……就是这样。其实我也不甚清楚究竟出了何事，不过霍大人这样必有他的道理。你放心，无论如何，我不会让你和阿垚有事的。”

何昭君心绪稍定，又道：“阿父留下的部曲我带了二百在身边，他们这些年虽疏于战阵，但总比寻常乡勇强些。你们也不必到处借兵了，只管拿去用！”

一股智商上的优越感立刻涌上少商心头，她得意道：“你们夫妻俩可长些心眼儿吧，我适才的话你没听出端倪来吗？霍大人让手下去西面治所借兵，却不肯调动东面近处几个郡县的人手，这是为何？豫州与徐州相邻处有四五个县，你知道到底会在哪里出事啊？所谓敌不动我不动，一旦哪里有事，各方能够立刻聚集，这个道理你懂是不懂啊？！”

何昭君被喷了一顿，反唇相讥：“这道理我是不懂，不过你不也是听了霍侯的吩咐才想明白的吗！”

少商无语凝噎——最后她只能道：“行了，你回屋去歇着吧，我把随行的婢女庖厨还有伤员都留下了，你照看着些。”

如此忙忙碌碌直到天黑，霍不疑终于空下来找她。

晚风徐徐，高大英挺的青年一袭银丝织绣的月白常服，衣襟当风，身姿笔挺，器宇轩昂。而少商刚从配料房出来，头发凌乱，额头沁汗，两袖高高缚起，身上还裹着乌漆麻黑的围裙。

霍不疑轻笑一声，少商不悦：“你笑我模样狼狈吗？新配好的火器可不分你用！”

霍不疑也不气恼，拉她在凉亭中坐下：“我没笑你狼狈，只是想起了那年在滑县郊外的猎屋中——那时你也是这般模样，系着襻膊，裹着围裙，身上乱糟糟的。”

少商想起来了，叹道：“如今想来，除了宫中岁月，我与你相见时大多是狼狈不堪的。不是在桥底下干坏事，就是僵在马背上下不来，再不然就是呜呼哀哉等人来救。”

霍不疑微有惊异，而后笑道：“你觉得狼狈，我却觉得你那些样子挺讨人喜欢的。”

少商叹道：“真该让陛下听听你这话，当初他给你寻的亲事都错了。”

霍不疑哈哈一笑，把女孩揽入怀中，两人并肩而靠。

少商苦着脸："要不我以后别出门了，怎么一出门就出事啊？"

霍不疑揉着她的头发，温柔道："不会的，否极泰来，你前二十多年把该折腾的都折腾完了，以后就会顺风顺水，岁月安稳了。"

少商仰头看他，嫣然而笑："你也是。你已经把一辈子要吃的苦都吃完了，以后再不会有苦难艰险了。"

月色清凉如纱，凉亭旁的水井辘轳稍许晃动，发出咕隆咕隆的轻轻声响——制作火器最怕走水，是以少商选择的配料房就在这座有水井的庭院中。

霍不疑脱下外袍放在石桌上，走到水井旁卷起袖子，也不见他使用辘轳，单臂轻轻一挥一抖，便从水井中拎出一桶清水。他生得肩宽背挺，腰杆劲瘦，弯身时便如虹桥跨岭，沉稳亦是旖旎。少商看得有些出神，忽想将来她也能有这样一个俊美高大的儿子，人生多美好。

霍不疑不知她心中念头，从怀中掏出绢帕在清水中沾湿了，过来擦拭她脸颊上的尘污与汗水，少商娇嫩莹白的肌肤透出勃勃生气，好像刚从枝头萌出的倔强花苞。他轻声道："家母最爱亲手侍弄花木，每每弄得一脸泥污，阿父便为她擦拭。"

少商看着他的脸有些恍惚，顺嘴道："不如你叫我阿母吧。"

霍不疑手上一停，少商连忙摆手："啊不不不不不！我不是讨你便宜，也不是对先人不敬，我累糊涂了说傻话呢。"

霍不疑眸光流转，静中带嗔。

少商见他不跟自己计较，赶紧跳开话题："我听说你叫人凿来好些大石块，是何用处？"

霍不疑又去水桶中绞了一次绢帕，回来给她擦手："做个简易的攻城锤。"

少商先是"哦"了一声，然后惊叫："什、什么，你要攻打那两座屋堡吗？可三兄他们还没回来你怎么就知他们不妥？你是不是太过杞人忧天了？"

霍不疑刮了一下她的鼻子，微笑道："我能好端端地活到今天，靠的就是杞人忧天，有备无患。"

少商心头一动，看着他深褐色的眸子："……你不是令尊，你不会遇到凌益那种人。"

霍不疑将绢帕叠得整齐方正，放在石桌一旁，淡淡道："……我的确不是家父，凌益这种人但凡露出些端倪，我断不会容他活过三日。”

凌益贪生怕死并非毫无征兆，但霍翀始终相信他只是胆小，还不至于背信弃义：一方面固然是霍翀光明磊落，不肯轻易疑心别人；另一方面也是看在胞妹面上，总将妹婿往好处想。

少商沉默了会儿：“你这样殚精竭虑，并不只是为了救袁慎，是吗？”

霍不疑注视着女孩：“发现第五成至今，你不曾提过袁慎一句，你怕他死吗？”

少商闭了闭眼，声音微微发颤：“他在人前总装得谦恭有礼，只在我跟前提过将来要位极人臣，累世三公。我真想不到，他、他可能会死在这种名不见经传的小地方……你不会又疑心我对他余情未了了吧？”

霍不疑失笑：“自然不会。”其实他心中想的是，别说“余情未了”，就是袁、程二人情意正炽他都非要插上一脚不可，何况区区“余情”？

“你老实告诉我，如今情形是不是不大好？”少商道。

霍不疑沉吟，缓缓道：“你有句话说对了，陛下平定天下太快了，便落下了许多隐患。天下大势如山不平，若是一阵铺天盖地的山石洪流覆灭颅顶，固然伤亡惨重，但什么崎岖不平也都没了，偏偏……”

他没说下去，反而道：“当你在曲夫人处盘桓叙旧时，吴大将军已将几股来势最凶猛的叛乱荡平。尤其是徐州，因其地处要冲，乃兵家必争之地，于是几路大军齐心协力，一早将那里清理干净，太子才动了微服私访的念头——然而就在殿下动身不久，就传来蜀郡史新造反的消息。”

少商急得起身：“若情形这样严重，那赶紧派大军来帮忙啊，只我们怎么够？”

“哪里还有大军？”霍不疑静静发问。

少商一愣：“那……兖州大营呢？”

“兖州大营已经空了。”

少商怔怔地坐下。

“朝廷就那么点人，国库就那么些财帛粮草，西北和漠北的守军不能动，不然草原与大漠诸部都会闻着血腥味踏马中原。吴大将军南下蜀郡去平史新了，其余几位将军各自领军在青、幽、冀三州继续平乱。兖州大营早空了，若不是为了看顾太子，我也该跟吴大将军去蜀中——大将军近来身体不好，他年岁不小了，戎马倥偬这些年，伤病累积，陛下一直很担心。”

少商一颗心七上八下，最后气恼道：“都是太子殿下不好，乱跑什么啊！这回找到他，说什么都不许他胡来了！”

霍不疑笑道：“殿下行事还是有章法的，他假作世家公子游历江湖，随行的东宫侍卫与虎贲们或明或暗在旁护着，并定期让人回来传书保平安，出去这么久也没什么事，就是……”

“就是怕有人存心加害。”少商补充。

霍不疑叹道：“总之，有公孙氏余孽的踪迹，袁慎及其家将部曲又无端失踪，总叫我不能心安。我心中隐隐觉得，若能查明袁慎一行人的去处，太子的危难自解。”

少商撑腮凝思，郑重道：“你说得对，先把袁家这帮人找出来再说！袁氏也是这几十年风风雨雨历练过来的，袁州牧又在外任封疆大吏多年，他派给独生子的侍卫与家将绝非泛泛之辈！可这些部曲家丁居然都无声无息地不见了，可见其中必有阴诡情事——你觉得那两座屋堡，哪座更可疑些？”

“田家堡。”霍不疑道，“我观过地形，那里易守难攻，四野闭塞。有那等地形，即便袁氏子弟骁勇善战，但到底人数不足，一旦被诱入险地慢慢歼灭，外面未必能察觉。”

“好！那咱们就好好准备，我倒要看看，什么了不起的墙垒能扛得过我的火药！”

两人如此这般商议，都以为八九不离十，谁知计划赶不上变化，次日楼垚与程少宫带回来的消息颇有些喜感。

田家堡家主年轻，李家堡家主年长，照一般思路，必是前者性烈气盛后者圆滑缓和，谁知楼、程二人上门行诈时，田氏家主满口应承笑容可掬，口口声声欢迎随时来搜查屋堡，愿意证自身清白，反而人至中年的李家家主派头惊人，不但喷了楼、程二人两脸唾沫，还将上至皇帝的度田令下至梁无忌的治理骂了个狗血淋头，最后只差没放狗咬人了。

少商又问李、田两家的详情，楼垚就尴尬了，嗫嚅道：“之前这两座屋堡不在我县辖内，是邻县王大人管的。今年梁州牧才将那片地界划入姚县，是以……许多事并不清楚。”

“这是为何？”少商不解。

霍不疑笑道：“大约是度田令的缘故。那两座屋堡在地方上想必颇有权势，多年来与官府交好。梁州牧怕当地县令徇私放纵，便来了个釜底抽薪，直接将那片地划给阿垚管辖，这下他们之前的经营就都不管用了。”

“怪不得陛下总夸奖梁州牧，的确有能耐啊。”少商服气。那么多州郡的地方官因为度田令执行不力，被皇老伯贬的贬杀的杀，唯梁无忌出类拔萃，曲泠君这回算嫁对人了。

话虽这么说，目前情形却不大妙。楼垚只清楚那两座屋堡的覆盖范围、田亩人户、族系谱籍，屋堡主人的人品家境、交友情况等一概云里雾里。

本来地方官的家眷与当地豪族的妇孺总会有些交集，奈何何昭君自有孕后甚是紧张，这大半年来为着保胎静养连县城大门都不肯出，只有楼缡代表兄嫂出去赴过几次赏花宴、纳凉会什么的。

“阿缡说，田家主君虽然年轻，但姬妾众多，光是夫人就并立了三四位，筵席上吵吵闹闹的她也分不大清。李家主君有些不好的名声，据说是娶一个死一个，本地都没有门当户对的人家肯跟他结亲了，前几年只好从外头娶来一位。不过李家的新夫人体弱多病，甚少出门，阿缡也只见过几回。”楼垚努力回忆堂妹的说辞。

“嗯，一个三妻四妾，一个克妻无数，这两家倒是对仗工整。”少商吐槽。

霍不疑笑着睇了一眼诙谐淘气的女孩，再问楼、程二人对两家的看法，这时候就显示出程少宫体察入微的好本事了。

楼垚踌躇着说道：“从两家应对来看，田家应是清白无辜的，不然也不会坦然让我们搜查了。那李家拒不听命，暴戾不堪，应有不妥。”

“非也，我看这田朔（田家堡主人）额窄腮陷，印堂阴仄，不似磊落之人，与他冠冕堂皇的说辞丝毫不衬。况且此人作态太过，大忠似奸，敦厚热情近乎伪匿了。”程少宫道。

霍不疑点头道：“不错。除非别有隐情，否则自家堡垒被地方官吏说搜就搜，还笑脸相迎，若天底下的豪强大族都这么好说话，如今也不会因为抗拒度田令而烽烟四起了。”

楼垚愣愣道：“难道李家反而是无辜的？”他忍不住摸摸险些被恶犬咬到的手臂。

程少宫神情郑重：“其实，我觉得李阔（李家堡主人）也很是奇怪。这人叫嚣起来不可一世，简直狂悖不堪。他对梁州牧发几句牢骚也就算了，竟连陛下和朝廷的政令都骂了——难道他不怕日后事态平息，朝廷跟他秋后算账？”

少商摸摸发凉的后颈：“可是，李家堡的地形我看过了啊，不但四面平坦，无遮无蔽，而且邻近本郡最大的一处集市。袁慎出门时少说带了二百名侍卫，就算他糊涂，他身边的家将也知道不能让所有人都进入屋堡，容易被人关门打狗。可若是有一部分人在外面，真厮杀打斗起来，附近的百姓怎会毫无察觉？”

话说到这里，似乎进了死胡同，三人一齐去看霍不疑。

霍不疑丝毫不为所动，语气平静道：“既然田家愿意让我们搜，我们就去搜上一搜。”

事不宜迟，霍不疑即刻就率军出城，程氏兄妹随同，原本他们打算让楼垚留下看守县城，何昭君却坚持让丈夫跟去，还将何氏部曲分出一半随从。她坚定道：“县城有我呢，我会紧闭城门，小心戒备的，你去忙大事。”

少商知其用意，若楼垚能在太子跟前刷上一拨功劳值，以后前程就会顺当许多。她笑道：“你当年连外放都不肯让阿垚去，如今倒狠得下心了。”

何昭君叹道：“人总是要长大的，以前有家族父兄庇护，什么都能任性着来。如今不一样了，我们得为孩儿们多想想。前人种树，后人乘凉啊。”

少商不无感慨，嘴上却戏谑道：“这才生了一个儿子就口口声声‘孩儿们’了？安成君您想得可真远。”

何昭君白眼道：“这不还有你吗！有你在，阿垚出不了事！”

少商再度败下阵来——有句话说得好，口齿再犀利的大姑娘也别和嫁了人的小媳妇耍嘴皮子，古人诚不欺我也。

当日晌午起程，途中经过几座安宁和煦的村庄，干燥温馨的秋日阳光下，成熟的金色庄稼形成灿烂喜悦的麦浪，一望无际，看得人神清气爽。霍、程一行人不愿叨扰忙碌收割的农人，当夜在外头扎营歇息一宿，次日清晨便到达田家屋堡附近了。

屋堡外围一匝茂密荫蔽的树林，树木高矮粗细不一，像是不同年份栽种的。霍不疑在马鞍上举手轻挥，便如臂使指，军队齐齐停步，而后下马步行。少商牵着已然十分高大的小花马，走在数人合抱的参天巨木中，时不时用手掌去感受粗糙的树皮，叹道：“这林子里有些树，怕有上百年的光阴了吧。”

她看向霍不疑：“就这么进来妥当吗？不会也被诱入陷阱中一勺烩了吧？”这样绵密参天的树林，简直是个天然的隔绝层，里面厮杀得多么喧闹外面都听不见。

霍不疑牵马过来，耐心道：“袁慎才二百来人，自然能被一网打尽。我带了五百精兵，加上你和阿垚的人，少说也有七八百，这片林子再茂密也装不下我们。”

少商心定了些，又问：“欸，你说，袁慎他们真的是在这里出事的吗？”

“不好说，得细细勘察才能知道。总之，我觉得这里不大对劲。”

少商低头往前走，忽道：“你怎么不将我留在县城里与何昭君做伴呢？这里既然如此凶险，你居然答应带我来。”

霍不疑唇角轻轻扬起，调侃道：“你在水边，说不定会巨浪滔天；你在山边，保不准要山崩地陷；你在天边，也不知不周山会不会再倒一回。我对你不大放心，还是待在我身边安稳些。”

少商轻声道：“不过你总不能一辈子带着我吧？”

霍不疑倏然停步，一瞬不瞬地看着她，少商回视，然后两人同时转头。

田氏屋堡建得雄奇壮观，三四丈高的拱形堡门缓缓向里洞开时，少商宛若进入一座腹部中空的阴森山洞——空旷阴冷，夹杂着令人不快的潮湿气息。

众人进去时，田家正在举行一场奇异的祭祀仪式。

宽广的圆形平台上舞动着七八名身系彩绦的巫士，他们或举铃杖，或拍手鼓，披头散发，手舞足蹈，围着一头通体漆黑的雄健公牛不断旋转颠步、齐声吟唱，另有四名赤袒上身手持尖刀的壮夫按照东、南、西、北四个方向候立在旁。

体形巨大的漆黑色公牛发出低沉怒吼，震得旁人耳膜嗡嗡作响，肌肉健硕的公牛四肢不断挣扎，然而数条手腕粗细的铁链将它牢牢捆缚在高高的石台上。

牛头正面跪坐着一名年轻男子，正是田氏家主田朔，只见他身着一袭白衣，双手向天抬伸，随着巫士的吟唱舞蹈喃喃念叨着什么。

吟唱舞蹈越发激烈，几名巫士脸色红似滴血，举止疯癫若狂，口中吟诵的咒词也愈加迅速激烈，宛如弓弦被越拉越紧几近绷断，其中一名最老迈的巫士忽厉声高喊一声“起”，犹如利刃戳破沉晦的午夜，四名壮汉同时出刀直插公牛腹部。

这种古老而血腥的祭祀让少商既不忍又惊惧，不由得后退两步。

四名年轻巫士以金盘分别捧起这四样公牛脏器，跟着那名年老的巫士来到田朔面前。

那年老巫士细细看了那布满兽血的瘦削面庞几遍，咧嘴笑出黑黄斑驳的牙齿："家主放心，苍天有应，你此愿必能达成。"

青石广场内弥漫着浓烈血腥的气息，少商有些受不住，霍不疑原本正盯着四周的田氏家丁看，察觉女孩身形不稳，便伸手揽她在自己身侧。

仪式结束，众人被请去花厅歇息，待田朔沐浴更衣出来时，程少宫已经不耐烦地绕厅溜达起来了。楼垚上前向田朔表明此行来意，然而神色讪讪，显然修行还不够。程少宫就天赋异禀多了，厚颜无耻地表示"主要是因为主家您盛情难却，是以我们就真的来搜了"。

年轻的田氏家主并不如程少宫说的那样相貌不堪，撇去气色阴沉难明，单论五官相貌称得上俊秀精致。他听清要求，居然很爽快地右手一抬："久仰霍侯大名，如雷贯耳。如今有幸略尽绵薄之力，怎敢不从？诸位请便。"说着，还吩咐家仆让姬妾家眷都到外面庭院中稍待，不许阻碍了搜查。

霍不疑面无表情地抱了抱拳，懒得跟这人啰唆什么，直接领了将士与楼垚一行四下搜查去了，留下程氏兄妹与大队侍卫在花厅等待。

田朔似乎对此毫无意见，微笑着摆出"悉听尊便"的模样，安然端坐原处。

等了一个多时辰，田朔第三次让家仆奉上新食案，殷勤地请程氏兄妹继续用点心茶水。

程少宫忍不住问道："敢问之前家主所行的祭祀仪式，莫非是仿照先秦典籍所记载的，以生灵为祭，恳求心愿得偿？"

田朔眸光闪动："程公子博闻广记，说得一点不错。"

"那典籍可在？"程少宫心痒难耐。

田朔笑了笑，随即让家仆送上一卷古旧的竹简，程少宫迫不及待地翻阅起来。

田朔看了眼坐在窗边沉默不语的女孩，雪肤花貌，意气自在，比秋光更是明媚舒展，他毫不掩饰地露出欣赏之意，微笑着走过去："在下虽身在乡野，但程娘子侍奉淮安王太后多年，不但秀外慧中，更是都城中数一数二的美人。今日一见，果然名不虚传。"

少商抬了下眼皮："好说好说。不过田公子不是该问，我一介小小女子，无官无职，今日凭什么跟着来搜查贵地？"

田朔笑道："程娘子想说就说，不想说就不说。"

“那太好了，这事解释起来颇是麻烦，我就不说了。”少商道，“小女子另有一问，田公子想说就说，不想说就别说了。”

田朔一愣，随即道：“程娘子但问无妨。”

少商道：“适才那场祭祀，公子求的是何心愿？”

田朔眼神一闪：“既然是心愿，就不能说，说了就不灵了，程娘子以为如何？”他压低声音，眼中流露出贪婪之色，然后身体前倾靠近，原以为女孩会羞涩地后退些许，谁知女孩纹丝不动，神色冷漠地看着他。

少商厌恶这人的眼神，冷冷道：“不以为如何，我从不曾将成败寄托在一头牛身上。”

田朔冷下脸色：“其实若按着典籍记载，献祭的本不该是牛。”

“那该献祭什么？”

“人乃万物之灵，自然该献祭人牲！”田朔眼中现出残忍兴奋的血丝，“可惜朝廷早已严令禁止人牲了。”

少商轻笑出声：“人牲也罢，兽牲也罢，总之都是拜求神仙灵鬼庇佑。我自小到大只学会一个道理，固然成事在天，但谋事在人！田公子，你若心中有愿望，别一门心思地求神问灵，也该自己使使力气筹谋一二啊。”

田朔冷声道：“程娘子怎知我不曾筹谋？”

“敢问田公子做了何等筹谋？”

田朔喉结滚动，尖细的牙齿咬着极薄的嘴唇。他最终还是没接这话茬，换言道：“适才那位老巫士也看了看程娘子的面相，娘子可知老巫士说了什么？”

少商冷漠道：“说了什么？”

田朔缓缓凑近女孩，低声道：“他说，娘子乃丰饶多产、子嗣繁茂的面相，将来嫁人生子，便如破土开耕，沃野千里……”

少商眼皮一抽，她这是又被调戏了？果然小白花长相就是容易招苍蝇。

她甜甜一笑：“我以为田公子此时不该对我言语轻佻。”

田朔语气浪荡：“程娘子莫不是羞恼了？”

“如今百废待兴，陛下几次下令各州县鼓励开垦，繁衍生息，这耕牛尤其禁杀……田公子，你适才杀的那头牛异常健硕壮实，怕是能抵五六个壮劳力吧。若是谁去梁州牧处告上一状，也不知田公子会否惹上官司？”少商笑眯眯的。

田朔脸色一沉，露出程少宫所说的“阴仄”气质：“那不是耕牛，是公牛！”

“套上犁头，未必不能耕地吧？”

“区区小事，我看哪个会来寻我晦气！”

“天底下，除了欺君罔上、杀人越货这等绝不容赦的大罪，多数事情都是可大可小的。若我去向皇后娘娘哭诉一顿，田公子以为你杀牛算大事还是算小事呢？”

田朔差点跳起来，吼道：“你服侍的淮安王太后是宣氏废后，如今的皇后姓越。你在她跟前未必说得上话吧！”

少商一抖宽大的袍袖，掏出一枚小巧玲珑的精致铜符，上头以金丝纹路嵌出“长秋”二字：“这是我出门前越皇后给我的。调动兵马粮草不行，不过在驿站和诸位州牧处骗吃骗喝还是不难的。”

——其实越皇后的原话更令人头晕眼花，她眼见陪伴自己几十年的老宫令日渐年迈体弱，就问即将出远门的少商“若是还不想嫁人不妨来给我做几年宫令”，将盼养子成婚生子盼到眼冒绿光的皇老伯险些吓出腰椎间盘突出。

田朔面色阴沉，忽地一笑：“就算是我错了，我认罚便是，难道朝廷还会因为一头公牛，诛我全族不成？”

少商微微吃惊，这货居然这么容易认了？于是她再接再厉，刻意无礼道：“我外大母七子一女，我阿母随夫出征亦养下四子一女，我多子多福还用得着巫士来说？我说田公子你的钱财也太好骗了，怪不得我听说南来北往的巫士都爱往田氏屋堡来呢！”

程少宫听见话声抬起头来，也不知胞妹说了什么，只见适才一派淡定潇洒的田朔如今被气得浑身发抖，双拳紧握，似乎在苦苦忍耐。

搜查了两个多时辰，霍不疑与楼垚无功而返，田朔似是被气得不轻，连午饭都没挽留就开门送客了，一行人只好多费大半个时辰走出田家屋堡外的树林，在一处风景不错的开阔原野中埋锅造饭。

在帐篷中嚼着粗粝无味的食物，程少宫不由得叹息：“嫋嫋你究竟说了什么，把田朔气成那样！好歹用过午膳再出来啊。”

“阿兄倒不怕饭中有毒？”少商白了胞兄一眼，转头问霍不疑：“你打发阿垚去哪儿了？”

霍不疑道：“我让他去李家堡再问一回，究竟让不让我们搜。若是不让，就得动手了。”他说得语气平淡，但其中隐含的杀伐之气将程氏兄妹吓了一跳。

少商结巴道：“你们真的什么都没搜出来吗？”

霍不疑一脸凝重：“就像事先清理过了，比纪老儿的廷尉府还干净。袁慎一行二百来人，活要见人死要见尸，并非细碎角落可藏匿。后来我又派人四下摸了一遍机关密道，一概没有。”

少商皱眉：“莫非田家真的与袁慎失踪没有关系吗？”

霍不疑驻箸在碗中，含笑道：“你以为田氏有无可疑？”

“有。”少商毫不迟疑，霍不疑问缘由，她道，“适才田朔那厮调戏我，说我沃野千里……”

“什么？”霍不疑敛起笑脸，“他居然说了这等话！”

“别急别急，我没有吃亏，都讨回来了！”少商连忙摆手，“不但如此，我还刻意激怒田朔。三兄，你看田朔是个肯忍气吞声的人吗？”

程少宫咽下食物：“当然不是！这人一看就是睚眦必报、气量狭窄之徒。”

“不错。适才我嘲讽他容易被巫士欺瞒，还说了更加无礼的话——我说，巫士骗你田公子的钱一点也不难，端看适才在祭场中，您姬妾众多却连一个幼童都不见，显然您是子嗣艰难，话说您就没找个了得的相士看看，是不是您命中有坎，儿女缘薄啊……”

霍不疑面色稍霁，程少宫却听不下去：“你这话也太过了。打人不打脸，揭人不揭短，尤其子嗣承续这种天大之事。”

“对呀，我知道我过了，不过我是有意的。”少商两眼放光，“任谁来评理，都会说我言语不当，欺人太甚。我原以为田朔起码要找阿兄与霍大人理论，谁知，他竟然忍了下去！这不是很诡异吗？”原本田朔当她皮薄肉嫩好欺负，就来讨些口头便宜，谁知一口咬下差点崩了牙，他反而隐忍不发了。

“不错。虽然我与阿垚什么都没搜到，但田家诡奇之处越发明显。”霍不疑点头，“你们察觉没？在田家屋堡内的家丁护卫多是些老迈孱弱之辈。”

少商一愣，回想起来：“欸，还真是啊。那么大一座屋堡，不论是护卫主家还是震慑乡里，少说也得有上百壮丁吧。”

“昨日向邻近田氏屋堡的村落讨水喝时，我观那些农人对田家甚是敬畏，我就不信姓田的是‘以德服人’。”霍不疑嘴角噙着一丝冷笑。

“田朔哪儿来的‘德’，缺德还来不及呢。”少商一哂，随即正色道，“那么他屋堡里的那些壮丁都去哪儿了？嗯，果然是不妥。”

程少宫叼着箸尖，斜乜着眼：“我早说了田朔不妥，不用你俩这样斟酌来斟酌去的，看田朔的面相我就知道他不妥了！”

少商与霍不疑一齐看他。

未时初刻，霍、程一行在四野开阔的李家屋堡前与楼垚会合。楼垚进帐后，为难道：“李阖抵死不肯开门，还站在城头破口大骂，言语间……言语间对朝廷甚是不敬……”

霍不疑放下舆图卷册，轻描淡写道：“那就不用多说了，动手吧。”

少商闻言，献宝般地让人将仅剩的几箱火器抬了上来，嘴里念叨着：“人最要紧，多用火攻，少些伤亡……”因是用于攻城，是以这两日她赶制的多是爆裂效果好的火器，这回她不吝成本，其中几枚轰天雷尤其威武雄壮。

霍不疑走过去，在箱中拣了几枚翻看，笑了下：“还是省着点，不要全用完。”

他单手负背走出帐篷，白皙修长的手指指向前方的屋堡：“这座屋堡是用巨石垒成的，你的火器真能炸开吗？”

少商随站一旁，自信道：“石头与石头也不一样，有些石块坚实不可撼动，有些石块则松垮易碎。我看过那石墙了，放心，一准儿炸得开！”

霍不疑看她面如凝脂，脸颊鼓鼓的甚是可爱，忽地亲了她一口，低声道：“等以后我们家建屋堡了，要挑最好的石头！”

少商捂着红扑扑的脸蛋，顾左右而言他道：“以后若是你西北有战事，也能用这些火器。”

霍不疑却摇摇头：“这火器烧起来太厉害，若是真燎了草原，那些寻常牧人与西北遗部之后如何活得下去？宁可苦战一番，也不能破这个例。”

少商眼睛一亮，她的心上人既骁勇善战，又宅心仁厚，是天底下一等一的好男人。她踮脚去抱他的脖子，在他弧形优美的颌下用力亲了一口。

霍不疑心头柔软，凝视女孩的双眸中似有星光流动。

一声剧烈的炸响揭开了这场小型攻城战的序幕，豫州乡野何曾见过这等惊天动地的场面？城头上的李家守兵当即吓瘫了一半。

霍不疑麾下将士训练有素，分作四组，一组夹杂在震人心魄的炸裂声响与火光烟雾中抢上城头，一组用新制的攻城锤砸开屋堡大门，再组成一个个方形盾阵护住头脸杀入屋堡，另两组轮流替换。

未时末开始攻城，打到一半，受命去报信的梁邱飞和带着借兵的张擅都回来了，于是攻势更猛。如此厮杀直至天色昏黄，李氏屋堡即被攻破。

程少宫笼着双手，迤迤然地站在后头观赏：“其疾如风，其徐如林，侵掠如火，不动如山，难知其阴，动如雷霆……当是厉害，厉害啊！”

少商好气又好笑：“三兄也是跟着双亲一路征杀下来的，你避战火如针扎，以前在外头那些年你都是怎么过来的？”

程少宫辩驳：“我并非避忌战火，而是听了霍侯的吩咐看住你，不让你乱跑。”

“若没他的吩咐，三兄就会上阵杀敌了吗？我看见阿垚都受伤了，哎呀好像是胳膊，他们回来了，回来了！”少商指着远方，踮着脚奋力张望。

“……嫋嫋，为兄劝你一句。为了楼垚好，你尽量少关怀他。”

“阿兄又来了，霍大人说已然不介怀了。”

“男人嘴里的话你也敢信？！”

少商摸摸脑袋，难得听话地没去理楼垚，而是一头扎进霍不疑血迹斑驳的衣袖中，絮絮叨叨地问“可有哪里受伤，哪里不适”，霍不疑果然欢喜得不行。

等到彻底清理完屋堡内的抵抗，霍不疑才允许少商骑马进去，四处守卫的将士们举着盘旋如火龙般的火把，将黑乎乎的屋堡照得光明透亮。

少商有些紧张，若这里再找不到袁慎，那她也不知道该怎么办了。

霍不疑一手策马，一手牵着她的坐骑缰绳，两人缓缓往里骑去。不一会儿，张擅赶来禀报：“少主公，四处都搜过了，不见李阔那厮！”

霍不疑点点头，道：“你带人戒备四周，让底下人继续搜。”

两人骑马直至后宅，映入眼帘的是一片精致繁华不逊宫廷气派的闺阁屋宇。

梁邱飞也来禀报：“我等找到几处地牢，但关押的都是无关人等，均无袁公子下落。后面的内闱中发现自尽身亡的李阔夫人，还有一同自尽的几名贴身婢女。”

霍不疑浓烈美丽的五官在火光的照映下，如一尊忽明忽暗的玉像。

他一声不响地翻身下马，拉着少商往内居走去，果然看见一地的婢女尸体，或坐或卧，还有躺在锦绣堆积的床榻中的李夫人。所有女子都死状平静，有几个脸上甚至还残留着笑意。

案几上放着没饮尽的毒酒和各色的精致点心，少商猜她们都是服毒自尽。霍不疑却俯下身体观察这些尸首，尤其是那位丽色犹存的李夫人，他抓着尸体的手看了好几遍。

少商到底惧怕尸体，不敢凑近，只问着：“有什么不妥吗？”死去的李夫人年轻秀丽，双手白嫩细腻，显然是没干过重活的大家闺秀。

霍不疑站直身体，低声道：“只盼是我多心。”

这时，又有侍卫来报，据奴仆招认，有一名贵公子被家主夫妇藏在一处极深的隐秘地牢中，照他的形容那公子应该就是袁慎。

“他还活着吗？！”少商又惊又喜，就知道这货没死！

那侍卫道：“那奴仆说，他昨日还听见袁公子在地牢中的动静。”

少商喜上眉梢，一时忘了神棍胞兄的叮嘱，一马当先地冲在最前面去看袁慎了，霍不疑不疾不徐地跟在后头，梁邱飞小心觑着脸色不大好的自家少主公。

隐秘的地牢就设在祠堂后的砖墙下，李家人的意思大约是让祖先帮忙看管犯人。

霍、程二人在一群高举火把的侍卫簇拥下来到地牢入口，顺着阴暗的石板小道走去，越往里面地势越低，就如一把倾斜的匕首直插地下一般。地道曲回环绕，时而斜坡时而阶梯，走了约一顿饭工夫，终于在地道尽头看见一扇石门，推开一看竟是一个极大的方形窟窿。

推门的梁邱飞不防，险些一脚踩空，被后面的弟兄拉住才稳住身形，举火把去照，众人才发现这原来是一间深陷下去的牢房。

这间牢房便如一个倒置的平顶金字塔，方方正正的四棱锥台，上大下小。推开石门后，需要顺着一条长长的石阶走下去才能到地面。

走到这里，霍不疑已经眉心紧锁。

其实适才在入口处他就不欲进来——态势不明之地本不应轻易涉险，不过他看少商兴致高昂的样子就没说话，只吩咐侍卫沿途持剑留守地道，一旦发觉不妥立刻吹哨报信，不可让人堵住了后路。

他正打算拉少商离开，让军卒下来查探好了他们再来，这时地牢深处响起一个熟悉但虚弱的男子声音：“……是谁来了？田堡主吗？要杀便杀，何必多逞威风。”

一听见这声音，少商多日来的担忧终于化了开来。她喜笑颜开，擎着一盏风灯噔噔地踏下石阶，梁邱飞看霍不疑轻轻颔首，便领着几名侍卫举火把跟上。

霍不疑自己却不下去，而是挺直背脊站在门口，绷紧肌肉警惕地戒备着。

石阶有三四十级，摇曳的火光将地牢照得若隐若现，石板地面中的一角铺有稻草，一旁有案几被褥，甚至还有一架简单的屏风，后面大约是净房。

草堆上靠墙坐了一名身着浅蓝曲裾的青年男子，虽然形容狼狈，胳膊腿上都裹着绷带，但还算整洁利索。他似乎久不见光，一手遮眼："来者何人？"

少商顽皮道："袁大公子，别来无恙啊！"

袁慎赶紧抬头去看，见到笑颜如花的熟悉女孩，惊喜交加："少商，怎么是你？！"

霍不疑清清嗓子："还有我。"

袁慎一滞："你……你也来了……"

霍不疑不悦："你以为是谁救的你！"

少商没注意两个男人的暗潮涌动，笑呵呵地去扶袁慎，谁知他手足一动，众人才发现袁慎右手锁了一圈精铁镣铐，后面的铁链一直深入三丈开外的对面石壁内，看着有些松动。

霍不疑也看见了，一面让人去外面找钥匙（估计找不到），一面让梁邱飞等人用刀柄去撬挖那松动的石壁（出去了再找开锁师傅）。

少商都已经做好袁慎遭遇不幸的思想准备了，此时乍见故人安好，她喜悦地迭声发问："你身上有伤吗？有没有生病，饿了吗？他们拷打你了吗？"

霍不疑倏然打断："袁侍中是如何被擒到此处的？"

袁慎叹道："你不问我也要说，此事说来话长，我是追查公孙氏余孽到这里的。"

自从袁家在刺杀事件上栽了大跟头后，袁慎心知即便有皇帝的宠信，若无功勋傍身，回到尚书台也不免受人讥嘲。于是他索性先从宫廷中抽身，寻机立功。

"你想立功就立功？功劳难道是那树上的熟果子，你想摘就摘啊？"少商吐槽，"第五成现在还昏迷不醒呢，你们究竟怎么了？"

袁慎再叹："第五成还活着？那可太好了，是我轻率，连累了他。"

他顿了顿，继续道："送双亲离开都城后，我就在家冥思苦想，终于想到一事——观那公孙宪的行事做派，似是对江湖中人草莽之人甚是清楚。若他能用江湖中人，我也能反过来用。于是我请第五成出马，联络昔日江湖中的老友，几番打探后，听到一个半真半假的消息。"

"什么消息？"少商听得入神。

"屡次主使刺杀朝廷大将的那个公孙宪……"袁慎抬头看了站在上方的霍

不疑一眼，“这些年来时不时运送财货出蜀，并且多是找江湖中人来押送，而非蜀中将士。至于送去了哪儿，竟然无人知道……”

“多次运送，怎会无人知道？”霍不疑出声。

袁慎道：“公孙宪打仗平平，施行阴谋诡计却是个中好手。运送的车队在路上会几次更替押送人手，出蜀后更会隐入南来北往的各路商队中，让人难以分辨。”

“那你是怎么找到这里的？”霍不疑问。

“天下茫茫，本难寻找，于是我就去鸿胪寺翻查卷宗。”袁慎道，“当年公孙老儿镇守蜀中日久，生了称帝弄权之心，便让自家子弟都迎娶蜀中世族之女，作为姻亲之盟。”

少商轻轻切了一声。

“公孙宪身为僭帝胞弟自也不能幸免，便娶了有名的蜀东张氏之女。然而那张氏性情悍烈善妒，动辄打杀家中姬妾。我又去北军狱，询问去年朝廷大军收来的蜀中战俘，有人告诉我，大约十几年前，公孙宪家出了一桩大大的惨事，闹到僭帝出马才摆平。”

袁慎继续道：“公孙宪有一名相伴多年的爱妾，据说是他乳母之女，两人青梅竹马，情意甚笃。张氏虽然悍妒，但公孙宪也不是吃素的，将那爱妾护得密不透风，张氏无从下手。谁知十几年前公孙宪忽生了一场大病，数日不醒，张氏趁府中乱作一团之机，派人暗中劫走了那名姬妾，然后……”

“然后把人杀了？”这是少商最高级别的想象力。

袁慎叹了口气：“张氏虽是女流，心狠手辣却不逊男子。她将那爱妾划破面孔，毒哑喉咙，卖去最粗劣肮脏的窑子——让她口不能言，面目不可辨认。”

少商傻了。

袁慎也是不忍：“好在公孙宪三教九流的人认识不少，病愈后立刻发力寻找，数月后终于找到已经奄奄一息的爱妾。没多久，人就过世了。”

“那后来呢？”少商叹气。

袁慎道：“公孙宪怒不可遏，非要杀了张氏不可，可张家在蜀中势大，僭帝只好出面说和，才将事情压了下来。谁知三年后，张氏忽患怪病，全身奇痒难耐，皮肉溃烂至片片掉落，到最后都能看见森森白骨了——张家到处寻医问药，这事蜀中官吏都知道。

“张氏受尽苦楚，煎熬数月后病逝。张家心知是公孙宪下的手，然而苦无证据，反是公孙宪穷尽数年之功，层层罗织罪名，诬告张家通敌叛国，最后张家被僭帝诛灭三族——哦，罪名里通的那个‘敌’就是我们。”

少商啧啧作声：“这就是没教好女儿的下场，应当把张家的教训广而告之才是。”

袁慎道：“我又询问公孙宪其余家小的下落，得知当日吴大将军攻破蜀郡时，他们连同僭帝宗室都被吴大将军一股脑儿杀了。”

少商皱眉：“公孙宪自己能提前逃脱，却不肯带上张氏的儿女，宁肯断子绝孙，可见夫妻积怨之深。”

“恐怕未必断子绝孙。”霍不疑忽道，“那名爱妾是否留有骨肉？”

袁慎向上睃了一眼，道：“霍侯所料不错，那名爱妾给公孙宪生过一子，公孙宪极是疼爱此子，周岁筵时曾遍邀蜀城显要。那爱妾出事时，此子不过七八岁，次年就听说夭折了。”

“那孩童若是活到现在，应有二十五六岁了。”霍不疑道。

少商一惊，心头浮起一人：“难……难道那人就是田朔？不对啊，他是田家家主之子，难道田家人都瞎了认不出吗？”

袁慎摇头：“其中细处我不知道，但据第五成打听来的消息来盘算，公孙宪不断送财货出蜀，正是从他庶子夭折开始的。我猜公孙宪定是将儿子藏在某处——小小孩童，又是早逝的至爱之人所生，做父亲的怎能放心让他孤身一人去陌生的地方？定然会让最最心腹之人陪同。”

少商击掌赞赏：“袁大公子好谋断！”

袁慎笑了笑，接着道：“于是，我再度审问与公孙宪日常来往密切之人，他们说当年公孙宪身边的确有一名心腹，紫面长疤，善使一柄三尖长刀，武艺超群，稳重能干。嗯，也是在那庶子‘夭折’前后，这名心腹全家都不见了。第五成再去打听，终于找到一名退隐江湖的飞贼，他说当年在这片‘办事’时，于一座深林隐秘的屋堡中遇到一位紫面烫伤的好汉，一柄三尖长刀使得出神入化，他差点就逃不出来。”

霍不疑道：“嗯，这人倒是忠心，索性把疤痕烫去了。”

袁慎道：“不错，不过我还是不敢确认，于是点了二百家将家丁，打算亲自来看一看。”若是贸然上奏出告，最后却闹了乌龙，他就连论经台都没脸待了。

“等一下，”少商忽道，“你的意思是，你知道田家不妥，然后就上门去质问——欸，姓田的，你是逆贼公孙宪的庶子吗？”

霍不疑哧哧轻笑。

袁慎恼羞成怒，拍着地面："我没有贸然前来，我带了二百精兵，还有州牧的手令！"这里是他亲舅父的地盘，能出什么事啊——然而就是该死地出事了！

霍不疑笑出了声。

袁慎更怒："普天之下，莫非王土，我有朝廷的令旨，有捉拿要犯的人马，他们居然敢拒捕，还要杀人灭口，真是反了！"

"人家本来就是反贼！"少商无语望天，"你不知道这世上有'狗急跳墙，图穷匕见'的事吗？——对不住，让我也笑一会儿。"然后侧脸去笑。

梁邱飞等几名侍卫听完全部经过，也偷偷轻笑起来。

袁慎气结，愤愤嘟囔："看来我善于运筹帷幄，不该亲自上阵……"

地牢是倒锥形的，恰似一个大喇叭，袁慎这话被霍不疑听了个清楚。他认真道："袁公子说得不错，当年赵括也是这么想的。"

少商本来已经笑完了，闻言又差点笑抽过去。

袁慎气得半死，却毫无办法。

总算这时石壁终于被敲破了，不然袁慎都快被气晕了。

一名侍卫用力一拽，将那条铁链的一端从打破的石壁中拉了出来，梁邱飞抢在少商之前扶起袁慎，博得霍不疑赞赏的目光。

养尊处优的袁大公子哎哟连天地起身，还不忘提醒："你们赶紧去堵住田朔，不然他就跑了。"

少商跟在一旁："你放心，我们留了人在田家堡附近。再说了，他既然露了行迹，到时各地官府一齐通缉，还怕他跑去天边不成？"

"咦，我们如今不是在田家堡地牢吗？"袁慎奇道。

少商道："不是啦，我们在李家堡，你大概是被弄晕了转送过来的。"

这时他们走近石阶，来到亮光下面，霍不疑看见摇摇晃晃的袁慎，吃惊道："袁慎，你的脸……他们还派人来地牢给你修面吗……"

少商去看袁慎的脸，只见他下颌覆着一层薄薄的青色，她立刻反应过来——若袁慎在地牢待了小半个月，怎么才这点胡子？！

袁慎摸摸自己的胡楂儿："我原先并非关在这里，而是软禁在一间密室中，每日都有哑仆来服侍我起居饮食。某日我一觉睡醒，人就在这里了。案几上有食物和水，却无人理睬我。照这胡子算，我在这里待了有两日了。"

霍不疑愣了一瞬，旋即厉声高喊："不好，少商快上来！快快……"

——然而已经来不及了，四面石壁发出机关转动的咯咯声响，地牢中间的地板忽然"哗啦"一声，整面陷了下去，露出巨大漆黑的窟窿。

袁慎与梁邱飞等几名侍卫甚至来不及惊呼，就径直掉了下去，少商离石阶最近，堪堪爬上最后一级石阶，谁知那石阶"咔啦咔啦"数声，竟然整个向内壁缩了进去。

上面门边的四名侍卫紧紧扣住霍不疑，奋力将他往后拉去——"少主公先退出去！""不能全陷在这里，出去再救人！""太子还未找到，得从长计议啊！"

霍不疑看着下面迅速缩进石壁的石阶，女孩惊慌得脸色发白，眼见无法挂住石阶，即将坠落……他忽然想起那夜诛杀凌氏兄弟，夜风凄切，山野荒凉，她的脸色也是这样苍白。

他心头滚烫酸软，然后，他做了原以为自己这一生绝不会做的蠢事——他双臂用力一挣，推开那四名侍卫，纵身一跃。

他怎能再留她一人孤零零地害怕无助？

大结局 星河入梦

霍不疑矫健地一跃而下，在尚余几寸的石阶上轻轻一蹬，长臂捞到少商的手腕顺势带入怀中，将女孩搂得死紧，绝不松手。少商感觉环在自己身躯上的臂膀坚硬如铁，箍得她骨头发疼，仿佛被生生嵌进去了般。

上方的四名侍卫不及惊呼，只听“咔啦”一声，在原本的门口处从顶上落下一面巨大沉重的石门，干脆利落地将他们隔离在外。地牢内又是一片漆黑，少商觉得自己全身悬空，除了贴着自己的这副温暖坚实的男性躯体，再无别的可以依靠了。

霍不疑之前就看见窟窿下方的石壁上有块微凸的石头，于是凭着记忆在落下时伸掌挂住这块石头。他身高腿长，立刻感到脚尖似能触及地面，眼看窟窿上方又要合起，他只能放开那块石头。脚尖一触地，他就发觉下面不是平地，而是极为陡峭的巨大斜坡，两人收势不住，只能顺着斜坡滚落下去。

霍不疑无计可施，尽可能将女孩拢进自己躯体的包围中。他知道此时最正确的姿势应是全身蜷曲，用臂膀护住头颅，但此时他别无所求，只盼女孩不要伤到便好。

两人滚得昏天黑地，头、肩、背、腿，被坚硬石壁无数次磕撞到，霍不疑忽然察觉女孩从自己怀中伸出手臂，将一张柔软的东西覆住自己的头颅。他立刻明白这是今日少商身上的麂绒披肩，丰厚温暖的绒毛触及双颊，他忍不住笑起来。

斜坡陡峭至极，又长得漫无边际，周围没有半丝亮光，入骨的黑暗让人仿佛身在地狱，除了彼此胸腔中的跳动什么都听不见，霍不疑却觉得无比安心。

他再不用记挂着未报的血海深仇，不用歉疚有滔天覆顶的秘密瞒着心上人，更重要的是，他再也不用担心失去她了。

不知翻滚了多久，两人就以这样古怪的姿势落到平地上，巨大的惯性让两人又翻滚数圈才稳住身体，停下时霍不疑垫在下面。

少商蓬头散发地从他胸口撑起脑袋，艰难道：“……高雍侯霍大人，以后我若再犯蠢，你别顾忌什么，直接说‘蠢材不许去’就成了，好吗？”

她的人生不长，但已经历过贼匪追杀、刺客包围、宫廷诡计等许多精彩的桥段，但是天地良心，她真没见识过这等鬼斧神工的机关暗道，她怎么知道看起来很坚固的地牢石地板会突然没有了啊！

霍不疑笑眼闪亮，胸腔的震动传递到女孩掌上。他低声道：“以后，你叫我阿狰吧。”

虽然不知安危生死，但看着这双深褐如晶的俊美笑眼，少商什么都不怕了。她笑得没心没肺：“嗯，阿狰……不过你怎么也蠢了？居然跳下来。”

霍不疑低低笑道：“我们都蠢，不是挺好吗，般配。”他为她做的蠢事多了，以后一件一件说给她听。

两人就这样缠绵地微笑对视，便是身处阴暗潮湿的地底深处也觉得喜乐满足，然后一旁响起十分煞风景的咳嗽声，两人只好转头去看。

——还能有谁，自然是适才坠落的袁慎与梁邱飞等侍卫。

侍卫们还好，毕竟是习武之人，护住自己是没问题的，不过袁慎就惨烈了些，被囚禁得手脚发软，还坠了条沉重的铁链，滚落下来时东撞西磕，不但摔了一脑门子的血，左臂似乎也折了，一名侍卫正给他以布条和刀鞘固定手臂。

他们比霍、程二人提前落地，用火折子点燃火把没多久，霍、程二人就滚下来了，然后搂在一起你侬我侬，还旁若无人地说了两句情话。袁慎又伤又气，只能眼睁睁地看着。

梁邱飞与几名侍卫想看又不大敢看，俱是忸怩尴尬。

少商有些不好意思，没话找话：“欸，那什么，袁公子你没事吧？”霍不疑若无其事地拉少商起身，简短道：“看来大家都没事。”

袁慎捧着摔破的脑门，看着剧痛的胳膊，几乎要岔气。

少商甫站定，发觉自己袖袋中有一团细线，一摸质地便知道这是霍不疑日常缠在袖口的那根怪线。应是适才霍不疑来拉自己时线圈松开了，于是笔直地落入自己敞开的袖袋中。

她本想问这根线究竟是什么，不过想到此时紧急，便先按下不提了。

霍不疑紧拉着少商，习惯性地将她护在自己身后，少商皱眉，轻声道："你有没有闻到一股……似乎什么烂了。"

霍不疑点点头，他不但闻到了，还对这种气味很清楚，但此时不欲吓到女孩。

梁邱飞等人手持火把去点燃周围石壁上的油灯，谁知没走几步，又听见那熟悉的咔啦声，众人适才滚落的那个斜坡口落下一块极其巨大的垒石，瞬时将入口堵上，隔绝了来时路。与此同时，周围的石壁犹如被火蛇舔舐般，嵌入石壁的油灯逐一亮起。

众人看清了周围情势，倒抽一口凉气。适才因为只点亮一个角落，众人都以为这只是个普通石室，谁知灯光亮起后才发觉这里竟是个宽敞巨大的地下宫殿！

殿宇呈现长方形结构，面积有半座长秋宫正殿那么大，头顶的穹庐距地面至少有五六丈，由八根粗大的梁柱支撑。霍不疑环顾这座不大不小的地下殿宇，神情凝重异常，尤其是看见地上散落的零星兵刃和铺盖，他似是想到了什么。

一名侍卫忽然惊呼一声："少主公，你们看那里！"

众人顺着他的手臂看去，殿宇一侧凸出去的角落——死尸，竟是小山般的一堆死尸！适才的腐臭味便是此处传来的。

少商觉得自己手脚开始发抖，她一生都没见过这么多尸首，皮色灰暗，肢体僵硬，凝固的暗红色血块大团大团的，到处都是。众人觉得背心发凉，仿佛真的来到了阴曹地府，只有霍不疑镇定如昔，沉声呵斥："怕什么，死人总比活人好收拾，我们过去看看。"

梁邱飞挺起胸膛，与另一名侍卫在前开路，少商瑟缩在霍不疑身后，紧紧跟随。众人来到尸山面前，尸体看着少说也有上百具，少商闻到越发浓烈的腐臭气息，几乎窒息，霍不疑只好拉她退开些。

"袁公子，你，你怎么了……"扶着袁慎的那名侍卫忽然惊叫。

少商没有晕，袁慎差点晕了，他强撑一口气，含泪道："这，这是我家……我家的部曲。"

少商与霍不疑对视一眼，原来袁家人马都在这里，难怪外面找不到。

袁慎不顾腐臭味，颤抖着扑上去，摸到那熟悉的蓝白相间的袁氏侍卫袍服，他落下眼泪："是我让他们投降的！我们被诱入那片林子，前后退路都被阻断了。我想与其让大家战死，不如投降保全性命……田朔竟然杀降？！田朔，田朔竟将他们都杀了……”

地下阴暗寒冷，这些尸首尚保存着生前的表情，一张张愤怒暴烈的悍烈面孔，仿佛诉说着被缴械后屠杀的惨状。

袁慎看到一张熟悉的亡者面孔，虬须黑面，怒目圆睁。他终于忍不住，失声痛哭起来：“吴师，吴师，是我害了你，是我害了众位！”

少商远远望见那尸首的面目，轻道：“这人是袁府的侍卫首领，从小护着袁慎长大的，还教过他弓马拳脚。”因为袁州牧长年不在儿子身边，梁夫人这个母亲又是有跟没有一个样，这名忠诚宽厚的侍卫首领于袁慎而言，几乎亦师亦父。

面对这等人间惨况，一名少年侍卫先是叹气，然后嘀咕：“阿飞兄长，我们少主公就不会这样出错。”投降也看人的好吗！随随便便投降，便如长平之战遇上白起，章邯大军落入项羽之手，多少人都被坑杀了。

梁邱飞用力撞了他一下，示意他闭嘴。

其实袁慎的智略并不比霍不疑逊色，端看他能抽丝剥茧，于毫无迹象之处找到疑点，顺着微不可察的破绽找到公孙宪藏了十几年的儿子，就可知他心细如发，足智多谋。

他与霍不疑的差别不只是办事老练与否，更有为人处世的成熟度，这是一种非得跌跌撞撞、在尸山血海里滚过一圈，才能获得的痛苦感悟。

同样的事换作霍不疑，他绝不会为了区区面子就瞒着所有亲属与上峰单独行动，至少梁州牧是必须知会的。

这一跤，袁慎摔得惨痛无比，足以让他从精致温雅的书香中清醒过来。以后他会知道，身居高位牵系多少人的安危，指挥稍有差池，就是千万人死无葬身之地。

地下宫殿中回响着袁慎的轻泣，少商看着那堆死状恐怖的尸首，轻轻发颤，霍不疑拉她的手去摸藏在自己腰囊中三枚圆圆的东西，然后轻道：“你放心，有我在，总能护你出去。”

少商摸出那是什么东西，大大的眼睛睁得滚圆，心却定了一半。

霍不疑拉着少商往空阔处走了几步，朗声道：“事已至此，我等都已落入夫人掌中，夫人何不现身一见？”

“夫人？”少商呆了下，压低声音道，“你是不是弄错了，难道不是堡主李阔在算计我们吗？这人到现在都没找到呢。”

霍不疑低头道：“李阔被我一箭射中要害，撑不了多久。何况此人暴烈粗蛮，现下这等慢条斯理的举措，不像他的行事做派。你还记得适才我们在李夫人内居所见吗？那些死去的婢女，个个神情愉悦，面带笑容——这是壮烈殉死的样子吗？”

少商回忆起来，缓缓道：“你说得对。她们那样子，像是聚在屋中饮酒玩耍，毫无所知地饮下毒酒——这毒药服下后应是没有痛楚的。”

“还有那李夫人的尸体——床榻上死去的女子并非李夫人，你还记得她的手指吗？”

少商道：“记得，那双手柔软干净，白白嫩嫩，毫无劳作痕迹，应该不是婢女假扮的。”

霍不疑道：“就是太干净了才可疑——未必只有夫人才有那样一双手，高门大户中，夫人的贴身婢女也不会如何操劳。更要紧的是，屋内有一张使用多年的名贵古琴，可那死去女子的手指上，却没有半点操琴留下的指茧。”就算拨弦可以佩戴保护手指的玳瑁指套，但按压琴弦最好用自己的指腹。

若少商是位正儿八经的高门贵女，她应当也能发现那具女尸手上的异常，可惜少商是半个西贝货，从没全面地接受过贵族淑女教育。听了霍不疑这番分析，她脸上有些窘。

石壁后再次响起机关的咔啦声，众人对面的石墙上忽然移开一扇一尺见方的小窗，然后探出一个脑袋——众人齐齐看去。

此人面貌凶悍，一双乱七八糟的浓眉犹如两柄鬼头刀，直直地落至太阳穴，照程少宫的说法，这等面相属于命中带煞，刑克亲眷——此人正是大家在城墙上见过的堡主李阔。

少商戏谑地睇了霍不疑一眼，仿佛在说“你也有猜错的时候”。

霍不疑紧盯窗口，眉头一皱，仿佛看出了什么，迅速拉少商后退数步。

少商不解，再去看李阔，只见他眼珠凸出，瞳孔凝固空洞，眼白上血丝密布，脸上既无表情，也无情绪，甚至带着一股奇特的诡异。她刚开口：“李堡主……”

话未说完，这颗头颅凌空飞了过来！少商的声音戛然而止。

没有躯体，也没有手足，就这么一颗孤零零的头颅在地上滚动，最后停下来，露出死不瞑目的可怖面孔，若非刚才霍不疑拉少商后退几步，这颗诡异恐怖的脑袋就会落到她脚下。

少商一股寒气直冒，霍不疑感到女孩身上传来的颤抖，愠怒道："十几年来在下见过死人无数，夫人这点伎俩能吓到哪个？！"

袁慎站在尸堆后面，愤怒高喊："有种就出来，鬼鬼祟祟算什么东西！"

石壁后传来一阵女子的斯文笑声："只是个小把戏，诸位莫恼……袁公子，多亏了你，不然我还不能一网成擒，不枉我费尽心力从田朔手下保住你的性命。"

听见这似曾相识的声音，少商脱口而出："王延姬！你是王延姬！"

一名秀致端庄的华服少妇缓缓出现在小石窗后，容貌淡然清丽，正是六年未见的王延姬，已故楼家二公子楼犇之妻！

几名侍卫尚不明白，但霍、袁、程三人立刻全明白了。袁慎与少商一时呆若木鸡，霍不疑飞快地思索逃生之法，然后回头向梁邱飞使了个眼色。

袁慎从尸山后走出来，胸口气血翻滚："王延姬！这些，所有一切，你筹划了多久？"

王延姬盯着他们三人，冷冷道："就从亡夫楼子唯自刎那刻起。"在她心中，李阔显然不算她的丈夫。

霍不疑肃色道："楼经夫妇是你杀的？"

王延姬道："不错。那贱人是我派人假扮盗贼截杀的，三刀六个洞，慢慢放血咽气的。楼经那个伪君子，我买通他身边服侍之人下的毒——可惜公孙宪怕露马脚，不肯将他毒死张氏的毒药借给我，只好让楼经死得舒坦些了。"

少商不敢置信："为了给楼犇报仇，你不但勾结公孙宪，还嫁给……嫁给李阔……还有楼缡！你怕她认出你，所以才装得病弱，不肯多现身人前！偶有几次出门赴宴都让婢女假扮！"

"不错。"王延姬毫不否认。

少商脑门发涨："对了，还有骆济通，难道她也是你杀的？你杀她做什么，你想杀的是我啊！不对，杀我做什么，又不是我害死楼犇的！"

王延姬双目赤红，厉声道："你敢说与你毫无相干？！子唯惊才绝艳，可恨楼经夫妇嫉贤妒能，处处压制他。他迫不得已，铤而走险，你们却死死咬住，不肯放过他！"

少商被她怨毒的眼神吓得后退一步，霍不疑道："坚持追查楼犇的是我，比对楼犇笔迹的是袁侍中，的确与少商不相干。”

少商没好气地拍了他一下，霍不疑趁机往侧面踉跄数步，离开王延姬的视线范围，然后迅速将腰囊交给刚躲到柱后的梁邱飞——仅仅一瞬，他又站回到少商身边。

少商瞳孔一缩，依旧维持着那副娇嗔的样子，其余侍卫恍若未见，而袁慎忙着气急败坏，是真的没注意到。

“楼犇栽赃嫁祸，欺君罔上，屠戮铜牛县县令满门，死有余辜！”袁慎愤恨道，“你为了这么一个人倒行逆施，莫非不管你王家满门的死活了？！”

王延姬平静道：“子唯是忠臣良将也好，乱臣贼子也罢；他死后位列仙班也好，下十八层地狱也罢——他都是我最最心爱的人，是我的血肉，我的命。你们害死了他，让我生不如死。不论你们有多大的权势，我都要一个个算账！”

“你，你……”袁慎气得唇颤气结，他就知道，自己这辈子与“情深似海至死不渝”的人犯冲！他气得差点站不住，只好撑着一旁的宫柱喘气。

少商与霍不疑对视一眼，明白此时需要拖延时间。

霍不疑先问：“李阔也和你一道图谋不轨？”

王延姬不屑道：“他只是个易怒好骗的蠢货，梁无忌严厉执行度田令，让他老大不高兴，我与田朔稍稍撺掇几句，他就怒不可遏，什么都肯了。”

少商提高声音：“不对，楼犇死于六年前，公孙宪安置儿子却是十几年前的事，难道他能未卜先知？”

王延姬骄傲道：“子唯交游广阔，消息四通八达，他早就探知公孙宪偷偷将儿子送至中原，本想留到朝廷征蜀时要挟公孙宪，便可立下大功，谁知……哼哼……”

少商疑惑：“既然楼公子知道朝廷数年后会征蜀，那时再好好立功也一样啊？”

“你知道什么？！”王延姬尖声道，“子唯心高气傲，不愿给人做马前卒。他虽预知朝廷数年后必将征蜀，但苦于没有权势，无法施展手段才华，这才提前设局，想在朝堂中谋得一席之地！”

“好好好，你家郎婿天纵英才，满朝文武都有眼不识金镶玉行不行？”少商无奈道，“我心中有一疑惑，那公孙宪究竟是如何将儿子弄进田家堡的，请夫人不吝赐教。”

王延姬冷笑一声：“这有何难？田家老堡主有个出身卑贱的外室，数年后色衰爱弛，老堡主就不大去见他们母子了。后来那外室之子病故，公孙宪便将自己差不多大的儿子顶替过去。那外室早已失宠，生怕死了儿子自己更没出路，就答应养育田朔。

“起先，公孙宪只想给儿子找个稳妥的藏身处，不过八年前陛下平定陇西，公孙宪就知道朝廷一统天下之势已成，蜀中必不可保，便让田老堡主的儿子们一个个‘因故身亡’。等老堡主最后一子坠马而死，就不得不接回那外室之子了。对，就是田朔。”

“这田家也太倒霉了！”少商咋舌，“那骆济通又是怎么死的？”

王延姬忽然阴阴一笑：“我知道你们想要拖延时间，不过我可以告诉你们，这座地下宫殿是先秦匠人所建，构造精密厚实，每一层都覆有两尺厚的石板，而你们适才滚下来的通道已被巨石封死，外面的人马想进来少说也要挖掘半日。”

少商有些不信，霍不疑却道：“不错，这座地宫高约六丈，可我们适才滚落下来的高度，十余丈不止。如我所料不错，我们头顶上还有一层地宫，是也不是？”

王延姬拊掌赞道：“不愧你年纪轻轻便能位列重臣，果然名不虚传——不错，我们如今身在地下宫殿的第二层，上面还有一座三倍于此处大小的宏伟殿宇。”

霍不疑眼中一闪：“三倍？这么大的地方，加上此处，都能容纳一千多人了吧。”

王延姬大笑：“你猜得不错，五百名死士，一千名壮勇——都是公孙宪多年豢养的心腹，原本是他们父子东山再起的本钱！”

“这些人都去哪儿了？”霍不疑上前一步。

王延姬淡淡道：“你们死前，我会说的。”

这时少商闻到一股淡淡火油味，循着气味去找，发觉殿宇东北部的穹顶上，倒悬着一座小小的玄武雕像，不知何时它口中露出个拇指大的小口子，缓缓流出浓稠的黑色液体。

袁慎也看见了，惊道：“你想烧死我们！”

王延姬笑得畅快：“你们放心，这火油得流一阵，我们还能说一阵话。”

“早知要命丧于此，好歹让我先了了娘娘的遗愿啊！”少商无力地靠着宫柱，一脸半真半假的懊恼。

王延姬冷声道：“你该多谢宣太后，若不是她薨逝得及时，死的就是你大母了。”

少商一愣：“什、什么？这与我大母有何相干？”

王延姬缓缓道：“霍、袁二人，一个位高权重，重兵环绕；一个出身贵重，前呼后拥，我该如何找他们报仇呢？只有从你身上下手，以你为饵，不愁他俩不来。可你不是在深宫中，就是躲在家里，我无从下手。但若是你大母过世，到时我买通几个儒生唱唱高调，撺掇你们全家扶棺回乡尽孝，路上不就有机会了？谁知……”

“谁知宣娘娘先薨逝了。”少商傻呆呆的，“还留下遗愿让我去她家乡，然后我大母就病愈了。”难怪程母那么好的身体，说病就病，连儿女都叫回床前了，又说好就好了，“好厉害的算计，我都有些佩服你了。”

王延姬道：“我派人从楼缡处打听到你的行程，原本也是打算等你回程时，途经姚县再动手，到时慢慢炮制你，谁知人算不如天算……”

她快意地笑起来：“不过这样更好，你们三个如今都在我手中，任我杀剐！”

“既然天遂人愿，不如我发个慈悲。”王延姬一脸残忍的笑意，“程少商，你们三人中我愿意放出一个。你说，我放谁好呢？”

少商叹息，不会吧，这么老的招数——“放谁都行啊。”她意兴阑珊。

王延姬冷下脸色：“你可想好了，待会儿我一声令下，这座殿宇立成一片火海，你们都会被活活烧死！”

少商微笑道：“我说的是真话。你若放掉我，霍大人必然高兴；你若放掉霍大人，那我就心满意足了；你若放掉袁公子，那我与霍大人就生死一处——无论怎样，都很好啊，你看着办吧。”

袁慎抬头，没好气地歪了歪嘴角。

霍不疑轻笑出声，也只有少商这般顽皮聪慧之人，才能将这等为难的生死抉择变成个笑话。

少商转头，甜笑着邀功：“我说得对吧？”

“对。”霍不疑摸摸她的头，满眼宠溺，“你说的话从没不对的。”

王延姬一计不成，面罩寒霜：“好，那我换个说法。若我要你杀一人，换取另一人活命，你会选谁？”

袁慎立刻席地坐下了——废话，少商当然不会选他，不然自己就不会被退亲了！五年心力付诸流水啊，想起来就心疼！好吧，自己也算体会过一场真爱了。

霍不疑垂睫而站，一手扶着宫柱，另一手稍稍捏紧。

少商似乎想都没想："自然是霍大人。"

王延姬有些意外："你倒是薄情，也不怕袁公子难过？"

"袁公子是我好友，自从退亲后，我原打算过个二三十年再见他的。托夫人的福，我这么快又见了他，还因为急着知道他的安危，将霍大人拖下了水——我以为，如此已算是尽挚友的情分了。"

王延姬一时语塞。

少商平静道："不过嘛，人总有远近亲疏，我若知道这里有夫人的陷阱，无论如何都不会让霍大人跟着来的。"

霍不疑含笑看她，仿佛全身都放出喜悦的光彩。

王延姬看他们情意缠绵，越发愤怒："你……"

"你说够了吗？"霍不疑冷冷地打断她，"你若说够了，就让我说两句，你看看我说得对也不对。待我说完，夫人差不多就能点火了。"

王延姬看火油流下来在地面上形成的面积，冷哼一声。

"夫人适才说人算不如天算，这话不错。可夫人算计得再周详，却不料想接二连三地遇到意外。"霍不疑双手负背，步履稳健地走前几步。

"第一个意外是袁侍中。夫人没想到他误打误撞地摸到田家屋堡，为免打草惊蛇，坏了你们的大计，你就用计将袁慎一行诱入深林，不声不响地围歼之。"

袁慎侧过脸去，不让别人看见他脸上的泪水。

"第二个意外是骆济通。这个意外更为致命，直接打乱了夫人的计划——若是骆济通得逞，要么少商死在骆济通手中，夫人就无法拿少商诱捕我了；要么是少商逃脱，但是成了惊弓之鸟，就此躲回安国郡或州牧的治所，等事情查清后再启程。

"这时夫人听说我也来了，于是一不做二不休，让田朔派出蜀中死士，趁夜屠灭骆济通一行人，还刻意留下公孙氏余孽的痕迹。我心生疑窦，自然会循着踪迹一路跟来姚县。"

王延姬冷笑连连，一言不发。但少商看她神情，猜霍不疑应是说中了。

"整件事的幕后主使就是你与田朔两人，不过你们二人目的不同。你为的是报仇雪恨，需要公孙宪父子的人脉与势力。田朔为的是搅翻天地，浑水摸鱼，他需要你替他谋划——尤其是公孙宪死后，田朔没了主心骨。之后，你们引诱蜀郡守将史新叛乱，煽动地方豪强反抗度田令，伺机谋害太子，一环环丝丝入扣，真是好算计……”霍不疑道。

王延姬冷冷道：“我可没说过要谋害太子，这都是你自己猜的。”

霍不疑不在意地笑了笑：“你适才说，原本打算少商回程时途经姚县再动手，到时可以慢慢炮制她——你凭什么慢慢炮制她？若她不见了，楼垚必然会四处求助，不说陛下和娘娘，就是梁州牧与曲夫人也不会袖手旁观，到时你的底细必然会被翻出来。”

“你那么说，是因为届时豫州已是一片乱局。什么乱局能让梁州牧也自顾不暇？”霍不疑盯着王延姬的神色，“太子身边有人给你们通风报信吧！”

王延姬胸膛起伏，面色变幻：“……我不知道！”

“起初我也疑惑，你们如何能够引诱太子参与？后来我想明白了——其实没那么难。”

霍不疑步步紧逼：“太子随身带了数百护卫，只要买通其中几人，让他们按时通报，你们就能知道太子的行踪了。太子微服私访为的是什么？为了查访乡野如何看待朝廷政令。你们只要对症下药，就不难将太子引过去，我说得对也不对？”

王延姬冷汗涔涔，面色发白：“你说得都对又如何，你们转眼就要死在此处了，你以为你还出得去吗？！”

霍不疑朗声大笑，然后定定地看向她：“我想出去，自然就能出去！我们身后那条通道虽被堵住了，可是既然你能下来，自然有可走之路——我说得不错吧，通道就在你身后！”

王延姬冷笑：“有本事出得来再说吧！”

“你难道没看见轰天油火弹——就是今日炸开你家屋堡的那种火器？”

王延姬得意道：“我知道，是以才临时变动计划，将你们诱来第二层地宫。这样小的地方，你们一旦使用那种火器，巨大的炸裂威力会将你们自己也撕裂的！”

“原本是这样不错。”霍不疑淡淡道，“可是你为了折磨袁侍中，特意将袁氏部曲的尸首丢在这里，却没想到会救了我们吧。”

“你什么意思？！”王延姬失声。

霍不疑懒得再理她，向一旁道：“阿飞，好了吗？”

躲在宫柱后的梁邱飞道：“少主公，都好了，我这就点引线。”

王延姬赶紧从石窗前退开，朝身边人疯狂大喊：“点火，快点火！”

说时迟那时快，梁邱飞用火折子点燃长长的引线，两名弓手则在小石窗张弓搭箭，将点燃的箭镞射入地宫，霍不疑拉起少商，梁邱飞抓着袁慎，四人迅速躲到其余几名侍卫适才搭好的尸坑后。

——霍不疑虽然今日才首次接触火器，但他已经明白，要抵抗炸裂时那种震动天地的威力，最好的屏障既不是盾牌也不是铠甲，而是血肉之躯。

几乎同时，地上蔓延的火油冒起冲天灼热的金红色火焰，引线也燃至被梁邱飞嵌入小窗下方石壁的那三枚火雷，不等霍不疑等人被火龙吞噬，只听一声轰天巨响，嵌有小窗的那面石墙轰然倒塌。

近二百具尸首挡在前面，众人除了耳膜嗡嗡作响，身体并未受到什么冲击，逃跑不及的王延姬主仆却被炸了个正着，站在窗口的两名弓手当场身死。

所谓独木难支，地宫的维持需要平衡的力矩，如今下方殿宇的墙柱炸裂，穹顶塌陷，那么上面那座殿宇必然也难以支撑。

穹顶不断落下石块，石壁豁开裂开，这座宏伟巨大的地宫如同撕开的绢扇，再难支撑。众人奋力向炸开的石墙跑去。梁邱飞手持两支火把在前开路，霍不疑抱着少商，两名侍卫扶着犹自含泪回头看向尸山的袁慎，剩余侍卫断后。

石墙后面果然有路，一共两条——

一条是通往上方的石阶，台阶不断震动，滚落大大小小的碎石，看来这是通往上面第一层地宫的，王延姬也是从那里下来的，但那里正在塌陷，显然没法走了。

另一条是通向后面的地道，而且看起来是独立于地宫而建造的，尽管地宫摇摇欲坠，镶嵌于地道的上下石板依然纹丝不动。

霍不疑当机立断，让大家走地道。

途经一堆巨大的落石时，他看见被压在下面满身鲜血的王延姬。她已是奄奄一息了。

霍不疑让众人先走，然后奔至王延姬身旁，俯身查看时才发现王延姬胸部以下都被巨石压住了。他深知即便是将巨石搬开，王延姬的腹腔与盆骨也都已被压碎，这是救无可救了。

他只好扒开王延姬头脸上的灰土石子，抓着她的肩头摇晃："你们究竟打算如何谋害太子殿下？你快说，你说出来我就保你王家无事！"

王延姬瞳孔涣散，口中不断冒着鲜血，两手疯狂地在自己胸口乱抓："在哪里，哪里……我的镜子，我的镜子……”

霍不疑不解其意，这时身旁伸来一只白嫩的小手，少商镇定地伸进王延姬的衣襟，摸出一面小巧的银镜，塞到王延姬手中——这面银镜打造得甚是精巧，通体呈莲花盛开状，正反面都被摩挲得十分光亮，显然是多年来有人不断抚摩它。

王延姬如获至宝，将银镜贴在自己脸颊上，眼中恢复神采，流露出不胜爱恋的神情，嘴里喃喃着“子唯子唯”。少商轻声道：“这是楼犇与她的定情信物。”

霍不疑心中轻叹一声。

梁邱飞在旁大喊：“少主公快走吧，这里要全塌了，袁公子已经被扶出去了！”

霍不疑犹豫，对少商道：“你先走，让我再问两句。”

少商笑了：“好，我在地道口等你。”

看着少商高一脚低一脚，艰难缓慢地往地道口走去，霍不疑心中大定。他用力抓住王延姬的肩头，沉声大喝道：“你听我说！我有关于楼子唯的事情要告诉你！”

王延姬撑起最后的力气，缓缓聚焦到他脸上。

“你听我说，楼子唯配不上你！”霍不疑沉声道。

王延姬大怒：“你胡说！”

霍不疑继续道：“你对他情深一片，生死可付。为了他，你可以不要性命不要家人，可以与李阖那样粗鄙不堪的莽夫同床共枕，可楼子唯是怎么对你的？！

“你们成婚数载，夫妻团圆的日子加起来只有数月！他整年整月地不在家，留你一人孤寂思念，只为了荣华富贵，还美其名曰‘一展抱负’！”

王延姬疯狂大喊：“你住嘴，住嘴住嘴，子唯不是那样的人！”

霍不疑不为所动：“他原本不必如此，楼子唯出身世家大族，本就比布衣平民强上许多。可他一不愿向伯父楼经低头，二不愿从稗官小吏做起，非要走邪门歪道！比起与你长相厮守，不但他的雄心抱负更重要，脸面自负也比你重要！”

“你不许说了！不许说了！”王延姬痛哭流涕，鲜血与泪水糊了一脸，奋力用银镜去打霍不疑，“不是这样的，不是这样的……”

霍不疑不躲不闪：“你心思通透，这些事情不是想不透，而是不愿去想！

楼子唯配不上你，他配不上你的真心真意！”

地宫摇晃得越发厉害，成片成片的石块往下落，梁邱飞扶着少商，回头大喊：“少主公，我们真的得走了！”

少商抹了把脑门上的灰土，犹豫地回身看霍不疑。

王延姬奋力揪住霍不疑的衣襟，从齿缝间恨恨地迸出字句：“你，你也有脸说我的子唯？你又是什么好东西了？你是怎么对程少商的，我都查得清清楚楚！人前情比金坚，人后海誓山盟，却在你们婚前三日，闯下滔天大祸，弃她于不顾！”

“你报仇雪恨，自己是痛快了，可有想过留在都城的程少商日子有多难过？”王延姬笑得癫狂，“你不知道吧，我来告诉你。程少商虽然躲进了永安宫，可闲言碎语无处不在，尤其是头几年，连个小宫婢小黄门都能对她指指点点，更别说那些之前眼红她的高门女眷。”

她剧烈喘气，声如破风箱：“她们讥笑她白做了一场好梦，被你骗得神魂颠倒，被你蒙在鼓里，做了你报仇的挡箭牌！还说她痴心妄想……”

“我知道，这些我都知道。”霍不疑平静道。

“你……”王延姬惊诧。

少商亦停住了脚步。

“我早就后悔了。”霍不疑似是看着王延姬，又似是看向远方，“诛灭凌氏兄弟那夜，我看见少商满脸是泪地追来时，我就后悔了。”

“我将她从马上抛出去时，我也在后悔。

“她向陛下磕头，向宣娘娘磕头，一字一句地请求与我退亲时，我更是后悔！

“之后我辗转西北与漠北，在无数风霜苦寒的冷夜，独自看着牛羊呼啸的牧场，只要想起她，我就一遍一遍地后悔。”

霍不疑执着地说着，语气平静，一句句却是肺腑之言，不知是说给王延姬听，还是说给自己听。

“我想，若是能重来一回，我一定不会那样铤而走险，奋不顾身。我要按捺住自己，哪怕让凌氏兄弟多活几年，哪怕复仇愈加艰难，也要走光明正道。”

说到这里，他缓缓放开王延姬的肩头，起身转向呆立在不远处的女孩，飞身跃起几大步，迅速追赶上去。

王延姬躺在地上怔怔落泪，笑得比哭还难看：“你能悔改，为什么子唯就不能悔改呢？他一死了之，撇下我一人在这世上，这狠心无情的冤家，这该死的短命鬼！我要找他算账……呵呵，呵呵，看来只能等下辈子了。”

霍不疑敏捷地闪过几块落石，追上少商与梁邱飞，却见女孩满脸泪水地扑入自己怀中。

这时，王延姬忽然提高声音，喊道：“此去以东六十里，临近徐州有一座郭姓村庄，田朔在村庄周围备了几百斤火油。太子明日会经过村庄以东的一条官道，田朔带了一千五百人埋伏在那儿。我们的计策，上选是田朔成功截杀太子；中选是太子逃出一条生路，然后进入前方唯一的村庄休整，然后被烧死在那儿；下选是两者皆不成的话，田朔依旧下令焚烧村庄，他们好趁乱撤离……”

霍不疑明白了，抱拳道：“多谢夫人。”

王延姬摇摇头，合目将银镜贴在心口，静静等待自己的最后时刻。

漫天碎石如雨点落下，霍、程二人及时逃入地道，这座壮丽恢宏，无数能工巧匠费尽心血建造的地宫在他们身后轰然倒塌。

少商没跑出两步，就被霍不疑抱在怀中，一路狂奔中她感觉坡道越来越往上，不知奔跑了多久，眼前豁然开朗，一片淡淡的亮光在前方闪动。

袁慎和几名侍卫将他们拉出地道时，少商发现外面已是满天星斗了。

“你怎么哭了？是怕逃不出来吗？”袁慎奇道。

“你这嘴！就不能是我逃出生天后喜极而泣吗？！”女孩灰头土脸，满身脏污，泪水在面颊上划出几道清晰的痕迹，这副模样狼狈难看至极，可她的眼睛又黑又亮，神情如稚子般天真顽皮，满是快活的笑意。

霍不疑似是心有所感，两人同时看对方，相视一笑。

袁慎转开头去。

“这是哪儿？”少商发现自己落脚在一片草地上，四周是似曾相识的茂密树林。

袁慎转回来：“你一定猜不到。”

“是田氏屋堡外围的林子。”霍不疑很没猜谜精神地一语道破。

袁慎垮下脸。

梁邱飞张大了嘴：“难怪我们在田氏屋堡里搜了半天什么都没搜到，原来不是没有密道，而是密道的入口根本不在屋堡里。”

袁慎啧啧道：“这法子高明极了。两座屋堡一明一暗，互为犄角，虚虚实实。呵呵，看来王延姬嫁给李阔，就是为了配合田朔行事。”

少商担忧道：“我们是不是该赶紧溜掉啊？万一屋堡里的人发现了我们，那可死定了。”

那名少年侍卫咧嘴笑道：“适才我等偷偷去看过了，不知为何，田家屋堡就跟空了似的，只有几名老仆在洒扫。”

少商想到王延姬适才的话，心头一惊，霍不疑脸色倏然沉下。

随后，梁邱飞朝天放出信号烟花，不一会儿霍不疑的手下就来接他们了。

适才得知他们落入地下陷阱，程少宫和楼垚急得团团转，一直叮叮当当地在凿石板，此刻看见他们好好的才松下一口气。

袁慎被囚禁多日，体弱气虚不说，还狠狠地摔了一跤，脑门开花，左臂骨折，戴着镣铐的手腕磨出一圈血痕，已是虚弱不堪，此时紧绷的弦一松，立刻一头昏死过去。

自古医巫不分家，多数神棍都有些医治的本事，于是程少宫不但要帮那位接生医士治疗满地的伤兵，还得照看袁慎，同时去找锁匠来给袁大公子开镣铐。

与此同时，霍不疑连夜召集人马商议，将田、李两座屋堡的善后事宜交给楼垚，当即就要长途奔袭。他打发掉手下，刚走出营帐就见少商牵着小花马在门口等他。

“你是怎么打算的？”女孩梳洗一番后，露出皎如明月般的秀美面庞。

“让我猜猜看。”她笑眯眯的，“你打算兵分两路，一路人去那条官道上提前截住田朔，一路人去郭村，要么拦住放火的人，要么帮村民救火。我说得对吗？”

霍不疑神情不悦地看她，意外有一种阴郁的俊美。

少商继续道：“我不懂打仗，不过算学倒不错，我给你算算。你原有五百精兵，阿垚带来一百部曲，张擅借来四百兵卒——可惜不够精锐。昨日攻打李氏屋堡时折损了五六十，再撇去不能骑马奔袭的伤患，能全身而战的至多八百五。

“适才我听见阿垚派人回县城要人了，他要清理两座屋堡，新来的那一百何氏部曲你是不打算动了。然而，这八百五十人你还要分出一部分去救村民。你对我说过，公孙宪豢养的死士极其厉害，下手狠辣残忍。”

少商认真道：“你的人马只有对方一半，还夹杂了许多乡勇，人家却是一千五百养精蓄锐的精壮，其中更有五百名死士——这位君侯，便是加上我剩下的所有火器，你真的笃定能以少胜多，成功截杀田朔吗？”

霍不疑抿唇：“……这事你不用管了，我自有分寸。”

“你要是有分寸，此时我们说不定都儿女成双了，也不会分别多年，两地凄苦了。”少商使出撒手锏。

一提往事，霍不疑就软了，无奈道：“你欲如何？”

“你全心全意地去收拾田朔。太子若有事，便是国本震动，非同小可。”少商道，“我带人去救村民。”

“不行！”霍不疑断然否决。

“你先听我说。”少商按住他的胸膛，柔声道，“我带来的卫队虽不如你的精兵，但比乡勇还是强出许多的。上回痛打骆济通后，他们已经好汤好药地歇了小半个月，如今兵精粮足，可战之人八十有余。”

她掰着指头：“田朔自以为计策稳妥，就带着主力去截杀太子，派去放火的能有几人——适才田家奴仆不也招认了吗，看见离去的两队人马，少的那队才几十人。”

“最最要紧的是，论救火，天底下还没几人能比得过我。”少商笑容可掬地自夸，“这些年我为了试炼火器，每年庄园都要失火十八回，十八回啊！如何裹沙扑灭，如何焚烧隔绝，如何引水自救，我手下的人闭着眼睛都知道了。”

霍不疑心知女孩说得有理，但还是不同意：“不行，你烧伤了怎么办？”

“你拦不住我的，除非你打算再分出人手来看管我。”少商笑得眼如弯月，“其实你以前对我管头管脚，我心里也是不服的。不过是反击不了，只好咬牙忍了。如今你分身乏术，我想做什么，就由不得你了。”

霍不疑扯动嘴角：“大战在即，你却欣欣窃喜于我无力管你，嗯，很好，很好。”等此事过后，他需要对这小混账振一下夫纲。

少商察觉到危险，赶紧收敛喜悦之情，正色道：“我生来就是惹事的命，哪怕一动不动，都有麻烦寻上门来。既然如此，这回不如我自己寻些事来做。”

“巧言令色，欲辩无词。”霍不疑淡淡道。

少商叹了口气：“陛下对我说，既然我有幸生于太平年代，有幸生于慈爱康乐的人家，就不要怕这怕那，按着自己的心意好好活一回！阿狰，我现在就想帮你一把，就想去救那些无辜的村民。

“娘娘也曾说过，与日月星辰相比，我们皆是蝼蚁，与万千百姓天下太平相比，我们的爱恨纠葛都不算是事。阿狰，我在娘娘灵前许过誓，以后行事做人必不让她蒙羞。阿狰，我不能明知自己有力，却袖手旁观生灵涂炭。”

霍不疑动容，紧攥着她的手长叹一声，良久才道：“你要当心……”

少商嫣然而笑：“你也要当心，好好保重！我要是烧伤了，你肯定会要我的，可你要是打坏了脸，我可不一定要你了！”

像以前无数次那样，霍不疑爱怜地揉揉她的额发。

霍不疑领军开拔不久，程少宫就知道胞妹也要整装出发了，于是赶紧跑去扯后腿。他堵在胞妹的营帐门口，跺脚咬牙：“你不许去，绝对不许去！不然，不然……”

“不然怎样？”少商笑嘻嘻地扮个鬼脸，“阿兄之前没拦住我打骆济通，此时如何能拦住我去救人？”

“你等着！我去告诉楼垚！他的人比你多，我让他来拦你！”

“哎呀笑话了，何时阿垚不听我的话改听阿兄的话了？何况，这事霍大人也点头了。”

程少宫哭丧着脸：“那我和你一起去。”

“阿兄，你别去，救火这事你不懂的。”少商低头给他整理衣袍，声音愈低，“你要是得空，就帮我一个忙。去邻近郡县再借些兵勇来，给霍大人压阵，他去的地方你也知道。阿兄，你从小跟着双亲，阿母教过你如何在旁掠阵的。他此去以少战多，我不大放心……”

程少宫搭着胞妹细弱的肩头：“你长大了。”

少商低声道：“不是长大了，是想明白了。适才在地宫中，王延姬问我一句话，袁慎和霍不疑我救谁？”

程少宫失笑：“这什么破问题？”

“王延姬问的是袁慎，其实我想到了我自己。”少商轻掸胞兄衣襟上的尘土，“从那年灯市算起，我与霍不疑已经相识七年了。”

程少宫注意到妹妹直呼那人全名。

“曾几何时，无论相聚还是分离，我心中都深信，但凡有个万一，他都会毫不犹豫舍出性命让我活下去。”少商低声道，“可是我自己呢？说句只有阿兄能听的话，起初那些年，我心知肚明，我是绝不肯舍命给霍不疑的。”

程少宫叹道：“人不为己，天诛地灭，这也不能怪你。”

“那霍不疑为什么就肯舍命给我呢？”少商抬起亮晶晶的大眼。

少宫一噎。

人为什么会为另一个人去死呢？
人为什么愿意将另一个人的性命置于自己之上呢？
如果那人还是个惯于凉薄自私的小混账呢？

“这事我想了许多年。从最初想到昨夜地宫，从宫闱想到荒山野岭。如今，我终于能认认真真地说了——”少商深吸一口气，“我希望他一生平安，无灾无难，哪怕用我的命去换。”

事到如今，她终于能够全心全意地去爱一个人，受伤也不怕，生死危难也无妨。

这世上有一个人，比起她自己，更重要。

初晨的第一抹微光给土黄色的山坡洒上一层青灰的凉意，将士们的玄色铠甲蒙起了浅浅白雾。霍不疑从浅寐中醒来，见彻夜抱剑守候自己的侍卫面露疲色，便让他也去歇息会儿。

昨夜，他们奋力疾驰了两个多时辰，终于在天亮前赶到王延姬所说之地。田朔要截杀次日经过的太子一行，他们就埋伏在田朔可能设伏之处的上风口。安顿好一切后，甚至还能休息半个时辰，以逸待劳地等待田朔。

霍不疑甫一走动，发觉自己肩头沾湿一片，抬头看见头顶湿润的树叶时微微一笑，他想起五年前的初春那晚，当时离他的婚期不足一月。

女孩坐在栽满红菱花的窗边奋笔疾书，她立意在出宫备嫁前写完功课，为此已经累了好几晚了。他站在不远处的花树后，静静地望着自己心爱的女孩，任凭沾着露水的花瓣落在肩头——那也是他决意动手的一夜。

他知道，自己一旦开始布置，就再也回不了头了。

宫灯憧憧，宫廊深深，他在光影斑驳的暗夜中缓缓走着，庭院中花香浓郁，时不时传来小宫婢的嬉笑声。恍惚间，他仿佛回到了童年。那时，他阖家美满。

长兄俊秀英武，白袍银枪，不但是一员屡经血战的少年将军，还是满城小女娘的梦中郎君；次兄力大无穷，最爱抱着自己抛接玩耍；三兄才刚十岁，却已能双臂开弓，箭无虚发；长姊温柔贤淑，已备好了精致的嫁衣；次姊机灵爱笑。还有威严的父亲，慈爱的母亲……

然后，他们都没了。

只剩下他一个。日复一日，他从未淡忘刻骨的仇恨，在绝望与孤寂中等待复仇。

后来他慢慢打听到亲人们的死状。

长兄力战而亡，被一斧砍去了头颅；次兄被信任之人暗刃入腹；三兄万箭穿心；母亲和两位阿姊为了不受凌辱，自尽而亡。

当时他满心想着，该了结了，从他六岁开始的噩梦，该了结了。正是在这样浓烈的恨意下，他才决意奋不顾身铤而走险。

如今想来，当时的自己像是着了梦魇，满心都是孤注一掷的疯狂。可是，难道父母兄姊会愿意他拿自己去换凌氏兄弟的狗命吗？他们不配。

父亲以前是怎么教导他的？人行正道，鬼祟才走邪路，任凭烈火焚身，也不能失却本心，摒弃光明——再大的恨意都不值得以自己为代价。

那个女孩曾说过，他很重要。

“少主公，斥候来报，他们离此处不到五里了。”张擅上前抱拳禀报。

霍不疑反问：“派去截住太子殿下的人有消息了吗？”

张擅说还没有。

霍不疑捏了下眉心，然后淡然道：“把大伙都叫醒，听号令行事，不许妄动。”

张擅领命而去。

从马背上拿下心爱的兵器，如凤凰展翼般的镏金战戟在晨光下绚烂无比，霍不疑轻轻抚摩上面隐泛血光的铭纹。神兵有灵，饮多了敌寇之血，自会凶气四溢，他记得自己第一回上阵杀敌还是养父御驾亲征时。

——当时，皇帝紧张地看着自己亲手抚养长大的清瘦少年领命出阵，掩饰不住满脸的忧心，御帐中众臣还以为前方军情不妙。

五年前，当皇帝知道他的所作所为时，满脸痛苦之色。当时他心中冷硬麻木，直到流放在外时，才想到养父心中的苦痛怕不比少商轻。

皇帝在自己身上花的心血比哪个皇子都多，如何排兵布阵、如何诱敌深入、如何步骑配合作战，都是手把手教的……难道就是为了让他给凌老狗陪葬吗？

张擅安排一切后回来，看见霍不疑看着兵器沉默不言，十分善解人意地上前进言："少主公是在忧心小女君吗？您放心，有阿飞跟着呢，绝不会有事的！"

霍不疑瞥了他一眼，戏道："这是自然，你不是偷偷吩咐阿飞'一看情形不对，哪怕把人打晕了也要带她逃出来'吗？"自己这位心腹看似老实木讷，实则花花肚肠不少。

张擅讪讪的："原来少主公都知道了。"

霍不疑抬头望向日出的方向，微笑道："你放心，我等今日之战必能大获全胜。等回去，府里就该筹备喜事了。"

女孩总说自己生来倒霉，其实自己又何尝不是，小小年纪就家破人亡。不过，他此时有一种直觉——他俩的厄运到此为止了。

以后，他们会否极泰来，一生平顺，相守到老。

初升的日头爬至山顶，温暖柔软的金色清辉落在青年将军身上，他锐利的目光、高大的身影、淡然的神情，给了后面将士莫大的信心。

尤其是其中的五百精兵，都是久经血战之士，在霍不疑麾下不知战胜过多少强敌，俱是坚信，此战也不过是给到年老跟儿孙们吹牛时添上一笔谈资罢了。

晨曦同样照到下方道路上，作为伏击的一方，田朔竟然此时才带着军队姗姗赶到。看着下方吃饱喝足尚且睡眼惺忪的队伍，上坡的伏军均露出不屑的笑意。

怀有同样忧虑的还有下方队伍中的一名紫面大汉，他脸上还有一片烧灼的疤痕。作为跟随公孙宪亲临战场的老将，他忧心忡忡道："公子，我等此时才来，也不知前方情形如何。唉，我等实在应该昨夜就赶来的。"

田朔骑着高头大马，得意扬扬："你怕什么，细作不是来报过吗。照那狗太子的脚程，今日中午才能到此处。我们现在赶到，有几个时辰布置陷阱，不是刚好吗？！"

紫面大汉无奈。

他对公孙宪忠心耿耿，当田朔说要为父报仇时他本是满心同意，后来根据王延姬的计策一步步闹到这般田地，他却生出一股不安。

引诱史新叛乱的那笔巨大财宝是公孙宪穷尽一生积攒的，原是为了保证爱子一生衣食无忧。煽动徐州各郡的豪族激烈反抗度田令的暗桩、组织近千人马的兵械粮草，都是他苦心孤诣多年安排下的——进可保田朔将家族发展壮大，于豪族世家中获得一席之地；退可保他逃之夭夭，在滇南土司或塞外单于处获得有力庇护。

公孙宪一生阴险歹毒，害人无数，对田朔母子却是一片真心实意。

然而，当田朔为了完成截杀太子的布置，宁肯放过杀害老主人的凶手之子袁慎时，紫面大汉隐隐察觉小主人对惨死的老父并不如何牵挂。

但是，他还是得遵循老主人的吩咐，尽力护住田朔。

紫面大汉望向身后行走松散的队伍，越发忧愁——

他见过精锐行军时的样子，如今他们看似人多势众，但其中一千人是临时组织起来的，不过草草训练了数月。之前在密林中包围袁氏部曲，寡众悬殊的情形下依旧打得手忙脚乱，最后还得老主人亲自训练的五百死士出马，才打垮了袁家，逼其投降。

相比战力，更让他担忧的是军心。

虽说眼前这帮亡命之徒在财帛与前程的许诺下愿意死战，但其实不少人都心里有数，如今天下大势已成，在中原腹地行此大不韪之举，恰似在汪洋大海中堆薪点火，便是偶然觅得良机，最终也难成气候。

待会儿与太子一行激战起来，若是轻易取胜就罢了，但若是久战不胜，需要以命相搏呢？到了最后关头，别说这一千人，就是那五百死士，真正愿意给田朔当肉盾的，也不知能有多少，毕竟人走茶凉啊。

正当紫面大汉心中乌云密布，前面忽然有人大喊——“那是何物？！”

他连忙抬头去看，只见上方山坡闪烁着冰冷的寒光，然后漫天的银色丝线飞一般地飘了过来。他心头一颤，厉声大叫：“是箭雨！前面有埋伏，快伏倒！”

然而已经晚了，箭镞借着顺风迅速落下，田朔的人马虽有迅速举起盾牌抵挡的，但也有相当的数量士卒在猝不及防下被射中身体。瞬间，哀号怒骂充斥周围。

紫面大汉咬牙，螳螂捕蝉，黄雀在后，他知道己方已经落入陷阱，立刻让心腹放出信鸽，示意埋伏在郭村的暗线赶紧放火，同时指挥队伍奋力抵抗。

三轮过后，几千支利箭射完，田朔的人马虽然死伤过三成，但剩下的部属也松了口气，当他们打算反冲山坡时，头顶上忽然出现几十枚高高抛出的黑色圆石，起先他们还不明所以，然而随即炸开的爆裂冲击力与火焰立刻将适才的哀号扩大了十倍不止。

田朔惊慌失措，连马都勒不住：“这，这是怎么了……我们该怎么办？！”

紫面大汉沉声道：“公子不必惊慌，我看对面人数远少于我们，待属下整顿阵形，反击回去就是了！”说着，他一面让心腹喝令维持阵形，一面让几十名最死心塌地的死士护着田朔。

让哭爹喊娘的部属镇定下来，紫面大汉开始号令反冲，忽觉左、右两面的山坡传来隆隆踏蹄声，抬眼看去，只见山坡上冲下两队凶猛的重装骑兵。骑兵加上马匹的重量，加上疾驰过来的冲击力，让人感到大地都在震颤。

不等众人反应过来，全副武装的黑甲骑兵有如重锤砸入柔软的腹部，冲散了紫面大汉刚排布起来的阵形。骑兵中一名玄甲将军长身劲力，挥舞着一把灿烂若金的巨大兵器，周遭无人能抵其一击之力，宛如天神降世。

猎猎朔风中，只见此人长眉乌发，骁勇英俊，正是霍不疑。

一力破千巧，在这种绝对的恐怖力量面前，便是擅长用绳钩刺杀的死士也难有还手之力。然后，山坡上又冲下许多步卒加入战团，三五成阵地围住田朔的人马。

其实只是驱退敌军并不难，麻烦的是这群亡命之徒散则成匪，极可能贻害乡里，残杀百姓。霍不疑有心全歼，只得不停地来回包抄，不断堵住他们的逃散之路。

人一旦没了退路，反而凶悍起来，于是两边陷入了死战。

这时，不远处的村庄冒起冲天火光，烈焰腾起滚滚黑烟，仿佛将天际都熏成了墨池，田朔见势大喜，让紫面大汉赶紧护着他先逃。

霍不疑看见远处的冲天大火，心中大恨，果然最担忧之事还是发生了！一时间，素来果决善断的他，也忍不住踟蹰——是继续围剿田朔，还是先去救火呢？

正当他犹豫不决，山坡后忽然冲来另一支队伍，人数二三百，正是程少宫东拼西凑的乡勇。不过这些乡勇不曾经过正规训练，轻率加入战团反而容易坏事。

弄虚作假是神棍的看家本领，少宫索性下令将树枝拴在马尾上，在四周扬起阵阵尘土，远远看去，倒似有几千人马。

果然，见此情形，原先负隅抵抗的反贼们心慌意乱，打得头昏脑涨之际，他们也无法分辨真伪，随着此起彼伏的惊呼——“不好，他们的援军来了！”“快逃啊，我们完了！”紫面大汉再有威信，也无法喝令他们组织阵形抵抗了。

此后，便是单方面的歼灭与投降了。

霍不疑在马背上左劈右刺，忽见一群精锐的死士护着田朔往外冲杀，他眸色一沉，当机立断，策马奔到他们跟前。

田朔怒吼："霍不疑，你我无冤无仇，你不赶着去救村民，非要置我于死地不成？！"他还不知道少商也在那里，不然估计能喊得更卖力。

霍不疑面沉如水，冷冷道："告诉你几件事——李氏屋堡下面的地宫塌了，王延姬死了，田氏屋堡正在被官府彻底清查，还有……"他每说一句，田朔的脸色就惨白一分。

最后，他朝那名彪悍无比的紫面大汉讥诮一笑："你的老主公，不是袁沛杀的。"

紫面大汉的瞳孔瞬间收缩，杀气几欲破眶而出。

霍不疑仿佛洞悉其心机一般，看着他一字一句道："是我杀的——我将他生擒后，断其四肢，斩其头颅，剖其心肝，祭奠被刺杀的两位大将军在天之灵！"

紫面大汉目眦欲裂，怒吼一声："我等受主公大恩，此时不为主公报仇，更待何时？！来呀，随我杀了他！"然后疯了似的向霍不疑冲去，随行的死士素来以他马首是瞻，再没人管田朔死活，纷纷冲杀而去。

此举正中霍不疑下怀，身旁的侍卫训练有素，迅速分作两路，一路护在霍不疑身旁抗敌，一路绕到后面，轻而易举地生擒了田朔。

几个来回后，霍不疑看准对方破绽，凝神沉气，一记劈空斩将紫面大汉立斩马下。此后，反贼们群龙无首，迅速被围歼擒拿。

霍不疑留下人手善后，迅速奔去郭村，饶是张擅一直在旁劝慰，他依旧心慌意乱。好容易赶到郭村，只见火势已被扑灭大半，霍不疑避开一路跪地磕头的村民，最后在人群中捞出满身灰土黑不溜秋的女孩，当着这许多人的面，一把将她搂进怀中。

周围的百姓与部曲们见状，便是疲惫与烧伤在身，依旧放声大笑——

自来，保家卫民，英雄美人，总是千古传颂的。

风平浪静后的次日夜晚，徐、豫两州交界处的广阔平原上，布满了星星点点的营帐。

西侧的一处伤兵营内。

“你别哭了，又没烧在脸上，哭什么哭！”张擅大马金刀地坐在榻前，手上剥着橘子。

“我又不是哭这个！”梁邱飞躺在榻上，敞开的胸口涂满了烧伤药膏，“我对不住少主公，对不住小女君！都是因为我，少主公才放过骆济通！差点铸成大错！”积存在他心中许久的愧悔，终于在伤后爆发出来。

张擅剥出橘瓣，塞了两片在梁邱飞嘴里：“这不是没事吗，还让少主公有由头提前去见小女君。这回你又舍身救了小女君，少主公再不会怪你的。”

“呜呜呜，是我有眼无珠，以为骆济通是端庄贤淑的好女子！哪怕少主公说了她的所作所为，我还以为她有苦衷……呜呜呜……”梁邱飞含着橘子，哭得梨花带雨。

张擅慢条斯理道：“说到底，还是你们兄弟俩见女人太少了。少主公自己过得清心寡欲，没有半点烟火气，你们兄弟俩也跟出家修道了似的。阿起好歹还有四个红颜知己，你怕是连女娘的手都没摸过吧？”

“别提那四个红颜知己了！”

“别怕，日后兄长我带你去见见世面，什么中原的娇娘、西域的舞女、南越的歌女……”

“我不去，打死也不去！你这不正经的家伙给我滚出去！”

南侧大营。

“你们俩别叹气了。有什么好叹气的，楼缡是被蒙在鼓里，我出来时堂姊也好好的。”程少宫快乐地啃着何昭君藏在地窖的蜜桃——这季节能吃到鲜桃可不容易。

楼垚叹道：“你少吃几个，当心腹胀。”

班嘉愁眉苦脸：“你知道什么！现在外头乱作一团，姎姎焉能毫无所闻？她大着肚子，受了惊吓可怎么办？！”

“我也是。”楼垚道，“唉，原以为这回立了些微功，以后昭君能少发些愁。如今事情揭穿，王延姬是从楼缡处知道你们行踪的，难免让人心生怀疑。”

“你们两个吃饱了撑的瞎操心。”程少宫喜滋滋地又捧起一只桃子，“你们要是心里放不下，不如我替你们卜一卦？”

“还是算了吧……书上说要‘不敬鬼神敬苍生’。”

“我、我也算了。姎姎说你的卦……时灵时不灵，不如不算……”

程少宫大怒：“你们不愿意就算了！”

楼垚赶紧换话题：“说起来，你也老大不小了，就算不肯成婚，也该举业了吧。”

程少宫放下桃子，也叹道：“等嫋嫋嫁人后，我打算出门走走，去看看大好河山，见识见识风土人情。到时候，我就知道自己想做什么了。现在嘛，全无头绪。”

“不如，你给自己卜一卦？”班嘉怯生生的。

程少宫：“……”

东侧大营。

“你到底要躺到什么时候？少商已经问过你好几回了。”霍不疑坐在病榻前，不悦地看着榻上的病人。

袁慎全身酸软，奋力瞪回去：“我饮你家汤药了吗？吃你家粮食了吗？你絮絮叨叨什么？！”

霍不疑道：“虽未吃用我家的，但你累得吾妇牵挂了。”

袁慎捂着自己低烧的脑门：“是少商让你来看我的吧，你告诉她我没什么大碍。倒是太子殿下，得赶紧回都城。”

“还用你说？”霍不疑道，“行了，我回去了。”

“慢着，”袁慎忽然叫住即将出帐的霍不疑，“有件事我要告诉你。”他撑着胳膊，费力地从床榻上坐起。

霍不疑放下帐帘，驻足等待。

“五年前，你被流放了，少商则大病一场——这你知道吧？”袁慎牢牢盯着他。

霍不疑垂下眼睫，低低道：“我知道。”

“那时，我常去看她，但她成日昏迷不醒。她倔得很，多数时候都咬紧牙关，多难受都不哼一声。”袁慎神情低落，“有一回，她魇着了，嘴里说起了胡话……”

他看向门边的高大青年：“她在梦中说，‘你带了我去吧，别撇下我一人孤零零的，要死我们也死在一处，别丢下我一人。’”

霍不疑搭帐帘的手指微微发颤。

袁慎继续道："这话少宫也听见了，是以他一直不赞同我与少商的婚事。也是听了这话，我才明白少商心底的真意。你说对了，少商看着机灵，其实傻得很，自己的心意也弄不清。"

霍不疑忍气："你为何不早说？还执意要娶她！"

袁慎倏地躺下去，拉过被褥连头连脑地裹住自己："我为何要说？难得有机会娶到自己心爱的女子，凭什么要我高风亮节成人之美！等过上几十年，我与她儿孙满堂了，她心里就只有自家人了，你不过是她少年时的一段老故事罢了！"

霍不疑气得胸膛起伏。

从被褥中传出袁慎轻轻的话声："其实说与不说，结局还是一样，她终归放不下你……

"我一直以为少商与我很像，其实我错了。因双亲之故，我深厌'情深似海至死不渝'这种事。我自小认定，太过深挚的情意，是利刃，是剧毒，会拖累大好前程，会消磨雄心壮志。夫妻嘛，相敬如宾就好。

"可少商不是。她常说自己凉薄自私，可是不经意间，又会感慨'如万太公与万老夫人那样，哪怕只有短短十余年缘分，也不枉来人世走一遭了'——你们才是一样的人。"

中军大帐的北面侧营，太子休息处。

"殿下三思啊！"一名东宫属官大声谏言，"如今抗乱度田的大姓兵长还未肃清，蜀郡叛乱还未平定，殿下不宜在外久留，赶紧回都城要紧啊！"

"正是！"另一名大胡子僚臣也附和，"殿下绝不可在外继续逗留了！"

太子冷着脸，愤恨道："孤原本打算走访的几处尚未走完，区区几个公孙氏余孽，就想让孤落荒而逃？休想！"

"这怎是落荒而逃呢？"东宫属官焦急道，"殿下是千金之躯，牵一发而动全身啊！"

"殿下不要置气啊！"僚臣的胡子都快被自己拽掉了。

"孤不走，孤决意不走！汝等休要再说！"太子冲两名心腹发了通脾气，一转眼，看见抱着食笼缩在一角的少商，冷声道："怎么？你也来劝孤回都城？！"

不等少商张嘴，那位东宫属官忙道："程宫令……哦不，程娘子，你快劝劝殿下吧！”

那位大胡子僚臣也道：“不如请霍侯来劝殿下！”

“两位大人少安毋躁。”少商满脸堆笑，从食笼中端出一碗汤，“殿下连日劳累，不如先用碗补汤，添添元气。磨刀不误砍柴工，殿下保重身体，才能四处查访啊。”

太子不接汤药，瞪眼道：“外面说我暴戾狭隘，对豪族官宦刻薄寡恩，很多人都恨我……你都听说了吗？”

“那可不是。”少商笑意盈然，舌灿莲花，“殿下要是肯赏他们更多的土地更多的奴仆，他们定对殿下歌功颂德。若这还不够，再将半壁江山送给他们，他们必会将殿下当祖宗了！如今的事情，说白了，是朝廷与豪族争夺天下的人口与土地，说两句坏话算什么，他们不造谣殿下是三个鼻子八只眼睛的鬼面恶煞就算客气了！”

东宫属官与僚臣都笑了起来。

太子稍敛怒气，接过那碗汤药一饮而尽。他看着少商，又道：“父皇有意让子晟任一州之牧，去地方上历练几年，孤怎么听说子晟不愿意——是不是为了你啊？孤听闻你一天到晚想找个清静地方去捣鼓火油暖房什么的，子晟莫不是为了你想退隐？！孤可告诉你，妇道人家的，相夫教子是本分，不许拖男人后腿！”

少商连忙喊冤：“这是谁说的？冤死妾身了！殿下明鉴，这纯属无稽之谈！”废话，霍不疑尚不满三十，就要当州牧这等级别的封疆大吏，怎能不推辞一下意思意思？

她见太子眼如铜铃，连忙放柔语气：“殿下啊，您想，妾身自来受惯了荣华富贵，怎么熬得住荒山野岭的清苦！殿下放心，只要殿下用得着，霍大人定然誓死追随！别看他对妾身海誓山盟的，其实在他心中，殿下比妾身重要多了！”

其实霍不疑还真有逍遥山河的想法，但她知道这日子还远得很。

太子想起五年前那场动乱，霍不疑为了扶自己登上储君之位，连最心爱的女子都顾不得了，顿时得意之情油然而生，怒气消散大半。然而不知为何，他感到一阵困顿袭来，抚着额头道：“孤、孤怎么觉得有些发困？”

少商一脸热切关怀：“殿下连日操劳，疲惫非常，这是累劲上头了。这位黄门大人，赶紧扶太子到后头寝帐歇息……快快……”

太子被两位宦官扶走，三人在后目送。

那位东宫属官闲闲道："程宫令，那碗汤药……"

少商依旧维持着甜笑："那是安神汤。宣娘娘后来老睡不着，喝这个最管用。除了安睡，别的坏处一点没有。"

大胡子僚臣道："信函上说，陛下的使者与大越侯已经赶来了，不日就到姚县，到时咱们将太子殿下往那两位手里一交，就算恪尽职守了。"

少商转过头来："我可先说好了啊，回头太子责罚妾身，您两位要替我说情，不然以后别说我亲手酿的好酒了，我还要说这主意是两位大人出的！"

两位大人连连苦笑，心想有霍不疑在，太子对这程小娘子最后必然是高高举起轻轻放下，能责罚出什么花样来？于是忙不迭地答应。

料理完中二太子，少商开开心心地从营帐中蹦跶出来，不防霍不疑正站在帐外，她愣了下，而后心虚道："……你、你听见我适才说的话了？"

霍不疑横了她一眼，表示全都听见了。

"你来得正好，我有话跟你说。"少商想起一事，笑眯眯地拉他往远处走去。

这晚月色正好，夜幕如缎，微风清冷怡人。

两人走离人群与营帐，在一块巨大平坦的山石上坐下。少商从袖中取出一物，托在白生生的掌心，笑问："你看这是什么？"

霍不疑扫了一眼，看见熟悉的细线团，顿时有些不大自在。

少商轻叹："你将它缠在手腕上这么多年，我看过摸过不知多少次，却愣是想不到这是什么。以前老有人说我不学无术，我不服气，现在想想，这话还真没说错。"

霍不疑俊美的脸庞微微发红，反问："现在你想出来了？"

少商幽幽道："也不是我自己想出来的，若非那夜你在地宫中猜测李阈夫人没死的那句话，我还不知要傻到何时呢。"

霍不疑低头不语。

"这是琴弦。"少商将掌心的细线缓缓拉开，凝视身旁的男人，"而且，这是'少商'弦，对吗？"

霍不疑向女孩深邃凝目，眼波温柔："……对。"

"那时，我总担心与你情深缘浅，将来不免分离。"他接过那根琴弦，熟练地往自己袖口绕去。单手束弦居然也能轻易缠好，显然是不知缠过多少遍了。

"后来，我们果然天各一方。"他看着自己袖口的琴弦，难抑悲苦之意，"看着它，我方觉得心中还有一处是热的。"

少商静静地看着他，良久才道："阿狰，今夜我要说的是另一件事，一句我许久之前就该跟你说的话。"

霍不疑转过头来，认真听着。

深秋的寒气让人脾肺清朗，广阔寂静的中原旷野，仿佛一座用粗糙原石砌垒出来的萧瑟神殿，数千年如一日地供奉着缄默古老的神祇。繁星满天，深蓝色苍穹宛如缀满了宝石，美得惊心动魄。

"阿狰，你身负深仇大恨，却依旧能够淡泊仁善，心怀光明，你过世的双亲与兄姊在天有灵，必以你为傲。

"阿狰，这些年来我做错了许多事，伤过你许多次，可是你从未对这人世间的真情心灰意冷过。你至情至性，心如赤子，是天底下最好最好的男人。

"阿狰，能遇上你，我三生有幸。"

霍不疑感到一种近乎疼痛的喜悦。

然后，他吻上了那双似有水汽氤氲的挚爱眼眸。

他们能终成眷属，真是太好了。

番外一 西北"流放犯"霍不疑

夜空繁星如织，草原一望无际，只要屏住呼吸，仰望天空，此时就像幼时乡间老人讲述的古代诗歌那样宁静美好，全然无法想象这里刚刚经历过一场激烈的厮杀，一场从晨曦初晓直至月正中天的血腥大战。

老于收回心绪，耳边隐隐传来哀哀的呼号与战马的嘶鸣，映入眼帘的是蔓延到无边无际的尸首，折断的旌旗随着焚烧残尸的硝烟微微起伏。沉默而疲惫的兵卒有序地在其间走来走去，有些是为了寻找同袍的遗体，有些是为了防止其中有装死的敌酋。

空气中弥漫着浓重的血腥和人畜尸首焚烧的焦臭气息，但夜风缓缓巡过草原，不断稀释着这场大战带来的浓重戾气。

老于知道，无论死去多少人，无论流下多少泪水，太阳不会停止升落，夜风不会停止吹鸣，第二天还是会一如既往地到来，就如他最后一个兄长的死讯传来那日，老母哭瞎了眼睛，次日却是一个宜嫁娶利动土的艳阳天。

老于挺了挺肩，挑着两桶热水继续往前走，身后还跟着两名同样抬着巨大热水桶的马弁，他们三人转入军营中那座最大的金顶大帐中，帐中身着各色铠甲的将领或坐或立，或凝思或大笑，冲着铺在地面上的一座巨大沙盘指指点点，一旁还有中老年的当地儒生，不知絮絮叨叨在说些什么，他们正中围绕着的是一位高大白皙的俊美青年将领。

其中一名样貌文秀的偏将扭头看见老于，笑道："老于总算来了！咱们赶紧洗漱一番，这味儿可真受不住了！"

张擅嬉皮笑脸："咱们李小娘子真讲究……"

李思怒："上回往自己身上抖了三瓶香粉的是哪头牲口！下回再偷穿我新衣裳就骟了你！"

众将大笑。

老于和两名马弁将热水倒入金帐角落的几个水盆中，与冷水调匀。老于独自服侍霍不疑洗漱，其余马弁随从服侍另几位满身血污的将领洗漱。

解开铠甲，松开凝结着血块的发髻，老于看着渐渐浑浊的热水，再望向身旁的俊美青年布满创伤的虎口，低声道：“叫侯爷知道了，定然心疼大人这样不爱惜自己。”

霍不疑道：“战场之上，刀枪无眼，崔叔父心里有数的。”

老于叹了口气，没有说话。在他心中，似霍不疑这等金尊玉贵的人物，当是在繁华的都城中香车美人、宝马雕鞍的翩翩贵胄公子才是，如何在这凄冷荒芜的边陲重镇刀口舔血？

一名中年将领道：“霍大人今日冲得也太猛，我拦都拦不住，险些卷进左前锋里去。尤其是晌午时分，侧面冲击甘邪单于那贼老儿的中军大帐时，我一扭头寻不见大人了，吓得半死。张擅你个混子，跟着冲出去时也不呼唤老子一声，死人哪！老于，你回去后狠狠向崔侯告一状！”

另一名肚皮圆胖的老将也笑了：“告崔侯有甚用？崔侯还不是事事都依着大人，我看啊，得让崔侯跟陛下狠狠告一状！”

李思皱眉道：“两位将军一把岁数了，怎么老爱告状？”

张擅笑道：“岁数大了才爱告状，年少时两位将军早将大人摁住了，还告啥状？！”

众人再度大笑。

老于低头轻笑。其实老于并不老，他与崔祐的岁数差不多，幼时还给崔祐做过随从。

他们于家接连两三代都是崔家商铺的伙计，因着崔家待下人厚道，是以兵荒马乱的年月中老于的父母也安安稳稳地养下了八个健壮的儿子。

后来崔家跟着如今的皇帝起事，老于的父母听了几日说书，豪气四溢，觉得于家飞黄腾达的时运到了，就请求崔祐让于家的儿子们也入伍从军，好挣些功劳。

然而饶是崔祐亲口托付过，于家的儿子们无须从小卒做起，不到十年工夫，老于前头的七位兄长已然全部过世。两个在战场上被当场格杀，两个死于流箭，两个重伤不治而亡，还有一个是后撤时在湍急的河流中来不及脱下铠甲而被淹死的。

老于的父母哭干了眼泪，终于明白什么叫一将功成万骨枯，那些能拼杀出富贵功名的都是人中龙凤，能够拼杀到天下顶层的人物更是星宿下凡，不但得本事了得，还得祖宗保佑，运气无敌，不然断断熬不到最后。

于是老于的父母再次求到崔祐跟前，让老于就跟在崔祐身旁当个马弁，没有功劳无所谓，一家人太太平平团团圆圆才是最要紧的。崔祐答应了。此后，老于就悉心服侍崔祐里里外外，鞍前马后不辞辛苦，倒也熬成了崔祐可信之人。

再后来，天下渐渐归拢于皇帝手中，崔祐也不用频繁征战了，老于就在崔宅中当了个快乐的老管事。五年前，霍不疑出事，被流放西北，老于又跟着哭天抹泪的崔祐来到这荒野的边陲之地。

霍不疑到底出了什么事，其实老于不甚清楚，不过他清楚一件事——关于这场流放，朝里朝外，都城西北，除了霍不疑本人，没一个人当真。

且不说这位玉堂金马的“流放犯”是由当朝一等重臣崔侯亲自陪着护着“押解”来的，霍不疑抵达的那日，西北方的两位总都督赶着来嘘寒问暖，还狠狠回忆了一番当年霍翀将军的英姿——尽管这两位应该根本没见过霍翀，更有当地第一豪族将自家的一座新修的华丽别院赠来充当霍不疑落脚之处，外加一位名门淑女骆氏娘子时不时来送温暖。

起初崔祐好生感动，觉得这两位封疆大吏这么热心，后来才知道是皇帝和三皇子一前一后去信，或含蓄或露骨地提点过了。谁知霍不疑却一心要住到荒郊野岭的养马地去，彼时他身上的伤势未愈，崔祐只好一哭二闹地说对不住过世的霍夫人他也不想活了，最后霍不疑妥协地住到一处清静的老旧大宅中。

流放次年，虞侯就带着让天山南北所有盗匪都垂涎三尺的锦绣辎重、吃穿用度来到边城，当然，明面上他是来颁圣旨的——皇帝让霍不疑“戴罪立功”，升任边郡都领。

众人：用不着前一句，我们都明白，陛下您真的一点也不明显呢。

流放第三年，二驸马也带着大包小包和大笔军饷来探望崔侯（别装了），顺便颁旨——让霍不疑继续“戴罪立功”，升任西北行营副总都督，自行招兵建府，羁縻西北诸部。

众人：啥时把这个“副”字去掉呢？话说回来，“正”的是谁啊？

流放第四年……

众人：好累。

老于却觉得皇帝是个真正的仁厚君子，饱受创伤的山河，有这样一位厚道良善的主上，是福气。

西北边境的岁月既寂寥又忙碌，老于受命照看霍不疑，有些事便比旁人多知道些。

在梁邱兄弟还在为告不告诉骆娘子霍不疑的伤势而争执时，老于已经十分严厉地命令宅邸内外的仆从，举凡书房内寝议事厅等地，便是骆娘子再恼火也不能放她进去一步。

在李思和张擅还在打赌霍不疑到底喜不喜欢骆娘子时，老于已经偷偷告知崔侯，夜深人静之时霍不疑时常抚摩手腕上的那圈琴弦，请崔侯千万别跟着凑热闹给霍不疑做媒。

老于心里还知道，霍不疑是很认真地想要受到责罚，奈何天子不答应。

梳洗完毕，众将领与三位儒生再度坐下，老于掀起帐篷帘子吩咐随从们鱼贯端入餐盒与酒水，服侍众人用膳。酒足饭饱，帐外传令兵来报，霍不疑擦擦手，说让人进来，随即梁邱起入帐，拱手说道：“吐浑哈与乌间禅布已经带到。”

一位脸上带有陈年伤痕的年老儒生目露狠厉，拱手道：“霍大人，这些胡人皆虎狼之性，秉性残毒，不如尽杀之……”

霍不疑一摆手，制止道：“少安毋躁，且先听我问完话……阿起，先带吐浑哈。”

帐内旋即静了下来。

梁邱飞领着数名兵士将一个五花大绑之人押进帐来，那人虬须散辫，满脸血污，被压着跪倒在地上犹自怒吼，满嘴不熟练的汉话：“……霍不疑你这受诅咒的奸汉人，要杀就杀，不可折辱我！”

霍不疑奇道：“你又不是与我军将领正面打斗中被擒获的，你是逃之夭夭时中了王老将军的埋伏才落的网，不是早就折辱过你了吗？”

众将领放声大笑，吐浑哈艰难地憋气：“总之你们都是奸贼，你们杀了我们部族那么多人，我定然不与你善罢甘休……”

话还没说完，张擅小声道：“这人竟会说汉话，说得还不错，还知道‘善罢甘休’。”

霍不疑笑笑：“别看我们这位右谷蠡王模样粗豪，其实是个好学之人，数年前就向劫掠过去的汉人奴隶学汉话了。”

帐中响起轻轻的笑声，吐浑哈两只耳朵猪血般红了起来。

中年儒生皱眉道：“这人苦心学习汉话，看来志向不小。”

霍不疑道：“贾先生说得好。据细作来报，此人自少年起就喜爱咱们中原的东西，举凡陶器、熏香、绸缎，甚至诗歌美人……都喜爱得不得了。”

吐浑哈恼羞成怒：“霍不疑你这奸贼，你杀了我兄长，我与你不共戴天……”

霍不疑似乎很惊讶：“咦，你与兄长权渠单于不是素来不和吗？”

吐浑哈一愣。

“自从五年前你们的父亲过世他继位你们部落的单于，就屡屡打压你。

“四年前他抢走了你心爱的女奴，然后折辱致死。

“三年前他划走了你一半人马丁口，你连夜闯进他营帐，彼此捅了对方一刀。

“随后你们两兄弟就分帐而居。这回大战，若不是甘邪单于硬压着你说和，还掳走你的儿女做要挟，你不是无论如何也不肯答应来吗……”

霍不疑一句接一句地揭短，吐浑哈差点岔气，犹如被剥光了衣裳，大喊：“够了！你少来这套！草原上的事咱们草原上的英雄好汉自己会料理，用不着你来挑拨离间！我与兄长的事也一样，再大的仇也是咱们自己人之间的事！可是这回你蓄意挑起事端，逼得咱们无路可走，只能合兵来与你大战，却是真真正正的深仇大恨了！”

霍不疑十分耐心地解释，宛如在教导幼童：“我们汉人是聚族定居的，每日耕种劳作，与世无争。可你们倒好，只要看哪日天气好，就带上人马来劫掠一番，杀人放火无恶不作，我们辛辛苦苦开垦出来的田地不知荒废了多少，好不容易建成的村落随即成空。可哪有千年防贼的？不得已，我只能想些法子，让你们这些不肯太平度日的部落聚到一处，然后一勺烩了。你既然读了汉书，多少比旁的单于和谷蠡王讲些道理，当知我所言不虚。”

吐浑哈心知是这个道理，低低哼了一声。

霍不疑继续道：“你收纳了那么多汉人奴隶，应当知道如今中原是个什么情形，你以为你们还能如以往一般烧杀劫掠之后扬长而去吗？不妨告诉你，今日大战中你兄长全军覆没，如今你手下被俘的那些人马已是你们部族仅剩的男丁了，你可想过如何面对等在草原那头的老弱妇孺？他们信了你兄长的话，可是等着你们兄弟带他们过好日子的。”

吐浑哈目露懊悔之意，低声道：“其实我也劝过兄长和甘邪单于，前些年还好，如今你们中原渐渐安定了，定然会腾出手来收拾我们。几百年前的冒顿单于那么强大，统一了整片草原，牛羊养得漫到了天边，勇士比繁星还多，可也敌不过中原的皇帝，被打得家破人亡，连祭奠祖先的圣地都被毁了，最后死在逃亡的路上，咱们，咱们得收手了……”

霍不疑站起身来，双手负背走过去：“刚才你经过重重营帐，有没有看见我军将士正在西面挖掘一个大大的坑？”

吐浑哈忽然警醒起来：“你，你想做什么？！”

霍不疑微笑：“你读过的汉人书中，有没有讲到过一位叫作白起的将军？”

吐浑哈浑身僵硬：“你，你想坑，坑杀我们……”白起可是恶魔下凡啊，五十万人都坑杀了，自己部族才多少人啊。

霍不疑扭头问李思：“今日我军总共俘获多少？”

李思装模作样地想了想：“越到后头投降得越多，尤其是看见甘邪单于的王旗倒了，就降得更快了……嗯，少说也有七八万吧。单着算的话，这位右谷蠡王手下投降得最多，占了三分之一吧。”

王老将军补充：“算上伤兵定然过十万了。”

张擅道：“伤兵留着作甚，治好了再来打我们吗，不如往土坑里一推，一了百了。”

吐浑哈颤抖道：“我，我听说你们现在的皇帝是出了名的仁厚，是以没打几下就喝令手下速速投降，让儿郎们不要顽抗。不然，以我麾下之骁勇，即便是中了埋伏，倘若拼死抵抗，你们也不见得能那么容易将我生擒吧。”

王老将军沉吟道：“这话不错。说起来，多亏了他，我的部下免去了许多伤亡。”

“求饶就该有求饶的样子。”李思冷冷道。

吐浑哈满眼犹豫，左右为难。

霍不疑定定看着他：“你先下去养伤，回头我请一位饱读诗书的先生与你好好讲道理，你部族残余的男女老少是生是死，你自己拿主意。”

左右士兵上前将吐浑哈押出营帐，梁邱兄弟又押进一名只绑缚了双臂在身后的胡人。此人看着略为年少，浅褐色的面庞，一双泛着精光的眸子异常警惕。

他看见霍不疑，主动单膝跪下。

霍不疑道："乌间禅布，上回我与你说的归附之事，你如今怎么说？"

乌间禅布迟疑道："我知道大人是一番好意，可我们草原上的汉子惯于骑马放牧，逐水草而居，如今让我等聚而定居，这恐怕……"

霍不疑冷笑："惯于？哼哼，若要说惯于，就该随你们高兴、短缺什么了就来我们的城镇烧杀劫掠一番，我们的百姓就该如牲口一般任你们驱赶劫为奴隶？！"

乌间禅布一脸为难："大人说得没错，可是……可是我祖父虽是之前的大单于，但毕竟已经过世了，我便是承袭了祖父的大旗也未必能一呼百应。就算我自己愿意，可许多长老和谷蠡王未必肯啊。"

霍不疑道："别说得那么好听了，你们几个部落兵合一处，然而并不齐心，其中也有不少如你这般不愿与朝廷为敌的，更有不少想要保全实力捡漏的。你们若是继续冥顽不灵，下回再战，我可不会手下留情了。照我看，与其死在我手里，还不如小单于你自己清理门户，到时小单于你不但能令行禁止，还能获得朝廷的封赏，你说呢？"

乌间禅布一咬牙："行，我这就回去收拾那群说不听的，不过，你得把上回答应我的弓弩队借给我几日，以备不虞！"

霍不疑点点头，叫人将乌间禅布松绑，并带了下去。

一位年轻的儒生转头道："这位就是已故的忽奴大单于仅剩的孙儿？我素日听说他骁勇善战，虽然年轻，但很有几分威望啊。"

贾姓儒生道："不错。我今日观战正有几分奇怪，这人所统领的人马有好几回明明能冲杀过来，硬是装个样子又半道退了回去。我原本以为这人贪生怕死，后来等李将军率军去追击时，我看他的部下又十分难缠……"

年老的儒生皱眉道："我听说忽奴大单于过世后，他原本聚拢的众多部族很是乱了一阵，几个儿孙打作一团，结果别的部族单于趁势吞并他们许多水草牛羊和人丁。"

贾姓儒生笑道："霍大人选的人好，我起初看见这人被擒时卖力拼杀，还觉得这人脾气倔，原来是早存了投效之心了。"

年轻儒生疑惑道："那我们是扶持吐浑哈，还是扶持这位乌间禅布呢？"

几名将士与贾姓儒生都笑了起来，张擅拍着年轻儒生的肩："这做买卖啊，最忌讳只有一方卖家，得防着人家坐地起价啊。要多找几方卖家，这买卖才好做啊。"

年老儒生冷着脸："老朽看这些胡人都是忘恩负义之辈，不如杀了干净！"

贾姓儒生叹息劝道："唉，我深知老先生心事，咱们这些定居西北的人家，哪家没受过这些胡族的祸害。十年前，晚生的两位族兄弟便死于他们之手。可是陛下不欲大兴刀兵致使生灵涂炭，咱们不能不体谅陛下的用心啊。再说了，这次参战的七八个部族，还有没参战的许多部族，他们都看着咱们呢。羁縻之术的要领，是恩威并施，各方牵制，既要让他们惧怕，又要给些利益。"

霍不疑笑了笑："贾先生能体谅陛下的用心，本督必要上奏陛下，以宽慰圣心。"

贾姓儒生眼中光彩一闪。

霍不疑又道："既然如此，回头请贾先生与吐浑哈好好说一番道理，什么风花雪月道德礼数，光扶持一个乌闾禅布不够，若是吐浑哈肯低头，是最好不过了。"

贾姓儒生领命。

帐中正笑声阵阵，忽有一名信使进帐，在霍不疑耳旁低声数语，霍不疑顿时脸色一变，微笑道："忽有要事，请诸位将军与先生再多饮几杯，我先告退了。"

众人自是无不应允，张擅还笑着表示霍不疑离开了他们能喝得更尽兴。

霍不疑微笑着匆匆离去，留在帐中的诸人纷纷议论起来——

"我等大战刚胜，霍将军还有何等要紧军务啊？"

"如今天下大定，四海之内还有何处不太平，这不是明摆着吗？"

"你是说蜀中公孙氏？别是瞎猜的吧。"

"钱将军说得不错，你们没看到适才那位信使腰上挂的是蜀人爱用的竹筒水斗吗？我看就是蜀中之事。"

"王老将军好眼力！我早就听说霍将军不日启程，即将从陇入蜀，好与朝廷大军前后夹击公孙氏，如今看来是真的了，难怪霍将军不愿与胡虏多加纠缠呢。"

"废话！这些日子崔侯不断整军备战，收拢粮草，数目远超我们今日之战所用，那必然是另有用途嘛！张擅你别光喝酒啊，你倒是说说！"

"说什么说！有酒喝还堵不住你的嘴，若说错了显得我耳目不灵，若说对了我就是泄露军机，你是想害死我啊！"

"哈哈哈，也对，算了，咱们喝酒喝酒！"

“喝，喝！可是，征讨蜀地不是准备得差不多了吗？霍将军这是又听到什么消息，走得这般匆忙……”

“要说蜀地凶险也是真凶险，之前才听说主领大军的陈将军被公孙家养的死士刺杀，陛下随即换上了翁君叔大人，哎呀呀，也不知现在如何了。”

另一座金顶大帐中，霍不疑面色凝重地看着快马急送的军报，失声道：“翁大人也被刺杀了？不是说已经严加防备了吗？！”

这位信使本是给霍不疑做暗活的心腹，此时四下无人，他便细细说道：“有了陈将军的前车之鉴，翁大人怎会不严加防范，真是防得里三层外三层啊！唉，也不知道公孙氏从哪里请来一个绝世高手，当真是万夫莫敌之勇，一双肉掌更有开碑裂石之功，生生杀出一条血路，顺势跟在他后头的公孙家死士乘人不备，以臂上的弓弩射杀了翁大人。”

霍不疑沉吟许久：“……看来我下个月就得率军启程了，先入陇，后攻蜀。”

信使忽然神色有异，霍不疑一眼瞥见，问道：“你还有什么要说的，赶紧说了。”

信使拱手：“也不是什么大事，不过是……不过是大人之前曾让小人打听过袁家……”

他有几分忸怩——这几年主家忽然莫名其妙让他查探袁家公子从出生至今的言行有否不妥，外加袁家祖宗八代有没有糟糕的内闱习俗，他纵是再傻也猜出几分来了。

霍不疑神色一凛：“是袁慎出事了？嗯不会，袁慎此刻当是在都城，那么就是其父袁州牧了，他怎么了？”

信使暗叹霍不疑心思灵敏，回禀道：“袁州牧原本受命在荆州东部筹集粮草，并帮着前方大军料理伤兵与军械，可正当小人四处打探杀害翁大人的高手是何方神圣之时，却看见袁州牧领着袁氏家将与卫队急匆匆地往蜀地赶来，说是要帮吴大将军一起报翁大人的血仇。”

霍不疑屈指叩着案几，低声道：“这，可不像素来谨慎小心的袁州牧的为人啊。”

信使道：“正是！之前大人让小的打听袁家上下，是以小的对袁州牧的为人略知一二，总觉得哪里不对。后来，小人又听说这位袁州牧每日不忙别的，就忙着狙杀公孙家的死士。待小人打算起程回来报信时，蜀地周边几处公孙氏的隐卫暗所几乎被袁州牧捣毁杀光了，大家都说袁州牧这是心痛同僚之死，要为翁大人报仇呢。可是，可是……”

“可是我们知道，袁州牧与翁君叔并无交情。”霍不疑冷静地下结论，“袁州牧也并非什么热心冲动之辈。”

信使低头默认。

霍不疑让信使下去歇息，独自在营帐内走来走去，许久后唤老于进来，吩咐道：“我不回城了，如今蜀地军情紧急，我打算这几日带前锋先行启程。”

老于张大了嘴正要反对，霍不疑又道：“你回去跟崔叔父说，翁君叔大人亦被刺杀了，我估计陛下会遣吴大将军顶替之，我必得先走一步，请叔父随后让张擅与李思带人马赶来与我会合便是。”

老于不懂军情，但他是崔祐的心腹之人，知道兹事体大，只好沉默地应下了。

离开大帐前他回望了一眼，只见那位年轻的将军眉眼清冷，如北地的冰雪凝成的秀美青年，只那一双眸子异常明亮有神，仿佛要去办什么极热心之事，倒比之前筹备征伐草原数部时更为热忱。

老于走了出去，轻轻叹了口气。

番外二 深谋远虑的太子殿下

在太子子端心中，天底下的女子，不论老的少的，美的丑的，有血亲无血亲的，两条腿的还是三只眼的，都可以分为两类：贤惠的与不贤惠的——这套识人标准帮助太子殿下省去许多麻烦错误。

虽说他对某小女子很看不下眼，但其母萧夫人是他难得认为贤惠的女人。

就像不同的时期需要不同才能的官吏一样，太子认为不同情形的家庭也需要不同贤惠方式的家妇。彼时程家不过勉强维持温饱而已，萧夫人悉心筹谋，妥善安排，终于与夫婿将程家从一介乡野小户扶助成像模像样的官宦贵胄之家。

太子是亲临过战场的，知道枪林箭雨可不是闹着玩的，想萧夫人数次挺着大肚子还支持丈夫亲赴水火，不能不叫人肃然起敬。

而对于像皇族这样早无危难之患的家族而言，妇人只需深明大义、温顺柔勉即可。

偏偏，他的家族是最盛产泼妇、怨妇和毒妇的地方——

已过世的宣娘娘，不怎么贤惠。

他的生母越娘娘，极不贤惠。

除二公主以外的姊妹姑母等一众公主，与“贤惠”两字毫无相干。

当初他的舅父大越侯将膝下一女送到他身边服侍，凭良心说，这位表妹太子是喜欢的，不但美貌活泼，巧语如珠，二人更有幼年相识之谊，当初他不是没想过立她为妃。可是后来他仔细想了想，表妹贤惠吗？不贤惠。

爱撒娇置气，眼界狭隘，总希望太子拿整颗心来待她，总觉得自己与其他女子是不同的，活脱脱第二个越皇后。然而，他并不是父皇，所以表妹也做不成第二个越皇后——不曾同甘共苦，不曾生死与共，哪儿来那般的恩爱不渝。

再说，他也不能再让越氏一族继续坐大了。一门三侯一后，子弟门客为官者甚众，已然足够了。前朝戾帝的王家起初也不过都城中一破落户尔，随着王氏女生子为后，一门十侯，历经三代皇帝之后，就权势滔天、尾大不掉了。

更重要的是，表妹也不如越皇后那么真的对“真心”以外之事无所谓。

太子虽然每每看见父皇被越皇后欺负而无力扶墙，但他也承认，倘若让越皇后在娘家与皇帝之间选择，只要不到满门抄斩的地步，越皇后是一定会选皇帝的。

有几次越氏子弟在外作恶，越皇后比皇帝还生气，不但会在宫门口跺脚叫骂“哪儿来的小兔崽子敢坏了陛下的名声看我剥了你的皮”，甚至还会亲自派人去越家痛斥并勒令作为族长的大越侯严厉处置。

可是表妹呢？太子默默摇头。

别说像越皇后一样严厉约束娘家了，便是在越氏一族之内，她还想优先扶持自己的同胞兄弟呢。

随着被册立为储君，太子越发频繁地思忖自己将来要立怎样的储妃。

首先要品行端正，决不能如前太子妃孙氏那样卑劣狭隘；其次要贤德仁慧，能容得下别的妃嫔及其儿女；再次不能家族势力太大，不然就是第二个前朝王家了，但也不能真去找个小门小户出来的，否则如何压得住阖宫的勋贵之女。

还没等太子想出结论，他就奉命出宫去巡查度田令执行情况了，然后……然后……然后他就被喂了一碗安神汤，跟死猪一样连夜被抬着离开纷乱之地，睁眼时已在豫州州牧梁无忌的府邸中了。

床榻两侧热闹非凡，左边是脸色黑如锅底的舅父大越侯，严正表示要将太子一意孤行要行冒险之事告知越皇后（潜台词就是你小子等着被你娘削成白板吧），右边是哭天抹泪的虞侯，口口声声要去向皇帝提辞呈（潜台词就是我要跟你爹告状）。

太子头痛欲裂，只想冲出去撕碎了那个骗他喝汤药的小女子——曾几何时，程少商是距离太子正面评价最远的女子，现如今，更远了。

在太子殿下看来，即便是像五公主那样弄权圈地养面首的女子都比程少商强些。

因为如五公主和孙氏这样的女子能作恶，本质上是男人不作为，前者是父皇心软舍不得下狠手管教，后者是前太子无止境，被个装模作样的贱人拿捏住了。

五公主也好，孙氏也罢，但凡遇上霍不疑或是自己，反手就能治得比壁虎还服帖，怎么也闹腾不出水花来。可若是换成程少商，她不弄权，不贪财，不欺压无辜，就好折腾人。

无论你是多顶天立地、明察秋毫的大丈夫，她一样将你折腾得漫漫之路上下求索。

很不巧，被程少商折腾得最厉害的那位叫霍不疑，是太子殿下自觉比亲兄弟还亲之人。

在太子眼中，霍不疑是世间罕有的明白人，像冰水一样冷静睿智，又像猛兽一般骁勇无畏，在程少商出现之前，若有人跟太子说霍不疑会为了区区男女之情患得患失，太子能把太庙的飞檐掰下来蘸着醯醢吃了，后来……

霍、程二人定亲之后，真是好三天、吵三天、你侬我侬又三天。

太子殿下每每看到霍不疑面罩寒霜的模样就脑壳疼。谁知虞侯还要补充说明当初皇帝与越皇后也是这么个调性，说不得还更厉害些，毕竟程氏门第寒微，程少商多少对霍不疑还顾忌着几分，不敢过分——言下之意，当初越皇后折腾皇帝是何等“深不可测”。

太子脑壳更疼了。

在霍不疑被流放之前，太子殿下觉得程少商绝对不贤；霍不疑被流放之后，看程少商悉心妥帖地照料宣太后，让皇帝和越皇后免去多少歉疚，太子便觉得，嗯，还算贤惠。

等如今这碗安神汤下去，太子觉得程少商已经不能用贤不贤惠来论处了，而需要用该不该抽筋扒皮来论处了。

越想越气咬牙切齿之际，外面小宦来传袁慎求见。

太子殿下一愣，随即十分难得地幽幽生出一股心虚来。

天地良心，他当初绝对是真心诚意欣喜程少商与袁慎定亲的，都想好了送什么贺礼了，谁知霍阿狰那坑兄弟的货非要一门心思吊死在程少商这棵歪脖子树上。他做人兄弟的有什么法子？他也很无奈啊——当然只能帮兄弟挖袁慎墙脚嘛，他觉得自己真是义薄云天了！

袁慎入内，太子见他被囚多日后面色苍白身形消瘦，越发心虚，亲自上前扶起，道：“善见之事，孤已都听说了。第五成也是受人利用，汝父虽有掩盖罪责之错，但他到处诛杀公孙氏的暗哨死士，也算是功过相抵了。父皇亦常说善见大才，历练数年后必能成大器，善见又何必亲身赴险呢？”

袁慎谦恭道：“陛下与殿下宽宏仁厚，然做臣子的不能不自省过错。家父当初得知第五成受人利用铸成大错，就该亲自押着第五成来请罪，哪怕之后以身家性命向陛下求情，也好过自行遮盖罪行。”

太子暗暗点头，其实他也是这么认为的，若换作他，袁父必然不能这么轻易过关。

“臣此次求见殿下所为两事。”袁慎从怀中掏出一卷绢帛，恭敬地递上，“臣愚钝，于打探公孙氏的暗探毫无头绪，只好到处摸索。误打误撞之下，倒也对这几个州郡的度田令执行情形略有所知。何等样人抵触，何等样人被煽动，何等样人被裹挟，臣都一一记下了。这两日誊写出来，请殿下阅览。”

太子接过绢帛，微笑道：“好好，很好。善见果然细致勤勉，孤会向父皇禀告此事，记你一功。还有一事呢？”

袁慎低下苍白的面庞：“臣欲向殿下先行告辞。”

“这是为何？善见被囚许久，当在此处好好歇息，怎能仓促赶路？”

袁慎低声道：“霍大人已向都城传讯，是他与少……与程娘子的亲事。想来陛下的赐婚旨意不日即将抵达，臣还是早些离开的好。”

“哦？这么快？咯咯……”太子轻咳数声，一脸庄重，“子晟也太不持重了，乱局尚未厘清，怎能只顾着自己的儿女私情。”

袁慎苦笑：“得知霍大人的亲事，陛下必是欣悦非常。霍氏满门忠烈，霍大人亦戎马多年，如今终于得偿心愿，正是天地同喜。”

太子心想：你猜得真准，父皇一定高兴得连夜去功德祠连上三炷香，告诉他义兄霍翀将军你终于快有孙辈了。

话都说到这份上，太子也不磨叽了，很爽快地让袁慎离去。

太子殿下就是这样一位果决坚定之人，当初挖袁慎墙脚时固然是认认真真，恨不能袁慎当夜就被捉奸在都城花魁的床榻上，但他此时对袁慎心生歉意也是认认真真的。

太子下定决心，以后不再计较袁氏父子的罪责，日后若袁慎为官得力，必要好好提拔，不可抱有成见。

坐下没多久，太子又想起某小女子来，想起了那碗安神汤，再度越想越气，再度咬牙切齿，于是冲外面道：“来人，将程宫令给孤宣来，孤有话要说！”

联想到霍不疑已与那小女子和好，又将好事快马告知皇帝，等圣旨送到之时自己就不好破口大骂了，太子决定抓紧时间狠喷那小女子一顿出出气。

既然打算要骂人，就不能让霍不疑来阻拦，于是太子叫住了小宦，先行传话让虞侯和大越侯去找霍不疑询问这场纷乱的来龙去脉，随后再去宣程少商过来。

太子殿下，亦是一位思虑缜密之人。

片刻后，程少商蹑手蹑脚地过来了。只见她打扮得素净温顺，举止怯意生生。太子嘴角一歪——看她这狡黠的眉眼，装模作样的可怜兮兮，看来这小女子已经猜出自己要骂人了。

不等太子开场，少商已经很乖觉地认起错来："殿下，妾错了。"

太子冷冷道："何错之有？"

少商想了想，抬头道："殿下，妾生平做错之事无数，殿下以为妾该当从何时说起？"

太子一拍案几，怒道："就从你让孤用攻城杵去撞宣太后的宫门说起！"也不知史官有没有将这破事记录下来，只有等将来登基了再看看有没有机会查阅了。

"难道不是从妾与霍大人定亲说起？"少商又惊又喜。

太子一噎——其实这么多年了，他觉得霍、程二人之间已说不上谁错得更多了，固然程少商是天底下第一等不温顺、不贤惠、不体贴的，但霍不疑也有自找苦吃之嫌。

太子冷笑连连："这些年来，在你心中怕是将孤骂上一千遍了。孤也不怕你记恨，这回你与子晟遇上这般艰险之事，难道孤不该训斥于你？！还有，你还敢骗孤饮下安神汤，你你你，你这无知无畏的小女子，你安敢这般大胆？！哼哼，孤看你是活得不耐烦了！说句实话，你是不是心中记恨孤已久，这才趁机害孤？！"

少商连忙道："哪有的事，殿下您切切误会妾了！这些年来，不论是殿下训斥妾鼠目寸光、不明事理、只顾着一亩三分田，还是训斥妾刻薄自私、桀骜不驯、不能宽宏大量，抑或是训斥妾做事冲动、全无章法，妾都全然没有放在心上的！"

太子几乎气笑了，一时说不出话来——全没放在心上你还记得这么清楚？！

"其实吧，殿下您不知道，妾从很早起就十分敬仰殿下了。"少商悠然道。

太子一句也不信，讥讽道："居然还有这种事，真是闻所未闻，孤倒要听听了。"

少商热忱道："这是真的，记得当时妾与霍大人定亲不久，霍大人说起殿下的一件事。说是您内闱中有一位夫人，她仗着殿下的宠爱，纵容娘家父兄欺压百姓，强占民财，殿下知道之后立刻严厉训斥了夫人，还亲自将她的父兄交到廷尉府，勒令严加处置。"

太子一愣，方才想起。

"区区小事，何须记挂。"太子心中生出几分怅然。

这已是多年前的事了，当时他才十几岁，年少热情，那还是他第一个宠爱的女子，若不是后来出事，他的头生子估计会早几年出世。

"违法乱纪，残害良民，本该重重刑责。"太子神色漠然，"这件事传出去后，还有不少人指摘孤过于严苛酷烈。"

"话不是这么说的。"少商真诚道，"殿下您对官吏和身边人十分严苛，可是您待百姓很好，很宽厚。从古至今，寻常百姓总是这世上最孱弱之辈，豪强大族可欺之，贪官酷吏可侮之，就如田间路边的虫豸般，一脚踩死了连声响都没有。有您这样一位主君护着他们，是天下百姓最大的福气。这是妾肺腑之言，殿下您若不信就去问霍大人，妾不止一次跟他说过呢！"

太子很是动容，语气不免缓和了："孤不怕旁人指摘，只盼天下百姓安居乐业，不受天灾人祸之害，孤就算不负天地祖宗之托了。"

本来是要臭骂这小女子一顿的，不过此时此刻太子也骂不大出口了，索性挥挥手："算了，你回去吧，好好休养身体，成婚后要细心服侍子晟。唉，这些年来，子晟委实受了不少苦，你，你要待他好些。"

少商真心真意地一口应下，赶紧退出门去，走到庭院时太子忽然叫住她。

少商蒙蒙地回头，只见太子右手一扬，然后自己肩头微痛，低头一看竟是一块小石头。

她张口结舌，不敢置信地看向太子——他他他他他居然朝自己扔石头！堂堂天下的储君居然向她扔石头！

太子眉眼英挺刚毅，常年的肃穆一扫而空，仿佛年轻了十岁，忽然回到顽皮爱闹的少年时代。他爽朗地大笑："行了，咱们这下两清了，你回去高高兴兴地备嫁吧！"

少商愤愤跺脚，扭头离去。

看着那小女子噘嘴愤然却又不敢还手的模样，太子心中大乐。

边笑边往屋里走去，没走几步他忽然驻足。

太子暗暗想着，这小女子是不是故意拍他马屁好躲避责骂？随即又摇摇头。

——算了，她适才说的话他很是爱听，回头给他俩婚仪的贺礼再加厚一倍吧。

等她将来生下女儿，若不像她那么不贤惠……嗯，只要比她贤惠那么一点，他就可以考虑讨来给儿子做新妇，毕竟这小女子长得还不错，为人也可以，口齿脑筋很伶俐是吧。

太子殿下，还是一位深谋远虑之人。

番外三 结发为夫妻，恩爱两不疑

官道一旁，竹林葱葱。

官道上停了一辆华丽端庄的巨大马车，后面跟着两行佩剑负弓的矫健侍卫。马车前头蹲坐着一位笑嘻嘻的青年儒生，两步之外端然立着一位身形高大、俊美威严的贵胄公子。

竹林边上蹲着一名当地土民打扮的小姑娘，小姑娘面前半站着一位华服玉冠的少年公子。小姑娘生得眉清目秀，质朴天然，华服的少年公子却更胜一筹，秀美姝丽，难描难画。

小姑娘羞得满面通红，将面庞埋在臂膀中不敢说话。

“适才听他们管你叫阿秀，所以小娘子叫阿秀是吧？刚才在市集上姑娘你就不住地瞧着在下，在下亦非无心之人，怎能辜负佳人美意呢？”少年公子活脱一副调戏良家妇女的纨绔模样，“姑娘你是不是扭伤了脚啊，不如在下送姑娘回家吧。来来来，我来扶姑娘，姑娘别躲啊，姑娘，姑娘……”

阿秀羞红了脸：“别别，您别……”

少年公子越发热情：“小娘子莫要拒人千里之外嘛。小娘子今年多大了啊？家住何方啊？可许配人家了啊？”

阿秀鼓起勇气仰起面庞：“没没，没有……你，你，是不是喜欢我？”

少年公子眉开眼笑：“那是自然，姑娘生得这样好看，在下难道铁石心肠吗？”

阿秀羞不可抑，扭捏道：“其实，其实你生得也很好看……”

马车上的青年儒生面无表情：“你真的不去制止她吗？她调戏小娘子可是越发熟稔了，再这么下去人家小娘子当真了怎么办？难道真的娶回去啊？”

贵胄公子嘴角含笑：“这回给她点儿厉害看看，省得没事整日撩猫招狗的。”

青年儒生苦着脸："我就担心她又用我的名字去闯祸！我是人在家中坐，祸从天上来啊！"

贵胄公子斜眼看他："你明明是被家里逼亲逃出来的，何必推到少商头上，还占卜出什么姻缘在远方……"

青年儒生目光一瞟，拽起贵胄公子的衣袖："快看快看，你新妇要娶新妇了！"

贵胄公子立刻看向竹林。

蹲在地上的阿秀怯生生地拉着少年公子的袖子："你……你真的喜欢我吗？"

少年公子隐隐觉得不妙："呃，这个，那个，喜欢自然是喜欢的，不过……"

阿秀满眼的欢喜："那，那我就让阿爹去求亲吧？"

青年儒生一愣："怎么是她爹来求亲？不是应该男方去提亲的吗？哦，这里的土族大概风俗不同吧。"

贵胄公子盯着阿秀的脖颈，神情中隐隐透着怀疑。

少年公子吓到了，连连摆手："不不不，这不成的，这万万不成的！"

阿秀泫然欲泣："你是汉人高门出来的，看不起我们土人吗？我阿爹是当地土司首领，你回去问问长辈，说不定他们能同意咱们的亲事呢。"

少年公子讪讪地笑："怎会看不起呢？你阿爹是土司啊，这个，这个……并非我对小娘子有所不满，而是，而是……"她心想不能得罪当地土司大首领，于是将心一横，"而是因为我是个女子！我是女扮男装的！不信你看我耳朵！"

她努力指着自己的耳垂上的细孔给阿秀看。谁知——

"我知道啊。"阿秀似乎很奇怪，"我早就知道你是女子啊。"

"啊？！"少商的表情好像被牛踩了一脚。

阿秀抬头仰望："你们汉人女子来我们这儿都爱穿个男装，我自小见多了，在市集上我一眼就看出你是女子了。"

少商尴尬得无言以对："哈哈，呵呵，原来如此啊……"忽又一奇，"既然你知道我是女子，干吗还要让你阿爹求亲啊？"

阿秀笑如春花，倏地站起来，居然比少商还高了小半个头："因为我是男子啊，难道你看不出来吗？这儿的人都知道，你何必玩笑着装不知道呢？不信你看！"说着"唰"地拉开衣襟，露出平坦的胸膛。

少商张口结舌，直愣愣地看着阿秀清瘦单薄的胸膛。

那边厢的少宫已经一个倒栽葱从那车上摔了下来，霍不疑面色铁黑，几个箭步冲了过去。

——最后，这场闹剧结束于阿秀的哭哭啼啼，少商的尴尬劝慰，还有新任州牧霍不疑的漫天醋意。

阿秀本名叫秀竹，是当地最大土族大首领的独生子。

在阿秀出生之前，大土司已经夭折了数子，阿秀出生时亦是难产，好不容易生下来后更是身体孱弱。大土司只好求助于族中大祭司，大祭司熟门熟路地一番杀鸡洒狗血，最后得出结论：十五岁之前照女孩打扮就行，这样邪魔就会放过这孩子了。

阿秀很想吐槽，他觉得自家大祭司也太好混饭吃了，人家汉人的巫士至少还会跳个驱傩舞画几道驱魔符，而自家大祭司这么多年来，但凡被求到孩童病弱之事，全都一概处置——照女孩养活即可。

在这种统一的治疗方式下，不但阿秀十五岁之前穿女装，隔壁的阿勇哥、后山的阿刚弟、前林的阿猛叔，还有外祖父家的两位表兄弟都是照女孩打扮着长大的。

是以阿秀也不曾因为自小穿女装受欺侮或是生出一副女儿心肠，因为虽然穿的是女装，但是打猎捕鱼等男孩子该受的训练，他们一样没落下。

吐槽归吐槽，阿秀终究还是平安康健地长大了，是以大祭司依旧德高望重、受人敬仰。

就在阿秀满十五岁前的一个月，他在市集上遇到一位女扮男装的汉人姑娘。那姑娘生得笑颜明媚，灿若星辰，阿秀一眼就看呆了，若非刚换回男装的阿勇哥拉着，他连道都走不动了。

谁知，谁知……阿秀不禁悲从中来，那姑娘竟然是新任州牧的夫人！呜呜呜呜，老天真是对他太不厚道了，他要去找大祭司算命改命，呜呜呜呜！

这事很快被阿秀的爹大土司知道了，还特意抓着他去州牧府赔罪，然后阿秀看见了一身贵妇打扮神情尴尬的州牧夫人，回去后又是一顿大哭，呜呜咽咽地向阿娘告状——阿爹一定是不疼他了，居然在他伤口上撒盐！

被阿娘拧红了耳朵的阿爹只好半夜来找他谈心。

“阿秀，你觉得新来的霍州牧怎么样？”

阿秀咬着哭湿的衣袖，愤愤道：“不怎么样。”但是州牧夫人很好，“看起来凶巴巴的。”也不知会不会欺负州牧夫人。

大土司不悦道：“阿秀你就快满十五岁了，不要再使小孩子脾气了，不然将来怎么继承我的位置？”

阿秀揉揉哭红的眼睛，一边打着泪嗝，一边把这些日子在汉人城池里的所见所闻一五一十说出来。

新来的州牧姓霍，据说是汉人大皇帝的养子，年纪轻轻就南征北战立下许多功劳，不到三十岁就成了统领一方的封疆大吏。没进入阿秀生长的这片地界前，霍州牧已是凶名在外，听说他在西面州郡剿匪时，几乎是一座山头一座山头地碾平过去，所经之地，寸草不生。

阿秀的父亲却不以为然：“西面州郡的盗匪占山为王已经几十年了，从前朝大乱算起差不多传承了两三代人，父子祖孙称王称霸惯了，可不是能轻易招安的。况且真去招安，朝廷还得给大价码，还得防着他们不是真心归降、扭头就造反。既然这位霍州牧擅长征战，又何必费这个力？等前头几拨悍匪被打灭了打服了，后面的人再去招安，就顺当多了。”

后来，等霍州牧的官吏真的进入这里，阿秀才发现传言可能并不靠谱，因为新州牧施政既坚决又柔软——清除盗贼、鼓励农耕、兴修水利，甚至于归化人数众多的土民，都进行得水滴石穿，不动声色。

如他们这些藏于深山密林的土民，虽然生活艰苦，常年缺医少药，但因为对汉人戒心深重而始终不敢迈出脚步，但在新州牧的潜移默化之下，便是阿秀父亲这样古板的大土司也很快按捺不住了。

不知阿秀的父亲与霍州牧谈了些什么，最后他同意说服周围各族的土司将家中子弟送进州治所的官学，学习汉人的文字、诗歌、道德礼法，等等。

阿秀自然也在其中，而且作为最大土司的独子，他还是朝廷的重点关注对象。阿秀暗暗希望州牧夫人能来“多多关注”自己，可惜，多多关注他的只有州牧本尊。

去之前，父亲告诉过阿秀，汉人大官必然会笼络他们这些土司家子弟，让他学着看点眼色，既不要全被汉人那套忽悠了去，也不要犟头倔脑地不知恭顺。

阿秀觉得他阿爹想多了，那位新州牧正看他不顺眼呢，进官学头一天他就被新州牧捉去校场“历练”，新州牧也不来汉人骑射那一套，只跟他练当地的摔跤——然后阿秀就被摔得发昏，满天星斗不知东西南北。

阿秀换下女装还没几日，当场哭了个稀里哗啦，那个心黑手狠的霍州牧大约是觉得出了气，朗声大笑着拉他去裹伤。当夜，霍州牧拎来两坛酒，揪着他的脖子上屋顶饮酒。

“汝父是当地威望最高的大土司，出了名地戒备反感汉人，你可知汝父这回为何愿意率先下山来亲近朝廷？”

霍州牧虽比阿秀大了十几岁，但笑起来特别年轻清隽，就像一位俊朗的大哥哥。阿秀在心中不服气地承认，其实他和州牧夫人挺登对的。

“不知道。”阿秀捧着酒坛摇头。

霍州牧叹道：“大土司是为了你。”

阿秀张大了嘴。

“你们翁西波坎家在这片土地上当土司已近百年了，大约三十多年前，前朝戾帝的官吏横征暴敛，欺压土民，还掳掠你们做奴隶，于是当时颇有威望的令祖父就带着周围众多部族一起反抗。”

阿秀脸颊发红，欢喜道：“这个我知道，最后我们打赢了，坏皇帝的狗官都被祖父赶跑了，然后大家推举我阿爹做了大土司！”

“是赢了，你可知道你家死了多少人？”

霍州牧身上散发着清冽的酒香，隐隐带着远方冰雪的气息，阿秀不懂明明他们喝一样的酒，为什么霍州牧身上的气息这么好闻。

“各家各族都有死人，可你家死得最多。你祖父十几个儿子死得只剩下令尊与你叔父，你叔父还残了。”霍州牧似笑非笑，一双眼睛明亮得不可思议。

阿秀本来喝得有些迷迷瞪瞪，听到这里陡然清醒：“叔父，叔父没有娶妻生子，阿爹只有我一个儿子，那那，那……”然后激烈摇头，“不会的，大家都很尊重阿爹，祖父带领大家抗击坏皇帝的故事现在还在族里传唱呢！”

霍州牧道：“便是没有前朝戾帝的暴政，你们部族之间也不见得太太平平。争夺土地、女人还有牲口，是常有的事。战败的土司是什么下场，不必我来说了吧。”

阿秀木木地又喝了口酒——他当然知道，这些歌谣中也有唱的。战败的土司被直接杀掉还算幸运了，就怕对方还要举行战胜仪式，然后在仪式上挖眼、剜骨、剥皮，等等。

“令尊希望你能继承他的位置，便是不能继承，也希望你能平平安安活着。可是你自小体弱，性情更弱，还爱哭……”

阿秀“唰”地站起，大声道：“我才不爱哭！”说着眼眶又湿润了。

因为站起得太急，他差点忘记是在屋顶，险些掉了下去，霍州牧单手轻轻托住他。

阿秀颓然坐下。他明白了，阿爹年纪大了，担心儿子将来地位不稳，没有依仗，于是想借助朝廷的力量来控制局面。

他再望向霍州牧，只见他肩膀宽厚，腰身矫健，目光坚定果决，身上似乎隐含着无穷的力量，任何人看见他都会油然生出一股可以依靠的感觉——这样才算是真正的男人吧。

这番深夜谈话后，霍州牧似乎对阿秀有点放心了，于是允许阿秀在他宅邸中出入，并亲自教导他读书理事。很自然地，阿秀再次见到了州牧夫人。

州牧夫人虽然年轻，可是料理事务很有一套，那么大的宅邸被她管理得井井有条，府里的气氛轻快愉悦，却滴水不漏，不像阿秀以前去过的那些汉人大官的家，不是乱糟糟的叫人头晕眼花，就是冷冰冰的活像哑巴走尸。

州牧府的小丫鬟说，州牧夫人以前做过宫令，就是管理一座宫殿的，自然了得。

阿秀特别喜欢州牧夫人说话的口气，又厉害又调皮，哪怕骂人他都能听一天。

霍州牧的教导很严厉，有几次阿秀忍耐不住，但是为了不哭便用力拧自己的胳膊，这事被州牧夫人知道了，就笑眯眯来找他。

“阿秀你知道吗，你总叫我想起一位故人，是我堂姊的郎婿，他也是自小爱哭，嗯，其实长大了还爱哭——娶我堂姊那日还狠狠哭了一顿。我那可气的胞兄以前专爱欺负他。

“可是现在啊，你知道他在哪里吗？他带着我堂姊往西域去了，说是想见识见识远方的高山与沙漠。他一边走，还一边往回寄东西。”州牧夫人的脸颊粉扑扑的，秀目温柔。

“最近我刚收到家书，因为沙漠会移动，之前的许多堪舆图都不能用了，但他给朝廷带来了新绘制的羊皮图，还说以后要带回新奇的粮种与矿砂。现在呀，大家说起他来，都是交口称赞，再也没人小看他了。真英雄，未必都要跟冰坨子似的又冷又硬，只要意之所至，心念坚定，多情未必不丈夫呀。”

阿秀知道州牧夫人是在安慰他，但他觉得这话说得很对。

他现在最大的愿望就是能成为父母的依靠，不让家人担心，成为像祖父那样了不起的土司。为了这个愿望，多少苦他都愿意吃！

阿秀在州牧府越来越自由了，这说明霍州牧越发信任他了，但也给阿秀带来一个小小的烦恼——他总时不时会撞上州牧夫妇的亲密举止。

其实土民风气开放，年轻男女在一处亲嘴抚摩什么的阿秀自小见惯了，可不知为何，看见州牧夫妇亲昵他还是会脸红心跳。同样的举动，阿勇哥和他相好的做起来就跟牲口似的急吼吼，阿秀看都懒得看，可是州牧夫妇做起来就说不出的柔情蜜意，缱绻缠绵。

某日霍州牧要带阿秀去城外军营，彼时天尚未亮，州牧夫人披散着头发迷迷糊糊出来送他，眉眼柔媚，赤着一双雪白的莲足，州牧见了便拥她入怀中，两人吻在一处。

州牧夫人顺着丈夫的下巴，到颀长的脖颈，最后吻入州牧散开衣襟的胸膛，霍州牧身高力壮，双臂一抬便将夫人整个举起，吻她的耳垂与颈窝，再往下……

阿秀刚刚走到庭院入口，当场看得面红耳赤，连滚带爬地出了庭院，瞌睡都羞没了。

还有一回，夫人亲自给州牧剃须净面，阿秀盘腿坐在廊下背书，时不时回头，看见夫人柔情似水地抚摩着州牧的面庞与颈项，州牧一手搭在夫人盈盈一握的腰肢上，两人四目相对，情意绵绵说不尽。

阿秀背完书就回去了，走时忽想到，州牧一只手搭在夫人腰上，还有一只手呢，哪里去了？阿秀努力回忆，夫人的夏衫很宽大，袖子尤其宽大，哎呀呀，州牧的另一只手好像伸进夫人的袖子里去了……

——到底是哪个笨蛋告诉他汉人都很含蓄矜持的！都是骗人的！

还有州牧夫人那位爱笑爱闹的胞兄程公子，阿秀明明已经很努力不哭了，他偏偏要来逗他继续哭。后来，这位程公子去找隐居在隔壁郡山中的老人学习星象时，对人家打算修仙得道的孙女一见钟情，其间一番鸡飞狗跳，虽然最后程公子得偿所愿，但阿秀也报了一箭之仇。

等阿秀能用汉字写出一封完整的家书时，州牧夫人被诊出有了身孕，霍州牧当场就呆住了，俊美威严的面庞莫名落下泪来。

“少商，我，我……”钢浇铁铸一般的霍州牧，搂着妻子哽咽难言。

州牧夫人温柔地将丈夫的头抱入怀中：“我知道，我都知道……以后你会有许许多多的骨肉血亲，再不会只有你一个了。”

霍州牧抬起头，俊目清透，含泪而笑：“不，从见到你那时起，我就不是一个人了。”

虽然不知缘故，但阿秀心里也酸酸涩涩的，于是他哭了。

他觉得州牧夫妇的这份姻缘，一定来得很苦，很艰难。他们能终成眷属，真是太好了。

阿秀在霍州牧身边学习了好些年，他亲眼看着州牧夫人怀孕，生产，抚育孩儿，远方的大皇帝一趟趟地用长长的车队送来东西与侍医，州牧夫妇时不时回都城述职探亲，加封爵位，许多赏赐……周而复始。

就如州牧夫人所言，霍州牧果然有了好几个骨肉血亲，虽然一个比一个顽皮，一个比一个会气人，但是整天热热闹闹的，真好呀。

再后来，都城传来皇帝病重的消息，州牧夫妇立刻带着孩子们启程回去——没想到，这一去，他们再没回来过。

半年后，阿秀听说老皇帝过世了，新皇帝继位，霍州牧被委任了很大很重要的官职，他不能再回来做州牧了。

再再后来，阿秀真的成为像他祖父一样有威望的大土司，但是他再也没见过州牧夫妇。

十余年间，阿秀有了妻子，生了让阿秀父母心满意足的许多孩子，本来阿秀打算等阿爹身体好些时去都城看望霍州牧夫妇——他们也在信中表示十分期盼重逢之日。

然而人算不如天算，在一次帮朝廷剿灭意欲裂土自封、残害民众的隔壁土司时，阿秀受了重伤，阿勇哥和阿刚弟在他病榻前发誓，一定会好好辅佐他的孩子。现任州牧是阿秀相交多年的好友，含泪保证朝廷定会看好他的所有家人。

弥留之际，阿秀觉得自己没什么好牵挂的了，只是若能再见霍州牧夫妇一回就好了。

他想告诉他们，他敬爱他们夫妇两个，非常非常敬爱，在他心中，早就暗暗将他们当作了自己的至亲兄姊。

谢谢他们，教会了他爱与勇气，责任与担当，真大幸矣。

番外四 共出东门，终是不见

刚过了正旦，往日里赫赫扬扬的袁府大管事焦躁不安地等在侧门口，急得满头大汗，他远远望见一辆熟悉的马车缓缓驶来，车壁上以金银、珠贝、翠羽等物花里胡哨地绣了许多奇怪纹路，远看像幼童鬼画符，近看原来真是符文。

大管事喜上眉梢，亲自上前迎接，弯腰俯首地从马车上扶下一位须发斑白的矍铄老人，不住口地叨唠："谢天谢地，您老终于来了，哎呀呀，咱们都没法子了……"

老人满脸不耐烦："上回不是好了吗，怎么又来了，谁又惹他了？"

大管事愁眉苦脸："程翁这话咱们阖府上下谁也不敢当啊！老主公在府里何等有威望，平日里说一不二，哪位敢惹他啊，就是，就是……"

老人冷哼："哼哼，这人哪，外面装了几十年的温文尔雅、锦心绣口，在家里却恁是厉害。你把话说清楚，不然我可走了啊。"

大管事只好如实相告："长公子膝下的七娘子即将发嫁，昨日老主公不知发了什么兴致，亲自打开库房要给七娘子添妆。本来好好的，可是翻找着翻找着，老主公忽地自言自语了一句'这幅布料少商定然喜欢，明日我亲自送过去'……"

老人无奈地抓抓耳朵："这是记起了当年的习惯吧。"

大管事唉声连天："谁说不是啊。当初公子总爱给少，少……给霍侯夫人送东送西的，那会儿我还跟在公子身边做童儿呢，记得连续好些年，公子但凡开了库房，看见什么就想着霍侯夫人喜不喜欢，这都落下病了，这事程翁您最清楚啊……"

他瞥见矍铄老人神色不妙，连忙闭嘴。当初他跟着袁慎天天上程家时，负责劝退的就是这位爱讲天道星象、宇宙轮回的程家三公子，两边也算熟人了。

程少宫翻脸道："谁让他送来着，谁让他送来着了？！当初我为了赶他费了多少力气，可他就跟牛皮膏药似的赖着，自找苦吃怨谁呢。"

大管事赔笑："您说的是，您说的是，可如今跟老主公同辈的亲朋好友不是故去了，就是不在都城里，小的只能来寻您了。"

程少宫抓抓耳朵，烦恼道："行行行，赶紧带路！"

时值元月，春寒料峭，沿着覆有薄雪的池塘边一路往宅邸深处走去，来到一处四面笼有暖壁的高大竹厦前，只见一位庄严肃穆的儒雅老者高坐上首，一旁烧着茶炉，正板着脸训斥下面跪坐着的一位眉清目秀的华服公子。

大管事"咦"了一声："这不是四公子吗？唉，二十多岁的人了，还一副孩童脾气，整日惹老主公发火。"

程少宫见袁慎正在训子，索性躲在一棵粗竹后头，让大管事先别通报。

袁慎揉着紧锁的眉头，声音中带着几分无奈："你莫要异想天开了，老老实实读书，做出点学问来，比什么都强……"

袁四梗着脖子："儿年幼时父亲教我读蒯通的书，父亲说蒯通虽狂妄，但他有句话说得对，'猛虎之犹豫，不若蜂虿之致螫；骐骥之跼躅，不如驽马之安步；孟贲之狐疑，不如庸夫之必至也'……"

袁慎头痛："你究竟要说什么？"袁四是他中年时侍妾所出，也不知哪里教错了，这孩子全身上下没有半分自己的圆滑精明，反有一股子犟头倔脑的书呆子习气。

"读万卷书不如行万里路，儿子读了这许多书，怎么也该去外面看看……"

"为父不是让你去看了吗？东南西北都走过了啊！"

"那都是父亲的亲朋好友家啊，每回去父亲还顺带让儿子送信送礼的，这怎能算是出门呢？男儿佩剑走四方，诗书年华……"

"你最近是不是又看班侯的游记了？"不等儿子背完诗，袁慎就冷冷地打断。

袁四被说破，神情忸怩："儿子听说班叔父年少时也是性情文弱，还爱哭，他都能远走西域，如今他儿子子承父业，都一门两侯了……"

袁慎长叹一声："你班叔父只是看着文弱，其实自打他开蒙之后甚少生病，别看他胆小柔弱，其实他有一长才，便是能识路。当年他与先帝去查访度田令事宜时陷入深山，山路蜿蜒，当地人称鬼打墙，连引路的老乡农都束手无策时，他居然能带着先帝顺着原路走出来。”

“正是有这份本事，后来他才敢去走那没有路标没有行人的沙漠，还全须全尾地走出来。你呢，你是个路痴你自己不知道啊！略吹一阵凉风，你就得卧床三日，你自己身子骨怎样心里没数吗？看来还是汤药喝少了！”袁慎越吼越大声，“还不给老子滚，再敢啰唆老子先打断你的腿看你能走到哪里去！快滚，快滚！”

袁四被吼得晕头晕脑，只好心不甘情不愿地退了。

程少宫扭头道：“这脑子不是挺清楚的吗？骂起儿子来有条有理的。”

大管事苦笑：“您再听下去。”

这时又一位华服玉冠的少年公子进来，跪坐到袁慎跟前。

程少宫轻问：“你家儿孙多，我分不清这个是谁，怎么生得油头粉面的？”

大管事赶紧澄清：“是长公子膝下的五公子，府中这许多公子，就数他相貌俊秀。”

程少宫翻了个白眼。

袁慎正心头不顺，看见孙儿这副瑟瑟缩缩的样子越发不悦：“关了你半个月面壁抄书，如今可想清楚了？”

袁小五眼眶发红：“祖父，孙儿……孙儿对吴娘子是、是真心的啊……”

“真心？你知道什么叫作真心？”袁慎没好气道。

袁小五还在下面抽抽噎噎。

袁慎捋了捋胡须，眼露讥诮：“这样吧，你曾祖父母过世时，我因为朝政繁忙只守了七个月的孝，这些年来时常自觉有愧。你这就回乡去，替祖父将剩下的一十七个月的孝守了，也算了了祖父心中的缺憾。待你回来后，祖父就做主让你娶吴小娘子为妻——如何？”

袁小五心乱如麻，左右为难。他自认十分喜爱吴氏女，但若叫他离开这花花世界回到偏远的老家去苦熬一年多，比杀了他还难。

袁慎哼哼一笑：“抑或是……过两年等我告老时，陛下必然会允许我举荐一二袁氏子弟。按着齿序和学问，也该轮到你和老二家的小六了。可你若肯将这个机缘让给你三叔父家的小七，你一样能娶吴氏女。”

袁小五张大了嘴。事关前程，这叫他更加难以抉择了。

袁氏儿孙众多，自己既不像大堂兄一样才名满士林，也不像三叔父一般懂水利能治民，更别说还有霍侯那样显赫的岳家，数位妻兄个个精明强干，简在帝心。

他几度张嘴欲言又止，最后嗫嚅道："孙儿听人家说，祖父年少时也曾与心爱的女子有缘无分，为何不能体谅孙儿……"这是很久远的传闻了，那女子究竟是谁如今也没几个人说得清楚。

袁慎气笑了："这是你阿母与你说的吧。妇人家，耳朵也忒长！"他的笑中满是嘲讽之意，"不错，是有这么一个人。"

"可你若做不到为她放弃你重视之事，也好意思说真心？隔着屏风眉来眼去几下就算真心啦？！你再敢多说一个字就给我滚去漠北戍边，我们袁家儿郎正缺武将呢！"

最后一句话是袁慎怒吼出来的，袁小五连滚带爬地跑了出去。

程少宫忍不住再度回头："我看他中气十足，言辞犀利，哪里有事了？"

大管事连连哀求："您过去就知道了。"

程少宫甩了甩袖子，大步朝竹厦走去，边走边大喊道："老友来访，善见不来迎客吗？"

袁慎抬头见了他，劈头就是一句："尊夫人又离家出走去修仙了吗？"

"胡说八道！哪有的事，我们夫妻恩爱，修什么仙！出什么走！"程少宫险些跌倒，吹胡子瞪眼睛地发脾气。

袁慎眉眼不动："你们成婚第二年她就偷溜过一回，幸亏有了身孕才没走成；生完长女又跑过一回，若非令堂早有防备就走成了；你们长子成婚不久她又想上山修仙，是你装病才留住了她。近来你家宅宁静，儿孙和美，我估摸着她又动心思了吧！"

虽然被说中了，但程少宫绝不能承认，于是大声道："绝对没有的事，少年夫妻老来伴，我与夫人如今琴瑟和鸣，正打算联手写一部星象书呢！"

"那你来做什么？"袁慎皱眉道，"我家的星象书都教你摸光了，你还想要甚？"

"来探望你不行啊？！你上个月大病一场，我担忧你行不行？"程少宫气急败坏。

——他现在只想用力摇晃大管事然后问他："袁善见到底哪里有不妥啊？！你究竟为何把我找来啊？！"

袁慎起身拍拍袍袖："今日没空接待你了，我昨日寻到一匹精美的绡纱，少商夏日最畏热，我拿去给她做夏衫。"

程少宫一愣，顿时僵住了，讪讪道："你不怕霍不疑给你脸色看吗？"

袁慎哈哈一笑："挚友之间，又是亲家，哪里用得着置气。"

程少宫苦笑："这些年来，你总借故去霍府，闹得满都城都以为你与霍侯交情匪浅呢，谁知道只是你在作怪。若不是看你文弱，霍子晟早就饱你一顿老拳了！"

"是以他才一心想着外放！"袁慎哈哈大笑，"可惜先帝做事雷厉风行，离不开他，怎么也不肯放他外任。"说到这里，他神色低落，"先帝故去时，霍不疑就想致仕了，谁知陛下记着先帝临终前的话，死活留他做辅政大臣。"

程少宫不知该怎么回答。

"算了，我这就出门了，咱们以后再叙吧。"说着袁慎就要走。

程少宫死死拉住他："你是怎么做主人家的，天色将晚，也不款待客人一顿？！"

袁慎想了想："不如咱们一起去你妹妹家蹭上一顿！"

"你说的哪门子笑话？有你在，别说给饭吃了，不给一顿排头就不错了！"

袁慎被少宫缠得没法子，只好叫管事上食案，两人东拉西扯地吃了一顿晚膳。

饭后袁慎坚定地要去找少商，少宫劝他别去，天色已晚，何况天寒地冻，袁慎却记性很好，嫌弃道："你是老糊涂了吧，今日是元宵，都城里不宵禁的，我特意叫家里人今日自去看灯，别来烦我。"

少宫无奈，只好一路跟着袁慎上了马车。

车轮在薄冰覆盖的地面上压出轻轻的咯吱声，不多久他们就远远看见霍侯府邸门前挂的大灯笼，经过霍府东墙时，袁慎掀着车帘，忽然喝停马车，低声道："不对！"

他张望着高大的东墙一圈："每年元宵，少商都会在这里挂出长长一串的七彩走马灯，今日为何没有？"

少宫喟叹："因为少商不在家……"

袁慎素来果决精明的脸上露出茫然之态："她，她去哪儿了？"

少宫眼含怜意："半年前，霍子晟三度告老，陛下终于允了他。没过多久，他就带着少商出门云游去了。"

袁慎呆呆地坐着，半晌后才道："是因为那个小土司吗？少商已经妥善安排他儿女的婚嫁与前程了，那个大土司的位置有朝廷下旨他家世袭罔替，还要怎样？"

少宫叹了口气，摇摇头："少商总以为来日方长，总有与阿秀再见的一日，谁知道啊……"想起那个秀气爱哭的老实少年，他也不禁心酸。

"霍子晟早年答应过少商，要带她去看高山大海、沙漠雪域，可总也不得空。阿秀死了，他们夫妇才知道天意莫测，须得惜取眼前时光。先帝在时，霍侯不忍心让先帝一人单打独斗，只好留在朝中。新帝继位，他辅佐了三年，算是全了故人之情，随后坚辞官秩。"

袁慎仿佛被吸走了全身的力气，肩背垮塌得犹如一个真正的老人。

他低低道："我想起来了，半年前他们就出门了。少商还说，不打算再回都城了。

"在这里，她送走了宣太后，又送走了文皇帝与越皇后，程家的长辈，接着还收到了那个小土司的死讯，三年前又送走了先帝——她再也不想回这里了。"

车内气氛凝滞，过了良久，袁慎强笑道："看我，真是老糊涂了，居然把这事都忘了。看来我还是提前告老的好，免得误了朝廷大事……"

少宫再也忍不住，落下老泪："不，你记性一直很好，你，你只是生了一场大病。病好后，你什么都记得，连我小儿子进太学的日子你都记得，还帮我去托付太学里的夫子……

"你什么都记得，唯独，唯独忘了少商已经走了……"他哽咽难言，再说不下去了。

袁慎喃喃，犹如在梦中："原来她已经走了……我都记起来了……

"她说，她要欢欢乐乐地过剩下的日子。

"她希望每一日都艳阳高照，春风不住。将来死了，不论哪里，只要与霍子晟埋在一处就成。"

——可是，你不是也许诺过，将来要和我一起埋在袁氏祖坟中的吗？

少宫的泪落得更凶了，反倒袁慎轻轻拍着他的背，安慰道："无妨无妨，年纪大了，总要忘事情的。

"少宫别替我难受了，少商没选错人，霍不疑待她很好，把她揣在心口过了几十年，没有像我一样整日忙着升官发财。不过，这样一来，想必陛下更看重霍家了——这么识相的老臣，该辅助时就鼎力辅政，等陛下站稳了脚跟，就走得干净利落……”

说着，袁慎自嘲一笑：“我果然是个俗人，无时无刻不想着汲汲营营。”

少宫抹脸而笑：“知道自己是俗人就好！你就好好经营你们家族子弟的仕途，该结交的结交，该笼络的笼络，愿你袁氏累世三公，显赫天下！”

“累世三公，显赫天下……”袁慎喃喃自语，耳边仿佛响起了一个女子气恼的声音——

“……你也别吹嘘让我做什么三公夫人了，若我生为男子，我做三公，你做夫人！”

想着想着，袁慎扑哧一笑，道：“少宫，我给你唱支曲子吧。”

程少宫呆呆地不明所以，然后就听这位当朝一等的重臣，对着霍家东墙唱起歌来。

“出其东门，有女如云。虽则如云，匪我思存。缟衣綦巾，聊乐我员。出其闉阇，有女如荼。虽则如荼，匪我思且。缟衣茹藘，聊可与娱……”

——我走出了城东门，只见女子多如云。虽然女子多如云，但不是我心上人。身着白衣绿裙人，才让我乐又亲近。

我走出了外城门，只见女子多如花。虽然女子多如花，但不是我爱的人。身着白衣红佩巾，才让我爱又欢欣。

声音温润浑厚，只是透着说不出的沧桑与怅然。唱着唱着，袁慎莫名落下泪来。他用手掌覆住了自己的眼睛，紧紧抿住嘴。

他也曾轰轰烈烈爱过一个女子，不过姓霍的比他更轰烈就是了。

为了她，他空费了五年光阴，丢弃了极好的亲事，平白得罪了许多人；他亦曾在烈日下，不顾众人的目光，苦苦等她打开永乐宫的大门；他更曾顺着漫长到看不见尾的宫墙奋力奔跑，只为了追逐她飞奔的身影，哪怕满宫的人都露出惊讶讥嘲的表情。

在他汲汲营营、权衡利弊的一生中，也曾惊天动地地真爱过一回。

他没有后悔，他尽力了，倾尽全力地去爱过一个人。

这样就好。

善见，善见，终是不见。

哪怕在荆棘上踩出斑斑血痕，
也终究会走出一条路来。